CHRISTINA BAKER KLINE
Die Insel am Ende der Welt

Christina Baker Kline

Die Insel am Ende der Welt

Roman

Aus dem Amerikanischen
von Anne Fröhlich

GOLDMANN

Die englische Originalausgabe erschien 2020 unter dem Titel
»The Exiles« bei Harper Collins, London.

Sollte diese Publikation Links auf Webseiten Dritter enthalten,
so übernehmen wir für deren Inhalte keine Haftung, da wir uns
diese nicht zu eigen machen, sondern lediglich auf deren Stand
zum Zeitpunkt der Erstveröffentlichung verweisen.

Penguin Random House Verlagsgruppe FSC® N001967

2. Auflage
Deutsche Erstveröffentlichung Juli 2022
Copyright © der Originalausgabe 2020 by Christina Baker Kline,
Copyright © der deutschsprachigen Ausgabe 2022
by Wilhelm Goldmann Verlag, München,
in der Penguin Random House Verlagsgruppe GmbH,
Neumarkter Str. 28, 81673 München
Umschlaggestaltung: UNO Werbeagentur GmbH
Umschlagmotiv: Frau: © Magdalena Russocka / Trevillion Images
Reling: GettyImages / Alexis Gonzalez
Meer, Horizont: GettyImages / AlexanderNikiforov
Schiff: GettyImages / Walter Bibikow
Kompass, Landkarte: GettyImages / ideabug
Redaktion: Susann Rehlein
AG · Herstellung: ik
Satz: KCFG – Medienagentur Neuss
Druck und Bindung: GGP Media GmbH, Pößneck
Printed in Germany
ISBN: 978-3-442-49277-0

www.goldmann-verlag.de

Für Hayden, Will und Eli

Niemand soll sagen, die Vergangenheit sei tot.
Die Vergangenheit ist überall um uns und in uns.

Oodgeroo Noonuccal, Aborigine und Dichterin

Prolog

Flinders Island, Australien 1840

Als die Regenzeit begann, versteckte sich Mathinna schon seit beinahe zwei Tagen im Busch. Auch wenn sie erst acht war und in ihrem Leben noch nicht viel gelernt hatte – wie man sich versteckte, das wusste sie. Seit sie laufen konnte, erkundete sie jeden Winkel und jede Felsspalte von Wybalenna, der abgelegenen Region von Flinders Island, in die ihr Volk wenige Jahre vor ihrer Geburt verbannt worden war. Hoch oben rannte sie am Kamm der Granitfelsen entlang, grub am Strand in den weißen Dünen Tunnel, spielte im Gebüsch Verstecken. Sie kannte alle Tiere: Possums, Wallabys und Kängurus, Filander, die im Wald lebten und nur nachts herauskamen, Robben, die sich auf den Felsen rekelten und von Zeit zu Zeit in die Brandung rollten, um sich abzukühlen.

Vor drei Tagen waren Gouverneur John Franklin und seine Frau, Lady Jane, mit dem Schiff in Wybalenna angekommen. Ihr Wohnsitz auf der Insel Lutruwita – oder Van-Diemens-Land, wie die Weißen es nannten – lag mehr als zweihundertfünfzig Meilen entfernt. Mathinna hatte mit den anderen Kindern auf dem Berg gestanden, während der Gouverneur und seine Frau, begleitet von sechs Bediensteten, vom Strand zu ihnen heraufstiegen. Lady Jane in ihren glänzenden Satinschuhen tat sich schwer; immer wieder rutschte sie auf den Steinen aus. Sie musste sich am Arm ihres Mannes festklammern, während sie mit einem so säuerlichen Gesicht vorantaumelte, als hätte sie in eine Artischocke gebissen. Die Falten an ihrem Hals erinnerten Mathinna an die federlosen rosa Lappen am Hals des Roten Honigfressers.

Am Abend zuvor hatten die Stammesältesten der Palawa ums Feuer gesessen und über den bevorstehenden Besuch diskutiert. Die christlichen Missionare waren seit Tagen mit den Vorbereitungen beschäftigt gewesen. Den Kindern hatte man einen Tanz beigebracht. Mathinna saß im Dunkeln am äußeren Rand des Kreises, wie sie es oft tat, und hörte den Alten zu, die am Feuer Sturmtaucher rupften und in der glühenden Asche Muscheln brieten. Die Franklins, da war man sich im Großen und Ganzen einig, waren impulsive, törichte Menschen; es gab zahlreiche Geschichten, die ihr merkwürdiges und exzentrisches Verhalten bewiesen. Lady Franklin zum Beispiel hatte furchtbare Angst vor Schlangen. Einmal war sie auf die Idee gekommen, für jede getötete Schlange einen Schilling zu bezahlen, und das hatte sich natürlich zu einem einträglichen Geschäft für Züchter entwickelt und sie und Sir John ein kleines Vermögen gekostet. Im letzten Jahr hatten die beiden Flinders besucht, um sich Schädel von Eingeborenen für ihre Sammlung zu besorgen – Schädel, für die man Leichen enthauptet und die man ausgekocht hatte, um das Fleisch zu entfernen.

Der Engländer mit dem Pferdegesicht, der für die Siedlung auf Flinders zuständig war, George Robinson, wohnte mit seiner Frau in einem der acht Backsteinhäuser, die im Halbkreis standen und außer den Zimmern für seine Männer auch eine Krankenstation und eine Arzneiausgabe boten. Dahinter befanden sich die zwanzig Hütten der Palawa. Nach ihrer Ankunft übernachteten die Franklins bei den Robinsons. Früh am nächsten Morgen inspizierten sie die Siedlung, während ihre Bediensteten Perlen, Murmeln und Taschentücher verteilten. Nach dem Mittagessen wurden die Einheimischen zusammengerufen. Die Franklins saßen auf zwei Mahagonistühlen auf dem sandigen Platz vor den Backsteinhäusern, und ein paar kräftige Palawa-Männer mussten einen Schaukampf vor ihnen austragen und einen Wettkampf im Speerwerfen präsentieren, was ungefähr eine Stunde dauerte. Dann wurden die Kinder vorgeführt.

Während Mathinna auf dem weißen Sand mit den anderen im Kreis tanzte, betrachtete Lady Franklin sie mit einem neugierigen Lächeln.

Als Tochter eines der Häuptlinge der Palawa war Mathinna an besondere Aufmerksamkeit gewöhnt. Vor ein paar Jahren war ihr Vater Towterer an Tuberkulose gestorben. Mathinna war stolz darauf, die Tochter eines Stammeshäuptlings zu sein, aber tatsächlich hatte sie ihn kaum gekannt. Mit drei Jahren hatte sie die Hütte ihrer Eltern verlassen müssen, um im Backsteinhaus des Lehrers zu wohnen, eines Weißen, der sie Hauben tragen ließ und Kleider mit Knöpfen und der ihr auf Englisch Lesen und Schreiben beibrachte und wie man Essbesteck benutzte. Dennoch hatte sie jeden Tag so viel Zeit wie möglich mit ihrer Mutter und den anderen Stammesangehörigen verbracht, von denen die meisten weder Englisch sprachen noch sich um die Gebräuche der Briten scherten.

Es war erst ein paar Monate her, dass Mathinnas Mutter gestorben war. Wanganip hatte Flinders vom ersten Tag an gehasst. Oft war sie auf den gezackten Berg nahe der Siedlung gestiegen und hatte über das türkisfarbene Meer in die Richtung ihrer Heimat gestarrt, sechzig Meilen entfernt. Dieser schreckliche Ort hier, so hatte sie Mathinna erklärt – diese unfruchtbare Insel, wo der Wind so stark war, dass er das Wurzelgemüse aus der Erde riss und selbst kleine Feuer zu einem wütenden Inferno anfachte, und wo die Bäume ihre Rinde abwarfen wie sich häutende Schlangen –, dieser Ort sei ganz anders als das Land ihrer Vorfahren. Er sei ein Fluch. Seit es hier lebte, war ihr Volk geschwächt; die meisten Babys, die auf Flinders geboren wurden, starben vor ihrem ersten Geburtstag. Man hatte den Palawa ein Land des Friedens und der Fülle versprochen. Sie dürften ihre bisherige Lebensweise hier weiterführen, hatte man ihnen zugesichert. »Aber das war eine von vielen Lügen, und wir waren so dumm, sie zu glauben«, sagte Wanganip bitter. »Was hätten wir tun sollen? Die Briten hatten uns alles genommen.«

Wenn Mathinna ihrer Mutter ins Gesicht gesehen hatte,

war da Hass in ihren Augen gewesen. Aber Mathinna hasste die Insel nicht. Sie war hier geboren und kannte kein anderes Zuhause.

»Komm her, Kind«, sagte die Frau des Gouverneurs, als der Tanz vorbei war, und winkte sie zu sich. Mathinna gehorchte, und Lady Franklin musterte sie aufmerksam. Dann wandte sie sich an ihren Mann. »So ausdrucksvolle Augen! Und ein hübsches Gesicht, finden Sie nicht? Ungewöhnlich anziehend für eine Eingeborene.«

Sir John zuckte die Achseln. »Ehrlich gesagt kann ich sie kaum auseinanderhalten.«

»Ich frage mich, ob es möglich wäre, sie zu erziehen.«

»Sie wohnt bei unserem Lehrer, der ihr Englisch beibringt«, sagte George Robinson und trat vor. »Sie ist schon recht geübt.«

»Interessant. Wer sind ihre Eltern?«

»Das Mädchen ist eine Waise.«

»Verstehe.« Lady Franklin wandte sich wieder an Mathinna. »Sag was.«

Mathinna deutete einen Knicks an. Inzwischen wunderte sie sich nicht mehr über die arrogante Unhöflichkeit der Briten. »Was soll ich sagen, Ma'am?«

Lady Franklin machte große Augen. »Du meine Güte! Mr Robinson, ich bin beeindruckt. Sie verwandeln Wilde in respektable Bürger.«

»In London, so habe ich gehört, kleidet man Orang-Utans wie Lords und Ladys und bringt ihnen Lesen bei«, sagte Sir John nachdenklich.

Mathinna wusste nicht, was ein Orang-Utan war, aber

von Wilden hatte sie am Lagerfeuer der Älteren schon gehört: britische Wal- und Robbenfänger, die lebten wie Tiere und die sich über alle Anstandsregeln hinwegsetzten. Anscheinend war Lady Franklin etwas verwirrt.

Mr Robinson lachte auf. »Das ist nicht ganz dasselbe. Schließlich sind die Eingeborenen Menschen. Nach unserer Theorie kann man durch eine Veränderung der äußeren Umstände die Persönlichkeit beeinflussen. Wir bringen ihnen bei, unsere Speisen zu essen und unsere Sprache zu sprechen. Wir erfüllen ihre Seelen mit christlichen Werten. Wie Sie sehen können, tragen sie Kleidung. Wir haben den Männern die Haare geschnitten und den Frauen Sittsamkeit beigebracht. Ihnen christliche Namen zu geben, hat diesen Prozess unterstützt.«

»Wie ich gehört habe, ist die Sterblichkeitsrate recht hoch«, sagte Sir John. »Ihre Konstitution ist schwächlich.«

»Leider zwangsläufig«, erklärte Robinson. »Wir haben sie aus dem Busch geholt, wo sie Gott nicht kannten und nicht einmal wussten, wer die Bäume erschaffen hat.« Er seufzte leise. »Wir alle müssen einmal sterben, das ist eine Tatsache, und vorher müssen wir zu Gott beten, um unsere Seelen zu retten.«

»Sehr richtig. Sie erweisen ihnen einen großen Dienst.«

»Und die hier, wie ist ihr Name?«, fragte Lady Franklin, die ihre Aufmerksamkeit wieder auf Mathinna richtete.

»Mary.«

»Und ursprünglich?«

»Ursprünglich? Ihr Eingeborenenname war Mathinna. Die Missionare haben sie Leda getauft. Wir haben uns für etwas ... Ernsthafteres entschieden«, antwortete Mr Robinson.

Mathinna erinnerte sich nicht daran, dass man sie jemals Leda gerufen hätte, aber den Namen Mary hatte ihre Mutter gehasst, deshalb benutzten die Palawa ihn nicht. Nur die Briten nannten sie so.

»Nun, ich finde sie bezaubernd«, sagte Lady Franklin. »Ich würde sie gerne behalten.«

Behalten? Mathinna schaute zu Mr Robinson, aber der wich ihrem Blick aus.

Sir John wirkte amüsiert. »Sie möchten, dass wir sie mit nach Hause nehmen? Nach dem, was mit dem Letzten passiert ist?«

»Diesmal wird es anders sein. Timeo war ...« Lady Franklin schüttelte den Kopf. »Das Mädchen ist eine Waise, sagen Sie?« Sie wandte sich an Mr Robinson.

»Ja. Ihr Vater war Stammeshäuptling. Ihre Mutter hat wieder geheiratet, ist aber vor kurzem gestorben.«

»Ist sie dann nicht eine Prinzessin?«

Er lächelte verhalten. »Irgendwie schon, vielleicht.«

»Was meinen Sie, Sir John?«

Sir John lächelte wohlwollend. »Wenn es Sie amüsiert, meine Liebe, dann habe ich nichts dagegen.«

»Ich denke in der Tat, es wird unterhaltsam sein.«

»Und wenn nicht, dann können wir sie immer noch zurückschicken.«

Mathinna wollte nicht mit diesen verrückten Leuten von der Insel fort. Sie wollte sich nicht von ihrem Stiefvater und den anderen Stammesältesten verabschieden. Sie wollte nicht an einen fremden Ort reisen, an dem niemand sie kannte und wo sich keiner für sie interessierte. »Bitte, Sir«, flüsterte sie und griff nach Mr Robinsons Hand, »ich möchte nicht...«

Mr Robinson zog seine Hand fort und wandte sich an die Franklins. »Wir werden alle nötigen Vorkehrungen treffen.«

»Sehr gut.« Lady Franklin legte den Kopf schief und sah sie abschätzend an. »*Mathinna*. So nenne ich sie lieber. Dann ist die Überraschung größer, falls es ihr gelingt, sich die Umgangsformen einer Dame anzueignen.«

Später, als die Gäste des Gouverneurs abgelenkt waren, schlich sich Mathinna hinter die Backsteinhäuser und rannte los. Sie trug immer noch den traditionellen Festumhang aus Wallabyhaut, den ihr Vater ihr vor seinem Tod geschenkt hatte, und die Halskette, die ihre Mutter aus winzigen grünen Muscheln für sie gefertigt hatte. Auf dem Weg durch das hohe Wallaby-Gras, das weich ihre Schienbeine streifte, hörte sie Hundegebell und das Lärmen der Currawongs, plumper schwarzer Vögel, die immer trillerten und mit den Flügeln schlugen, wenn Regen aufkam. Sie sog den vertrauten Duft des Eukalyptus ein. Als sie die Lichtung überquert hatte und in den Busch trat, blickte sie hoch und sah, wie ein Schwarm von Sturmtauchern in den Himmel aufstob.

EVANGELINE

Mir ist keine einzige weibliche Strafgefangene bekannt, deren Charakter ich als anständig bezeichnen würde. Man muss sagen, dass die Lasterhaftigkeit dieser Frauen offen und schamlos ist. Man sollte es kaum für möglich halten, wie wild und unbezwingbar sie in ihrer Dreistigkeit sind. Sie sind die Pest und der Wundbrand der Kolonialgesellschaft – eine Beleidigung für die menschliche Natur und niedriger als Vieh, eine Schande für die Tierwelt.

James Mudie, *The Felony of New South Wales: Being a Faithful Picture of the Real Romance Life in Botany Bay*, 1837

St. John's Wood, London, 1840

Aus den Tiefen eines unruhigen Traums hörte Evangeline ein Klopfen. Sie öffnete die Augen. Stille.

Dann, noch beharrlicher: *Klopf-klopf-klopf.*

Durch das kleine Fenster hoch über ihrer Liege fiel ein schwacher Lichtschein. Panik wallte in ihr auf: Sie musste die Morgenglocke verschlafen haben.

Sie verschlief die Morgenglocke nie.

Als sie sich aufsetzte, wurde ihr schwindelig, und sie sank wieder auf ihr Kissen zurück. »Nur einen Augenblick.« Speichel sammelte sich in ihrem Mund, den sie hinunterschluckte.

»Die Kinder warten!« Die Stimme des Hausmädchens klang entrüstet.

»Wie viel Uhr ist es, Agnes?«

»Halb neun!«

Evangeline setzte sich erneut auf und schlug die Bettdecke mit einem Ruck zurück. Bittere Galle stieg in ihrer Kehle auf, und diesmal kam sie nicht dagegen an: Sie beugte sich vor und übergab sich schwallartig auf den Dielenboden.

Der Türknauf drehte sich, die Tür schwang auf, und Agnes nahm stirnrunzelnd die gelbe Masse auf dem Fußboden in Augenschein und rümpfte die Nase.

»Gib mir nur eine Minute. Bitte.« Evangeline blickte hilflos auf und wischte sich mit dem Ärmel über den Mund.

Agnes rührte sich nicht vom Fleck. »Irgendwas Falsches gegessen?«

»Ich glaube nicht.«

»Fieber?«

Evangeline legte sich die Hand auf die Stirn. Kühl und feucht. Sie schüttelte den Kopf.

»Ist dir schon länger schlecht?«

»Erst seit heute Morgen.«

»Hm.« Agnes schürzte die Lippen.

»Mit mir ist alles in Ordnung, ich bin nur ...« Wieder spürte Evangeline es in ihrem Bauch rumoren, und sie schluckte.

»Gar nichts ist in Ordnung, wie man sieht. Ich werde Mrs Whitstone Bescheid geben, dass heute kein Unterricht stattfindet.« Mit einem knappen Nicken wandte sich Agnes zum Gehen, dann hielt sie inne und schaute mit zusammengekniffenen Augen auf die Kommode.

Evangeline folgte ihrem Blick. Neben dem ovalen Spiegel glänzte ein Ring im Sonnenlicht. Der rote Edelstein warf tiefrote Flecken auf das weiße Taschentuch, auf dem er lag.

Ihr Herz zog sich zusammen. Am Abend zuvor hatte sie den Ring im Kerzenlicht betrachtet und dann törichterweise vergessen, ihn wegzuräumen.

»Woher hast du den?«, fragte Agnes.

»Der war ... ein Geschenk.«

»Von wem?«

»Einem Familienmitglied.«

»Aus *deiner* Familie?« Agnes wusste genau, dass Evangeline keine Familie besaß. Sie hatte sich nur deshalb als Hauslehrerin beworben, weil es niemanden gab, zu dem sie gehen konnte.

»Er ist ... ein Erbstück.«

»Hab ihn nie an dir gesehen.«

Evangeline setzte die Füße auf den Boden. »Du meine Güte. Ich habe auch nicht viele Gelegenheiten, so etwas zu tragen, oder?«, sagte sie, um einen barschen Tonfall bemüht. »Lässt du mich jetzt in Ruhe? Mir geht es wunderbar. In einer Viertelstunde treffe ich die Kinder in der Bibliothek.«

Agnes musterte sie noch einmal streng, dann verließ sie das Zimmer und zog die Tür hinter sich zu.

Später würde Evangeline diesen Moment Dutzende von Malen in ihrem Kopf Revue passieren lassen – was sie hätte sagen oder tun können, um Agnes abzulenken. Wahrscheinlich hätte es keinen Unterschied gemacht. Agnes hatte sie von Anfang an nicht gemocht. Sie war nur ein paar Jahre älter als Evangeline, aber schon seit beinahe zehn Jahren im Dienst der Whitstones, und stellte ihren Erfahrungsvorsprung mit arroganter Herablassung zur Schau.

Immer wieder warf sie Evangeline vor, die Regeln nicht zu kennen oder die Abläufe im Haus nicht zu begreifen. Als Evangeline dem Hilfsbutler, ihrem einzigen Verbündeten, anvertraut hatte, dass sie den Grund für Agnes' offensichtliche Verachtung nicht verstand, hatte er den Kopf geschüttelt. »Komm schon, sei nicht so naiv. Bis du gekommen bist, war sie das einzige Mädel. Jetzt ziehst du alle Aufmerksamkeit auf dich – auch die des jungen Herrn, der vorher Agnes schöne Augen gemacht hat, jedenfalls dachte sie das. Und dann hast du auch noch die leichtere Arbeit.«

»Das ist nicht wahr!«

»Anders ist sie aber schon, oder? Agnes muss von morgens bis abends Bettwäsche in Lauge schrubben und Nachttöpfe leeren. Du dagegen wirst für deinen Grips bezahlt. Kein Wunder, dass sie sauer ist.«

Evangeline stand auf, umrundete vorsichtig das Erbrochene und ging zu ihrer Kommode. Dort nahm sie den Rubinring und streckte ihn in Richtung Fenster, beobachtete fasziniert, wie sich das Licht darin brach. Sie sah sich im Zimmer um. Wo konnte sie ihn verstecken? Unter der Matratze? Im Kopfkissen? Schließlich öffnete sie die oberste Kommodenschublade und steckte den Ring in die Tasche eines alten Kleides, das unter ein paar neueren lag.

Wenigstens hatte Agnes nicht das weiße Taschentuch unter dem Ring bemerkt, in der Ecke bestickt mit Cecils verschlungenen Initialen – *C. F. W.* für Cecil Frederic Whitstone – und dem Familienwappen. Evangeline steckte das Taschentuch unter den Bund ihres Unterrocks und fing an sauberzumachen.

Während die Kinder aus der Fibel vorlasen, erschien plötzlich Mrs Whitstone in der Bibliothek. Die beiden sahen überrascht auf. Es war nicht die Art ihrer Mutter, während des Unterrichts unangekündigt aufzutauchen.

»Miss Stokes«, sagte sie in ungewöhnlich aufgebrachtem Ton, »bitte beenden Sie den Unterricht, so gut es geht, und kommen Sie in den Salon. Ned, Beatrice – Mrs Grimsby hat eine besondere Süßspeise zubereitet. Wenn ihr fertig seid, könnt ihr in die Küche gehen.«

Die Kinder sahen einander verwundert an.

»Aber Miss Stokes bringt uns immer zum Tee nach unten«, sagte Ned.

Seine Mutter lächelte dünn. »Ich bin sicher, dass ihr den Weg auch alleine findet.«

»Werden wir bestraft?«

»Aber nein.«

»Und Miss Stokes?«, fragte Beatrice.

»Was für eine lächerliche Frage.«

Evangeline spürte Furcht in sich aufsteigen.

»Hat Mrs Grimsby einen Kuchen gebacken?«

»Das werdet ihr gleich sehen.«

Mrs Whitstone verließ die Bibliothek, und Evangeline atmete tief durch. »Lasst uns diesen Abschnitt zu Ende lesen, ja?«, sagte sie, aber sie war nicht mehr bei der Sache, und die Kinder waren ohnehin von der Aussicht auf Kuchen abgelenkt. Als Ned seinen Absatz über das Bootfahren heruntergeleiert hatte, lächelte sie und sagte: »In Ordnung, Kinder, das reicht. Ihr könnt loslaufen zu eurem Tee.«

Da war er: der Rubinring, glänzend im matten Schein der Tranlampen im düsteren Salon. Mrs Whitstone hielt ihn in der Hand. »Wo haben Sie den her?«

Evangeline zupfte an ihrem Schürzenzipfel, eine alte Angewohnheit aus Kindheitstagen. »Ich habe ihn nicht gestohlen, falls Sie das andeuten wollen.«

»Ich deute gar nichts an. Ich stelle eine Frage.«

Evangeline hörte ein Geräusch und erstarrte, als sie im Halbdunkel hinter einem Stuhl einen Constable gewahrte. Er hatte einen schlaffen Schnurrbart und trug eine enganliegende schwarze Weste. In seinem Holster steckte ein Knüppel. Er hielt einen Stift und ein Notizbuch in den Händen.

»Sir«, sagte sie und deutete einen Knicks an. Ihr Herz klopfte so laut, dass sie fürchtete, er könnte es hören.

Er beugte sich über sein Notizbuch und notierte sich etwas.

»Dieser Ring wurde zwischen Ihren Sachen gefunden«, sagte Mrs Whitstone.

»Sie ... sind in meinem Zimmer gewesen.«

»Sie sind eine Angestellte dieses Haushalts. Es ist nicht *Ihr Zimmer*.«

Darauf wusste Evangeline keine Antwort.

»Agnes hat ihn auf Ihrer Kommode entdeckt, als sie kam, um nach Ihnen zu sehen. Das wissen Sie. Und dann haben Sie ihn versteckt.« Mrs Whitstone hielt erneut den Ring hoch und sah an Evangeline vorbei den Constable an. »Dieser Ring ist Eigentum meines Mannes.«

»Das ist er nicht. Er gehört Cecil«, entfuhr es Evangeline.

Der Constable blickte zwischen den beiden Frauen hin und her. »Cecil?«

Mrs Whitstone bedachte Evangeline mit einem scharfen Blick. »Der junge Mr Whitstone. Mein Stiefsohn.«

»Können Sie bestätigen, dass dieser Ring Ihrem Stiefsohn gehört?« Wenn der Mann sprach, zitterte der Schnurrbart unter seiner Knollennase.

Mit einem verkniffenen Lächeln sagte Mrs Whitstone: »Er gehörte der Mutter meines Mannes. Ob er jetzt meinem Mann oder seinem Sohn gehört, sei dahingestellt. Aber ganz gewiss gehört er nicht Miss Stokes.«

»Er hat ihn mir geschenkt«, sagte Evangeline.

Erst vor ein paar Tagen hatte Cecil eine kleine blaue Samtschachtel aus der Tasche gezogen und ihr in den Schoß gelegt. »Mach sie auf.«

Sie hatte ihn überrascht angesehen. Ein Ringetui. Konnte das sein? Es war natürlich unmöglich, und doch ... hatte sie sich einen kleinen Hoffnungsschimmer erlaubt. Redete er nicht immer davon, dass sie schöner, bezaubernder und klüger sei als alle Frauen aus seinen Kreisen? Sagte er nicht immer, er würde auf die Erwartungen seiner Familie pfeifen oder auf die albernen Moralvorstellungen der Gesellschaft?

Als sie den Deckel öffnete, hatte ihr der Atem gestockt: Ein Ring aus Gold, dessen filigrane Ornamente in vier Bögen mündeten, die einen tiefroten Stein umschlossen.

»Der Rubin meiner Großmutter«, erklärte er ihr. »Als sie gestorben ist, hat sie ihn mir vermacht.«

»Oh Cecil, er ist wunderschön. Aber willst du ...«

»Oh, nein, nein! Lass uns nichts überstürzen! Fürs Erste ist es genug, wenn ich ihn an deinem Finger sehe.«

Er hatte den Ring aus dem kleinen Kissen gezogen und ihr auf den Finger gestreift, und es hatte sich aufregend und intim angefühlt und zugleich merkwürdig beklemmend. Sie hatte noch nie einen Ring getragen; ihr Vater, ein Vikar, hatte von Schmuck nichts gehalten. Cecil beugte sich sanft zu ihrer Hand herab und küsste sie. Dann ließ er die Samtschachtel zuschnappen, steckte sie zurück in seine Westentasche und zog ein weißes Taschentuch hervor. »Wickle den Ring darin ein und verstecke ihn, bis ich aus den Ferien zurück bin. Es wird unser Geheimnis sein.«

Mrs Whitstone stieß ein Schnauben aus. »Das ist lächerlich. Warum in aller Welt sollte Cecil Ihnen …« Ihre Stimme erstarb, und sie starrte Evangeline an.

Evangeline begriff, dass sie zu viel gesagt hatte. *Es wird unser Geheimnis sein.* Aber Cecil war fort. Sie war verzweifelt, fühlte sich in die Enge getrieben. Und in dem Versuch, sich zu verteidigen, hatte sie jetzt das eigentliche Geheimnis verraten.

»Wo ist der junge Mr Whitstone?«, fragte der Constable.

»Im Ausland. In Venedig.«

»Man könnte versuchen, Kontakt zu ihm aufzunehmen. Haben Sie seine Adresse?«

Mrs Whitstone schüttelte den Kopf. »Das wird nicht nötig sein.« Sie verschränkte die Arme und sagte: »Es ist offensichtlich, dass das Mädchen lügt.«

Der Constable hob eine Augenbraue. »Gibt es diesbezüglich eine Vorgeschichte?«

»Ich habe keine Ahnung. Miss Stokes ist erst seit ein paar Monaten bei uns.«

»Fünf«, sagte Evangeline. Dann nahm sie all ihre Kraft zusammen und sah dem Constable in die Augen. »Ich habe mir bei der Erziehung der Kinder von Mrs Whitstone große Mühe gegeben und mein Bestes getan, um ihren Charakter zu festigen. Nie habe ich mir irgendetwas zuschulden kommen lassen.«

Mrs Whitstone lachte trocken auf. »Das sagt *sie*.«

»Es dürfte nicht schwer sein, das nachzuprüfen«, erklärte der Constable.

»Ich habe den Ring nicht gestohlen«, sagte Evangeline.

Der Constable trommelte mit seinem Bleistift auf das Notizbuch. »Ist notiert.«

Mrs Whitstone sah Evangeline kalt und abschätzend an. »Tatsächlich misstraue ich diesem Mädchen schon seit einiger Zeit. Sie kommt und geht zu den ungewöhnlichsten Tages- und Nachtzeiten. Ist verschlossen. Die Hausmädchen finden sie unnahbar. Und jetzt wissen wir auch, warum. Sie hat ein Familienerbstück gestohlen und dachte, sie würde damit davonkommen.«

»Wären Sie bereit, eine entsprechende Aussage zu machen?«

»Selbstverständlich.«

Evangeline wurde übel. »Bitte«, wandte sie sich an den Constable, »könnten wir auf Cecils Rückkehr warten?«

Mrs Whitstone drehte sich um und bedachte sie mit einem finsteren Blick. »Diese unangebrachte Vertraulichkeit dulde ich nicht. Für Sie ist er Mr Whitstone.«

Der Constable zupfte an seinem Schnurrbart. »Ich glaube, ich habe jetzt alle Informationen, Miss Stokes. Sie können gehen. Ich habe noch ein paar Fragen an die Herrin des Hauses.«

Evangeline blickte zwischen den beiden hin und her. Mrs Whitstone hob das Kinn. »Warten Sie in Ihrem Zimmer. Ich werde bald jemanden zu Ihnen schicken.«

Falls Evangeline sich über den Ernst ihrer Lage noch nicht im Klaren gewesen war, wurde er bald genug offensichtlich.

Auf dem Weg die Treppe hinunter zu den Dienstbotenzimmern begegnete sie mehreren Angehörigen des Hauspersonals, die alle kühl nickten und dann den Blick abwandten. Der Hilfsbutler lächelte ihr verkniffen zu. Als sie den Treppenabsatz passierte, auf dem das Zimmer lag, das sich Agnes mit einem anderen Hausmädchen teilte, ging die Tür auf, und Agnes kam heraus. Sie erblickte Evangeline, wurde blass und wollte sich an ihr vorbeidrücken, aber Evangeline packte sie am Arm.

»Was machst du da?«, zischte Agnes. »Lass mich los.«

Evangeline stieß Agnes ins Zimmer und schloss die Tür. »Du hast den Ring aus meinem Zimmer genommen. Dazu hattest du kein Recht.«

»Kein Recht, gestohlenes Eigentum zurückzuholen? Im Gegenteil, es war meine Pflicht.«

»Er war nicht gestohlen.« Sie nahm Agnes beim Arm. »Er war ein Geschenk.«

»Ein Erbstück, hast du zu mir gesagt. Du hast gelogen.«

»Er *war* ein Geschenk.«

Agnes schüttelte sie ab. »»Er *war* ein Geschenk««, äffte sie Evangeline nach. »Wie dumm du doch bist. Und das ist nur ein Teil des Problems. Du bist *schwanger*.« Sie lachte über Evangelines fassungsloses Gesicht. »Überrascht, was? Zu unschuldig, um es zu merken, aber nicht zu unschuldig, um es zu werden.«

Schwanger. In dem Moment, als Agnes es aussprach, wusste Evangeline, dass es stimmte. Die Übelkeit, ihre unerklärliche Müdigkeit in letzter Zeit...

»Ich hatte die moralische Verpflichtung, die Lady zu informieren«, sagte Agnes süffisant.

Cecils sanfte Worte. Seine beharrlichen Hände und sein einnehmendes Lächeln. Ihre Schwäche, ihre Leichtgläubigkeit. Wie töricht sie gewesen war! Wie hatte sie sich nur in eine solche Situation bringen können? Ihr guter Ruf war alles, was sie besaß. Jetzt hatte sie nichts mehr.

»Denkst wohl, du bist besser als wir anderen, was? Tja, bist du nicht. Und das hast du jetzt davon«, sagte Agnes, während sie den Türknauf drehte. »Alle hier lachen über dich.« Sie stieß Evangeline gegen die Wand und drängte sich an ihr vorbei zur Treppe.

Verzweiflung brach über Evangeline herein und erfüllte sie mit einer so wütenden Kraft, dass sie nichts dagegen tun konnte. Ohne nachzudenken folgte sie Agnes auf den Treppenabsatz und versetzte ihr einen heftigen Stoß. Mit einem merkwürdigen spitzen Aufschrei stürzte Agnes Kopf voran die Treppe hinunter und blieb unten zusammengekrümmt liegen.

Während Evangeline zusah, wie Agnes sich langsam hochrappelte, spürte sie, dass ihre Wut abflaute. Zurück blieb ein leises Gefühl des Bedauerns.

Innerhalb von Sekunden waren der Butler und ein Diener zur Stelle.

»Sie ... sie hat versucht, mich umzubringen!«, schrie Agnes und hielt sich den Kopf.

Evangeline, die immer noch oben auf dem Treppenabsatz stand, fühlte sich merkwürdig, ja, beängstigend ruhig. Sie strich ihre Schürze glatt und steckte sich eine Haarsträhne hinter das Ohr. Das verächtliche Lächeln des Butlers und Agnes' theatralisches Schluchzen nahm sie wahr, als fände das alles auf einer Bühne statt. Sie sah, wie Mrs Grimsby unter aufgeregtem Rufen herbeieilte.

Das war das Ende ihrer Zeit in der Blenheim Road, das wusste sie, es war vorbei mit Fibeln, Griffeln und Schiefertafeln, mit Neds und Beatrice' Geplapper über Kuchen, vorbei mit ihrem kleinen Schlafzimmer mit dem winzigen Fenster. Mit Cecils heißem Atem an ihrem Hals. Es würde keine Erklärungen und keine Entschuldigungen geben. Vielleicht war es besser so – lieber spielte sie bei ihrem Untergang eine aktive Rolle, als passives Opfer zu sein. Wenigstens war ihr Schicksal jetzt nicht mehr unverdient.

Auf dem Gang der Dienstboten, der mit Tranlampen erleuchtet war, legten zwei Constables ihr Handschellen und Fußketten an, während der Constable mit dem schlaffen Schnurrbart zwischen den Dienstboten hin und her lief, das Notizbuch in der Hand. »Sie war furchtbar still«, sagte das Zimmermädchen, als wäre Evangeline schon fort. Jeder schien die Rolle, die von ihm erwartet wurde, zu übertreiben: Die Bediensteten waren ein bisschen zu entrüstet, die Constables ein bisschen zu wichtigtuerisch, und Agnes war verständlicherweise ganz außer sich angesichts der Aufmerksamkeit und des Mitgefühls ihrer Herrschaften.

Evangeline trug immer noch ihre blaue Uniform aus Kammwolle mit der weißen Schürze. Sonst durfte sie nichts mitnehmen. Ihre Hände vor dem Bauch gefesselt, an den Füßen klirrende Ketten, waren zwei Constables nötig, um sie über die enge Hintertreppe zu dem ebenerdigen Dienstboteneingang zu bringen. In die Gefängniskutsche musste man sie praktisch heben.

Es war ein kalter, regnerischer Abend im März. In der Kutsche war es feucht, und merkwürdigerweise roch es nach nassem Schaf. Die Fenster hatten statt einer Glasscheibe senkrechte Eisenstäbe. Evangeline saß neben dem Constable mit dem schlaffen Schnurrbart und gegenüber den zwei anderen, die sie anstarrten. Sie war nicht sicher, ob ihre Blicke anzüglich waren oder nur neugierig.

Während der Kutscher die Pferde fertig machte, beugte Evangeline sich vor, um noch ein letztes Mal das Haus zu sehen. Mrs Whitstone stand am Fenster und hielt die Gardine zur Seite. Als sie Evangelines Blick begegnete, ließ sie die Gardine los und zog sich hastig in den Salon zurück.

Die Pferde setzten sich abrupt in Bewegung. Evangeline bemühte sich vergeblich um eine Position, in der die Fußeisen ihr nicht in die Gelenke schnitten, wenn die Kutsche über Pflastersteine holperte.

Am Tag ihrer Ankunft in St. John's Wood war es genauso kalt und regnerisch gewesen. Sie war mit der Pferdedroschke gekommen. Vor dem cremeweißen Haus in der Blenheim Road – die Zweiundzwanzig aus schwarzem Metall, die Haustür in glänzendem Zinnoberrot – hatte sie tief Luft geholt. Der Koffer, dessen Griff sie mit einer Hand umklammerte, enthielt alles, was sie besaß: drei Musselinkleider, eine Nachthaube und zwei Nachthemden, etwas Unterwäsche, eine Bürste aus Pferdehaar, einen Waschlappen sowie ein paar Bücher – die Bibel ihres Vaters mit seinen handgeschriebenen Notizen, ihre Lehrbücher für Latein, Griechisch und Mathematik sowie eine abgegriffene Ausgabe von *Der Sturm*. Das war das einzige Drama, das sie je auf der Bühne gesehen hatte; bei der Freilichtaufführung einer fahrenden Truppe, die in einem Sommer nach Tunbridge Wells gekommen war.

Sie rückte ihren Hut zurecht, klingelte an der Tür und hörte das Schrillen der Glocke bis nach draußen.

Niemand öffnete ihr.

Sie drückte erneut auf die Klingel. Gerade als sie sich fragte, ob sie sich im Datum geirrt hatte, ging die Tür auf, und ein junger Mann erschien. Seine braunen Augen waren lebhaft und neugierig. Sein braunes Haar, dick und leicht gewellt, reichte bis über den Kragen seines weißen Hemdes, das er nicht in die Hose gesteckt hatte. Er trug keinen Frack und keine Krawatte. Ganz sicher war er nicht der Butler.

»Ja?«, sagte er ungeduldig. »Kann ich Ihnen helfen?«

»Nun, ich ... ich bin ...« Sie sammelte sich und machte

einen Knicks. »Entschuldigen Sie, Sir. Vielleicht sollte ich später wiederkommen.«

Er betrachtete sie. »Werden Sie erwartet?«

»So dachte ich, ja.«

»Von wem?«

»Von der Lady des Hauses, Sir. Mrs Whitstone. Ich bin Evangeline Stokes, die neue Hauslehrerin.«

»Tatsächlich. Sind Sie ganz sicher?«

»Wie ... bitte?«, stammelte sie.

»Ich wusste nicht, dass es so hübsche Hauslehrerinnen gibt«, sagte er und zeigte mit einer galanten Geste auf sie. »Verdammt unfair. Meine sah ganz anders aus.«

Evangeline konnte ihr Unbehagen kaum verbergen. Sie fühlte sich, als spielte sie in einem Theaterstück mit und hätte ihren Text vergessen. In ihrer Rolle als Pfarrerstochter hatte sie vor und nach dem Gottesdienst immer hinter ihrem Vater gestanden, um die Gemeindemitglieder zu begrüßen, und sie hatte ihn auch bei seinen Besuchen der Alten und Kranken begleitet. So begegnete sie allen möglichen Menschen, vom Korbflechter bis zum Stellmacher, vom Zimmermann bis zum Hufschmied. Aber sie hatte wenig Kontakt zu den Reichen gehabt, die in ihre eigenen Kirchen gingen und unter sich blieben. Mit dem schlüpfrigen Humor der höheren Klassen hatte sie keine Erfahrung, und sie war nicht geübt in deren Wortgeplänkeln.

»Ich mache nur ein wenig Spaß.« Der junge Mann lächelte und streckte ihr die Hand entgegen, die sie zögernd ergriff. »Cecil Whitstone. Halbbruder Ihrer Schutzbefohlenen. Ich wage zu prophezeien, dass Sie alle Hände voll zu tun haben werden.« Er machte die Tür weit auf. »Ich springe für Trevor ein, der ohne Zweifel unterwegs ist, um irgendeine der Launen meiner Stiefmutter zu erfüllen. Kommen Sie, treten Sie ein. Ich wollte gerade gehen, aber ich werde Sie ankündigen.«

Als sie mit ihrem Koffer in das schwarz-weiß gefliese Foyer trat, streckte Cecil noch einmal den Kopf zur Tür hinaus. »Sonst keine Taschen?«

»Das ist alles.«

»Meine Güte, Sie reisen mit leichtem Gepäck.«

In diesem Moment öffnete sich die Tür am anderen Ende des Flurs, und eine dunkelhaarige Frau Mitte dreißig erschien. Sie setzte sich gerade eine grüne Seidenhaube auf. »Ah, Cecil!«, sagte sie. »Und das ist vermutlich Miss Stokes?« Sie lächelte Evangeline zerstreut zu. »Ich bin Mrs Whitstone. Ich fürchte, hier ist heute alles ein wenig durcheinander. Trevor hilft Matthew, die Pferde anzuspannen, damit ich in die Stadt fahren kann.«

»Wir alle haben mannigfaltige Verpflichtungen, sagte Cecil in verschwörerischem Ton, als wären er und Evangeline alte Freunde. »Zusätzlich zum Lateinunterricht werden Sie bald auch Gänse rupfen und das Silber polieren müssen.«

»Unsinn«, sagte Mrs Whitstone, die vor dem großen goldgerahmten Spiegel ihre Haube zurechtrückte. »Cecil, würdest du bitte Agnes davon in Kenntnis setzen, dass Miss Stokes angekommen ist?« Wieder an Evangeline gewandt, sagte sie: »Agnes wird Ihnen Ihr Zimmer zeigen. Das Abendbrot für Dienstboten ist um fünf Uhr. Sie werden Ihre Mahlzeiten mit ihnen zusammen einnehmen, wenn der Unterricht der Kinder rechtzeitig zu Ende ist. Sie sehen ein wenig abgeschlagen aus, meine Liebe. Vielleicht möchten Sie sich bis zum Abendessen ausruhen.«

Es war keine Frage, sondern eine Feststellung.

Als Mrs Whitstone gegangen war, sagte Cecil mit einem verschmitzten Lächeln: »›Abgeschlagen‹ ist nicht gerade das Wort, das ich benutzt hätte.« Er kam näher an sie heran, als es angemessen schien.

Evangeline verspürte ein ungewohntes Herzklopfen. »Sollten Sie jetzt nicht ... ähm ... Agnes Bescheid sagen, dass ich da bin?«

Er strich sich nachdenklich übers Kinn, dann sagte er: »Meine Erledigungen können warten. Ich werde Sie selbst herumführen. Es ist mir ein Vergnügen.«

Hätten sich die Dinge anders entwickelt, wenn Evangeline Mrs Whitstones Anweisungen gefolgt wäre – oder am besten gleich ihrem Instinkt? Hatte sie nicht gemerkt, dass sie sich auf dünnem Eis bewegte und beim leisesten Fehltritt einbrechen würde?

Nein, das hatte sie nicht. Sie lächelte Cecil an und steckte sich eine lose Haarsträhne zurück in ihren Haarknoten. »Das wäre wunderbar«, sagte sie.

Nun, da sie in der zugigen Kutsche saß, tastete sie mit ihren gefesselten Händen nach dem Taschentuch mit dem Monogramm unter ihrem Unterrock. Mit den Fingern der einen Hand fuhr sie seine schwachen Umrisse nach und bildete sich ein, das Garn von Cecils Initialen spüren zu können, die sich mit den Linien des Familienwappens verflochten – ein Löwe, eine Schlange, eine Krone.

Das war alles, was sie von ihm hatte und je haben würde. Abgesehen natürlich von dem Kind, das in ihr heranwuchs.

Sie fuhren in Richtung Westen, auf den Fluss zu. Niemand in dem kühlen Kutschraum redete. Unwillkürlich rückte Evangeline etwas näher an den Constable heran, dessen Körperwärme sie neben sich spürte. Er verzog das Gesicht, blickte zu Boden und rückte von ihr ab in Richtung Fenster.

Evangeline war schockiert. Noch nie in ihrem Leben hatte sie die Erfahrung gemacht, von einem anderen Menschen verabscheut zu werden. Die kleinen Aufmerksamkeiten, die ihr andere aus Freundlichkeit und Fürsorge zuteilwerden ließen, hatte sie immer als selbstverständlich hingenommen: Wenn ihr der Metzger die besten Fleischstücke heraussuchte, der Bäcker den letzten Brotlaib für sie aufbewahrt hatte.

Nun war sie dabei zu lernen, wie sich Verachtung anfühlte.

Newgate Prison, London, 1840

In diesem Teil von London stank es nach Pferdemist und verfaultem Gemüse. Die Luft war schwer vom Rauch der Kohleöfen, Frauen in zerschlissenen Umhängen lungerten unter Gaslaternen herum, Männer drängten sich um Feuertonnen, Kinder rannten trotz der späten Uhrzeit kreischend auf der Straße herum, wühlten in Abfällen und verglichen ihre Fundstücke. Einen solchen Ort hatte Evangeline noch nie gesehen. Sie kniff die Augen zusammen und versuchte auszumachen, was die Kinder in den Händen hielten. *Knochen.* Sie hatte von diesen Kindern gehört, die sich ein paar Pennys verdienten, indem sie Tierknochen sammelten, die man zu Asche verbrannte und mit Lehm vermischte, um die Keramikwaren herzustellen, die die feinen Damen in ihren Geschirrvitrinen aufbewahrten. Noch ein paar Stunden zuvor hätte sie Mitleid empfunden; jetzt war sie wie betäubt.

»Da wären wir«, sagte einer der Constables und zeigte aus dem Fenster. »Der Knast.«

»Der Knast?« Evangeline beugte sich vor und reckte den Hals.

»Newgate.« Er grinste. »Dein neues Zuhause.«

In Groschenromanen hatte sie Geschichten von gefährlichen Verbrechern gelesen, die im Newgate-Gefängnis einsaßen. Und da lag es nun vor ihr, eine langgezogene Festung im Schatten der St Paul's Cathedral. Als sie näher kamen, sah Evangeline, dass die Fenster zur Straße hin seltsam stumpf aussahen. Erst als der Kutscher den Pferden etwas zurief und vor dem großen schwarzen Tor kräftig die Zügel zog, wurde ihr klar, dass sie nicht echt, sondern aufgemalt waren.

Eine kleine Gruppe von Menschen, die in der Nähe des Eingangs gestanden hatten, drängte sich nun um die Kutsche. »Gaffer«, sagte der Constable mit dem schlaffen Schnurrbart. »Diese Vorstellung wird nie langweilig.«

Die drei Constables stiegen nacheinander aus und herrschten die Umstehenden an, zurückzutreten. Evangeline kauerte sich in dem engen Kutschraum zusammen, bis einer sie ungeduldig herauswinkte. »Komm schon!« Sie schob sich vor zur Tür, und er zog an ihrer Schulter. Als sie aus der Kutsche stolperte, packte er sie wie einen Sack Mehl und ließ sie zu Boden plumpsen. Ihre Wangen brannten vor Scham.

Kinder mit großen Augen und grantig dreinblickende Erwachsene starrten sie an, während sie mühsam wieder auf die Beine kam. »Was für eine Schande«, stieß eine Frau hervor. »Gnade Gott deiner Seele.«

Ein Constable stieß Evangeline in Richtung des eisernen

Tors, wo die kleine Gruppe von zwei Wachmännern empfangen wurde. Während sie zwischen den beiden durch das Tor stolperte, die Constables hinter sich, blickte sie hoch und las die Inschrift an der Sonnenuhr über dem Torbogen. *Venio Sicut Fur.* Wahrscheinlich verstanden die meisten Gefangenen, die durch das Tor traten, diese Worte nicht, aber Evangeline verstand sie. *Ich komme als Dieb.*

Scheppernd fiel das Tor ins Schloss. Sie hörte ersticktes Klagen, wie maunzende Katzen in einem Sack, hob den Kopf und lauschte. »Die anderen Huren«, erklärte der Wachmann. »Du wirst früh genug bei ihnen sein.«

Huren! Sie zuckte zusammen.

Ein schlanker Mann, der einen großen Ring am Gürtel trug, an dem Schlüssel hingen, kam eilig auf sie zu. »Hier entlang. Nur die Gefangene und zwei andere.«

Evangeline, der schnurrbärtige Constable und einer der Wachmänner folgten ihm durch eine Vorhalle und mehrere Treppen hinauf. Mit ihren Fußketten kam sie nur langsam vorwärts; der Wachmann stieß ihr immer wieder seinen Knüppel in den Rücken. Sie gingen durch ein Labyrinth von Korridoren, nur schwach beleuchtet von Öllaternen, die an den dicken Mauern hingen.

Vor einer doppelt verriegelten Holztür blieb der Gefängniswärter stehen. Er ging seine Schlüssel durch, fand schließlich den gesuchten und steckte ihn erst in das obere, dann in das untere Schloss, um die Tür zu öffnen. Dann durchquerte er einen kleinen Raum, in dem nur ein Eichentisch und ein Stuhl standen, beleuchtet von einer

Hängelampe an der hohen Decke, und klopfte an eine andere, kleinere Tür.

»Entschuldigen Sie, Oberin. Eine neue Gefangene.«

Stille. Dann, leise: »Einen Moment.«

Sie warteten. Die Männer lehnten sich an die Wand und unterhielten sich. Evangeline in ihren Ketten stand unsicher in der Mitte des Raumes. Ihre Unterarme waren feucht, und die Fußketten scheuerten an ihren Knöcheln. Ihr Magen knurrte; sie hatte seit dem Morgen nichts mehr gegessen.

Nach einer Weile wurde die Tür geöffnet. Offensichtlich hatten sie die Oberin geweckt. Ihr kantiges Gesicht war voller Falten, ihr angegrautes Haar zu einem unordentlichen Knoten gesteckt. Sie trug ein ausgebleichtes schwarzes Kleid.

»Fangen wir an«, sagte sie gereizt. »Ist die Gefangene durchsucht worden?«

»Nein, Ma'am«, sagte der Gefängniswärter.

Sie gab ihm ein Zeichen. »Na dann los.«

Grob fuhr er mit den Händen über Evangelines Schultern und an ihren Seiten entlang, unter ihre Arme und sogar kurz zwischen ihre Beine. Sie wurde rot vor Scham. Als er der Oberin zunickte, ging sie zum Schreibtisch, zündete eine Kerze an und ließ sich auf den Stuhl sinken. Sie schlug ein dickes Buch auf, dessen Seiten in einer winzigen Schrift dicht beschrieben waren. »Name«, sagte sie.

»Evangel…«

»Nicht Sie«, sagte die Oberin, ohne aufzublicken. »Sie haben das Recht zu sprechen verwirkt.«

Evangeline biss sich auf die Unterlippe.

Der Constable zog einen Bogen Papier aus der Innentasche seiner Weste und starrte darauf. »Name ... äh ... Evangeline Stokes.«

Sie tunkte ihre Feder in ein Tintenfass und schrieb in das Buch. »Verheiratet?«

»Nein.«

»Alter?«

»Ah ... mal sehen. Sie wird zweiundzwanzig.«

»Sie wird oder sie ist?«

»Geboren im August, steht hier. Also ... einundzwanzig.«

Die Oberin warf ihm einen scharfen Blick zu, den Stift in der Luft über dem Papier. »Drücken Sie sich deutlich aus, Constable, sonst sitzen wir noch die ganze Nacht hier. Ihr Vergehen. In so wenigen Worten wie möglich.«

Er räusperte sich. »Nun, Ma'am, es sind mehrere.«

»Beginnen Sie mit dem ungeheuerlichsten.«

Er seufzte. »Zuerst ... Sie ist eine Schwerverbrecherin. Der schlimmsten Art.«

»Das Delikt.«

»Versuchter Mord.«

Die Oberin sah Evangeline stirnrunzelnd an.

»Ich habe nicht ...«, begann Evangeline.

Die Oberin hob die Hand. Dann blickte sie wieder in ihr Buch und schrieb weiter. »An wem, Constable.«

»An einem Zimmermädchen, angestellt bei ... äh« – er suchte auf dem Blatt in seiner Hand –, »bei einem gewissen Ronald Whitstone, wohnhaft in der Blenheim Road 22, St. John's Wood.«

»Auf welche Weise.«

»Miss Stokes hat sie eine Treppe hinuntergestoßen.«

Sie sah auf. »Ist das Opfer ... wohlauf?«

»Es scheint so. Erschüttert, aber im Wesentlichen ... wohlauf, denke ich.«

Aus dem Augenwinkel sah Evangeline eine Bewegung in der Ecke: eine magere Ratte, die sich durch einen Spalt unter der Fußleiste zwängte.

»Und was noch?«

»Ein Erbstück, das dem Hausherrn gehörte, ist in Miss Stokes' Zimmer gefunden worden.«

»Was für ein Erbstück?«

»Ein Ring. Gold. Mit einem wertvollen Stein. Einem Rubin.«

»Ich habe ihn geschenkt bekommen«, platzte Evangeline heraus.

Die Oberin ließ die Feder sinken. »Miss Stokes. Das ist der zweite Verweis.«

»Es tut mir leid. Aber ...«

»Sie sagen kein Wort mehr, wenn Sie nicht gefragt werden. Ist das klar?«

Evangeline nickte unglücklich. Ihre Angst und die Sorge waren einer beunruhigenden Starre gewichen. Beinahe nüchtern fragte sie sich, ob sie gleich das Bewusstsein verlieren würde. Gnädige Dunkelheit war sicher besser als das hier.

»Körperverletzung und Diebstahl«, sagte die Oberin zu dem Constable, die Hand auf der Buchseite. »Das wird ihr vorgeworfen?«

»Ja, Ma'am. Und außerdem ist sie ... guter Hoffnung.«

»Verstehe.«

»Außerehelich, Ma'am.«

»Ich habe Ihre Andeutung verstanden, Constable.« Sie sah auf. »Also wird ihr versuchter Mord und schwerer Diebstahl vorgeworfen.«

Er nickte.

Sie seufzte. »Nun gut. Sie können gehen. Ich werde die Gefangene in den Zellentrakt bringen.«

Als der Mann hinausgegangen war, wandte sich die Oberin an Evangeline. »Vermutlich ein langer Tag für Sie. Es tut mir leid, Ihnen sagen zu müssen, dass es nicht besser werden wird.«

Evangeline spürte Dankbarkeit in sich aufwallen. Diese Worte waren an diesem Tag das Einzige, was entfernt an Freundlichkeit erinnerte. Tränen stiegen ihr in die Augen, und obwohl sie sich fest vornahm, nicht zu weinen, rollten sie ihr über die Wangen. Mit ihren gefesselten Händen konnte sie sie nicht abwischen. Für einen kurzen Augenblick erfüllte ihr ersticktes Schluchzen den Raum.

»Ich muss Sie jetzt runterbringen«, sagte die Oberin schließlich.

»Es war nicht so, wie er gesagt hat«, stieß Evangeline hervor. »Ich ... ich habe nicht ...«

»Sie können sich Ihre Worte sparen. Meine Meinung zählt nicht.«

»Aber es gefällt mir nicht, wenn Sie ... schlecht von mir denken.«

Die Oberin lachte trocken. »Oh, Mädchen. Das ist neu für Sie.«

»Ja, das ist es.«

Während sie die Feder ablegte und das Buch zuschlug, fragte die Oberin: »War es Gewalt?«

»Wie bitte?«, entgegnete Evangeline verständnislos.

»Hat der Mann Sie gezwungen?«

»Oh. Nein, nein.«

»Dann war es also Liebe?« Die Oberin schüttelte seufzend den Kopf. »Sie lernen auf die unsanfte Weise, dass es keine Männer gibt, denen man vertrauen kann. Frauen übrigens auch nicht. Je eher Sie das verstehen, desto besser für Sie.«

Sie durchquerte den Raum und öffnete einen Schrank, aus dem sie zwei Stücke braunes Sackleinen, einen Holzlöffel und einen Blechbecher nahm. Nachdem sie Löffel und Becher in den Stoff gewickelt hatte, schnürte sie das Ganze zu einem Bündel, das sie mit Hilfe einer Schlaufe an Evangelines gefesselte Handgelenke hängte. Dann nahm sie den Kerzenleuchter von ihrem Schreibtisch, zog einen Schlüsselbund aus der Schublade und gab ihr ein Zeichen, ihr zu folgen. »Hier, halten Sie die«, sagte sie, als sie im Gang standen, und gab ihr die brennende Kerze. Evangeline umklammerte sie ungeschickt, und heißes Wachs rann über ihre Daumen, während die Oberin die Tür abschloss. Die Kerze roch stark nach Talg. Schaftalg, fleischig und fettig. Sie kannte den Geruch von den Besuchen bei den Armen aus der Gemeinde, bei denen sie ihren Vater begleitet hatte.

Die Oberin nahm ihr die Kerze wieder ab, und sie gingen durch den Korridor, vorbei an den zischenden Öllampen, und die Treppe hinunter. Draußen angekommen, bog die Oberin nach links in einen Innenhof ein. Evangeline hörte Ächzen und Jammern von Frauen, während sie ihr durch die Dunkelheit folgte und dabei versuchte, nicht auf den feuchten Pflastersteinen auszurutschen. Sie hätte gerne ihre Röcke hochgehoben, aber mit den Handschellen war das unmöglich. Der nasse Stoff klatschte gegen ihre Fußgelenke. Die Kerze erleuchtete nur ein kurzes Stück vor ihnen. Als sie sich der anderen Seite des Innenhofs näherten, wurden die Schreie lauter.

Evangeline musste selbst irgendeinen Laut ausgestoßen haben, vielleicht ein selbstmitleidiges Wimmern, denn die Oberin sah sie über die Schulter hinweg an und sagte: »Sie werden sich daran gewöhnen.«

Noch eine Treppe abwärts, dann einen kurzen Gang entlang. Die Oberin blieb vor einer schwarzen Eisentür stehen, deren obere Hälfte aus einem Gitter bestand, und reichte Evangeline erneut die Kerze. Nachdem sie den richtigen Schlüssel herausgesucht hatte, steckte sie ihn nacheinander in drei verschiedene Schlösser, dann öffnete sie die Tür, hinter der ein dunkler Gang lag.

Evangeline hielt inne, konnte kaum atmen wegen des üblen Gestanks. Er rief eine alte Erinnerung in ihr wach: der Schlachtraum des Metzgerladens in Tunbridge Wells, den sie nur einmal betreten und sich dann geschworen hatte, es nie wieder zu tun. Sie konnte die Frauen in den Zellen nicht sehen, hörte sie aber murmeln und stöhnen. Das klägliche Geschrei eines Babys, ein Husten, das sich anhörte wie Gebell.

»Kommen Sie jetzt«, sagte die Oberin.

Nur schwacher Kerzenschein beleuchtete den engen Gang, an dessen linker Seite Zellen lagen. Überall klopfte es leise, *taptaptap*, als sie vorbeigingen – wie von Stöcken, die gegen die Eisengitter der Zellentüren geschlagen wurden. Finger berührten Evangelines Haar, griffen nach ihrer Schürze. Sie schrie auf und wich nach rechts aus, so dass sie mit der Schulter gegen die Mauer prallte.

»Bist ne Feine, was?«, sagte ein Frau in affektiertem Tonfall.

»Das Kleid wird nich lang sauber bleiben.«

»Was haste angestellt, Missy?«

»*Was haste angestellt?*«

Vor einer Zellentür blieb die Oberin abrupt stehen. Wortlos reichte sie Evangeline wieder die Kerze und schloss auf. Murmeln und Rascheln von den Frauen im Inneren. »Macht Platz«, sagte die Oberin.

»Gibt keinen mehr.«

»Eine hier drin ist umgekippt, Ma'am. Ihr war furchtbar schlecht. Jetzt ist sie kalt wie Eis.«

»Sie nimmt Platz weg.«

Die Oberin seufzte. »Schiebt sie in eine Ecke. Am Morgen schicke ich jemanden.«

»Ich hab Hunger!«

»Dreckeimer ist voll!«

»Bringt das Mädchen woandershin!«

»Sie kommt jetzt rein.« Die Oberin wandte sich an Evangeline. »Heb deine Röcke hoch, damit ich die Fußketten abmachen kann.« Bevor sie sich hinkniete, berührte sie Evangelines Hand und sagte leise: »Hunde, die bellen, beißen nicht. Versuchen Sie, ein bisschen zu schlafen.«

Als Evangeline in die dunkle Zelle trat, stolperte sie über die Steinschwelle und landete mit dem Kopf voran in einem Knäuel von Frauen, bevor sie mit der Schulter auf dem Boden aufkam.

Empörte Stimmen wurden laut.

»Was soll das?«

»Dumme Nuss.«

»Steh auf, Trampeltier.«

Sie bekam einen Tritt gegen die Rippen.

Mühsam kämpfte sie sich hoch. Sich die Handgelenke reibend, stand sie an der Zellentür und sah zu, wie sich der schwache Lichtschein der Kerze der Oberin in dem langen Gang entfernte. Als die Tür am anderen Ende scheppernd ins Schloss fiel, war sie die Einzige, die zusammenzuckte.

Durch ein kleines vergittertes Fenster unter der Decke fiel mattes Mondlicht. Nachdem ihre Augen sich an die Dunkelheit gewöhnt hatten, betrachtete sie das Bild, das sich ihr bot. Dutzende Frauen füllten die Zelle, die ungefähr die Größe des Empfangssalons der Whitstones hatte. Der Steinboden war mit altem Stroh bedeckt.

Sie lehnte sich an die Wand. Von den Gerüchen, die vom Boden aufstiegen – metallisch wie Blut, vergoren wie Erbrochenes, dazu der Gestank menschlicher Ausscheidungen –, drehte sich ihr der Magen um, und als ihr die Galle hochkam, beugte sie sich vor und übergab sich auf das Stroh.

Die umstehenden Frauen wichen murrend und schimpfend zurück.

»Die widerliche Schlampe, sie kotzt!«

»Uaah, eklig.«

Evangeline wischte sich den Mund mit dem Ärmel ab. »Tut mir ...«, murmelte sie, als auch noch der Rest ihres Mageninhalts aus ihr herausbrach. Die Frauen um sie herum wendeten sich ab. Evangeline schloss die Augen und fiel auf die Knie, so dass sie ihr Kleid mit dem eigenen Erbrochenen beschmutzte. Ihr war schwindlig, und sie war unfassbar müde.

Nach einer Weile stand sie auf. Sie schnürte das Bündel auf, das die Oberin ihr gegeben hatte, und steckte den Blechbecher und den Holzlöffel in ihre Schürzentasche. Dann breitete sie eines der beiden Sackleinenstücke auf dem dreckverschmierten Boden aus, raffte ihre Unterröcke über den Knien zusammen und ließ sich nieder, um sich vorsichtig auf dem zu kleinen rechteckigen Stück Stoff auszustrecken. Noch am Morgen hatte sie in ihrem Bett gelegen, in ihrem eigenen Zimmer, und von einer Zukunft geträumt, die ihr zum Greifen nahe erschienen war. Jetzt war das alles vorbei. Während sie den Geräuschen der Frauen lauschte, die um sie herum schnauften, schnarchten, grunzten und seufzten, glitt sie in einen eigenartigen Dämmerzustand – und selbst im Traum war ihr bewusst, dass nicht einmal der schlimmste Alptraum an das herankommen konnte, was sie erwartete, wenn sie die Augen wieder öffnen würde.

Newgate Prison, London, 1840

Die Tür am Ende des Ganges öffnete sich scheppernd, und Evangeline entwand sich dem Schlaf. Es brauchte einen Moment, bis ihr einfiel, wo sie war. Rußgeschwärzte, feuchte Steine, Grüppchen von elenden Frauen, ein verrostetes Eisengitter ... ihr Mund war trocken, ihre Unterröcke waren steif vor Dreck und rochen säuerlich ...

Wie angenehm das Vergessen gewesen war ...

Trotz der Morgendämmerung wurde es kaum heller, von oben fiel nur wenig trübes Licht durch das Fenster. Sie richtete sich auf und streckte ihren schmerzenden Rücken. Ein übelriechender Eimer stand in der Ecke. Wieder war das anhaltende Klopfen – *taptaptap* – zu hören, und jetzt sah sie, woher es kam: Die Frauen trommelten mit ihren Holzlöffeln an die Wände und Eisengitter.

Zwei Wachmänner tauchten mit einem Eimer vor ihrer Zelle auf. »Stellt euch auf!«, schrie einer, während der andere die Tür aufschloss. Evangeline sah, wie er eine Kelle in den Eimer tauchte und den Inhalt in den Becher klatschte, den ihm eine Gefangene entgegenstreckte. Sie wühlte in ihrer Schürzentasche, zog ihren eigenen schartigen Becher hervor und drehte ihn um, um den Schmutz herauszuschütteln. Trotz der Feuchtigkeit an ihren Fußgelenken, ihrer vollen Blase, der schmerzenden Glieder und der Übelkeit gewann der Hunger die Oberhand, und sie drängte nach vorne.

Während der Wachmann ihren Becher füllte, suchte sie seinen Blick. Merkte er nicht, dass sie mit diesen armseligen Gestalten mit den schmutzigen Gesichtern nichts gemein hatte?

Er sah sie nicht einmal an.

Sie trat zurück und nippte an ihrer wässrigen Hafersuppe, kalt und fade und womöglich vergoren. Ihr Magen rebellierte, aber sie schaffte es, sich nicht zu übergeben.

Frauen balancierten mit Bechern in der Hand und schreienden Babys auf dem Arm über andere hinweg, um ihre Hafersuppe zu bekommen, und streckten den Wachmännern ihre Becher hin. Ein paar blieben zurück, wahrscheinlich zu krank und erschöpft, um sich einen Weg zur Tür zu bahnen. Eine Frau – wahrscheinlich war es diejenige, von der man der Oberin in der Nacht berichtet hatte – bewegte sich gar nicht mehr. Evangeline betrachtete sie beunruhigt.

Ja, es war gut möglich, dass sie tot war.

Nachdem die Wachmänner die leblose Frau fortgetragen hatten, wurde es still in der Zelle. In einer Ecke hatte sich eine Gruppe von Gefangenen versammelt. Sie spielten ein

Kartenspiel, das aussah wie aus den Seiten einer Bibel gebastelt. In einer anderen Ecke saß eine Frau mit einer Strickmütze und las Frauen aus der Hand. Ein Mädchen, das kaum älter als fünfzehn sein mochte, wiegte ein Baby und summte dabei eine Melodie, die Evangeline wiedererkannte: *Mein Baby ließ ich liegen hier, liegen hier, liegen hier, denn Blaubeern wollt ich sammeln gehn...* In Tunbridge Wells hatte sie Frauen gehört, die ihren Kindern dieses merkwürdige schottische Schlaflied vorsangen. Darin beschreibt eine verzweifelte Mutter, deren Baby verschwunden ist, ihren Weg: *Ich suchte bei den Moorlandseen, Moorlandseen, Moorlandseen, durchquerte jedes stille Tal...* Die Mutter findet die Fährte eines Otters, sieht auf einem See das von einem Schwan aufgewühlte Wasser. *Nur Nebelspuren fand ich hier, fand ich hier, fand ich hier, doch nirgendwo mein Baby, oh!* Das Schlaflied mit seiner deutlichen Mahnung an junge Mütter, ihre Kinder im Auge zu behalten, erschien ihr jetzt grausam düster. Der Verlust, von dem es erzählte, war kaum zu ertragen.

Evangeline bekam einen derben Stoß in den Rücken. »Also, was haste angestellt?«

Sie drehte sich um und sah eine rotgesichtige Frau von beachtlicher Körperfülle, mindestens fünf Jahre älter als sie, mit krausen blonden Haaren und Stupsnase.

In einem ersten Impuls wollte Evangeline ihr sagen, sie solle sich um ihre eigenen Angelegenheiten kümmern, aber Impulse hatten ihr in letzter Zeit keine guten Dienste geleistet. »Was hast *du* angestellt?«

Die Frau grinste und ließ dabei eine Reihe von Zähnen

sehen, klein und gelb wie Maiskörner, mit einer breiten Lücke vorn. »Hab mir geholt, was mir zusteht, von so nem Scheißkerl, der nicht bezahlen wollte.« Sie tätschelte ihren Bauch. »Zukünftiger Vater, und jetzt wird er's nie erfahren.«

Mit einem verschwörerischen Augenzwinkern fügte sie hinzu: »Passiert manchmal in meinem Beruf. War nur ne Frage der Zeit.« Sie zuckte die Achseln. Indem sie auf Evangelines Bauch zeigte, sagte sie: »Wenigstens ist mir nicht mehr schlecht. Das hört auf. Weißte ja.«

»Ja, das ist mir bekannt«, erwiderte Evangeline, obwohl es nicht stimmte.

»Wie heißt du?«, fragte die Frau, und als Evangeline zögerte, sagte sie zuerst ihren Namen: »Ich bin Olive.«

»Evangeline.«

»Evange-liiin«, wiederholte Olive, als hätte sie den Namen zum ersten Mal gehört. »Schick.«

Ihr Vater hatte ihr erzählt, er habe den Namen ausgewählt, weil er von dem Wort *Evangelium* kam. »Ich finde ihn nicht schick.«

Olive zuckte die Achseln. »Hier drin sind wir sowieso alle gleich. Bin zum Straftransport verurteilt. Sieben Jahre haben sie mir verpasst, aber nach dem, was ich gehört habe, kann das auch lebenslänglich heißen. Und du?«

Evangeline erinnerte sich an Artikel, die sie im Laufe der Jahre immer wieder in der Zeitung gelesen hatte, über die hoffnungslosen Fälle – Männer, hatte sie gedacht –, die auf Sträflingsschiffen nach Australien gebracht wurden. Mörder und andere Verbrecher, die ans andere Ende der Welt geschickt wurden, um die Britischen Inseln von den schlimmsten Kriminellen zu befreien. Als wären es fremdartige Geschichten aus der Welt der griechischen Mythologie, hatte sie beim Lesen stets ein wohliger Schauder ergriffen, wenn sie sich die Details vorstellte: trostlose Arbeitslager, von jeder Zivilisation abgeschnitten, irgendwo im Niemandsland, ringsherum meilenweit nur Felsen, Wüstensand und gefährliche Raubtiere. Nie hatten diese Männer ihr leidgetan. Sie hatten es schließlich verdient, oder? Sie waren ja selbst Raubtiere.

»Ich war noch nicht vor dem Richter«, sagte sie.

»Tja, wer weiß – vielleicht schicken sie dich gar nicht weg. Du hast ja niemanden umgebracht, oder?«

Evangeline wünschte, Olive würde leiser sprechen. Sie zögerte, dann schüttelte sie den Kopf.

»Diebstahl?«

Sie seufzte, dann entschied sie sich für die am wenigsten belastende Anschuldigung. »Man hat mich bezichtigt – zu Unrecht – einen Ring gestohlen zu haben.«

»Ah. Lass mich raten.« Olive verflocht ihre Finger ineinander und ließ die Gelenke knacken. »Irgendein Kerl hat ihn dir geschenkt, für gewisse Gefälligkeiten. Und dann hat er es abgestritten.«

»Nein! Nicht für ...« Oder doch? »Er ist ... fort. Ich bin in seiner Abwesenheit beschuldigt worden.«

»Oha. Weiß er, dass du was unter der Schürze hast?«

Diesen Ausdruck hatte Evangeline noch nie gehört, aber die Bedeutung war klar. Sie schüttelte den Kopf.

Olive strich sich übers Kinn, dann musterte sie Evangeline von Kopf bis Fuß. »Du warst die Hauslehrerin.«

War ihre Leidensgeschichte so offensichtlich? »Woher weißt du das?«

Olive hob die Hand und spreizte geziert die Finger. »Wie du redest. Aber siehst nicht wie ne Lady aus. Schade, dass du das Leben nur aus Büchern kennst, Evange-liiin.« Kopfschüttelnd wandte sie sich ab.

Wie Evangeline aus den Predigten ihres Vaters wohl wusste, war der kostbarste Besitz der Frau ihre Keuschheit. Die Männer waren ihr zwar in beinahe jeder Hinsicht voraus – sie waren intelligenter und vernünftiger, stärker, einfallsreicher –, aber sie neigten auch zu Rücksichtslosigkeit und Ungestüm. Da war es die Pflicht der Frau, sie zu zügeln, sagte er immer, und das Gute in ihnen zum Vorschein zu bringen.

Sie hatte geglaubt, diese Lektion verinnerlicht zu haben, aber in dem kleinen Dorf, in dem sie aufgewachsen war – vierzig Meilen und damit Welten von London entfernt –, war sie nie auf die Probe gestellt worden. Die meisten Leute in Tunbridge Wells heirateten in der Nachbarschaft. So knüpften und pflegten sie Beziehungsnetze, die mit jeder Generation enger wurden. Evangeline allerdings hatte nie ein solches Netz gehabt. Ihre Mutter war bei ihrer Geburt gestorben, und ihr verwitweter Vater lebte in seinen Gedanken und hatte wenig Interesse an den Gegebenheiten des irdischen Lebens. Er hatte mehr Wert darauf gelegt, dass Evangeline ihm in der Bibliothek Gesellschaft leistete, neben ihm saß und las, als dass sie die üblichen Frauenpflichten erfüllte – ohnehin gab es im Pfarrhaus eine Haushälterin.

Da ihm die große Wissbegierde seines einzigen Kindes auffiel, stellte er einen Privatlehrer ein, der Evangeline Griechisch, Latein, Philosophie und die Werke von Shakespeare nahebrachte. Diese Stunden in der Bibliothek des Pfarrhauses bestimmten ihr Schicksal in vielerlei Hinsicht. Sie erhielt eine weit bessere Bildung als die meisten Dorfbewohner, war aber furchtbar arglos, da sie ohne Gleichaltrige aufwuchs. Sie hatte keine Vertrauten, mit denen sie sich austauschen und von denen sie lernen konnte. Ihr Vater wollte sie von allem Übel abschirmen und verweigerte ihr dadurch die Schutzimpfung, die zum Überleben nötig war. Sie konnte die sieben Kontinente und sämtliche Sternbilder benennen, hatte aber wenig praktisches Wissen über das, was sich vor ihrer Haustür abspielte.

Als Evangeline zwanzig war, starb ihr Vater nach kurzer Krankheit. Zwei Tage nach dem Begräbnis stand ein Abgesandter des Bischofs vor der Tür und erkundigte sich höflich nach ihren Plänen. Ein junger Vikar mit Ehefrau und kleinen Kindern sei eingesetzt worden und sollte das Pfarrhaus übernehmen. Wann würde sie die Räumlichkeiten verlassen?

Bestürzt erkannte Evangeline, dass sich ihr Vater keine Gedanken über ihre Zukunft gemacht hatte. Und sie hatte das auch nicht getan. Sie waren beide einfach davon ausgegangen, sie würden immer weiter zusammen in der Bibliothek vor dem Kamin sitzen und Tee trinken. Mit einer kaum nennenswerten Erbschaft, ohne Verwandte und irgendwelche praktische Fähigkeiten hatte sie wenige Möglichkeiten. Sie konnte heiraten, aber wen? Trotz ihrer

Schönheit rissen sich die geeigneten jungen Männer im Dorf nicht gerade um sie. Was das Temperament anging, ähnelte sie ihrem Vater: In ihrer Zurückhaltung wirkte sie oft unnahbar, und die Gelehrtheit wurde ihr als Hochmut ausgelegt. Evangeline befand sich in einer Zwickmühle – gebildet weit über ihren Stand hinaus, aber ohne die finanziellen Mittel oder den sozialen Status, einen Gentleman aus den höheren Kreisen anzuziehen. Dadurch blieb ihr, wie der Abgesandte des Bischofs ihr riet, nur eine Möglichkeit: Sie musste Hauslehrerin werden, Kinder unterrichten und bei einer Familie leben. Er forderte sie auf, ihm ihre Fähigkeiten aufzuzählen, hörte aufmerksam zu und machte sich mit seinem Federhalter Notizen: Englische Literatur, Grammatik, Arithmetik, Religion, Griechisch, Latein und Französisch, außerdem ein wenig Zeichnen. Und ein wenig Klavier. Dann gab er eine Anzeige in Zeitungen und Zirkularen in London und Umgebung auf.

HAUSLEHRERIN – Geistlicher EMPFIEHLT JUNGE FRAU, Waise eines Vikars, für eine Anstellung als HAUSLEHRERIN. Hierfür ist sie bestens ausgebildet. Antwort bitte per frankiertem Brief an: Pfarrhaus, Dorchester Street 14, Tunbridge Wells.

Etliche Briefe landeten im Briefkasten des Pfarrhauses. Einer davon stach hervor: Eine gewisse Mary Whitstone, die in einer ruhigen Straße im Nordwesten Londons wohnte, beschrieb ihr komfortables Leben als Ehefrau eines Anwalts mit zwei wohlerzogenen Kindern, Beatrice und Ned. Die Kinder seien von einer Nanny großgezogen worden, aber nun sei es für sie an der Zeit, mit einer richtigen Schulausbildung zu beginnen. Die neue Hauslehrerin würde ein eigenes Zimmer haben. Sie müsste sechs Stunden täglich an sechs Tagen in der Woche mit den Kindern verbringen und könnte auch dazu angehalten werden, die Familie in die Ferien zu begleiten. Die restliche Zeit würde ihr zur freien Verfügung stehen. Mrs Whitstone schrieb, ihrer Auffassung nach gehörten zu einer guten Allgemeinbildung auch gelegentliche Ausflüge ins Museum oder vielleicht sogar ins Theater. Das reizte Evangeline, die solche Dinge noch nie erlebt hatte. Sie antwortete Mrs Whitstone gewissenhaft und ausführlich auf ihre vielen Fragen, schickte den Brief ab und wartete auf eine Antwort.

Trotz Evangelines provinzieller Naivität – oder vielleicht gerade deswegen – war die Lady des Hauses beeindruckt genug, um ihr eine Stelle anzubieten: für Kost und Logis sowie zwanzig Pfund im Jahr. Evangeline erschien das als eine außerordentliche Summe. Der Bischof und der junge Vikar, der sein neues Leben im Pfarrhaus beginnen wollte, dankten dem Himmel.

Während der folgenden Tage in Newgate überlegte Evangeline verzweifelt, wie sie jemanden erreichen könnte, irgendjemanden, der ihr zu Hilfe käme, aber ihr fiel niemand ein, der überzeugend für sie hätte sprechen können. Als Tochter eines Vikars war ihr zwar immer ein gewisses Maß an Achtung zuteilgeworden, aber durch den Entschluss ihres Vaters, sie bei sich zu Hause zu behalten, hatte sie im Dorf keine wirklichen Freunde gefunden. Sie dachte daran, die Haushälterin des Pfarrhauses zu kontaktieren, oder vielleicht den Metzger oder den Bäcker oder einen der Ladenangestellten, mit denen sie sich immer gut verstanden hatte, fürchtete aber, dass die Aussage eines einfachen Dorfbewohners nicht viel Gewicht haben würde. Und in London kannte sie niemanden außer den Whitstones.

Von Cecil hatte sie nichts gehört.

Inzwischen musste er aus Venedig zurück sein und von ihrem Schicksal erfahren haben. Ein kleiner Teil von ihr klammerte sich noch an die Hoffnung, dass er so ehrenhaft sein und sich melden würde. Vielleicht würde er ihr einen Brief schreiben: *Man hat Dir Unrecht getan. Ich habe ihnen alles erzählt.* Vielleicht würde er sogar kommen und sie holen.

Falls er kam, musste sie präsentabel sein. Wenn die Wachen einen Eimer mit frischem Wasser brachten, schrubbte sie sich Gesicht und Hals und wusch sich mit einem Stofffetzen die Achselhöhlen. Sie rieb sich das Mieder ab, scheitelte ihr Haar mit dem Fingernagel, strich es glatt und band es mit einem Stoffstreifen zurück.

»Für wen machste dich schick?«, wollte Olive wissen.

»Für niemanden.«

»Du denkst, er holt dich raus.«

»Nein.«

»Aber hoffst es.«

»Er ist ein guter Mann, im Grunde seines Herzens.«

Olive lachte. »Isser nicht.«

»Du kennst ihn nicht.«

»Oh, armes Mädchen«, sagte sie. »Arme Leenie. Ich glaub schon, dass ich ihn kenne.«

Aber er *war* ein guter Mann. Oder nicht? Schließlich hatte er sie in dem Haus an der Blenheim Road vor der Einsamkeit gerettet. Als sie die Stelle annahm, hatte sie nicht geahnt, wie isoliert sie sich fühlen würde. Normalerweise war Evangeline bei den Kindern, bis sie zu Abend aßen; dann hatten die Dienstboten bereits ihre Mahlzeit beendet und waren damit beschäftigt, das Familiendinner zu servieren. Mrs Grimsby, die Köchin, hielt immer einen Teller für sie zurück, und dann aß sie alleine. Um sieben Uhr verkroch sie sich in ihrem kleinen Zimmer.

An vielen Abenden konnte sie die Bediensteten hören, die in der Küche am anderen Ende des Ganges um den langen Tisch saßen und Hearts oder Blackjack spielten. Ihre lautstark zur Schau gestellte Kameradschaftlichkeit machte Evangelines Einsamkeit noch schlimmer. Die wenigen Male, bei denen sie sich hinauswagte, stand sie verlegen in der Ecke, während man sie frohgemut ignorierte. Sie galt als komischer Vogel, war Gegenstand von Klatsch und Tratsch wegen ihrer exzentrischen Angewohnheiten (wie beim Essen zu lesen) und zugleich ein unlösbares Rätsel. Evangelines Art zu sprechen erinnerte die anderen ohne Zweifel an ihre Herrschaften, und sie waren sichtlich erleichtert, wenn sie zurück in ihr Zimmer ging.

Diese Leere hatte Cecil gefüllt, der drei Jahre älter war als sie und unendlich viel welterfahrener. Die leichte

Berührung, wenn er ihre Hand mit seinen Fingerspitzen streifte, ein verstohlenes Winken über die Köpfe der Kinder hinweg, seine Hand auf ihrem Rücken, wenn es niemand sah: Durch diese kleinen Gesten vermittelte er ihr seine Absichten.

Im Laufe der Wochen und Monate ihrer Bekanntschaft wurde sein Werben einnehmender. »Liebste Evangeline!«, flüsterte er. »Sogar dein Name ist pittoresk.« Er sagte, er beschäftige sich in Cambridge nur deshalb mit Chaucer, um Zeilen zu haben, die er ihr ins Ohr flüstern konnte:

Sie war schön wie die Rose im Mai.

Und:

Was ist besser als Weisheit? Eine Frau. Und was ist besser als eine gute Frau? Nichts.

Alles an ihm erfüllte sie mit Ehrfurcht. Dieser Mann hatte bis Mitternacht in Pariser Cafés gesessen, in einer Gondola venezianische Kanäle durchquert, war im eisblauen Wasser des Mittelmeers geschwommen. Und dann waren da noch dieses braune Haar, das sich weich in seinem Nacken kringelte, seine breiten Schultern unter dem frischen Leinenhemd, die gebogene Nase und die vollen roten Lippen ...

»Du faszinierst mich«, sagte er und zog an den Bändern ihres Mieders. »Du bist die Einzige für mich«, murmelte er in ihr Haar.

»Aber was ... Was ist mit ...«

»Ich bete dich an. Ich will jede Stunde, jede Minute eines jeden Tages mit dir verbringen ...«

»Das ist ... unsittlich.«

»Nicht für uns. Warum sollte uns kümmern, was provinzielle Langweiler über uns denken?«

So, wie es beinahe unmöglich ist, sich an einem heißen Sommertag die brutale Winterkälte vorzustellen, genoss Evangeline Cecils warme Zuneigung, ohne einen Gedanken an ihr Ende zu verschwenden. Er machte gerade genug Versprechungen, um sie davon zu überzeugen, dass er ihre tiefen Gefühle teilte.

Es war überraschend einfach, ihre Rendezvous geheim zu halten. Evangelines kleines Zimmer lag abseits der Schlafkammern der Bediensteten, hinter der Küche, am Ende eines schmalen Gangs. Da sie einen anderen Zeitplan hatte als der Großteil des Personals, achtete kaum jemand darauf, wann sie kam und ging. Auch die Nähe zu London diente als Alibi. Wenn sie zwischen den Unterrichtsstunden zurück in ihr Zimmer kam, fand sie Nachrichten, die er ihr unter der Tür durchgeschoben hatte – *Halb sechs Ecke Cavendish Avenue und Circus Road… 19 Uhr Gloucester Gate… Am Mittag beim Dorset Square* – und versteckte sie unter ihrer Matratze. Der Köchin sagte sie, sie wolle einen Spaziergang machen, um in der Dämmerung die Lichter auf der Themse zu betrachten oder um an einem Sonntag den Regent's Park zu erkunden, und es war noch nicht einmal eine Lüge.

Cecils bester Freund aus dem Internat Harrow war ein liebenswerter Kerl namens Charles Pepperton. Anders als Cecil, der studierte, um Anwalt zu werden wie sein Vater, wurde von ihm nicht erwartet, dass er einmal einen Beruf ergriff. Er würde das Familienanwesen erben und außerdem den Sitz im House of Lords von seinem Vater übernehmen. Alles, was er in den nächsten Jahrzehnten zu tun hatte, war die richtigen Freundschaften zu pflegen, eine passende Frau, wenn möglich aus dem höheren Adel, zu heiraten und auf dem Familienanwesen in Dorset seine Fähigkeiten bei der Fuchsjagd zu verbessern. Er verbrachte eine Menge Zeit in Dorset. Sein Haus in Mayfair war geräumig, gut ausgestattet und fast immer unbewohnt.

Als Cecil Evangeline zum ersten Mal nach Mayfair brachte – an einem frühen Samstagabend nach dem Unterricht, als die Whitstones auf einer Feier waren –, war sie gegenüber den dortigen Bediensteten schüchtern und verlegen. Aber bald lernte sie, was nötig war, um Geheimnisse zu wahren, Indiskretionen zu überspielen und die höheren Klassen vor Skandalen zu schützen. Cecil, der dem Personal wohlbekannt war, wurde mit beiläufiger Ehrerbietung behandelt: ein diskretes Senken des Blicks, eine sorgfältig verschlüsselte Ausdrucksweise (»Wird die Lady Ihnen beim Tee Gesellschaft leisten?«). Mit der Zeit fühlte Evangeline sich wohler, sie wurde offener und mutiger. Wenn Cecil sie vor dem Butler auf seinen Schoß zog, fühlte sie sich nicht mehr zum Protest verpflichtet.

Im dunklen Wohnzimmer von Charles' Town House hatte Cecil ihr auch den Ring geschenkt. »Damit du an mich denkst, wenn ich in den Ferien bin. Und wenn ich zurück bin...« Er liebkoste ihren Hals.

Sie entzog sich ihm und lächelte unsicher, während sie versuchte, den Sinn seiner Worte zu ergründen. »Wenn du zurück bist?«

Er legte einen Finger auf ihre Lippen. »Dann trägst du ihn wieder für mich.«

Das war natürlich keine Antwort auf ihre Frage. Aber es war die einzige, zu der er bereit war.

Erst viel später hatte sie gemerkt, dass sie hauchdünne Verbindungen zwischen seinen wenigen Worten gesponnen hatte, klebrig wie Spinnweben, und sie damit zu den Sätzen ergänzt hatte, die sie hören wollte.

Newgate Prison, London, 1840

Es gab einige Dinge, an die sie sich nie gewöhnen würde: die Schreie, die sich wie Fieber von einer Zelle auf die nächste übertrugen. Die bösen Prügeleien, die plötzlich losbrachen und damit endeten, dass eine der Gefangenen Blut oder sogar Zähne spuckte. Die lauwarme Mittagsbrühe, in der Schweineknochen, eine halbe Schnauze, Stücke von Hufen und Borsten schwammen. Verschimmeltes Brot voller Maden. Aber nachdem sie den ersten Schock überwunden hatte, ertrug Evangeline die meisten Entwürdigungen ihres neuen Lebens überraschend gut: die brutalen Wachmänner, die Kakerlaken und anderes Ungeziefer, den allgegenwärtigen Schmutz, die Ratten, die über das Stroh huschten. Die anderen Frauen, die ihr immer so nah waren, dass sie ihren sauren Atem auf dem Gesicht spürte, wenn sie versuchte zu schlafen, ihr Schnarchen. Sie lernte, die Geräusche auszublenden, das Scheppern der Tür, die am anderen Ende des Gangs zufiel, das Klappern der Holzlöffel und das Babygeschrei. Der Gestank des

Nachttopfs, der ihr bei ihrer Ankunft so zugesetzt hatte, trat in den Hintergrund; sie zwang sich dazu, ihn zu ignorieren.

Ihre Beziehung zu Cecil hatte sie so erfüllt, dass sie bei den Whitstones kaum dazu gekommen war, ihr vorheriges Leben zu vermissen. Jetzt aber musste sie oft an Tunbridge Wells denken. Sie vermisste ihren Vater: seine Sanftheit und seine kleinen Freundlichkeiten, ihre langen Plauderstunden am Abend vor dem Kaminfeuer, während der Regen auf das Dach prasselte. Dann hatte sie immer die Decke auf seinen Knien zurechtgezogen, und er hatte ihr Wordsworth oder Shakespeare vorgelesen, Verse, die sie jetzt vor sich hin murmelte, wenn sie auf dem winzigen Flecken Zellenboden lag, den sie ergattert hatte.

*Es gab die Zeit, da Wiese, Fluss, des Waldes Saum,
auch wenn es ungewöhnlich nicht,
was ich da konnte schaun,
gekleidet schien mir in ein Himmelslicht …*

*Wir sind aus solchem Stoff, wie Träume sind,
und unser kleines Leben ist von einem Schlaf umringt.*

Es tröstete Evangeline, die Augen zu schließen und sich auch die alltäglichsten Tätigkeiten ins Gedächtnis zu rufen, über die sie sich stets beklagt hatte: den Wasserkessel heiß zu machen, um das Geschirr zu spülen, im Ofen Kohle nachzulegen, an einem kalten Februarmorgen mit dem Einkaufskorb zur Bäckerei zu gehen. Ganz gewöhnliche

Freuden schienen ihr jetzt unvorstellbar: schwarzer Tee mit Zucker am Nachmittag, dazu Aprikosenkuchen und Vanillecreme; ihre mit Gänsefedern und Baumwolle gefütterte Matratze im Pfarrhaus, das Hemd und die Haube aus weichem Musselin, die sie zum Schlafen getragen hatte, dunkelbraune Kalbslederhandschuhe mit Perlmuttknöpfen, die nach jahrelangem Tragen die Form ihrer Hände angenommen hatten, ihr Wollmantel mit dem Kragen aus Kaninchenfell. Ihren Vater an seinem Schreibtisch sitzen zu sehen, wenn er an seiner wöchentlichen Predigt arbeitete, die Feder zwischen seinen dünnen Fingern. Der Geruch der Straßen von Tunbridge Wells bei Regen: nach nassen Rosen und Lavendel, Pferdemist und Heu. Im Morgengrauen auf einer Wiese zu stehen und einen zitronengelben Sonnenaufgang an einem weiten Himmel zu betrachten.

Sie erinnerte sich an etwas, das ihr Vater einmal gesagt hatte, als er eines Abends vor dem Herd gekniet hatte, um Feuer zu machen. Er hatte die abgesägte Seite eines Holzstamms hochgehalten, auf die Maserung gezeigt und ihr erklärt, dass jeder Ring für ein Jahr stehe. Manche seien breiter als andere, abhängig vom Wetter. Zudem gerieten sie im Winter heller und im Sommer dunkler. Alle Ringe zusammen verliehen dem Baum seinen festen Kern.

Vielleicht ist es bei den Menschen auch so, dachte Evangeline. Vielleicht sind die Momente, die einem im Laufe der Jahre wichtig waren, und die Menschen, die man geliebt hat, die Ringe. Vielleicht ist das, was man verloren glaubt, noch in einem und gibt einem Kraft.

Die Sträflingsfrauen hatten nichts zu verlieren, was bedeutete, dass sie sich für nichts schämten. Sie schnäuzten sich in den Ärmel, klaubten einander die Läuse aus den Haaren, zerdrückten Flöhe zwischen ihren Fingern, kickten Ratten fort, ohne darüber nachzudenken. Sie fluchten beim geringsten Anlass, sangen obszöne Lieder über lüsterne Metzger und schwangere Bardamen und begutachteten offen ihre Monatsbinden, dunkel gefleckt von Blut, um festzustellen, ob man sie noch einmal benutzen konnte. Sie hatten schorfige Ausschläge, schleimigen Husten und schwärende Wunden. Ihre Haare waren verfilzt vor Schmutz und Ungeziefer, die Augen blutunterlaufen und entzündet. Viele husteten und spuckten den ganzen Tag, laut Olive ein Hinweis auf Typhus.

Bei ihren Besuchen mit dem Vater bei den Kranken und Gebrechlichen hatte Evangeline gelernt, eine Decke um eine kraftlose Gestalt zu wickeln oder jemandem Brühe in den Mund zu löffeln oder vor Sterbenden einen Psalm zu murmeln. *Lobe den Herrn, meine Seele, und vergiss nicht, was er dir Gutes getan hat, der dir alle deine Sünden vergibt und heilet alle deine Gebrechen, der dein Leben vom Verderben erlöst, der dich krönet mit Gnade und Barmherzigkeit.* Aber eigentlich hatte sie nie wirklich mit ihnen gefühlt. Selbst nach einem Besuch bei einem kranken Gemeindemitglied war es vorgekommen, dass sie sich mit kaum verhohlenem Widerwillen von einem Bettler auf der Straße abgewandt hatte.

Jetzt wurde ihr bewusst, wie jung sie gewesen war, wie leicht zu erschüttern und wie vorschnell in ihrem Urteil.

Hier konnte sie nicht die Tür hinter sich zuziehen oder sich abwenden. Sie war nicht besser als das erbärmlichste Wesen in dieser Zelle: nicht besser als Olive mit ihrem rohen Lachen und ihren rauen Sitten, die ihren Körper auf der Straße verkauft hatte; nicht besser als die unglückselige junge Frau mit ihrem Schlaflied, die ihr Baby tagelang im Arm hielt, bis jemand merkte, dass es tot war. Die persönlichsten, beschämendsten Details der menschlichen Natur – die Körperflüssigkeiten, die man sein Leben lang zu kontrollieren und zu verbergen suchte – waren das, was sie alle am meisten miteinander verband: Blut und Schleim und Urin und Kot und Spucke und Eiter. Sie war entsetzt, so tief gefallen zu sein. Aber zum ersten Mal spürte sie auch einen Anflug von echtem Mitgefühl, selbst für die Jämmerlichsten. Sie war schließlich eine von ihnen.

In der Zelle wurde es still, als zwei Wachmänner hereinkamen, um der Mutter ihr lebloses Kind wegzunehmen. Sie mussten es ihren Armen entwinden, während sie ein eintöniges Lied vor sich hin summte und ihr Tränen über die Wangen strömten.

Ja, Evangeline verabscheute diesen Ort, aber noch mehr verabscheute sie die Eitelkeit und Naivität und hartnäckige Ignoranz, die sie hierhergebracht hatten.

Eines Morgens, etwa zwei Wochen nachdem sie hergekommen war, hörte sie, wie die Eisentür am Ende des Ganges aufging. Ein Wachmann schrie: »Evangeline Stokes!«

»Hier!« Sie schob sich in Richtung der Zellentür und

blickte auf ihr fleckiges Mieder hinab, auf den Rocksaum, der schwer von Schmutz war. Sie roch ihren sauren Atem und Schweiß und schluckte gegen die Angst an. Aber was auch immer sie da draußen erwartete, es konnte nur besser sein als das hier drinnen.

Die Oberin und zwei Wachmänner mit Knüppeln erschienen an der Zellentür. »Geht zur Seite, lasst sie durch«, sagte einer von ihnen, als die Frauen nach vorne drängten, und schlug mit seinem Stock an die Gitterstäbe. Als Evangeline die Tür erreicht hatte, wurde sie nach draußen gezerrt und gefesselt. Dann brachte man sie über die Straße zu einem anderen grauen Gebäude, dem Gerichtshof. Die Wachen führten sie eine schmale Treppe hinunter in einen fensterlosen Raum, der voller Zellen war, übereinandergestapelt wie Hühnerkäfige, jede kaum groß genug für einen zusammengekauerten Erwachsenen und ringsum mit Eisenstäben vergittert. Nachdem ihre Augen sich an die Dunkelheit gewöhnt hatten, konnte sie die Umrisse der Gefangenen in den anderen Zellen erkennen und ihr Stöhnen und Husten hören.

Als ein Brocken Brot neben ihr auf dem Boden landete, fuhr Evangeline so abrupt hoch, dass sie sich den Kopf an der Zellendecke anstieß. Die alte Frau in dem Käfig neben ihr griff durch die Gitterstäbe und schnappte sich das Brot, glucksend über Evangelines Erschrecken. »Da oben ist die Straße«, sagte sie. Evangeline schaute hinauf: Über der schmalen Schneise zwischen den Zellen befand sich ein Loch. »Manche Leute haben Mitleid.«

»Fremde werfen Brot hier runter?«

»Meistens Angehörige, die zum Prozess kommen. Ist irgendjemand wegen dir da?«

»Nein.«

Evangeline konnte hören, wie sie kaute. »Würde dir ja was abgeben«, sagte die Frau nach einer Weile. »Aber ich bin am Verhungern.«

»Oh – schon gut. Danke.«

»Dein erstes Mal, schätze ich.«

»Mein einziges Mal«, sagte Evangeline.

Die Frau gluckste wieder. »Das hab ich auch mal gesagt.«

Der Richter presste mit offensichtlichem Widerwillen die Lippen zusammen. Seine Perücke war vergilbt und ein wenig verrutscht. Seine Robe war an den Schultern leicht mit Puder bestäubt. Der Wachmann, der für Evangeline zuständig war, hatte ihr auf dem Weg zum Gerichtssaal erzählt, der Richter habe an diesem Tag bereits über ein Dutzend Gerichtsverhandlungen geführt, in der ganzen Woche wahrscheinlich schon hundert. Während sie auf einer Bank im Gang auf ihren Prozess warten musste, hatte sie die Beschuldigten und die Verurteilten kommen und gehen sehen: Taschendiebe und Laudanumsüchtige, Prostituierte und Fälscher, Mörder und Verrückte.

Sie stand allein in der Anklagebank. Anwälte waren etwas für Reiche. Eine nur aus Männern bestehende Gruppe von Geschworenen saß zu ihrer Rechten. Blicke in allen Abstufungen der Gleichgültigkeit ruhten auf ihr.

»Von wem wirst du beschuldigt?«, fragte der Richter müde.

»Von Gott und meinem Volk«, antwortete sie wie angewiesen.

»Hast du Zeugen, die für deinen Charakter bürgen können?«

Sie schüttelte den Kopf.

»Rede, Gefangene.«

»Nein. Keine Zeugen.«

Ein Anwalt stand auf und zählte die Anklagepunkte auf: Versuchter Mord. Schwerer Diebstahl. Er las aus einem Brief vor, den er, wie er sagte, von einer gewissen Mrs Whitstone, wohnhaft in der Blenheim Road 22, St. John's Wood, erhalten habe, in dem Miss Stokes' skandalöse Verbrechen ausführlich geschildert wurden.

Der Richter sah sie an. »Hast du irgendetwas zu deiner Verteidigung zu sagen, Gefangene?«

Evangeline machte einen Knicks. »Nun, Sir. Ich wollte nicht...« Sie stockte. Im Grunde hatte sie es doch gewollt. »Der Ring war ein Geschenk, ich habe ihn nicht gestohlen. Mein... der Mann, der...«

Bevor sie weitersprechen konnte, winkte der Richter ab. »Ich habe genug gehört.«

Die Geschworenen brauchten ganze zehn Minuten, bis sie ein Urteil verkündeten: Schuldig in beiden Punkten.

Der Richter hob seinen Hammer. »Schuldig«, sagte er und schlug ihn nieder. »Verurteilt zur Verbannung nach Übersee. Vierzehn Jahre.«

Evangeline klammerte sich an der Bank fest, um nicht auf die Knie zu sinken. Hatte sie ihn richtig verstanden? Vierzehn Jahre? Niemand erwiderte ihren Blick. Der Richter raschelte mit den Papieren auf seinem Tisch. »Rufen Sie die nächste Gefangene herein«, befahl er seinem Gerichtsdiener.

»Es ist vorbei?«, fragte sie den Wachmann.

»Ja, das war's. Australien. Wirst ne Pionierin sein.«

Ihr fiel ein, dass Olive gesagt hatte, die Deportation bedeute eine lebenslängliche Strafe. »Aber ... ich kann zurückkommen, wenn die Zeit um ist?«

Sein Lachen verriet kein Mitleid, war aber auch nicht direkt unfreundlich. »Das ist am anderen Ende der Welt, Miss. Da könntest du auch gleich bis zur Sonne segeln.«

Als sie, flankiert von den beiden Wachmännern, zurück zum Newgate-Gefängnis ging und den dunklen Gang zu den Zellen entlanglief, zwang sich Evangeline, die Schultern zu straffen, so gut es mit gefesselten Händen und Füßen ging. Vor Jahren war sie einmal in Tunbridge Wells auf den Kirchturm gestiegen, wo die Glocken geläutet wurden. Auf dem Weg nach oben in den fensterlosen Turm waren die Wände immer enger und die Wendeltreppe immer steiler geworden; über ihr hatte sie einen Lichtschacht sehen können, aber nicht gewusst, wie weit es noch bis zur Spitze war. Während sie in immer kleineren Windungen weiter hinaufstapfte, hatte sie Angst gehabt, gleich wäre sie so von allen Seiten eingepfercht, so dass sie sich nicht mehr bewegen könnte.

Genau so fühlte sie sich jetzt.

Als sie an den Zellen voller Gefangener vorbeikam, bemerkte sie die abgebrochenen, schwarz geränderten Fingernägel einer Frau, die sich an ein Eisengitter klammerte, die großen Augen eines Babys, das zu hungrig war, um zu schreien. Sie hörte die schweren Schritte der Wachmänner, das dumpfe Klirren ihrer Fußketten. Über dem beißenden Gestank nach menschlichen Ausscheidungen und Krankheit lag der säuerlich-scharfe Geruch des Essigs, mit dem die rangniedrigsten Wachen etwa einmal in der Woche die Wände und Böden schrubbten. Ein Rinnsal schlängelte sich zu ihren Füßen auf ein Abflussgitter zu. Sie fühlte sich, als sähe sie ein Theaterstück, in dem sie selbst mitspielte – *Der Sturm* vielleicht, mit seiner auf den Kopf gestellten Welt, seiner chaotischen und bedrohlichen Landschaft. Eine Zeile kam ihr in den Sinn: *Die Hölle ist leer, und alle Teufel sind nun hier.*

»Du auch«, sagte der Wachmann, während er sie vor sich her stieß.

Sie hatte die Worte laut gesagt, merkte sie jetzt.

Alle paar Tage, unabhängig vom Wetter, wurde eine Gruppe von Gefangenen aus der Zelle gelassen und in Handschellen in einen trostlosen Auslauf geführt, durch hohe Wände mit Eisendornen von anderen solchen Arealen abgetrennt, wo sie eine gute Stunde lang im Kreis trotteten.

»Was denkst du, wie lange es noch dauert, bis wir wegfahren?«, fragte Evangeline Olive, als sie an einem grauen Nachmittag durch den engen Hof schlurften.

»Weiß nich. Hab gehört, sie machen zwei oder drei Mal im Jahr ein Schiff voll. Eins war gerade weg, als sie mich geschnappt haben. Ich würde auf Hochsommer tippen.«

Jetzt war Anfang April.

»Ich verstehe nicht, warum sie uns um die halbe Welt schicken«, sagte Evangeline. »Es würde deutlich weniger Geld und Mühe kosten, wenn wir hier unsere Strafe verbüßten.«

»Darum geht es nicht«, erklärte Olive. »Es ist ein Plan der Regierung. Ein Geschäft.«

»Wie meinst du das?«

»Früher hat England sein Lumpenpack immer nach Amerika geschickt, doch nach den Aufständen da musste man sich ne neue Müllhalde suchen: Australien. Aber bald kamen dort auf jede Frau neun Männer. Neun! Nur mit Männern kannste kaum ein Land besiedeln, was? Also schicken sie jetzt uns Frauen da hin, oft wegen nichts und wieder nichts.«

»Du meinst doch nicht ...«, begann Evangeline.

»Doch, natürlich. Weil sie denken, wir sind eh Sünderinnen.« Indem sie sich auf den Bauch klopfte, sagte sie: »Schau uns an, Leenie! Keine Frage, dass wir fruchtbar sind, was? Und dann bringen wir auch gleich noch neue Bürger mit. Wenn es zufällig Mädchen sind, umso besser. Und es kostet kaum was. Ein paar Sklavenschiffe herrichten, und fertig.«

»*Sklaven*schiffe?«

Olive lachte. Über Evangelines Naivität konnte sie sich immer wieder bestens amüsieren. »Überleg doch mal, ist nur logisch. Dutzende von seetüchtigen Schiffen, die im Hafen vor sich hin rotten, und das nur, weil ein paar Weltverbesserer im Parlament kalte Füße gekriegt haben wegen

Menschen als Eigentum und so. Aber bei trächtigen Gefangenen hat keiner Skrupel, ist ja klar.«

Ein Wachmann kam herüber und packte Olive am Arm. »Du, hör auf, Gerüchte zu verbreiten!«

Sie machte sich los. »Es stimmt doch, oder?«

Er spuckte vor ihr auf den Boden.

»Woher weißt du das alles?«, fragte Evangeline nach ein paar weiteren Runden.

»Musst nur mal nach Mitternacht hier in dieser Stadt in einem Pub sitzen. Kannst dir nicht vorstellen, was die Kerle nach ein paar Drinks alles erzählen.«

»Bestimmt lügen sie. Oder übertreiben zumindest.«

Olive lächelte mitleidig. »Leenie, dein Problem ist, dass du nicht glauben willst, was du direkt vor der Nase hast. Das ist auch der Grund, warum du überhaupt hier bist, stimmt's?«

Jeden Sonntagmorgen wurden die weiblichen Insassen in die Gefängniskapelle getrieben, wo sie ganz hinten sitzen mussten, in einem Abschnitt hinter hohen, schrägen Brettern, die ihnen erlaubten, den Prediger, aber nicht die männlichen Gefangenen zu sehen. Ein Kohleofen stand unter der Kanzel, doch seine Wärme drang nicht bis zu ihnen. Länger als eine Stunde kauerten die Frauen in ihren dünnen Kleidern und schweren Ketten da, während der Prediger ihnen Vorwürfe machte und sie für ihre Sünden tadelte.

Der Inhalt seiner Predigt war immer derselbe: Sie seien elende Sünder, die auf der Erde Buße tun mussten; der

Teufel warte nur darauf, dass sie so tief fielen, dass sie nicht mehr zu retten wären. Ihre einzige Chance sei, sich der Güte und Strenge Gottes auszuliefern und den Preis für ihr verruchtes Leben zu zahlen.

Manchmal blickte Evangeline auf ihre Hände und dachte: Diese Finger haben einmal Blumen gepflückt und in einer Vase arrangiert. Mit Kreide lateinische Buchstaben auf ein Stück Schiefer gemalt. Cecils Gesicht von der Stirn bis zu seinem Adamsapfel nachgezeichnet. Zögernd Vaters Augen für immer geschlossen. Und jetzt ... sind sie schmutzig, gierig, entehrt.

Nie wieder würde sie irgendetwas als unerträglich bezeichnen. Beinahe alles, das wusste sie jetzt, konnte man ertragen. Kleine weiße Parasiten hatten ihre Kopfhaut befallen, Kratzer wurden zu schwärenden Wunden, tief in ihrer Brust saß ein Husten. Sie war erschöpft und krank, und die meiste Zeit war ihr übel, aber sie starb nicht. Hier an diesem Ort bedeutete das, es ging ihr recht gut.

Newgate Prison, London, 1840

In der ständigen Düsternis der Zelle war es schwer zu sagen, wie viel Zeit vergangen war, oder auch nur die Tageszeit festzustellen. Draußen aber, im Schatten der mit Eisendornen versehenen hohen Mauer, merkte sie, dass die Tage länger wurden und die Sonne wärmte. Evangelines Morgenübelkeit verschwand, und ihr Bauch begann anzuschwellen. Auch ihre Brüste wurden größer und empfindlich. Sie versuchte, nicht zu viel über das Kind nachzudenken, das sie in sich trug – ein so unmissverständliches Zeichen der Sünde, als hätte sie rote Spuren von Teufelsklauen auf der Haut.

An einem milden Morgen nach dem Frühstück öffnete sich scheppernd die Tür am Ende des Gangs, und ein Wachmann schrie: »Quäkerinnen! Macht euch vorzeigbar.«

Evangeline sah sich nach Olive um, die nur ein paar Schritte entfernt stand, und ihre Blicke trafen sich. Olive zeigte auf die Zellentür: *Da hin.*

Drei Frauen in langen grauen Umhängen und weißen

Hauben tauchten vor der Zelle auf. Jede von ihnen hatte einen großen Sack dabei. Die in der Mitte trug unter ihrem Umhang ein schlichtes schwarzes Kleid mit einem weißen Schultertuch und stand stolzer und aufrechter da als die anderen beiden. Ihre Augen waren blassblau, das Gesicht ungeschminkt, das graue Haar unter der Haube ordentlich gescheitelt. Mit einem Ausdruck milder und unerschütterlicher Ruhe lächelte sie den Frauen zu. »Hallo, Freundinnen«, sagte sie ruhig.

Abgesehen von den Geräuschen eines Babys war es in der Zelle bemerkenswert still geworden.

»Ich bin Mrs Fry. Die Damen, die mich heute begleiten, sind Mrs Warren« – ein Nicken nach links – »und Mrs Fitzpatrick. Wir sind im Auftrag der Gesellschaft für die Unterstützung weiblicher Gefangener hier.«

Evangeline beugte sich vor, um sie besser verstehen zu können.

»Jede von euch hat Erlösung verdient. Ihr müsst nicht für immer von euren Sünden befleckt sein. Ihr könnt euch dazu entschließen, euer Leben von diesem Tag an in Würde und Ehre zu leben.« Mrs Fry streckte zwei Finger durch das Gitter und berührte den Arm einer jungen Frau, die sie mit großen Augen anstarrte. »Was brauchst du?«

Das Mädchen zuckte zurück, nicht gewöhnt, direkt angesprochen zu werden.

»Möchtest du ein neues Kleid?«

Das Mädchen nickte.

»Ist hier heute irgendeine arme Seele«, sagte Mrs Fry und nickte in die Richtung einer größeren Gruppe von Frauen,

»die vor der Sünde gerettet werden will und damit vor Leid und Elend? Freundinnen, haltet an eurer Hoffnung fest. Erinnert euch an die Worte Christi: ›Öffne dein Herz, und ich werde bezwingen, was dich bezwungen hat.‹ Wenn ihr in Gott vertraut, werden euch alle Sünden vergeben.«

Als sie geendet hatte, schloss ein Wachmann die Tür auf, und die Frauen beeilten sich Platz zu machen. Die Quäkerinnen betraten die Zelle und verteilten Haferkekse aus einem Baumwollsack. Evangeline nahm einen und biss hinein. Obwohl er hart und trocken war, schmeckte er besser als alles, was sie seit Wochen gegessen hatte.

Mit Hilfe der Wachmänner brachte Mrs Fry in Erfahrung, welche Insassinnen neu waren, und gab ihnen jeweils ein verschnürtes Bündel. Als sie Evangeline ihr Paket in den Arm drückte, fragte sie: »Seit wann bist du hier?«

Evangeline deutete einen Knicks an. »Beinahe drei Monate, Ma'am.«

Mrs Fry legte den Kopf schief. »Du bist ... gebildet. Und kommst aus ... dem Süden?«

»Tunbridge Wells. Mein Vater war dort Vikar.«

»Verstehe. Also ... du bist zum Transport verurteilt?«

»Ja.«

»Sieben Jahre?«

Evangeline zuckte zusammen. »Vierzehn.«

Mrs Fry nickte, offenbar nicht überrascht. »Nun gut. Du scheinst gesund zu sein. Die Reise dauert etwa vier Monate – es ist nicht leicht, aber die meisten überleben. Du wirst am Ende des Sommers ankommen. Dort ist es dann das Ende des Winters. Viel besser als anders herum.«

Sie schürzte die Lippen. »Um ehrlich zu sein, bin ich nicht überzeugt davon, dass der Gefangenentransport die richtige Lösung ist. Er bietet zu viele Gelegenheiten für Korruption – zu viele Möglichkeiten des Machtmissbrauchs. Aber das ist nun mal das System, das wir haben, und deshalb ...« Sie sah Evangeline aufmerksam an. »Lass mich dich etwas fragen. Hätte dein Vater« – sie zeigte vage auf Evangelines Bauch – das gutgeheißen?«

Evangeline spürte, wie sie rot wurde.

»Vielleicht deutet es auf einen gewissen Mangel an ... Urteilsvermögen hin. Du hast zugelassen, dass jemand dich ausnutzt. Ich bitte dich dringend, vorsichtig zu sein. Und wachsam. Männer müssen nicht mit den Konsequenzen ihres Handelns leben. Du schon.«

»Ja, Ma'am.«

Als Mrs Fry und ihre Helferinnen ihr den Rücken kehrten, um weitere Päckchen zu verteilen, sah Evangeline das Ihre durch, zog die einzelnen Stücke heraus und begutachtete sie: eine schlichte weiße Haube, ein grünes Baumwollkleid, dazu eine Leinenschürze. Nachdem sie alles verteilt hatten, gingen die Quäkerinnen herum und halfen den Frauen, ihre neuen Kleider anzuziehen.

Mrs Warren knöpfte Evangelines schmutziges Kleid am Rücken auf und half ihr, die Arme aus den Ärmeln zu ziehen. Evangeline war sich des Geruchs ihrer Achselhöhlen nur allzu bewusst, ihres sauren Atems, des schlammverkrusteten Rocksaums. Mrs Warren dagegen roch nach ... gar nichts; nach Haut. Aber falls sie sich abgestoßen fühlte, ließ sie sich nichts anmerken.

Als alle Häftlinge umgezogen waren, fragte Mrs Fry, ob sich eine von ihnen für das Sticken, Quilten oder Sockenstricken interessierte. Evangeline hob die Hand. Auch wenn Handarbeit sie wenig begeisterte, war sie begierig darauf, die Zelle einmal verlassen zu können; außerdem fehlte es ihr, produktiv zu sein. Drei Dutzend Gefangene wurden in Gruppen aufgeteilt und über den offenen Hof in einen großen, zugigen Raum geführt, in dem Tische und grob gezimmerte Bänke standen. Die winzigen, unverglasten Fenster weit oben in den Wänden gingen zum Hof hinaus. Evangelines Gruppe wurde zum Stricken eingeteilt, was sie nie gelernt hatte. Mrs Warren setzte sich neben sie auf die Bank und half ihr mit sanftem Griff, die hölzernen Stricknadeln durch die groben Maschen zu führen. Die weichen, warmen Hände dieser Frau auf ihren zu spüren, die Berührung eines Menschen, der sie weder verhöhnte noch verachtete ... Evangeline blinzelte die Tränen zurück.

»Ach, du meine Güte. Ich hole ein Taschentuch«, sagte Mrs Warren und stand auf.

Evangeline sah ihr nach, wie sie den Raum durchquerte, und strich sich dabei über die leichte Wölbung ihres Bauchs bis zu ihrer Hüfte, wo sie die schwachen Umrisse von Cecils Taschentuch unter ihrem neuen grünen Kleid ertastete. Auf einmal spürte sie ein Zucken in ihrem Bauch, als schwämme dort ein winziger Fisch.

Das musste das Baby sein. Plötzlich hatte sie das Bedürfnis, es zu beschützen, und legte die Arme um ihren Bauch.

Dieses Kind würde in der Gefangenschaft geboren werden, in Schande und Unsicherheit. Kampf und Mühe standen ihm bevor. Aber was ihr zuerst als grausamer Hohn erschienen war, fühlte sich jetzt an wie ein Grund zu leben. Sie war nicht mehr nur für sich selbst verantwortlich, sondern auch für ein anderes menschliches Wesen. Wie sehr sie hoffte, dass es eine Chance hatte, seinen unglücklichen Start ins Leben zu überwinden!

Das Klappern der Türschlösser am Ende des langen, dunklen Gangs. Laternenschein, der über Steine huschte. Das Rattern der Karre, in der Ketten und Eisenschellen klirrten. Die rauen Stimmen der Aufseher: »Los jetzt! Beeilt euch!«

»Es ist so weit«, sagte Olive und stieß Evangeline an. »Sie holen uns.«

Vor der Zelle standen drei Wachmänner. Einer hatte ein Stück Papier in der Hand; der andere hob seine Laterne darüber. Der dritte fuhr mit seinem Stock über das Eisengitter. »Alle mal herhören«, sagte er. »Wenn ich euren Namen aufrufe, tretet ihr vor.« Er schielte auf das Papier. »Ann Darter!«

Ein Rascheln, ein Murmeln, dann kam das Mädchen, dessen Baby gestorben war, langsam nach vorne. Es war das erste Mal, dass Evangeline ihren Namen hörte. »Es wäre ein Wunder, wenn die es schafft«, murmelte Olive.

»Maura Frindle!«

Eine Frau, die Evangeline nicht kannte, trat aus dem Schatten.

»Olive Rivers.«

»Bin schon da, immer mit der Ruhe«, sagte Olive, die Hände am Gitter.

Der Wachmann fuhr abermals mit dem Stock über das Gitter, *rattattattatat*, so dass Olive loslassen musste. »Die Letzte. Evangeline Stokes.«

Evangeline schob sich eine Haarsträhne hinter das Ohr. Dann legte sie eine Hand unter ihren Bauch und stand auf.

Der Wachmann mit der Laterne hielt das Licht höher, um besser sehen zu können. »Die da is aber n leckeres Häppchen.«

»Sie mag keine Kerle«, sagte Olive. »Pech für dich.«

»Einen muss sie wohl gemocht haben«, erwiderte der Laternenmann, und alle lachten.

»Und schau, was sie davon hat«, gab Olive zurück.

Mit einem Wachmann vorne und zweien hinter ihnen schlurften die Gefangenen über den Hof, dann eine Treppe hinauf und durch den breiten Gang mit den zischenden Öllampen zum Zimmer der Oberin. Die Oberin saß hinter ihrem Schreibtisch aus Eichenholz und schien nicht besser gelaunt als in der Nacht von Evangelines Ankunft. Als sie Evangeline sah, runzelte sie die Stirn. »Du bist zu dünn«, sagte sie vorwurfsvoll, als hätte Evangeline sich aus einer Laune heraus entschieden abzunehmen. »Wäre schade, das Kind zu verlieren.«

»Ohne wär se vielleicht besser dran«, sagte ein Wachmann.

»Vielleicht wäre sie das.« Die Oberin seufzte. Sie schaute in ihr Buch, dann strich sie Evangelines Namen durch.

Nachdem die Gefangenen entlassen waren, führten die Wachleute die schlurfende Prozession die Treppe hinunter, langsam, damit sie nicht übereinanderfielen. Als sie draußen vor den hohen schwarzen Toren stand, fühlte sich Evangeline wie ein Bär, der aus seiner Höhle kam. Sie blinzelte in das frühe Morgenlicht.

Der Himmel hatte das warme Weiß von sauberem Musselin, das Laub der Ulmen, die die Straße säumten, war grün wie Seerosenblätter. Von einem Baum stoben Vögel auf. Es war ein gewöhnlicher Tag in der Stadt: Ein Blumenhändler baute seinen Stand auf, Pferde und Pferdewagen klapperten über die Bailey Street, Männer mit schwarzen Westen und Zylinderhüten schritten den Gehweg entlang, ein Junge rief mit hoher, dünner Stimme: »Schweinepasteten! Frische Brötchen!«

Zwei Ladys schlenderten Arm in Arm daher, eine in goldbraunem Brokat, die andere in wasserblauer Seide, beide in engen Korsetts und mit langen Puffärmeln, die an den Handgelenken modisch eng wurden. Ihre Sonnenschirme waren reich verziert, ihre Hauben mit Samtbändern befestigt. Die in Blau erblickte die gefesselten Frauen und blieb wie angewurzelt stehen. Indem sie ihre behandschuhte Hand vor den Mund hob, flüsterte sie der anderen Lady etwas ins Ohr. Dann drehten beide sich abrupt um und gingen in die andere Richtung davon.

Evangeline blickte auf ihre schweren Ketten und ihre Schürze aus Sackleinen herab. Sie konnte den Frauen kaum wie ein menschliches Wesen vorgekommen sein.

Während sie mit den Wachmännern und den anderen Gefangenen an der Straße stand, ertönte Hufgetrappel, und eine Kutsche mit zugenagelten Fenstern, die von zwei schwarzen Pferden gezogen wurde, blieb vor ihnen stehen.

Einer der Wachmänner schaffte es – indem er sie halb schob, halb hob –, die Frauen in die Kutsche zu verfrachten. Dort setzten sie sich auf rauen Holzplanken jeweils zu zweit einander gegenüber. Als der Wachmann die Tür zumachte und abschloss, wurde es stockdunkel im Inneren. Sprungfedern quietschten, als er sich neben dem Kutscher auf den Kutschbock schwang. Evangeline lauschte angestrengt auf ihre Stimmen, konnte aber nicht verstehen, was sie sagten.

Ein Peitschenknall, das Wiehern eines Pferdes. Die Kutsche fuhr mit einem Ruck los.

Im Inneren war es stickig. Die Räder ratterten über die Pflastersteine, Olive stieß bei jeder Kurve gegen sie, und Evangeline spürte, wie ein Schweißtropfen von ihrer Stirn zur Nasenspitze wanderte. In einer abwesenden Geste, die ihr inzwischen zur Gewohnheit geworden war, tastete sie nach den Kanten von Cecils Taschentuch unter ihrem Kleid. Dann saß sie im Dunkeln und lauschte auf Geräusche, die ihr etwas verraten konnten. Endlich, das Geschrei von Möwen, Rufe in der Ferne, der salzige Geruch der Luft: Sie mussten in der Nähe des Meeres sein. Das Sklavenschiff. Ihr Herz begann heftig zu klopfen.

MATHINNA

Wir stellen keine großartige Menschenfreundlichkeit zur Schau. Die Regierung muss die Eingeborenen entfernen – andernfalls werden sie gejagt wie wilde Tiere.

The Colonial Times (Tasmanien), 1. Dezember 1826

Flinders Island, Australien, 1840

Die Luft des frühen Morgens war kühl, und es regnete. Unter einer Trauerkiefer zog sich Mathinna das Wallabyfell fester um die Schultern und starrte auf die haarigen braunen Farnwedel und das Moos an Felsen und Baumstämmen, lauschte auf den leise prasselnden Regen und das Zirpen der Grillen. Während sie die zarten Muscheln an ihrer Kette betastete, die sie sich doppelt um den Hals gelegt hatte, dachte sie über ihre missliche Lage nach. Sie fürchtete sich nicht davor, alleine im Wald zu sein, trotz der Tigerottern, die unter Baumstämmen lauerten, und der giftigen schwarzen Spinnen in ihren unsichtbaren Netzen. Mehr Angst hatte sie vor dem, was sie erwartete, wenn sie in die Siedlung zurückkehrte.

Vor Mathinnas Geburt, das hatte Wanganip ihr erzählt, hatten britische Siedler Mathinnas Schwester Teanic aus den Armen ihres Vaters gerissen – bei dem Versuch, ihn zu fangen. Sie war in die Queen's Orphan School geschickt worden, ein Waisenhaus in der Nähe von Hobart Town, und sie hatten sie nie wiedergesehen. Gerüchten zufolge war sie im Alter von acht Jahren an der Grippe gestorben, aber niemand hatte das den Palawa direkt mitgeteilt.

Mathinna wollte nicht wie ihre Schwester entführt werden.

Seit Wanganips Tod gab sich Mathinnas Stiefvater Palle große Mühe, sie zu trösten. Am knisternden Lagerfeuer zog er sie an sich und erzählte ihr Geschichten von den Göttern der Palawa, die so anders waren als der eine, zu dem sie jetzt beten mussten. Die beiden Hauptgottheiten waren Brüder, die von der Sonne und vom Mond abstammten. Moinee erschuf das Land und die Flüsse. Droemerdene lebte im Himmel und hatte die Gestalt eines Sterns angenommen. Er fertigte den ersten Menschen aus einem Känguru.

Seit die Palawa erschaffen worden waren, so erzählte ihr Palle, seien sie jeden Tag viele Meilen gelaufen. Schlank und zäh und von kleiner Statur, wanderten sie vom Busch bis zum Meer und auf die Berggipfel und trugen ihren Proviant und ihre Werkzeuge und ihr Essgeschirr in aus Gräsern gewebten Taschen mit sich. Eingeschmiert mit Seerobbenfett, um sich vor Wind und Kälte zu schützen, jagten sie Kängurus, Wallabys und andere Tiere und benutzten dazu Speere, die sie mit Steinmessern schärften, und Holzkeulen, die sie Waddys nannten. Von Lager zu Lager schleppten sie Wasser und schwelende Kohlen mit sich. Sie aßen Meerohren und Austern und benutzten deren scharfe Schalen, um Fleisch zu zerschneiden.

Vor langer Zeit hatte ihr Land auch das umfasst, was

heute die Bass-Straße genannt wurde, aber irgendwann war das Meer angestiegen und hatte die Insel vom Festland abgeschnitten. Seitdem lebten die Palawa auf Lutruwita in wunderbarer Abgeschiedenheit. Gewöhnlich gab es genug zu essen, das Wasser war frisch und die Tier- und Pflanzenwelt üppig. Sie bauten aus Baumrinde kuppelförmige Hütten und verarbeiteten breite Rindenstränge zu Kanus. Sie fertigten lange Halsketten, wie die von Mathinnas Mutter, aus leuchtend grünen Muscheln, so klein wie Kinderzähne, und trugen zu Zeremonien Ockerfarbe im Haar. Viele Stammesmänner hatten wulstige Narben an Schultern, Armen und Oberkörper – mit Kohlestaub in die Haut geätzte Sonnen und Monde. Ihre Stammesgeschichte wurde in Form von Liedern oder Erzählungen von Generation zu Generation weitergegeben.

Anders als die Briten, sagte Palle, wobei er voller Verachtung auf den Boden spuckte, brauchten die Palawa keine gemauerten Häuser oder beengenden Kleider oder Musketen, um zufrieden zu sein. Sie begehrten nichts, und sie stahlen nichts. Es gab zwölf Stämme, jeder bestehend aus einem halben Dutzend Clans, jeder mit einer eigenen Sprache, und in keiner davon gab es ein Wort für Eigentum. Das Land war einfach ein Teil von ihnen.

Oder, sagte er: Sie waren ein Teil des Landes.

Es war zweihundert Jahre her, dass die ersten weißen Männer an ihren Küsten gelandet waren – merkwürdig aussehende Kreaturen mit unnormal blasser Haut, wie weiße Würmer oder Geister aus alten Sagen. Sie wirkten so weich wie Austern, aber die Speere, die sie trugen, dröhnten und spuckten Feuer. Jahrelang waren die einzigen Weißen, die robust genug waren, um den Winter auszuhalten, die Robben- und Walfänger, viele von ihnen so roh und brutal, dass sie den Palawa halb als Mensch, halb als wildes Tier erschienen. Dennoch entwickelte sich mit der Zeit ein Tauschsystem. Für Krebse, Sturmtaucher und Kängurufelle erhielten die Palawa weißen Zucker, Tee, Tabak und Rum – abscheuliche Substanzen, die sich in ihren Gehirnen und Mägen festsetzten, sagte Palle, und zu Gier und Sucht führten.

Seit dem Tag, an dem die Eindringlinge auf Lutruwita angekommen waren und es in Van-Diemens-Land umbenannt hatten, waren sie so unaufhaltsam wie die Flut. Sie bemächtigten sich des Landes und drängten die Palawa weiter und weiter in die Berge zurück. Die Grassavannen und Buschlandschaften, ihre Jagdgründe für Kängurus und Wallabys, wurden Weideland für Schafe, von Zäunen umgeben. Die Palawa hassten diese dummen, blökenden Tiere, die ihnen überall den Weg versperrten. Sie weigerten sich, ihr stinkendes Fleisch zu essen, und brannten die Zäune nieder, die ihnen im Weg waren. Sie fürchteten die Schäfer, die keine Skrupel hatten, sie zu töten, wenn sie ihnen zu nahe kamen, und wehrten sich auf die einzige Weise, die ihnen möglich war; mit Täuschungsmanövern und Überfällen aus dem Hinterhalt.

Zehn Jahre vor Mathinnas Geburt hatte der so genannte *Black War* die Stämme dezimiert. Die weißen Männer hatten, wie die Palawa zu spät erkannten, keinerlei Moral. Sie logen ihnen lächelnd ins Gesicht und fanden nichts dabei, sie in Fallen zu locken. Die Palawa kämpften vergeblich mit Steinen und Speeren und Waddys gegen marodierende Gruppen von Strafgefangenen und Siedlern, die von der britischen Regierung offen dazu autorisiert worden waren, jeden Eingeborenen, dem sie begegneten, gefangen zu nehmen oder gleich zu ermorden. Diese Männer durchstreiften die Insel mit Windhunden und jagten die Palawa zu ihrem Vergnügen. Sie tarnten Falleisen mit Eukalyptusblättern. Sie banden Männer an Bäume und benutzten sie als Zielscheibe für Schießübungen. Sie vergewaltigten und versklavten Palawafrauen und steckten sie mit Krankheiten an, die sie unfruchtbar werden ließen. Sie machten Brandzeichen auf ihre Haut und zerschmetterten die Köpfe ihrer Kinder an Felsen.

Als die Palawa weitgehend ausgerottet waren, trieb man die übriggebliebenen zusammen und brachte sie nach Flinders. Hier wurden sie in steife englische Kleidung mit überflüssigen Knöpfen und in enge Schuhe gesteckt. Man schrubbte ihnen das Ocker aus dem Haar, das nach englischer Art kurz geschnitten wurde. Sie mussten sich in die dunkle Kapelle setzen und sich Predigten über eine Hölle anhören, die sie sich nie vorgestellt hatten, und moralische Unterweisungen, die sie nicht brauchten, und sangen Kirchenlieder, die ihnen Erlösung als Entschädigung für Leid versprachen.

Man hatte den Palawa gesagt, sie kämen nur vorübergehend nach Flinders und würden bald ihr eigenes Land bekommen – oder besser gesagt, einen Teil ihres eigenen Landes zurückerhalten.

Das war zehn Jahre her. Sie warteten immer noch.

Es goss in Strömen. Der Regen rann an Mathinnas Hals hinunter, fand die Lücken in ihrem Umhang und drang ihr durch das Baumwollkleid bis auf die Haut. Ihre Kehle fühlte sich wund an – der Beginn einer Erkältung. Ihre Augen brannten vor Erschöpfung, ihr Magen war leer. Sie konnte nach Schwaneneiern suchen, aber das würde bedeuten, dass sie die offenen Wiesen betreten musste. Wenn sie zum Strand ging, um Muscheln zu suchen, würde man sie vom Bergkamm aus leicht sehen können. Einen Sturmtaucher hatte sie zwar noch nie selbst gefangen, aber Palle dabei zugesehen: Dazu hatte er die Hand in ein austerngroßes Loch im Boden gesteckt. Wenn es sich kalt anfühlte, hatte er sie schnell wieder herausgezogen, denn dann konnte es ein Schlangennest sein, aber wenn es warm war, dann handelte es sich wahrscheinlich um das Nest eines Sturmtauchers. Er fasste hinein, ergriff den Vogel, zog ihn heraus und drehte ihm den Hals um.

Das Problem war nur, dass Mathinna kein Feuer hatte. Selbst die zähesten unter den Stammesälteren, die sich über die Sturmtaucher hermachten, kaum dass die klebrigen Federn am Feuer weggebrannt worden waren, aßen sie nicht roh.

Sie starrte auf die Eukalyptusbäume in der Ferne, mit ihrer Rinde, die so glatt und grau wie Wallabybäuche war, und Tränen traten ihr in die Augen. Sie vermisste ihr Haustier, Waluka, ein Albino-Ringelschwanz-Possum mit rosa Ohren, das sie gefunden und aufgezogen hatte.

Sie vermisste die Wärme in Palles Armen.

Bei dem Gedanken an dampfende Austern, gerade von

glühenden Kohlen genommen, lief ihr das Wasser im Mund zusammen.

Als sie zur Siedlung zurückging, hatte der Regen aufgehört. Einige der Palawa und ein paar Missionare liefen durch die Gegend, aber von den Franklins war nichts zu sehen. Mathinna spürte Hoffnung in sich aufkeimen. Sie schlüpfte in den Schulraum, wo ein paar Kinder ihre Aufgaben machten. Der Lehrer sah von seiner Fibel auf. Er schien von ihrem nassen Kleid keine Notiz zu nehmen, von dem durchweichten Wallaby-Fell, ihren angstvollen Augen. Er schien auch nicht überrascht zu sein, dass sie zurückgekommen war.

»Mary«, sagte er und stand auf. »Komm mit. Sie haben dich gesucht.«

Die Tasmansee, 1840

Als der Kapitän sie in die Schaluppe hob, blickte Mathinna zurück und sah ihren Stiefvater auf dem Bergkamm stehen, die Hand über der Stirn, um seine Augen zu beschatten, eine Silhouette gegen den Himmel.

»Palle!«, schrie sie und winkte.

Er hob den Arm mit gespreizten Fingern.

»Palle...« Sein Gesicht verschwamm hinter ihren Tränen.

»Genug jetzt«, sagte der Kapitän.

Sie schluchzte leise, während er den Anker lichtete und das Segel ausrichtete. Tief in ihrem Inneren spürte sie die Gewissheit, dass sie ihren Stiefvater nie wiedersehen würde. Sie sah seine Gestalt in der Ferne verschwinden, während das Boot auf die offene See hinausfuhr.

Der Kapitän spuckte auf das Deck und sagte: »Man hat mir befohlen, dich zu behandeln wie eine kleine Lady. Ich tue, was man mir sagt, auch wenn du ganz anders aussiehst als alle Ladys, die ich bisher gesehen habe.«

Mathinna antwortete nicht, sondern wischte sich mit den Händen über die Augen.

Sie war noch nie auf dem Wasser gewesen. Nur die Seefahrer unter den Palawa fuhren in Kanus aufs Meer hinaus. Sie kannte das sanfte Aufsteigen und plötzliche Abfallen nicht, das salzige Kribbeln in der Nase, den Übelkeit erregenden Geruch der Fischinnereien, die in einem Korb vor sich hin rotteten.

Ihr Mund füllte sich mit Speichel, ihre Augen tränten. Noch bevor Flinders außer Sichtweite war, übergab sie sich in einen Eimer.

»Es ist reine Kopfsache«, sagte der Kapitän und tippte sich an die Schläfe. »Beruhige dich.«

Als Mathinna drei Tage zuvor in die Siedlung zurückgekehrt war, hatte man ihr gesagt, die Franklins seien auf dem Weg zurück nach Van-Diemens-Land. Sie hatten die *Cormorant* aus ihrer kleinen Flotte zurückgelassen, samt Kapitän, ausdrücklich zu dem Zweck, Mathinna nach Hobart Town zu bringen. Die Frau von George Robinson, Maria, hatte ihr geholfen, ihre bescheidenen Habseligkeiten für die Reise in einen kleinen Seemannskoffer zu packen: zwei einfache Baumwollkleider im englischen Stil, zwei Pantalons, eine Haube, ein Paar Lederschuhe. Mathinna machte für Waluka ein Nest aus Wallabyhaut in einem Korb, den Palle für sie geflochten hatte, und steckte drei Muschelketten, die ihre Mutter gemacht hatte, mit hinein.

»Ein Nagetier in die Residenz des Herrn Gouverneur mitzunehmen, scheint kaum ratsam«, sagte Robinson, als er Waluka sah.

»Es ist ein Beuteltier, George.« Seine Frau deutete mit den Händen die Tatzen eines Kängurus an. »Es hat einen Beutel. Sie hat es großgezogen; es ist beinahe zahm.«

»Es sieht aus wie eine Ratte.«

Maria legte ihm eine Hand auf den Arm. »Dieses Kind lässt sonst alles zurück. Was schadet es, wenn sie es behält?«

Jetzt beugte Mathinna sich hinab und öffnete den Korb. Sie zog eine der Muschelketten hervor und legte sie sich um den Hals, dann nahm sie Waluka heraus. Mit seinem hellen Fell, seiner rosa Nase und den langen Krallen sah er wahrscheinlich wirklich ein bisschen wie eine Ratte aus. Er hing schlaff und bewegungslos auf ihrem Schoß, aber als sie mit dem Finger über seine Brust strich, konnte sie spüren, wie sein winziges Herz raste.

»Wundert mich, dass sie dich dieses räudige Viech mitnehmen lassen«, sagte der Kapitän.

Sie strich beschützend über Walukas Rücken. »Mr Robinson hat gesagt, ich darf.«

»Haste schon mal Possumfleisch gegessen?«

Sie schüttelte den Kopf.

»Nicht schlecht«, sagte der Kapitän. »Schmeckt nach Eukalyptus.«

Sie wusste nicht, ob er es ernst meinte.

Der Himmel war so grau wie die flachen Steine in der Bucht. Die Wellen schimmerten wie Schiefer. Der Kapitän breitete seine zerfledderte Karte aus und winkte Mathinna zu sich. Mit dem Zeigefinger fuhr er an der Küstenlinie einer großen Landmasse entlang, bis er ganz unten eine enge Passage erreichte. Indem er darauf tippte, sagte er: »Da fahren wir hin. Dauert zehn Tage.«

Was sie sah, sagte ihr nichts: gezackte Linien auf einem Stück Papier. Aber während sie sich die Karte genauer ansah und die Namen der Städte und Regionen herausfand, bewegte sie selbst ihren Finger an der Küstenlinie entlang, in der Gegenrichtung ihrer Route. An Port Arthur vorbei und dem winzigen, Maria Island genannten Inselchen, durch den Four Mile Creek und um Cape Barren Island herum und schließlich zurück nach Flinders, ein Fleck im Ozean über der großen Fläche von Van-Diemens-Land.

Während sie ihre Muschelkette betastete, erinnerte Mathinna sich daran, wie ihre Mutter sie ihr in die Hand gelegt hatte. »Jeder Mensch, der dir je wichtig war, und jeder Ort, den du je geliebt hast, ist eine dieser Muscheln. Und du bist der Faden, der sie miteinander verbindet«, hatte sie gesagt und dabei Mathinnas Wange gestreichelt. »Du trägst die Menschen und die Orte, die du liebst, bei dir. Denke immer daran, dann bist du nie einsam, Kind.«

Mathinna wollte es gerne glauben. Aber sie war sich nicht sicher, ob es stimmte.

Der Kapitän schlief immer nur kurz; beim leisesten Ruck oder Flattern der Segel fuhr er hoch. Sie tat, als würde sie es nicht merken, wenn er hinter einem Fass verschwand, um den Nachttopf zu benutzen, oder wenn er sich an einem Eimer unter den Achseln wusch. Er war wahrscheinlich erst Mitte dreißig, doch Mathinna schien er uralt zu sein. Er war derb, aber nicht unfreundlich. Seine einzige

Aufgabe, so erzählte er ihr, war es, sie wohlbehalten beim Gouverneur abzugeben, und das würde er auch tun, koste es, was es wolle. Meistens ließ er sie in Ruhe. Wenn er nicht gerade mit dem Hauptsegel beschäftigt war oder ihren Kurs aufzeichnete, saß er auf der einen Seite des Boots und schnitzte mit einem kleinen gebogenen Messer nackte Frauen aus einem Stück Holz, während Mathinna auf der anderen saß, die winzigen grünen Muscheln um ihren Hals betastete und mit Waluka spielte.

Jeden Morgen arbeitete der Kapitän eine Reihe von Aufgaben ab: die Barometerablesung ins Notizbuch schreiben, das Segel nach Rissen absuchen, lose Bretter festnageln, Seile flicken. Er zog einen Köder hinter dem Schiff her und holte damit mal einen Rotbarsch, mal eine Makrele oder gelegentlich einen Lachs aus dem Meer. Er betäubte den zappelnden Fisch, bevor er ihn geschickt mit seinem Tranchiermesser ausnahm, dann machte er Feuer in seiner Kochkiste, einer Konstruktion aus drei Seiten Metall auf vier robusten Füßen, mit einem Rost darüber und einer Schale darunter für das Feuer.

Mathinna hatte noch nie Schuppenfisch gegessen; die Palawa aßen nur Muscheln. Sie lachten über die Missionare, wenn sie sahen, wie sie die feinen Gräten zwischen ihren Zähnen hervorzogen. Aber jetzt lief ihr bei dem Geruch der knusprigen Haut und dem Anblick des zarten weißen Fleischs das Wasser im Mund zusammen. »Probier es«, sagte der Kapitän eines Abends und schnitt ein paar Stücke ab, legte sie auf einen Zinnteller und reichte ihn ihr. Bei dem Versuch, die Stücke mit den Fingern zu greifen, zerfiel der Fisch in flache, fleischige Scheiben. Sie steckte sich eine nach der anderen in den Mund und staunte über den buttrigen Geschmack. Er grinste. »Besser als Schiffszwieback, was?«

Der Kapitän erzählte ihr Geschichten aus seinem Leben – wie er seltene Münzen gestohlen hatte, um Medizin für seine kranke Mutter zu kaufen (so sagte er zumindest), und deshalb auf einem Gefangenenschiff nach Van-Diemens-Land gelandet war, wo er in Port Arthur sechs Jahre lang hart arbeiten musste. Als er erwähnte, dass er Robbenfänger gewesen sei, klopfte Mathinnas Herz. Aber sie hatte keine Anzeichen von Wildheit bei ihm gesehen.

»Gefällt es Ihnen ... Robben zu töten?«, fragte sie.

Er zuckte die Achseln. »Es ist harte Arbeit. Viel Schmutz und Kälte. Aber ich hatte ja keine großartige Auswahl. Wenigstens wusste ich, dass ich für meine Arbeit Geld bekam. Jedenfalls, im Gefängnis hatte ich Schlimmeres erlebt. Was Menschen einander antun, du würdest es nicht glauben.«

Warum sollte sie es nicht glauben? Man hatte sie ihrer Familie und allen Menschen, die sie kannte, entrissen, und das nur wegen der Launen einer Lady in Satinschuhen, die die Schädel von Mathinnas Vorfahren auskochte und als Kuriositäten ausstellte.

»Das alles ist Vergangenheit«, sagte der Kapitän. »Ich bin jetzt auf dem rechten Weg. Wenn der Gouverneur dich bezahlt, dann fragst du nicht lange, sondern tust, was er dir sagt.«

Draußen auf dem offenen Meer war die See bewegt und

hatte weiße Schaumkronen. Das Wasser spritzte ihnen ins Gesicht und schwappte über die Seitenwände, wenn die kleine Schaluppe sich senkte oder zur Seite neigte. Der Kapitän ließ Mathinna jetzt mitarbeiten, die Leinen entwirren oder die Ruderpinne festhalten, während er die Segel ausrichtete. Er zeigte ihr, wie man den Metallrost sauber machte und wie man die Glut anfachte, um das Feuer in der Kochkiste in Gang zu halten. Er erklärte ihr, dass er ihr die Aufgabe des Wachpostens übertrug – wenn er ein bisschen schlafen musste oder eine Pause brauchte, musste sie die Augen offen halten. Mit der Zeit machte ihr die Arbeit Spaß, sie half gegen die Langeweile. Die Zeiten, in denen der Kapitän schlief, waren ihr die liebsten. Mit geschärften Sinnen suchte sie dann den Horizont ab und schürte das Feuer.

Sie begann, diese Aufgaben ungefragt zu erledigen, und er ging selbstverständlich davon aus. »Sie behaupten immer, dein Volk könnte nichts lernen, aber schau nur dich an«, sagte er.

Wenn der Himmel dunkel wurde, zog sie den Fellumhang um ihre Schultern, starrte hinauf und suchte Droemerdene, den hellen Stern im Süden, und erlaubte sich erst, die Augen zu schließen, wenn sie ihn gefunden hatte.

Es war später Nachmittag, als die *Cormorant* in die Storm Bay einfuhr und auf dem Derwent River bis nach Hobart Town segelte. Als sie sich dem Hafen näherten, umflattert von kreischenden Möwen, bereitete Mathinna die Bug- und die Heckleine vor. Der Kapitän ließ das Segel nach, verlangsamte die Fahrt und lenkte die Schaluppe sanft zu einer Anlegestelle. In der Zwischenzeit sammelte Mathinna ihre Sachen zusammen, steckte Waluka in den Korb und deckte ihn mit dem Wallabyfell zu. Dann zog sie das einfache weiße Kleid mit den kleinen Plisseefalten am Mieder an, von dem man ihr gesagt hatte, sie solle es für ihre Ankunft aufbewahren. Während der ganzen Reise war sie barfuß gewesen, und die Haut an ihren Fußsohlen war hart. Jetzt schlüpfte sie in ihre weichen Lederschuhe. Sie fühlten sich merkwürdig an, wie Hauben an den Füßen.

Als sie am Kai auf dem Pflaster stand, ihren Korb in der Hand, machte sie ein paar vorsichtige Schritte. Nach so vielen Tagen auf See musste sie erst die Balance wiederfinden. Noch nie hatte sie ein so reges Treiben gesehen. Männer riefen einander etwas zu, Frauen boten Ware an, Hunde bellten, Möwen kreischten, Pferde wieherten und schüttelten ihre Mähnen. Ziegen meckerten, und Schweine grunzten. Der salzige Geruch von Seetang, ein Hauch von Pferdemist, der erdig-süße Duft von Röstkastanien. Neben einer Hauswand stand eine Gruppe von Männern in auffälligen gelb-schwarzen Kleidern barfuß im Dreck. Als sie genauer hinsah, erkannte sie, dass sie aneinandergekettet waren.

Als sie das unverkennbare Lachen des Kapitäns hörte, drehte Mathinna sich um. Er stand ein paar Schritte von ihr entfernt und sprach mit zwei Männern in roten Uniformen, Musketen über den Schultern. Er zeigte mit dem Kinn auf sie. »Das ist sie.«

»Kaum nötig zu sagen.«

»Wo sind ihre Eltern?«

»Keine Eltern«, sagte der Kapitän.

Der erste Uniformierte nickte. »Auch recht.«

Der Kapitän ging vor Mathinna in die Hocke. »Es ist Zeit, dass ich dich übergebe. Die beiden da bringen dich an den Ort, wo du hinmusst.« Er zögerte einen Augenblick, als wollte er noch mehr sagen. Dann deutete er mit einem Kopfnicken auf ihren Korb. »Bin froh, dass wir dein Possum nicht essen mussten.«

Die Sitze auf der offenen Kutsche – königsblau gefärbtes Pferdehaar – waren glatt. Mathinna musste sich an der Armlehne festklammern, damit sie nicht hinunterrutschte. Die Pferdehufe machten auf dem schlammigen Boden schmatzende Geräusche.

Als Mathinna den Kai in der Ferne verschwinden sah, fühlte sie sich so allein wie noch nie zuvor in ihrem Leben. Niemand an diesem merkwürdigen Ort sah so aus wie sie. Niemand.

*Hobart Town, Van-Diemens-Land, Australien,
1840*

Die Pferde bogen in eine kurze Einfahrt ein und blieben vor einem langen zweistöckigen, cremefarbenen Gebäude mit blauem Stuck und einem breiten Eingangsportal stehen. Einer der Uniformierten sprang herunter und hob Mathinna aus der Kutsche. Anstatt sie gleich auf dem Boden abzusetzen, trug er sie zu den Treppenstufen. »Du bist eine richtige Lady, habe ich gehört«, sagte er mit übertriebener Dienstbeflissenheit. »Da solltest du dir nicht den Rocksaum dreckig machen.«

Mathinna reckte den Hals, um sich umzusehen. Obwohl sie noch nie ein so großes und stattliches Gebäude gesehen hatte, empfand sie eine merkwürdige Gelassenheit, so als beträte sie den Kupferstich, den sie in einem Schulbuch gesehen hatte.

Eine untersetzte Frau mittleren Alters erschien am Eingang. Sie trug ein graues Kleid mit einer weißen Schürze und eine Haube. »Hallo, Mathinna«, sagte sie und neigte den Kopf. »Wir haben auf dich gewartet. Ich bin Mrs Crain, die Haushälterin. Das hier ist Government House. Dein neues ... Zuhause.«

Der Lehrer in Flinders hatte auch eine Haushälterin, eine alte Missionsfrau, die ihm das Bett machte und das Frühstück zubereitete. Mathinna hatte sie nie weiter beachtet, aber sie wusste nicht, welche Gepflogenheiten hier herrschten. Erwartete man von ihr, dass sie knickste? Sie tat es.

»Bei mir kannst du dir deine feinen Sitten sparen«, spottete Mrs Crain. »Wahrscheinlich bin ich diejenige, die sich vor dir verbeugen sollte. Eine Prinzessin, habe ich gehört.« Sie sah sie mit hochgezogenen Brauen an. »Lady Franklin und ihre Launen!«

Einer der Uniformierten hob den Seemannskoffer an, den er sich auf die Schulter geladen hatte, und sagte: »Wo wollen Sie die Aussteuer der Lady haben?«

»Stellen Sie alles in den Dienstboteneingang. Ich glaube nicht, dass viel Brauchbares dabei ist.« Mrs Crain wandte sich wieder Mathinna zu und musterte sie stirnrunzelnd. »Komm mit. Ich schicke dir ein Mädchen, das dir ein Bad einlässt. Wir müssen dich präsentabel machen, sonst ändert Lady Franklin nach dem ersten Blick ihre Meinung.«

Der alte Holzzuber war einmal eine Pferdetränke gewesen, erzählte Sarah, das Hausmädchen. Während sie ihr Rücken und Arme mit einem Stück grober Seife abrieb, sagte sie zu Mathinna: »Ich habe die Anweisung, dich von Kopf bis Fuß zu waschen. Mrs Crain hat gesagt, ich soll schnell machen, deshalb hatte ich keine Zeit, das Wasser aufzuwärmen.«

Mathinna, die zusammengekauert in dem Zuber saß und mit den Zähnen klapperte, nickte. »Gleich gibt es Abendessen, und dann siehst du Lady Franklin«, erklärte Sarah, während sie Mathinnas Arm hochhob und mit der Seife über ihre Achselhöhlen fuhr. »Mrs Wilson ist die Köchin. Sie ist ein feiner Kerl. Die meisten von uns Hausmädchen sind wegen ihr hier. Sie war mehr als zehn Jahre lang in der Haftanstalt The Cascades.«

Mathinna zuckte zurück, als Sarah einen Lappen mit kaltem Wasser über ihren Schultern auswrang. »Was ist eine Haftanstalt?«

»Halt still, ich muss dich abwaschen. Man nennt es auch die Frauenfabrik. Ein schrecklicher Ort. Wenn auch nicht so schlimm wie Flinders, nach dem, was ich gehört habe. Jetzt heb den Kopf.«

Mathinna blickte hoch, während Sarah ihr den Hals schrubbte. Sie erinnerte sich an das, was der Kapitän über die Gefangenen von Port Arthur gesagt hatte – dass sie skrupellos seien, dass sie einem den Hals umdrehten, wenn sie einen erwischten. Sie dachte an die Männer, die sie am Kai beobachtet hatte, wie sie in ihren Fußketten dahergeschlurft waren. »Ich wusste nicht, dass es im Gefängnis auch Ladys gibt.«

Sarah verzog das Gesicht. »Wir sind wohl kaum Ladys.«

Mathinna starrte Sarah an, mit ihren lockigen braunen Haaren und den hellen blauen Augen, dazu das ordentliche graue Kleid, das sie trug. Sie wirkte völlig harmlos, nicht wie eine Verbrecherin, aber wer wusste das schon? »Hast du jemanden umgebracht?«

Sarah lachte. »Nur in meinen Gedanken.« Während sie den Lappen auswrang, sagte sie: »Mörder werden tagsüber nicht freigestellt. Die sitzen den ganzen Tag in ihren Zellen und kratzen Teer von Seilen. Damit ruiniert man sich die Finger. Einen besseren Grund, lieber keinen Mord zu begehen, kann ich mir nicht vorstellen.«

Nach dem Bad zog Sarah Mathinna einen weißen Unterrock an, ein rosafarbenes Gabardinekleid und weiße Strümpfe und glättete ihr das Haar mit Öl. Als sie ihr ein Paar steifer schwarzer Schuhe reichte, protestierte Mathinna. »Du musst sie anziehen. Ich kriege Ärger, wenn du es nicht machst«, sagte Sarah.

Mathinna hatte auf Flinders zwar britische Kleidung getragen, aber noch nie Schnürschuhe. Sie zog sie an, aber Sarah musste sie ihr zubinden.

Bevor sie das Zimmer verließen, betrachtete Sarah sie prüfend, zog noch einen ihrer Strümpfe hoch und zupfte ihr den Unterrock zurecht. »Miss Eleanor hat das Kleid schon ziemlich abgenutzt«, sagte sie nachdenklich, während sie den ausgefransten Saum betastete.

»Miss Eleanor?«

»Die Tochter von Sir John. Das ist ein abgelegtes Kleid von ihr. Sie ist siebzehn. Du wirst sie bald kennenlernen. Kein besonders hübsches Mädchen, aber wenigstens bekommt sie ihre Kleider jetzt aus London.«

Im Küchengebäude starrte Mathinna auf den riesigen

Steinherd, auf die Kräuterbüschel, die von der rußgeschwärzten Decke hingen, die in Regalen gestapelten Schüsseln, Töpfe und Pfannen.

Mrs Wilson, die Hände auf ihren ausladenden Hüften, sah Sarah streng an. »Hast du Läuse gefunden? Irgendwelche Anzeichen von Skorbut?«

Sarah schüttelte den Kopf. »Gesund wie ein Fisch im Wasser.«

Mrs Wilson bedeutete Mathinna, sich an den Tisch zu setzen, dann stellte sie einen Teller mit Essen vor ihr ab. Mathinna starrte darauf. Leicht violett schimmernder, wabbeliger Fisch, dazu kalte weiße Kartoffeln.

»Iss alles auf«, sagte Mrs Wilson und band Mathinna eine Serviette um den Hals. »In meiner Küche dulde ich keine pingeligen Esser.«

Sarah drückte Mathinnas Schulter. »Tu, was sie dir sagt, und beeil dich. Ich habe kaum Zeit, dich in dein Zimmer zu bringen, bevor du Lady Franklin treffen sollst.«

Mathinna würgte ein paar Bissen von dem faden, glibberigen Essen herunter, schluckte schnell, damit sie Geschmack und Konsistenz nicht spürte. Dann folgte sie Sarah durch einen langen Korridor ins Haupthaus, vorbei an einem halben Dutzend Zimmern, die zugleich vollgestopft und merkwürdig leer wirkten. Hohe silberne Kerzenleuchter ragten von Sockeln auf wie gekrümmte Tigerottern, Lilien blühten in blau-weißen Porzellanvasen, Brokatvorhänge bauschten sich über Teppichen. Puderweiße Gesichter blickten aus goldenen Bilderrahmen auf sie herunter. Die goldenen und grünen Ranken auf der Tapete im Korridor erinnerten Mathinna an die Rauchkringel, die die Palawa-Älteren ausstießen, wenn sie ums Feuer saßen.

Am Ende des Korridors öffnete Sarah eine Tür, die zu einer Hintertreppe führte, und sie stiegen hinauf. Hier waren die Wände kahl und weiß. »Das Schulzimmer«, sagte sie, als sie an einem Raum vorbeikamen, in dem eine Tafel auf einer Staffelei, ein Tisch und Stühle und ein kleines Bücherregal standen. Die nächsten beiden Türen waren geschlossen. Vor der zweiten blieb Sarah stehen und drehte den weißen Porzellanknauf.

In dem Licht, das aus dem Korridor hineinfiel, konnte Mathinna ein schmales Bett mit einer ausgeblichenen roten Decke ausmachen, einen hohen Kleiderschrank, einen kleinen Kiefernholztisch und einen Stuhl. Das Zimmer war dunkel. Als sie Sarah nach drinnen folgte, ging sie zum Fenster, dachte, die Fensterläden seien geschlossen oder der Vorhang zugezogen. Aber als hinter ihr ein Licht aufleuchtete, sah sie, dass man vier breite Bretter vor den Fensterrahmen genagelt hatte.

Überrascht drehte sie sich zu Sarah um.

Sarah blies das Streichholz aus, das sie benutzt hatte, um eine Öllampe an der Wand anzuzünden.

»Lady Franklin hat angeordnet, dass man dich vor dem Ausblick schützen soll. Sie hat irgendwo gelesen, dass Eingeborene schmerzliche Sehnsucht nach der Wildnis empfinden, aus der sie kommen. Sie geht davon aus, dass du ohne den Blick darauf weniger ... Heimweh hast.«

Mathinna starrte sie an. »Ich muss hier im Dunkeln leben?«

»Es kommt einem merkwürdig vor, ich weiß. Aber vielleicht findest du es irgendwann ganz ... erholsam.«

Mathinna konnte nichts dagegen tun: Ihre Augen füllten sich mit Tränen.

Sarah biss sich auf die Unterlippe. »Schau ... Ich lasse dir ein paar Kerzen hier, aber du musst vorsichtig sein. Der Letzte war es nicht und hat beinahe das Haus niedergebrannt.«

»Du meinst Timeo?«

Sie nickte. »Er ist erst vor ein paar Monaten gegangen.«

»Warum?«

»Warum?« Sarah zuckte mit den Schultern. »Lady Franklin hatte genug von ihm, darum.«

Mathinna dachte einen Augenblick darüber nach. »Wo ist er jetzt?«

»Meine Güte, du stellst Fragen. Ich weiß es nicht. Jetzt komm – wir müssen wieder runter. Lady Franklin wartet.«

»Bevor wir hier reingehen, sollte ich erwähnen, dass die Franklins gerne Dinge sammeln«, sagte Sarah zu Mathinna, während sie anklopfte.

Mrs Crain öffnete die Tür mit finsterem Blick. »Du hast die Lady warten lassen.«

Mit ihrem Binsenkorb in der Hand betrat Mathinna den Raum und sah sich um. Es war beinahe zu viel, um alles aufnehmen zu können. In einer Kuriositätenvitrine zwischen zwei hohen Fenstern waren menschliche Schädel der Größe nach aufgereiht. Auf dem breiten Kaminsims lag eine zusammengerollte Schlange, Spinnen hingen an

Zweigen, ein bunter Vogel stieß im Sturzflug herab. Ein Wombat, ein Wallaby, ein graues Känguru und ein Filander schauten aus einem Glaskasten heraus, so lebensecht, als wären sie in Freiheit.

An einer Wand hing eine Sammlung von Waddys und Speeren. Mathinna ging näher heran, um besser sehen zu können. Einer der Speere, geschmückt mit einem bestimmten Muster in Ocker und Rot, war ihr vertraut.

»Mir wurde gesagt, er habe Towterer gehört.«

Mathinna drehte sich um. Lady Franklin saß aufrecht in einem braunen Samtsessel, die Hände im Schoß. Ihr graues Haar war in der Mitte gescheitelt und zu einem Dutt zusammengesteckt, und sie trug ein burgunderrotes Tuch um die Schultern. »Dein Vater, ja?«

Mathinna nickte.

»Irgendwann stifte ich ihn einem Museum, zusammen mit den meisten dieser Artefakte. Zweifellos werden sie bei der weiteren Erforschung des Lebens der Eingeborenen nützlich sein.« Lady Franklin winkte sie zu sich. »Es freut mich, dich zu sehen, Mathinna. Was hast du in diesem Korb?«

Pflichtschuldig trat Mathinna vor und stellte den Korb vor Lady Franklin ab, die hineinschaute. »Meine Güte!«, rief sie aus. »Was für eine seltsame Kreatur! Was um alles in der Welt ist das?«

»Ein Possum, Ma'am.«

»Wäre das in der Wildnis nicht besser aufgehoben?«

»Es hat nie in der Wildnis gelebt. Ich habe es seit seiner Geburt.«

»Verstehe. Nun ... Ich denke, es kann hierbleiben, solange es gesund ist. Halte es lieber fern von Montagus Hund. Was ist noch da drin?«

Mathinna griff in den Korb unter Walukas Nest und zog die winzigen grünen Muscheln hervor, jetzt ein einziges Knäuel. Sie entwirrte es zu drei separaten Ketten. Eine davon reichte sie Lady Franklin.

»Ah«, murmelte Lady Franklin, während sie die Halskette gegen das Licht hob und hin und her drehte. »Die habe ich schon einmal aus der Ferne gesehen. Bemerkenswerte Handarbeit.«

»Das stimmt, Madam.«

»Wussten Sie, Mrs Crain, dass die Eingeborenen Wochen, ja Monate damit verbringen, diese winzigen Muscheln zu sammeln und fein säuberlich aufzufädeln? Diese Halsketten werden ein würdiger Bestandteil meiner Sammlung sein.«

Mathinna hatte das Gefühl, keine Luft zu bekommen. Sie wollte Lady Franklin die Halskette aus der Hand reißen. »Das sind meine«, stieß sie hervor. »Meine Mutter hat sie gemacht.«

Mrs Crain schüttelte den Kopf und schnalzte mit der Zunge.

Lady Franklin beugte sich zu ihr herab, so nah, dass Mathinna ein paar dunkle Haare erkennen konnte, die an ihrem Kinn wuchsen. »Ich bin sicher, es wäre deiner Mutter eine Ehre, wenn sie wüsste, dass die Frau des Gouverneurs ihren Flitterkram zu schätzen weiß.« Sie streckte ihre geöffnete Hand aus.

Widerwillig reichte Mathinna ihr die beiden anderen Halsketten.

Lady Franklin wandte sich an Mrs Crain. »Ich bin gespannt, welchen Einfluss die Zivilisation auf dieses Kind haben wird. Timeo war nicht fähig, die unglücklichen Eigenschaften dieser Rasse – den Mangel an Selbstbeherrschung, die angeborene Sturheit und das aufbrausende Temperament, das wir hier wieder erleben – zu überwinden.« Sie betrachtete Mathinna abschätzend. »Dieses Mädchen hat eine hellere Hautfarbe, und ihr Gesicht ist angenehm anzusehen. Mehr... europäisch. Das lässt hoffen, dass sie vielleicht fügsamer ist. Dass sie in der Lage ist, das Vergangene abzulegen und einen neuen Lebensstil anzunehmen. Sie ist jünger als Timeo. Vielleicht formbarer. Stimmen Sie mir zu, Mrs Crain?«

»Wenn Sie es sagen, Madam.«

Lady Franklin seufzte. »Es wird sich zeigen. Bringen Sie sie in ihr Zimmer. Wahrscheinlich ist das die erste Nacht, in der sie in einem richtigen Bett schläft.«

Mathinna hatte in einem richtigen Bett geschlafen, seit sie drei Jahre alt war – auch wenn ihr die weichen Kängurufelle, die die Palawa in ihren Hütten hatte, lieber gewesen wären. Aber sie wusste, dass es nicht viel Sinn hatte, Lady Franklin das zu sagen.

Als Sarah in ihrem Zimmer den Schrank öffnete, war Mathinna erstaunt, darin eine ganze Garderobe von Kleidungsstücken in ihrer Größe vorzufinden: sechs Kleider aus verschiedenen Stoffen, von dünner Baumwolle bis zu dickem Leinen, sechs Paar Strümpfe, Leinenhauben, um sich das Haar zu bedecken, drei Paar Schuhe. Die meisten Sachen waren praktische Alltagskleider, weiß-blau kariert, mit dezenten Blumenmustern oder schlichten Streifen. Aber eins war ein Prinzessinnenkleid: aus rotem Satin, mit hoch angesetzter Taille, einem plissierten Mieder und einem weit schwingenden Rock, zwei Schichten von Unterröcken, perlweißen Knöpfen auf den kurzen Ärmeln und einem schwarzen Samtband um die Taille.

»Für besondere Gelegenheiten«, erklärte Sarah. »Nicht für jeden Tag.«

Mathinna strich über den Stoff. Der glatte Satin rutschte ihr durch die Finger.

»Ich denke, es anzuprobieren, schadet nicht.« Sarah streifte es ihr über den Kopf. Während sie die Knöpfe am Rücken schloss, hob Mathinna den Rock hoch und sah zu, wie er sich um ihre Hüften bauschte und dann raschelnd um ihre Beine wogte, als sie ihn fallen ließ. Sarah machte die Schranktür weit auf, und Mathinna verschlug es den Atem, als ein schlankes Mädchen mit großen braunen Augen und kurzem schwarzem Haar in einem glänzenden roten Kleid ihr entgegenstarrte. Sie berührte das Glas und dann ihr eigenes Gesicht. Das Mädchen im Glas war sie.

Nachdem sie die Kerze ausgeblasen hatte und auf ihrer harten Matratze lag, starrte Mathinna in die Dunkelheit und stellte sich die grüne Muschelkette um Lady Franklins Hals vor. Sie erinnerte sich daran, wie sie ihrer Mutter zugesehen hatte, als sie Löcher in die winzigen, schillernden

Muscheln gebohrt hatte, Hunderte, Tausende, um sie zu Halsketten aufzufädeln. Wanganip saß gern im Schatten eines Blauen Eukalyptus und sang, während sie arbeitete: *Niggur luggarato pawé, punna munnakanna, luggarato pawé tutta watta warrena pallunubranah, punna munnakanna...*

Als ihr die Melodie wieder einfiel, summte Mathinna sie laut. *Die Akazien blühen, es ist Frühling, die Vögel zwitschern, der Frühling ist da...* Sie griff in den Korb auf dem Boden und zog Waluka zu sich aufs Bett. Sie strich ihm über den Rücken, legte ihre Hand zwischen seine winzigen Klauen und auf sein rundes Bäuchlein. Er stupste sie mit seiner kleinen feuchten Schnauze an, und sie spürte, wie ihr Tränen über die Wangen strömten, so dass ihr Hals und ihr Kissen nass wurden.

Sie vermisste ihre Mutter. Sie vermisste Palle. Sie vermisste den Rauch, der aus den Pfeifen der Älteren aufstieg, wenn sie ums Feuer saßen. Sie hatte ihr ganzes Leben an einem Ort verbracht, wo sie barfuß durch die Gegend streifen durfte, so viel sie wollte, wo sie stundenlang auf einem Felsen am Berg sitzen und zusehen konnte, wie die Seerobben sich durch die Brandung rollten, wie Sturmtaucher herabschossen und wieder aufflogen und wie die Sonne im glitzernden Meer versank. An einem Ort, wo jeder sie kannte. Und jetzt war sie allein in diesem fremden Land, weit weg von allem Vertrauten.

Wenn sie die Augen schloss, war sie zurück in Flinders, streifte an einem windigen Tag durch das Wallabygras, das um sie herum wogte wie Wellen auf hoher See, grub ihre Zehen in weißen Sand, rannte über die Hügel. Schaute an einem kühlen Abend ins Lagerfeuer und sah, wie die Glut aufflackerte und wieder erlosch, während sie Palles ruhiger Stimme lauschte, die sie in den Schlaf sang.

EVANGELINE

Unter anderen Hinweisen bezüglich der Klassifizierung von Gefangenen findet sich auch die Empfehlung, jede Frau solle eine Marke tragen, mit einer Nummer, die zudem auf einer entsprechenden Liste aufgeführt werde.... Was die Frauen an Bord von Gefangenenschiffen auf dem Weg zu den Strafkolonien betraf, empfahl Mrs Fry, dass auch jedes Kleidungsstück, jedes Buch und jedes Stück Bettzeug mit der entsprechenden Nummer versehen werden solle. Eine überaus gründliche, aufmerksame und lückenlose Überwachung sei unerlässlich für ein einwandfrei funktionierendes System der Gefängnisdisziplin. Davon versprach sie sich eine langsame, aber effektive Veränderung der Gewohnheiten.

Mrs E. R. Pitman, *Elizabeth Fry*, 1884

Hafen von London, 1840

Die Kutsche kam zum Stehen. Evangeline hörte das Ächzen der Sprungfedern auf dem Sitz des Kutschers und spürte, wie sich das Fahrgestell zur Seite neigte. Als sich die Tür mit einem Knarren öffnete, zuckte sie zusammen. Die Dunkelheit im Inneren umrahmte nun eine zu helle Welt: eine unbefestigte Straße und eine kleine Gruppe von Menschen auf der anderen Seite und dahinter, zwischen Meer und Himmel, ein schwarzes Schiff mit drei Segeln.

»Raus«, bellte der Wachmann. »Macht schnell.«

Schnell zu machen war unmöglich, aber die Frauen hoppelten eine nach der anderen zum Ausgang, wo er sie bei den Oberarmen packte und hinaus auf die schmutzige Straße zerrte.

Die Menge drängte ihnen entgegen: ein paar wild aussehende Jungen, ein zerbrechlicher alter Mann mit Gehstock, ein lockiges Mädchen, das am Rockzipfel seiner Mutter hing. Eine Frau mit einem Baby auf dem Arm schrie: »Schlampen!«

Vor ihnen, am Kai festgemacht, lag ein Ruderboot, darauf standen zwei Matrosen. Einer von ihnen pfiff. »Aye! Hier rüber.«

Während der Wachmann die Gefangenen vorwärtsstieß, versuchte die Menge, ihnen den Weg zu versperren. Einer warf einen halb verfaulten Kohlkopf, ein anderer eine Handvoll Kiesel nach ihnen. Ein Ei landete auf Evangelines Rock und zerbrach vor ihren Füßen.

»Dreckige Irre, ihr solltet euch schämen«, sagte der alte Mann.

»Gott rette eure Seelen«, rief eine Frau und faltete die Hände zum Gebet.

Evangeline spürte einen scharfen Schmerz am Arm und blickte hinunter. Ein Stein fiel zu Boden. Von ihrem Ellbogen tropfte Blut.

»Elendes Pack!« Olive wandte sich der Menge zu und hob drohend ihre gefesselten Hände. »Ich zeig es euch!«

»Sei still, oder du kriegst Prügel«, sagte der Wachmann und stieß ihr seinen Knüppel in die Seite.

Evangeline spürte den Boden unter ihren dünnen Schuhsohlen. Sie hatte den Drang, sich hinunterzubeugen, ihre Finger in die Erde zu graben und sich eine Handvoll davon zu greifen. Beinahe sicher würde es das letzte Mal sein, dass sie englischen Boden berührte.

Weiter draußen im Hafen, auf einem dreimastigen Schiff, lehnte eine Reihe von Männern an der Reling, sie johlten und klatschten. Aus der Ferne klangen ihre schrillen Pfiffe so harmlos wie Vogelgezwitscher.

Die beiden Matrosen auf dem Ruderboot trugen weite Hosen und mit Schnüren zusammengebundene Tuniken. Ihre Unterarme waren mit Tätowierungen bedeckt. Der eine war dunkel, der andere hell, mit einem sandfarbenen Wuschelkopf. Als die Frauen näher kamen, sprang der sandblonde Seemann auf den Kai und grinste. »Seid gegrüßt, die Damen!«

»Wir sind froh, dass wir sie loswerden«, sagte der Wachmann zu ihm.

»Wir werden sie hier herzlich empfangen.«

Der Wachmann lachte. »Das glaube ich.«

»Die da sieht nicht schlecht aus.« Der Matrose zeigte mit dem Kinn in Evangelines Richtung.

Der Wachmann verzog das Gesicht. »Die hat zwei zu füttern, schau sie dir an.« Er zeigte auf ihren Bauch. »Und die auch«, fuhr er fort und warf einen finsteren Blick auf Olive. »Und ist auch noch hässlich und zänkisch. Die wird dir die Augen auskratzen.«

»Wenn wir mit ihr fertig sind, wird sie nicht mehr zänkisch sein.«

»Alles nur Geschwätz«, sagte Olive. »Ich kenne Kerle wie euch.«

»Hüte deine Zunge«, sagte der Seemann.

Im Ruderboot saßen die Frauen nebeneinander, zwei vorne, zwei hinten, während die Besatzungsmitglieder in der Mitte ruderten. Evangeline saß ganz still und lauschte auf das regelmäßige Platschen der Ruder, auf das Läuten einer Glocke in der Ferne. Ihr Rocksaum war schwer und nass vom Meerwasser. Im Näherkommen konnte sie den

Namen des Schiffes, das drohend über ihnen aufragte, auf dessen Rumpf lesen: *Medea*.

Der Seemann mit dem sandfarbenen Haar machte keinen Hehl daraus, dass er Evangeline begutachtete, während er ruderte. Seine kleinen Augen waren von einem schmutzigen Grau, und er stellte protzig die rot-schwarze Tätowierung einer barbusigen Meerjungfrau auf seinem Bizeps zur Schau, die sich bewegte, wenn er das Ruder zog. Als ihre Blicke sich trafen, warf er Evangeline einen Luftkuss zu.

Als sie das Schiff erreichten und leicht an seine Seite stießen, wurde das Grölen der Männer an der Reling über ihnen lauter. Der blonde Seemann sprang auf eine kleine Plattform und fing an, die Gefangenen aus dem Boot zu ziehen.

Die Frauen in ihren Fesseln waren unbeholfen. »Verfluchte Ketten«, murmelte Olive, während sie auf die Plattform kletterte. »Was zur Hölle denken die, wohin wir hier abhauen sollten?«

»Pass auf, was du sagst, sonst nehmen wir sie dir überhaupt nicht mehr ab«, sagte der Seemann.

Sie schnaubte. »Tu nicht so, als ob du was Besseres wärst. Warst bestimmt selber mal ein Knastbruder, keine Frage.«

»Kümmer dich um deinen eigenen ...«

»Hab ich's doch gesagt.«

Er riss an der Kette an ihren Händen, und sie stolperte. Als sie wieder Halt fand, zog er sie an der Kette dicht zu sich heran, wie einen Hund an der Leine. »Hör zu, Flittchen. Besser, du vergisst nicht, wer hier das Sagen hat.« Mit einer abrupten Bewegung zog er wieder an der Kette, und Olive fiel auf die Knie. Jetzt wickelte er die Kette auf, bis Olives Oberkörper neben der Plattform halb über dem Wasser hing. »Diese Ketten sind schwer. Ich muss nur loslassen. Dann sinkst du wie ein Stein.«

Olive gab einen schwachen Laut von sich. Ein Wimmern. »Bitte.«

»Bitte, *Herr*«, forderte er, drohend über sie gebeugt.

Sie hob hilflos die Hände. »Bitte, Herr.«

»*Verehrter* Herr.«

Sie blieb stumm.

Evangeline neigte sich vor. »Olive. Sag es einfach.«

Der sandblonde Seemann zwinkerte dem anderen Matrosen zu. Dann stieß er mit dem Knie gegen Olives Beine, so dass sie noch dichter über der Wasseroberfläche hing.

Die Männer über ihnen wurden still. Das einzige Geräusch war das Kreischen der Möwen.

»Verehrter Herr«, flüsterte Olive.

Der Seemann zog die Kette hoch, so dass Olive über dem Wasser in der Luft hing. Er schien bereit loszulassen. Unwillkürlich schrie Evangeline auf und erhob sich. Das Boot neigte sich heftig zur Seite. »Um Himmels willen, Weib, willst du auch über Bord gehen?«, schimpfte der Seemann hinter ihr und stieß gegen ihre Schulter, so dass sie hart zurück auf die Holzbank prallte.

Der sandblonde Seemann riss die Kette zurück, und Olive sank auf der Plattform in sich zusammen. Einen Augenblick blieb sie am Fuß der Rampe liegen. Ihre Handgelenke waren voller blutiger Schrammen. Ihr Rücken zuckte merkwürdig, und im ersten Moment dachte Evangeline, dass sie lachte. Dann sah sie, dass Olives Augen fest zugekniffen waren. Sie zitterte am ganzen Körper, gab aber keinen Laut von sich.

Nachdem man die vier Gefangenen auf das Schiff gebracht hatte, standen sie auf dem Hauptdeck und warteten darauf, dass man ihre Fesseln löste. Ein Matrose, auf dessen nackten Oberkörper ein schuppiger grün-schwarzer Drache tätowiert war, hielt einen Schlüsselbund hoch. Abgesehen von Cecil – im gedämpften Licht eines Schlafzimmers mit zugezogenen Vorhängen – hatte Evangeline noch nie einen Mann ohne Hemd gesehen, nicht einmal ihren Vater in den letzten Tagen vor seinem Tod. »Du.« Der Matrose machte Evangeline ein Zeichen, sich auf einen umgedrehten Eimer zu setzen.

Eine kleine Gruppe von Matrosen hatte sich gebildet. Sie hatte noch nie solche Männer gesehen, mit so wettergegerbten Gesichtern, zerknittert wie Walnussschalen, mit Habichtaugen und sehnigen Armen voller Tätowierungen. Die Wachmänner in Newgate hatten sie mit Verachtung behandelt, diese hier aber leckten sich mit lasziver Lüsternheit die Lippen und machten obszöne Geräusche mit der Zunge.

Der mit dem tätowierten Drachen wies einen der anderen an, die Kette zwischen Evangelines Handschellen festzuhalten, dann kniete er sich hin und befreite zuerst ihre Fußgelenke, dann die Hände. Als die Ketten zu Boden fielen, johlten und klatschten die Männer ringsum. Evangeline schüttelte ihre schmerzenden Hände.

Der Schlosser wies mit einer Kopfbewegung auf die anderen. »Die werden sich noch beruhigen. So ist es immer bei einer neuen Gruppe.«

Evangeline sah sich um. »Wo sind die anderen Gefangenen?«

»Die meisten da unten.« Er zeigte mit dem Kinn auf eine dunkle, quadratische Öffnung, aus der ein Geländer ragte. »Im Schiffsbauch. Dem Orlopdeck.«

Der Schiffsbauch. Evangeline schauderte. »Sind sie – eingesperrt?«

»An Bord keine Ketten. Außer du verdienst es nicht anders.«

Erst überraschte es sie, dass die Gefangenen sich frei bewegen durften, aber dann wurde ihr bewusst, warum.

Sie konnte nicht schwimmen. Aber einen kurzen, wilden Augenblick lang dachte sie daran, zu springen.

»Ich heiße Mickey«, sagte der Bootsmann, nachdem alle Frauen von ihren Ketten befreit waren. »Eure Namen merke ich mir nicht, also sagt sie mir gar nicht erst. Das Schiff bleibt noch eine oder zwei Wochen im Hafen, so lange, bis wir voll sind. In den Quartieren ist es eng und wird noch enger.«

Er verteilte raue gelbe Schwämme, Seifenstücke, Holzlöffel und Holzschalen, Blechbecher und graue Hemden aus Sackleinen. Dann zeigte er den Frauen, wie sie alles in eine Pferdehaardecke einwickeln sollten.

Schließlich wies er auf einen Stapel Matratzenauflagen und sagte: »Jede nimmt sich eine von denen.«

Die Auflagen waren schwer. Evangeline roch daran: Ihre war schimmelig, gefüllt mit feuchtem Stroh. Aber immerhin besser als der harte Steinboden in Newgate.

Mickey zeigte auf die Füße der Frauen und sagte: »Wenn es nicht gerade friert, solltet ihr auf dem Hauptdeck barfuß sein. Die See kann rau sein. Ihr wollt ja nicht über Bord gehen.«

»Passiert das manchmal?«, fragte eine der Frauen.

Er zuckte die Achseln. »Kommt vor.«

Er machte ihnen ein Zeichen, ihm zu folgen, und verschwand die Strickleiter hinunter. »Ihr werdet den Dreh bald raushaben«, rief er ihnen von unten her zu, während sie ihm mit ihren sperrigen Bündeln und Matten unbeholfen hinterherbalancierten. Er zeigte auf die Offiziersquartiere und führte sie dann durch den engen Gang bis zu einer weiteren Luke. Hier zog er einen Kerzenstummel aus der Tasche und zündete ihn an. »Jetzt geht's in die Unterwelt – hier entlang.«

Die Frauen, die mit ihrem sperrigen Gepäck zu kämpfen hatten, folgten ihm eine weitere Strickleiter hinunter, in einen niedrigen, höhlenartigen Raum, nur schwach erleuchtet von hängenden Kerzenleuchtern. Sobald Evangeline die unterste Sprosse erreicht hatte, ließ sie ihre Matte zu Boden gleiten und hielt sich die Nase zu. Menschliche Ausscheidungen und ... was konnte das sein? Ein Tierkadaver? Wie schnell sie sich von dem Gestank in Newgate erholt und an frische Luft gewöhnt hatte!

Mickey grinste schief. »Das Orlopdeck ist direkt über der Bilge. Ein Topf mit Dreckbrühe. Toller Duft, was?

Dazu noch die Nachttöpfe und die stinkenden Kerzen und Gott weiß was sonst noch alles.« Er zeigte auf Evangelines Bettmatte und sagte: »Die würde ich hier nicht auf den Boden legen, wenn ich du wäre.«

Schnell raffte Evangeline ihre Sachen zusammen und hob sie auf.

Er zeigte auf die engen Schlafkojen und sagte: »Nachts werden beinahe zweihundert Frauen und Kinder hier unten sein. Gemütliche Quartiere. Ich rate euch, eure Seife und eure Schale unter der Matratze zu verstauen. Und versteckt alles, was euch wichtig ist.«

Olive nahm eine der oberen Kojen in Besitz. »Brauch meine Ruhe.« Stöhnend wuchtete sie sich nach oben.

Evangeline rollte ihre Decke in der Koje darunter aus. Die Koje war einen halben Meter hoch und ebenso breit. Nicht genug Platz, um sich aufzusetzen, und nicht lang genug, um sich auszustrecken. Aber es war ihr Reich. Nachdem sie ihre Sachen ausgepackt hatte, nahm sie Cecils Taschentuch, strich es auf der Decke glatt, faltete es so zusammen, dass die Initialen und das Wappen verdeckt waren, und schob es weit unter die Matratze, hinter ihren Blechbecher und das hölzerne Essgeschirr.

»Der Kapitän steuert das Schiff, aber der Schiffsarzt führt es.« Mickey zeigte nach oben. »Er ist eure nächste Station. Kann eine von euch lesen?«

»Ich«, sagte Evangeline.

»Dann du zuerst. Dr. Dunne. Auf dem Zwischendeck. Name an der Tür.«

Sie ging zur Strickleiter und klammerte sich daran fest, als sie hin- und herschwang. In dem engen Gang klopfte sie dann an die Tür mit der Messingtafel und hörte von drinnen ein knappes »Ja?«.

»Ich soll ... Ich bin eine *Gefangene*.« Sie spürte, wie ihre Wangen heiß wurden. Es war das erste Mal, dass sie sich selbst so bezeichnete.

»Kommen Sie rein.«

Vorsichtig drehte sie den Knauf und betrat einen kleinen holzgetäfelten Raum. Ein Mann mit kurzem schwarzem Haar saß an einem Mahagoni-Schreibtisch gegenüber der Tür, an der Wand Bücherregale, hinter ihm eine weitere Tür. Er blickte hoch und sah sie zerstreut an. Er war jünger, als sie es erwartet hatte, – vielleicht Ende zwanzig – und trug eine steife zweireihige Marineuniform mit Goldborten und Messingknöpfen.

»Machen Sie die Tür hinter sich zu«, sagte er und winkte sie zu sich. »Name?«

»Evangeline Stokes.«

In seinem Registerbuch fuhr er mit dem Finger auf der Seite abwärts und tippte dann auf die entsprechende Zeile. »Vierzehn Jahre.«

Sie nickte.

»Versuchter Mord, Diebstahl ... Das sind ernste Vorwürfe, Miss Stokes.«

»Ich weiß.« Sie schaute auf den frischen weißen Kragen des Arztes und dann in seine graugrünen Augen. Betrachtete den silbernen, mit einem Monogramm versehenen Becher und den gläsernen Briefbeschwerer auf seinem

Schreibtisch. Ordentlich aufgereiht in dem Bücherregal hinter ihm standen Shakespeare-Bände. Dies war ein Mann, der in ihrem früheren Leben zu ihren Bekannten hätte gehören können.

Er schürzte die Lippen. Während er sein Registerbuch zuklappte, sagte er: »Wir sollten anfangen, nicht wahr?«

Nachdem er die Tür hinter seinem Schreibtisch geöffnet hatte, geleitete er sie in einen kleineren Raum mit einer Untersuchungsliege in der Mitte. Sie stellte sich an die Wand, und er maß mit einem Maßband ihre Größe und ihren Bauchumfang, untersuchte ihre Augen und wies sie an, ihre Zunge zu zeigen. »Strecken Sie sich Richtung Decke«, sagte er dann. »Die Arme nach oben. Gut. Jetzt versuchen Sie, Ihre Zehen zu berühren.« Durch ihre Schürze betastete er ihren Bauch, legte seine Hand über die Wölbung. »Sechs Monate ungefähr. Dieses Kind wird ziemlich sicher unter meiner Obhut geboren werden.«

»Ist es wohl gesund?«

»Wenn die Mutter gesund ist, dann sollte es das Kind auch sein. Sie sind zu dünn und haben eine fahle Gesichtshaut, aber Ihre Augen sind klar.« Er drückte ein hölzernes Hörrohr mit der breiteren Seite auf ihre Brust, dann hielt er sein Ohr an das andere Ende.

Als er es wieder wegnahm, fragte Evangeline: »Wozu ist das?«

»Das ist eine Möglichkeit, auf Tuberkulose zu untersuchen, das, was man früher Schwindsucht nannte. Die Geißel der Seefahrt. Bei Ihnen sind keine Anzeichen davon zu erkennen.«

»Und wenn es so wäre?«

»Zurück nach Newgate, in Quarantäne.«

»Kein Gefangenentransport?«

»Sicherlich nicht.«

»Vielleicht wäre das besser.«

Er stellte das Hörrohr hinter sich ins Regal. »Die Reise ist lang. Und das Leben in Gefangenschaft ist ohne Zweifel ... eine Strapaze. Aber für manche kann die Deportation auch eine Chance sein.«

»Es wird lange dauern, bis ich wieder frei bin.«

»Das ist wahr. Aber Sie sind jung. Und bei guter Führung wird man Sie vielleicht früher entlassen. Das Wichtigste ist, nicht in Mutlosigkeit zu verfallen. *Viel ist genommen, aber manches bleibt.*«

»*Geschwächt durch Zeit und Schicksal, jedoch stark im Willen*«, ergänzte sie, beinahe ohne nachzudenken.

Er hob eine Augenbraue. »Sie haben Tennyson gelesen?«

Sie errötete. »Ich war Hauslehrerin.«

»Wie ... unerwartet.« Er lächelte ein merkwürdiges Lächeln, so als könnte er diese kleine Information nicht richtig einordnen. Dann trat er einen Schritt zurück. »Nun denn. Ich denke, ich muss jetzt Ihre Mitgefangenen untersuchen.«

»Natürlich.« Sie strich sich die Schürze glatt. Ihr war ein wenig schwindelig, so als wäre sie gerade aus einem tiefen Schlaf erwacht.

Während sie die Strickleiter zum Hauptdeck hinaufkletterte, dachte sie an die Märchen, in denen ein Mensch in einen Frosch, einen Fuchs oder einen Schwan verwandelt wurde. Erst wenn jemand erkannte, wer das Tier in Wirklichkeit war, wurde der Bann gebrochen.

Genau so hatte sich die Begegnung gerade angefühlt: Wie ein schwacher Schimmer des Erkanntwerdens.

Die Medea, Hafen von London, 1840

Schon nach wenigen Tagen hatten die Gefangenen eine tägliche Routine. Sie wurden um sechs Uhr morgens von mehreren Glockenschlägen geweckt, dann wurde die Luke geöffnet, und ein Lichtstreifen durchdrang die Dunkelheit. Evangeline blieb noch ein paar Minuten in ihrer Koje liegen und lauschte auf das Platschen des Wassers am Schiffsrumpf, spürte das Rucken des Schiffes gegen den Anker, hörte das Ächzen der Planken, wenn es hin und her schwankte. Die Frauen erwachten, redeten, stöhnten. Babys schrien. Olive über ihr in der Koje schlief noch fest und schnarchte. Nur selten wurde sie von der Glocke wach, deshalb hatte Evangeline sich angewöhnt, von unten an ihre Koje zu klopfen, bis Olive schimpfte: »Schon gut, schon gut, hab dich gehört.«

Sie zogen sich schnell an und steckten ihre Blechbecher, Schalen und Löffel in ihre Schürzentaschen. Wenn es nicht regnete, mussten sie ihre Decken die Leitern hinauf zum Hauptdeck bringen, um sie zum Lüften aufzuhängen.

Nach dem Frühstück stellten sie sich in einer Reihe auf, damit der Schiffsarzt ihnen die Augen untersuchen und in den Mund schauen konnte. Dann schüttete er jeder von ihnen einen Fingerhut voll Limonensaft mit ein wenig Zucker und Wein in ihren Becher und sah zu, wie sie tranken. »Gegen Skorbut«, sagte er. »Ist zwar sauer, aber besser, als wenn euch die Zähne ausfallen.«

Auch wenn es eine neue Erfahrung für sie gewesen war, hatte sich Evangeline in St. John's Wood recht schnell daran gewöhnt, für die Whitstones zu arbeiten und sich ihnen und ihren Launen unterzuordnen. Es hatte dort eine klar definierte soziale Ordnung gegeben. Aber mit Menschen, die grundlos grausam waren, geleitet von Wut oder Langeweile oder Rachsucht, war sie wenig vertraut. Menschen, die sich einfach nur schlecht benahmen, weil sie damit davonkamen.

Sie erfuhr, dass der Matrose mit dem sandfarbenen Haar Danny Buck hieß. Die anderen Seemänner nannten ihn Buck. Es ging das Gerücht, er habe einer Frau die Kehle aufgeschlitzt. Er war damals zum Straftransport verurteilt worden, wie Olive es schon vermutet hatte, und war auf der Überfahrt der Faszination des Meeres erlegen. Sobald seine Zeit abgeleistet war, hatte er auf einem Schiff angeheuert, das zwischen London und Van-Diemens-Land hin und her segelte, mit weiblichen Strafgefangenen an Bord.

An einem nebligen Morgen, als sie auf allen vieren das Deck schrubbte, hörte Evangeline Stimmen vom Wasser her. Sie stand auf und ging zur Reling. Es hatte die ganze Nacht geregnet, und der Himmel hatte denselben trüben Farbton wie das Meer. Die Luft roch nach altem Fisch. Sie legte die Hand über die Augen und konnte mit Mühe ein Ruderboot erkennen, das den Hafen verließ. Als es näher kam, sah sie Buck und einen anderen Matrosen auf der Bank in der Mitte, um sie herum vier Frauen, die sich gegen die feuchte Kälte aneinanderdrängten.

Das Ruderboot stieß gegen das Schiff, und die Frauen mussten aussteigen. Eine nach der anderen kletterte mit klirrenden Ketten mühsam die Rampe hinauf. Die erste, plump und verwahrlost, schien um die dreißig zu sein. Die nächsten beiden waren in Evangelines Alter. Die letzte war viel jünger. Das Mädchen war geisterhaft blass, mit widerspenstigem kupferfarbenem Haar, das im Nacken lose zusammengebunden war – der einzige Farbfleck in dieser düsteren Szenerie. Sie nahm von Buck oder der kleinen Gruppe von Menschen oben an der Reling keinerlei Notiz, sondern hielt den Blick starr nach vorne gerichtet, während sie in ihren Ketten so zierliche Schritte machte wie eine Tänzerin, um nicht über die breiten Schwellen zu stolpern. Sie trug Hosen wie ein Junge, die sie mit einem Stoffgürtel zusammengebunden hatte, und war zartgliedrig wie ein Spatz.

Buck, der dicht hinter ihr ging, schlug dem Mädchen mit der flachen Hand auf den Hintern. Sie stolperte vorwärts, verlor beinahe den Halt. »Nicht trödeln«, sagte er, während er mit einer anzüglichen Geste den Männern oben an der Reling zuzwinkerte, die pfiffen und klatschten.

Das Mädchen blieb so abrupt stehen, dass er mit ihr zusammenstieß. Langsam drehte sie sich zu ihm um und reckte das Kinn. Evangeline konnte weder ihr Gesicht sehen noch hören, was sie sagte, aber sie sah, wie Bucks selbstgefälliges Grinsen verschwand.

Das Mädchen drehte sich wieder nach vorne, um die Rampe hinaufzuklettern, und Bucks Gesichtsausdruck änderte sich von Neuem – Fassungslosigkeit verwandelte sich in Wut. Evangeline umklammerte die Reling und rief: »Pass auf!«, aber ihre Stimme ging in dem lauten Tumult unter.

Als das Mädchen das Deck erreichte, gab er ihr einen kräftigen Stoß, so dass sie über ihre Ketten stolperte und vornüberfiel. Sie konnte die Arme nicht heben, um ihr Gesicht zu schützen, aber im letzten Augenblick drehte sie sich zur Seite und schloss die Augen, als sie mit einem widerlich dumpfen Knall aufprallte.

Evangeline schnappte nach Luft. Das Grölen verstummte. Das Mädchen lag reglos da. Evangeline sah, wie Olive sich zwischen den Matrosen hindurchschob, die sich um den lang ausgestreckten Körper drängten. Sie kniete sich neben sie, legte sich ihren Arm um die Schultern und zog sie in die Sitzposition. Der Kopf des Mädchens war an der Seite rot von Blut, das an ihrem Hals hinunterrann und ihre Locken verklebte.

Buck sprang leichtfüßig an Bord. »Die ist vielleicht tollpatschig«, sagte er und stieß mit dem Fuß an die Fußketten des Mädchens.

Ein paar Matrosen lachten.

Die Lider des Mädchens flatterten. Olive legte ihr einen

Arm um den Rücken und half ihr auf die Beine. Durch ihre dünne Bluse konnte Evangeline jeden einzelnen Wirbel sehen und einen kleinen, auf den Nacken tätowierten blauschwarzen Halbmond. Das Mädchen zitterte wie Espenlaub. Olives Kleid war voller Blut.

»Was ist hier passiert?«, fragte der Schiffsarzt, während er auf sie zukam.

Die Matrosen wichen seinem Blick aus und zerstreuten sich wortlos.

»Mr Buck?«

»Anscheinend hat die Gefangene das Gleichgewicht verloren, Officer.«

Dr. Dunne starrte Buck an, schien ihn rügen zu wollen. Er atmete scharf aus. »Holt den Schlosser.«

»Geht gleich los, Officer.«

»Sofort, Matrose.« Dr. Dunne machte Olive ein Zeichen, zur Seite zu treten. Dann ging er vor dem Mädchen in die Hocke und sagte: »Wie heißen Sie?«

»Ist egal.«

»Ich bin der Schiffsarzt. Dr. Dunne. Ich muss das wissen.«

Sie starrte ihn eine Weile an. »Hazel.«

»Hazel wie?«

»Ferguson.«

»Woher kommen Sie?«

Sie zögerte wieder. »Glasgow.«

»Darf ich?« Er hob die Hände. Sie ließ es zu, dass er ihr Gesicht berührte und ihren Kopf hin und her drehte. »Tut das weh?«

»Nein.«

»Die Wunde muss gereinigt werden. Sobald Sie diese Ketten los sind, schaue ich mir das mal genauer an.«

»Ich kann mich selbst drum kümmern.«

Jetzt trat Olive vor und platzte heraus: »Der Matrose da hat sie geschubst. Haben wir alle gesehen.«

»Stimmt das?«, fragte der Arzt das Mädchen.

»Weiß nich.«

»Sie wissen es nicht, oder Sie wollen es nicht sagen?«

Sie zuckte mit ihren knochigen Schultern.

»Mit mir hat er das Gleiche gemacht«, sagte Olive. »Der ist wie 'n wildes Tier. Man sollte ihn vom Schiff schmeißen.«

Dr. Dunne warf ihr einen scharfen Blick zu. »Das reicht, Mrs Rivers.«

»Was sagt man dazu!« Olive schaute grinsend in die Runde. »Er weiß, wer ich bin.«

Der Schiffsarzt sah sie an, die Hände in die Seiten gestemmt. »Verwechseln Sie meine Fürsorge nicht mit Zuneigung, Sträfling«, sagte er. »Ich werde dafür bezahlt, dass ich weiß, wer Sie sind. Und dafür, dass ich Sie am Leben erhalte. Aber vielleicht nicht unbedingt genug, um dieses Kunststück wirklich zu vollbringen.«

Evangeline sah das Mädchen erst wieder, als die Gefangenen am nächsten Tag nach getaner Arbeit zum Orlopdeck hinuntergetrieben wurden, wo man sie über Nacht einschloss. Als sie sich mit einem Kerzenstummel in der Hand ihrem Schlafplatz näherte, sah sie, dass die untere Koje auf der anderen Seite des Ganges jetzt belegt war. Sie erkannte den schmalen Rücken des Mädchens unter der Decke, darüber ihre ausgebreiteten Locken.

Evangeline machte Olive, die direkt hinter ihr stand, ein Zeichen. *Schau mal, da.*

Olive kletterte in ihre Koje und beugte sich über den Gang. »Aye, Hazel.«

Stille.

»Ich war schon mal in Glasgow.«

Die Gestalt bewegte sich leicht.

»Diese Kathedrale da. Die ist groß, was? Riesig.« Olive pfiff durch die Zähne.

Hazel drehte sich um, um sie anzusehen. »Die hast du gesehen?«

»Hab ich. Bist weit weg von daheim.« Als das Mädchen nicht antwortete, sagte sie: »Ich bin Olive. Das hier ist *Evange-liiin*. Ich nenn sie Leenie. Sie schwebt durch die Gegend mit dem Kopf in den Wolken, aber sie is in Ordnung.«

»Olive.« Evangeline seufzte.

»Wieso? Stimmt doch.«

»Ich war noch nie in Glasgow, aber ich habe darüber gelesen«, sagte Evangeline zu Hazel. »*Rob Roy*. Das Buch habe ich geliebt.«

»Verstehst du jetzt, was ich meine?«, sagte Olive. »Sie gibt sich Mühe, Gott segne sie dafür, aber alles, was sie kennt, sind Bücher.«

Hazel gab einen Laut von sich. Vielleicht war es ein Lachen.

»Du bist erbärmlich jung«, sagte Olive. »Bestimmt vermisst du deine Mama.«

Hazel schnaubte. »Kaum.«

»Ah, so ist das also. Wie alt biste?«

»Zwanzig.«

»Pah! Wenn du zwanzig bist, dann bin ich fünfundsiebzig.«

»Ruhe!«, schrie eine Frau. »Und mach die Kerze aus, sonst tu ich's.«

»Kümmer dich um deine eigenen Angelegenheiten«, schrie Olive zurück. »Du bist keinen Tag älter als zwölf«, sagte sie dann zu Hazel.

Im Schein der Kerze sah Evangeline, dass Hazel Olive finster anstarrte. »Ich bin sechzehn. Und jetzt lasst mich in Ruhe.« Sie beugte sich über den schmalen Gang, sah Evangeline an und blies die Kerze aus.

Schließlich war das Schiff voll. Am Tag bevor sie in See stechen sollten, hörte Evangeline Stimmen vom Wasser her und sah wieder das Boot auf das Schiff zukommen, darin drei Frauen und, wie immer, in der Mitte an den Rudern Buck und ein anderer Matrose. Aber diese Gruppe war anders. Zum einen hielten sich die Frauen kerzengerade, anders als Gefangene, die immer gebeugt saßen. Zum anderen sahen ihre Kleider sauber aus. Jede von ihnen trug einen dunklen Umhang und eine weiße Haube.

Als das Boot neben der Rampe anlegte, sah Evangeline, dass es die Quäkerinnen waren. Sie erkannte die Gestalt ganz vorne: die weißen Haarsträhnen, die hellblauen Augen. Mrs Fry.

Buck gab sich ungewohnt galant, als er aus dem Boot

stieg und es festhielt, damit die Frauen aussteigen konnten. Eine nach der anderen fasste er sie am Arm und half ihnen heraus: Mrs Fry, dann Mrs Warren und Mrs Fitzpatrick. Der Kapitän, der sich normalerweise selten blicken ließ, stand plötzlich an der Reling, in formeller Kleidung – Schirmmütze mit Goldrand, ein schwarzer Frack mit Goldknöpfen, Paspeln und Epauletten. Der Schiffsarzt in seiner marineblauen Uniform stand neben ihm. Während die Quäkerinnen die Rampe heraufstiegen, wuchteten die Matrosen unter ihnen zwei große Truhen aus dem Boot. Die Seemänner an der Reling blieben still.

Evangeline hatte schon beinahe vergessen, dass man als Frau so respektvoll behandelt werden konnte.

Am oberen Ende der Rampe angekommen, sprach Mrs Fry ruhig mit dem Kapitän und dem Schiffsarzt, bevor sie sich der kleinen Gruppe von Gefangenen zuwandte. »Wir fangen mit denen an, die gerade hier sind.« Trotz der Geräusche an Deck und dem Rauschen der Wellen, die an den Schiffsrumpf klatschten, war ihre Stimme deutlich zu verstehen. Sie warf Evangeline einen Blick zu und winkte sie zu sich. »Wir sind uns schon mal begegnet, glaube ich?«

»Ja, Ma'am.«

»In Newgate.« Als Evangeline nickte, sagte sie: »Ah, ja. Du kannst lesen und schreiben. Dein Vater war ein Vikar.«

»Sie haben ein gutes Gedächtnis, Ma'am.«

»Ich lege Wert darauf, mich zu erinnern.« Mrs Fry machte Mrs Warren ein Zeichen, die daraufhin eine Truhe öffnete und einen kleinen Leinensack herauszog sowie ein

Buch und ein verschnürtes Bündel. Mrs Fry nahm das Buch und drückte es Evangeline in die Hand. Es war eine Bibel. »Möge dies dir Trost spenden.«

Evangeline rieb mit beiden Daumen über den braunen Einband. Sie fühlte sich zurückversetzt in die Pfarrkirche von Tunbridge Wells, in die vorderste Kirchenbank, von wo sie den Predigten ihres Vaters gelauscht hatte. All seine Reden von Sünde und Erlösung, die ihr damals so theoretisch erschienen waren, kamen ihr jetzt schmerzhaft in Erinnerung.

»Die meisten dieser Frauen können nicht lesen. Ich hoffe, dass du deine Gabe mit ihnen teilst.«

»Ja, Ma'am.«

»Ich habe ein paar Dinge, um dir die Reise zu erleichtern.« Mrs Fry hob jetzt das Bündel hoch. »Eine Strickmütze gegen die Kälte – jetzt brauchst du sie noch nicht, aber irgendwann wirst du dich darüber freuen –, eine Schürze und einen Schal. Für euch gemacht von Quäkerinnen, die an die Erlösung glauben.« Sie legte das Bündel ab und gab Evangeline den Leinensack. »Darin findest du alles, was du brauchst, um einen Quilt zu machen. Für dein Kind vielleicht.«

Evangeline schaute hinein: ein Fingerhut, Garnrollen, ein rotes Nadelkissen voller Näh- und Stecknadeln, ein Stapel Stoffstücke, mit einer Schnur zusammengebunden.

»Denk daran, meine Liebe: Wir sind nur zerbrechliche Gefäße«, sagte Mrs Fry. »Du musst hart arbeiten, damit Demut und Bescheidenheit dich anfüllen, so dass du bereit bist, Jesus dem Herrn zu folgen, der solche, die sich selbst hintanstellen, zu sich ruft. Nur durch Schmerz und Reue können wir lernen, die Güte zu schätzen.«

»Ja, Ma'am«, sagte Evangeline, auch wenn sie in jenen Tagen kaum noch harte Arbeit brauchte, um sich demütig und entsagungsvoll zu fühlen.

»Eine Sache noch.« Mrs Fry griff in die Truhe, zog eine kleine flache Scheibe heraus, die an einer roten Kordel hing, und streckte sie ihr auf der flachen Hand entgegen.

Die Scheibe schien aus Blech zu sein und war so groß wie ein Daumennagel. Eine Nummer war darauf geprägt: 171.

»Von jetzt an wird man dich unter dieser Nummer kennen«, erklärte Mrs Fry. »Auf jedem Gegenstand, den du besitzt, wird sie aufgestempelt sein, in jedes Kleidungsstück genäht, und sie steht auf einer Liste, die der Schiffsarzt an den Aufseher weitergeben wird. Diese Marke wirst du für die Dauer dieser Reise tragen. Mit Gottes Segen.«

Evangeline runzelte die Stirn, sie spürte Trotz in sich aufflackern.

»Ist etwas nicht in Ordnung, meine Liebe?«

»Unter einer Nummer bekannt zu sein. Das ist ... entwürdigend.«

Mrs Fry strich leicht über Evangelines Hand. »Es ist, damit du registriert bist. Damit du nicht verlorengehst.« Während sie die Kordel hochhielt, sagte sie: »Beuge dich etwas herunter, bitte.«

Evangeline musste an ein Pferd denken, dem das Zaumzeug angelegt wird. Widerstand, das wusste sie, war zwecklos: Das Pferd wurde letztlich immer aufgezäumt. Und genauso würde es ihr ergehen.

Die Medea, 1840

Früh am Morgen des sechzehnten Juni lichtete die *Medea* die Anker und setzte sich langsam in Bewegung, gezogen von einem Hafenschlepper. Möwen kreisten krächzend über dem Schiff, ein Union Jack flatterte am Heck. Das Deck schwankte, die Segel knatterten, die Masten knarrten, die Themse rauschte. Darüber schallten laut die Rufe der Matrosen. An Seilen kletterten sie zu den hölzernen Plattformen hinauf, über vier Ebenen, bis zur Spitze der Rah, behände wie Eichhörnchen.

Als die *Medea* das Mündungsgebiet erreichte, stand Evangeline mit den anderen Gefangenen an der Reling und rieb die Blechmarke zwischen ihren Fingern, nestelte an dem Metallhaken in ihrem Nacken. Sie sah die Backsteingebäude, die Kutschen, die Hüttendächer in der Ferne verschwinden, die Menschen am Ufer wurden zu kleinen Punkten. Sie alle gingen ihren alltäglichen Aufgaben nach, ohne mehr als einen kurzen Blick auf das auslaufende Schiff zu werfen. Sie war jetzt seit beinahe zehn Tagen an

Bord. In Newgate war sie dreieinhalb Monate gewesen, im Dienst der Whitstones beinahe ein halbes Jahr. Sie hatte sich noch nie weiter als vierzig Meilen von ihrem Heimatdorf fortgewagt. Jetzt hob sie die Hand in die feuchte Luft; England schlüpfte ihr buchstäblich durch die Finger. Ein paar Verse von Wordsworth kamen ihr in den Sinn: *Wohin ich mich auch wenden mag, zur Nacht, am Tag, die Dinge kann ich nicht mehr sehn, wie ich sie einmal sah.* Als junge Frau hatten die Zeilen sie aufgewühlt, das Bedauern des Dichters darüber, dass er als Erwachsener nicht mehr mit der Schönheit der Natur verbunden war. Erst jetzt wurde Evangeline bewusst, dass diese spirituelle Melancholie gar nichts war im Vergleich zu der Erfahrung tatsächlicher, physischer Entfernung. Die Welt, die sie kannte und liebte, war für sie verloren. Mit großer Wahrscheinlichkeit würde sie sie nie wiedersehen.

Evangeline fand Olive am Bug, wo sie in einem Kreis von Frauen saß, die Seiten aus ihren Bibeln rissen und zu Rechtecken falteten, um Spielkarten daraus zu machen, oder in Streifen, um sich die Haare damit aufzudrehen. Olive blickte auf und hielt mit unverhohlenem Stolz ihre Blechmarke hoch.

»Von jetzt an kannste mich Hundertsiebenundzwanzig nennen. Meine neue Freundin Liza sagt, das bringt Glück, weil's ne Primzahl ist, was auch immer das heißt.«

Die dünne schwarzhaarige Frau neben ihr grinste. »Nummer neunundsiebzig. Auch eine Primzahl.«

»Liza ist gut mit Zahlen. Hat in nem Gästehaus die

Bücher geführt. Wie gut ist man, wenn man dabei erwischt wird, die Schlussrechnung zu fälschen?«

Die Frauen im Kreis lachten.

Evangeline sah Hazel alleine auf einer großen weißen Kiste sitzen und in einer Bibel blättern, die sie auf dem Schoß hielt. Sie ging zu ihr hinüber. »Diese Kordel um den Hals fühlt sich seltsam an, nicht wahr?«, sagte sie.

Hazel blinzelte zu Evangeline hoch. »Ich bin Schlimmeres gewöhnt.«

Nach weniger als einer Stunde stand Evangeline der Schweiß auf der Stirn, Speichel sammelte sich in ihrem Mund, und sie spürte, wie ihr die Galle hochkam.

»Richten Sie den Blick auf diese Linie.«

Sie drehte sich um.

Hinter ihr stand der Schiffsarzt und zeigte auf den Horizont.

Sie folgte seinem ausgestreckten Finger, konnte aber kaum klar sehen. »Bitte ... nicht näher kommen ...«, sagte sie, bevor sie zur Reling stürzte und sich über Bord übergab. Weiter unten sah sie andere Gefangene, die sich ebenfalls vornüberbeugten und über den Schiffsrand ins tosende Wasser spuckten.

»Seekrankheit«, stellte der Arzt fest. »Sie werden sich daran gewöhnen.«

»Wie?«

»Schließen Sie die Augen. Stecken Sie sich die Finger in die Ohren. Und versuchen Sie, sich mit dem Schiff zu bewegen – kämpfen Sie nicht gegen das Schwanken an.«

Sie nickte, schloss die Augen und steckte sich die Finger in die Ohren, aber das alles nützte nichts. Den restlichen Tag über fühlte sie sich erbärmlich, und auch die Nacht brachte wenig Erleichterung. Überall um sie herum in der Dunkelheit auf dem Orlopdeck stöhnten Frauen und übergaben sich. Olive über ihr murmelte Verwünschungen. Hazel auf der anderen Seite des Gangs lag zusammengerollt wie eine Krabbe da.

Evangeline hatte sich schon so oft übergeben, dass sie sich ganz schwach fühlte vor Erschöpfung. Dennoch konnte sie nicht schlafen. Schon wieder spürte sie das Grummeln im Magen, den Speichel in ihrem Mund, die schäumende Welle in ihrer Kehle aufsteigen. Bisher hatte sie ihre Holzschale benutzt, wenn sie brechen musste, aber die war voll und schwappte bereits über. Inzwischen war es ihr egal. Sie beugte sich aus ihrem engen Bett und ließ den Rest ihres Mageninhalts in einem dünnen Rinnsal auf den Boden fließen.

Hazel drehte sich um. »Kannst du dich nicht zusammenreißen?«

Evangeline lag benommen da, sie wollte nicht reden.

»Sie kann doch nichts dafür«, sagte Olive.

Hazel beugte sich über den Gang zu ihr, und einen Augenblick dachte Evangeline, sie wolle sie schlagen. »Streck deine Hand aus.« Als Evangeline gehorchte, drückte Hazel ihr einen kleinen Klumpen in die Hand. »Ingwerwurzel. Kratz das Äußere mit den Zähnen ab und spuck es aus. Dann beiß ein Stück ab.«

Evangeline hielt sich das Stück an die Nase und schnupperte. Der Geruch erinnerte sie an Weihnachtsleckereien: glasierte Kuchen und Bonbons, Ingwerkekse und Puddings. Sie tat, was Hazel ihr gesagt hatte, entfernte das Äußere mit den Zähnen und spuckte es auf den Boden. Die Wurzel war faserig und schmeckte scharf und sauer. Wie Vanilleextrakt, dachte sie: verführerischer Duft, aber scheußlicher Geschmack.

»Langsam kauen, bis nichts mehr übrig ist«, sagte Hazel. »Und gib mir den Rest zurück, mehr habe ich nicht davon.«

Evangeline reichte ihr die Wurzel. Dann schloss sie die Augen, steckte sich die Finger in die Ohren, drehte sich zur Wand und konzentrierte sich nur auf das Stückchen Ingwer in ihrem Mund, das immer weicher und milder wurde, je länger sie darauf herumkaute. Endlich schlief sie ein.

Als Evangeline am nächsten Morgen vom Unterdeck heraufkam, ein paar Stunden nach dem Frühstück, hatte die *Medea* die Themse hinter sich gelassen und segelte auf die Nordsee hinaus. Das Meer war bewegt und hatte weiße Schaumkronen, der Himmel über den Segeln war von trübem Weiß. In der Ferne konnte man einen dünnen Strich Festland erkennen. Evangeline starrte auf den weiten, glitzernden Ozean. Dann setzte sie sich vorsichtig auf ein Fass, schloss die Augen und lauschte einer Kakophonie von Geräuschen: das Lachen einer Frau, das Wimmern eines Babys, Matrosen, die sich von Mast zu Mast etwas zuriefen. Kreischende Möwen, eine meckernde Ziege, das Klatschen des Wassers gegen den Schiffsrumpf. Es war kalt. Sie wünschte, sie hätte ihre Decke mit nach oben genommen, so schmutzig und stinkend sie auch war.

»Wie war die Nacht?«

Sie blinzelte ins Gegenlicht.

Der Schiffsarzt blickte sie aus graugrünen Augen an. »Fühlen Sie sich etwas besser?«

Sie nickte. »Ich habe getan, was Sie gesagt haben. Finger in die Ohren und all das. Aber ich glaube, es war der Ingwer, der schließlich geholfen hat.«

Er lächelte skeptisch. »Ingwer?«

»Die Wurzel. Ich habe sie gekaut.«

»Wo hatten Sie die her?«

»Von dem rothaarigen Mädchen. Hazel. Aber sie wollte sie zurückhaben. Wissen Sie, wo ich vielleicht etwas mehr davon bekommen könnte?«

»Leider nicht. In der Kombüse vielleicht.« Seine Mundwinkel zuckten. »Ich habe das immer für ein Ammenmärchen gehalten. Aber wenn Sie den Eindruck haben, dass es hilft, dann machen Sie damit weiter. Ich allerdings bin eher skeptisch gegenüber Wundermitteln irgendwelcher Ammen.«

»Nun, ich weiß nicht, ob es ein Wundermittel ist, aber mir geht es tatsächlich besser«, sagte sie. »Vielleicht kennen die Ammen sich aus.«

Die *Medea* segelte übers Meer. An manchen Tagen musste sie hart gegen den Wind ankämpfen, an anderen glitt sie sanft durch die Wellen. Die gefangenen Frauen versammelten sich an Deck, als das Schiff die Kreidefelsen von Dover passierte, die aussahen wie in Scheiben geschnittener Mandelnougat, und dann in den Ärmelkanal einfuhr.

Die Zelle in Newgate war so überfüllt gewesen, dass Evangeline sich nichts mehr gewünscht hatte als Abstand zu den anderen. Jetzt war sie überrascht, als sie merkte, dass sie sich einsam fühlte. Jeden Morgen stand sie beim Klang der Glocke auf und stellte sich mit den anderen Frauen in eine Reihe, die witzelten, jammerten und fluchten, während sie mit ihren zerbeulten Bechern und spanigen Holzlöffeln dastanden. Sie trank ihren Tee und kaute ihren Schiffszwieback, dann schrubbte sie auf allen vieren das Deck. An milden Abenden, nachdem sie ihre Pflichten erfüllt hatte und bevor die Frauen zurück zum Orlopdeck getrieben wurden, stand sie oft allein an der Reling und sah zu, wie die Sonne unterging und die ersten Sterne am Himmel auftauchten, zuerst nur schwach, dann immer deutlicher, wie kleine Blasen, die in einem riesigen See an die Oberfläche sprudeln.

Eines Morgens stieß sie nach der Arbeit auf Hazel, die allein dasaß, das Gesicht halb unter ihren Locken verborgen, ihre Bibel aufgeschlagen auf dem Schoß. Während sie mit dem Zeigefinger den Zeilen folgte, murmelte sie leise vor sich hin. Als sie hochblickte und Evangeline sah, klappte sie das Buch schnell zu.

»Darf ich mich zu dir setzen?« Ohne eine Antwort abzuwarten, nahm Evangeline neben ihr auf dem Rand der Kiste Platz.

Hazel starrte sie an. »Ich hab noch zu tun.«

»Nur einen Augenblick.« Evangeline suchte nach einem

Gesprächsthema. »Ich muss immer an Psalm 104 denken: *Da ist das Meer, das so groß und weit ist, da wimmelt's ohne Zahl, große und kleine Tiere.* Kennst du den?«

Das Mädchen zuckte die Achseln.

Evangeline bemerkte die vereinzelten Sommersprossen auf Hazels Nase, ihre Augen, blaugrau wie die Federn einer Ringeltaube, das rötliche Braun ihrer Wimpern. »Hast du einen Lieblingspsalm?«

»Nein.«

»Du bist Presbyterianerin, nicht wahr?« Als Hazel die Stirn runzelte, fügte Evangeline erklärend hinzu: »Weil du Schottin bist.«

»Ah. Na ja, ich war noch nie eine große Kirchgängerin.«

»Haben deine Eltern dich nicht mitgenommen?«

Jetzt wirkte Hazel belustigt. »Meine Eltern …«

Eine Weile herrschte unangenehmes Schweigen zwischen ihnen. »Ich habe deine Tätowierung gesehen.« Evangeline griff sich selbst an den Nacken. »Ein Mond. Das ist ein Fruchtbarkeitssymbol, oder?«

Hazel verzog das Gesicht. »Ich hab mal so ein Schauspiel gesehen, im Kelvingrove Park. Die Personen waren betrunken und haben Unsinn geredet. ›Ich war zu meiner Zeit der Mann im Mond‹. Das fand ich lustig.«

»Oh!« Endlich, eine Gemeinsamkeit. »*Der Sturm.*«

»Hast du's auch gesehen?«

»Es ist eins meiner Lieblingsstücke. ›O schöne neue Welt, die solchen Menschen Wohnung gibt!‹«

Hazel schüttelte den Kopf. »Ehrlich gesagt erinnere ich

mich nur an wenig davon. Aber es hat mich zum Lachen gebracht.«

»Weißt du ... Der Schiffsarzt hat eine ganze Regalreihe mit Shakespeare-Bänden in seinem Büro. Vielleicht könnte ich ihn fragen, ob er einen verleiht.«

»Ach. Kann mit Lesen nicht viel anfangen.«

»Weißt du ... Ich könnte es dir beibringen, wenn du willst.«

Hazel musterte sie mit hartem Blick. »Ich brauche keine Hilfe.«

»Das weiß ich. Aber ... es ist eine lange Reise, oder? Da schadet es nicht, eine Beschäftigung zu haben.«

Hazel biss sich auf die Unterlippe. Geistesabwesend strich sie über den Umschlag der Bibel. Aber sie sagte nicht Nein.

Sie fingen mit dem Alphabet an, sechsundzwanzig Buchstaben auf einem Stück Schiefer. Vokale und Konsonanten, Klang und Sinn. Während sie in den folgenden Tagen zusammensaßen und Wörter bildeten, erzählte Hazel hier und da etwas aus ihrer Vergangenheit. Ihre Mutter war eine angesehene Hebamme gewesen, aber dann war irgendetwas passiert – jemand war gestorben, eine Mutter oder ein Baby oder beide. Hazels Mutter hatte ihren guten Ruf verloren und damit ihre zahlenden Patientinnen. Sie hatte angefangen zu trinken. Hatte Hazel nachts alleine gelassen, sie mit acht Jahren zum Betteln und Stehlen auf die Straße geschickt. Hazel war nicht gut darin gewesen; sie war nervös und zögerlich und wurde immer wieder erwischt.

Als man sie zum dritten Mal in den Gerichtssaal zerrte – da war sie fünfzehn und hatte einen silbernen Löffel gestohlen –, hatte der Richter genug gehabt und sie zum Straftransport verurteilt. Sieben Jahre.

Sie hatte zwei Tage lang nichts gegessen. Ihre Mutter war nicht einmal zur Anhörung gekommen.

Evangeline schaute sie lange an. Wenn sie irgendwelches Mitgefühl äußerte, das wusste sie, dann würde Hazel ihr entgleiten. E-S-S-E-N, schrieb sie auf die Tafel. 2 T-A-G-E.

Hazels Mutter arbeitete heimlich weiter, selbst nachdem sie alles verloren hatte. Es gab jede Menge verzweifelte Frauen, die Hilfe brauchten. Sie behandelte Wunden und Infektionen, Husten und Fieber. Wenn eine Frau ihr Baby nicht wollte, dann beseitigte sie das Problem. Und wenn sie es wollte, dann zeigte sie ihr, wie sie das Leben, das in ihr wuchs, pflegen und schützen konnte. Sie drehte Babys im Mutterleib und brachte jungen Müttern bei, das Neugeborene zu stillen. Viele Frauen hatten Angst, zur Entbindung in ein Krankenhaus zu gehen, wegen der vielen Geschichten über das Kindbettfieber – eine Krankheit, die mit Schwitzen und Schüttelfrost anfing und beinahe immer mit einem qualvollen Tod endete. Hazel schüttelte den Kopf, als sie daran dachte. »Nur im Krankenhaus. Nicht bei den Hebammen. Man sagt, das kommt davon, dass die Armen zäh sind, wie Farmtiere.«

A-R-M-E. F-A-R-M.

»Aber das ist nicht der Grund«, sagte Hazel. »Die Ärzte berühren die Toten und waschen sich dann nicht die Hände. Die Hebammen wissen das, aber niemand hört auf sie.«

Evangeline legte sich die Hände auf den Bauch. Tastete nach Umrissen von Gliedmaßen. »Hast du von deiner Mutter gelernt?«

Hazel sah sie abschätzend an. »Du hast Angst vor der Geburt.«

»Natürlich.«

Hazels Lippen verzogen sich zu einem Lächeln. Das wirkte eigenartig bei ihr, wie wenn ein Fuchs grinste. »Sie war zwar keine gute Mutter, aber eine gute Hebamme. Ist es immer noch, soviel ich weiß.« Sie reckte das Kinn und sah Evangeline an. »Ja, ich habe alles gelernt.«

Die Medea, 1840

Die Segel flatterten, als die *Medea* den Ärmelkanal verließ und auf das offene Meer hinausfuhr, mit Kurs auf Spanien, Richtung Süden. Meilenweit nur Wasser und Himmel. Evangeline, die an der Reling stand und auf die weite Fläche blickte, dachte an eine Zeile von Coleridge: *Allein, allein, und ganz allein, auf weiter, weiter See!*

Am frühen Morgen hing noch wattig der Nebel über dem Wasser. Die Luft war kühl und frisch nach dem Gestank auf dem Orlopdeck, und es roch nach Holzteer. Frauen drängten sich vor und feilschten um die Plätze in der Warteschlange. Wenn eine später kam, weil sie krank oder träge war oder einfach Pech hatte, bekam sie nur noch den Rest Mehlsuppe, der angebrannt am Boden des Kochtopfs klebte. Das Wasser, das sie tranken, kam aus einem Weinfass, war schlammig und schmeckte, als hätte man es aus einem Graben geschöpft. Evangeline hatte gelernt, nach dem Eingießen ein paar Minuten zu warten, bis sich der Schmutz am Boden ihres Bechers abgesetzt hatte.

Nach der Mehlsuppe gab es bis zum späten Nachmittag nichts mehr, dann stellten sich die Frauen erneut an, um ihre letzte Mahlzeit für den Tag zu bekommen: eine wässrige Brühe aus Kohl und Rüben und, wenn sie Glück hatten, mit etwas zähem Pökelfleisch oder Stockfisch, dazu Schiffszwieback und wieder einen Becher Schlammwasser.

Man hatte Evangeline in eine Arbeitsgruppe von sechs Frauen eingeteilt. Nach einem rotierenden System leerten sie Nachttöpfe, kochten Schmutzwäsche, säuberten die Schaf- und Ziegenställe, klaubten auf dem Hauptdeck die Eier aus den gestapelten Hühnerställen. Sie wickelten nasse Seile auf und schrubbten das Orlopdeck mit Kies, Sand und einer Strohbürste. Sie putzten das Hauptdeck und die Abtritte mit einer Mischung aus Kalk und Kalziumchlorid, die ihnen in Augen und Nase brannte.

Mit der Zeit gewöhnte sich Evangeline an das Schwanken und Knirschen, an das Heben und Senken der Wellen. Sie machte es den Matrosen nach und begann, breitbeinig zu gehen und mit gebeugten Knien und wiegenden Hüften den Bewegungen des Schiffs zu folgen, schon vorher darauf gefasst, wenn das Deck sich zur Seite neigte. Bewegungen wie beim Tanzen, dachte sie. Oder bei der Brautwerbung. Überall auf dem Schiff entdeckte sie versteckte Griffe, unter Geländern und Vorsprüngen oder an Leitern, an denen man sich bei rauer See festhalten konnte. Trotz ihres immer größer werdenden Bauches konnte sie schon bald so schnell wie jeder Seemann vom Orlop- zum Zwischendeck und vom Zwischendeck zum Hauptdeck klettern. Sie lernte, an welchen Stellen sie der Gischt ausweichen konnte, wie sie

Pfützen umging und ohne zu stolpern um Rumfässer und verknäuelte Seile herumkam und wohin zu den verschiedenen Tageszeiten das Sonnenlicht fiel. Sie wich den grapschenden Händen der Matrosen aus, wenn sie an ihnen vorbeimusste, und mied ihre Schlafräume auf dem Zwischendeck. Sie gewöhnte sich an den salzigen Geschmack auf ihren Lippen, die sie mit Speck und Walfischtran einreiben musste, damit sie nicht aufsprangen. Ihre Hände wurden rau, rot und stark. Sie gewöhnte sich an das Chaos: das Läuten der Glocke jede halbe Stunde, das ständige Meckern der Ziegen und Schnattern der Gänse, den Gestank der Aborte und der Bilge.

An milden Nachmittagen brachte der Kapitän seinen orangefarbenen Kanarienvogel aufs Hauptdeck, wo er in seinem rostigen Käfig auf einer winzigen Schaukel saß und stundenlang schrill tschilpte.

Sie gewöhnte sich an das Tschilpen.

Als ginge es um lateinische Konjugationen, brachte sie sich selbst die Seemannssprache bei. Wenn man auf den vorderen Teil des Schiffes schaute – den Bug –, dann war links Backbord und rechts Steuerbord. Der hintere Teil des Schiffs hieß achtern. Windwärts bedeutete natürlich die Richtung, in die der Wind blies, leewärts das Gegenteil. Die horizontale Stange am Mast, der Baum, diente dem Einstellen der Segel je nach Kraft des Windes.

Die Matrosen waren von morgens bis abends beschäftigt, hissten oder refften die Segel, kletterten die Masten hinauf und hinunter wie die Akrobaten in Covent Garden, flickten riesige Stücke von Segeltuch, fetteten Schiffstaue ein, spleißten Seile. Evangeline hatte noch nie einen Mann mit Nadel und Faden gesehen und war überrascht zu beobachten, wie geschickt die Matrosen damit umgingen. Zwei oder drei von ihnen saßen immer in der Mitte des Schiffs und flickten mit langen Nadeln und grobem Faden ein Segel, Segelmacherhandschuhe an den Handballen.

Sie sprachen in kaum verständlichen Abkürzungen, deren Bedeutung Evangeline nur im jeweiligen Kontext und durch die Beobachtung von Mimik und Gestik erfassen konnte. Haferbrei nannten sie Burgoo, den Eintopf, den sie immer aßen, Labskaus. Sie wusste nicht, warum, es war eben so. Die Matrosen bekamen weit größere Rationen als die Gefangenen: ein Pfund Kekse, eine Flasche Rum oder Wein, eine Tasse Haferflocken, ein halbes Pfund Rindfleisch, eine halbe Schale Erbsen, eine Scheibe Butter und ein kleines Stück Käse. Manchmal – selten – bekamen die Frauen davon etwas ab.

Manche der Gefangenen lernten fischen. Wenn sie ihre Vormittagspflichten erledigt hatten, warfen sie Angelschnüre von Bord, mit einem Stückchen Fisch als Köder daran. Dafür benutzten sie Garn oder Schnur, Vorhängeschlösser als Gewichte und Schrauben als Haken. Nachmittags trockneten sie die Makrelen und Knurrhähne, die sie gefangen hatten, in der Sonne. Schon bald entwickelte sich zwischen den Frauen und der Crew ein Handel. Getrockneter Fisch konnte gegen Kekse und Knöpfe eingetauscht werden, Socken, die die Frauen strickten, gegen Schnaps oder sogar noch begehrenswertere Güter.

Hatte eine der Verurteilten einen Fehler begangen, erfolgte sofort die Bestrafung. Wenn sie bei einer Rauferei erwischt wurde oder beim Glücksspiel, dann sperrte man sie in einen kleinen, dunklen Raum auf dem Orlopdeck, den Laderaum. Eine Frau, die beschuldigt wurde, den Schildpattkamm eines Matrosen gestohlen zu haben, wurde gezwungen, ein Schild mit der Aufschrift DIEBIN um den Hals zu tragen. Eine schmale Kiste, die auf dem Hauptdeck angekettet war, wurde für besonders schwerwiegende Regelverstöße – wie Respektlosigkeit gegenüber dem Kapitän oder dem Schiffsarzt – benutzt. Die Unglückliche wurde darin an Armen und Beinen angeschnallt und dann in der Kiste eingeschlossen. Wenn sie schrie oder weinte, wurde ihr durch ein Luftloch Wasser auf den Kopf geschüttet. »Die Einzelzelle«, nannten es die Matrosen, »das Grab« die Verurteilten.

Bei Wiederholungstaten wurde der Gefangenen der Kopf geschoren, wie den Insassen einer Irrenanstalt.

Manche Frauen beklagten sich ständig. Andere trugen ihr Schicksal tapfer oder mit stoischer Gelassenheit. Es war schwer, nicht abzustumpfen, und einige gaben auf. Sie aßen mit den Händen und zeigten sich ohne jede Scham nackt vor den anderen, spuckten und rülpsten und furzten ungeniert. Manche fingen aus reiner Langeweile Streit an. Als zwei eine Rauferei begannen, mussten sie nacheinander bei Wasser und Brot in den Laderaum. Eine andere, die auf den Kapitän geschimpft hatte, wurde für einen ganzen Tag in die »Einzelzelle« gesteckt. Ihre erstickten Schreie und Flüche brachten ihr einen weiteren halben Tag ein und eine unwillkommene Dusche durch das Luftloch.

Evangeline klammerte sich an ihre Würde wie an einen Rettungsring. Sie hielt den Kopf gesenkt, kümmerte sich nur um ihre eigenen Angelegenheiten, nahm am Gottesdienst teil, arbeitete an ihrem Quilt und erledigte ihre Pflichten, ohne sich zu beklagen, selbst als ihr Bauch immer größer wurde und auch ihre Hände und Füße anschwollen. Nach dem Frühstück kniete sie sich neben die anderen Gefangenen und tauchte einen Lappen in einen Kübel mit Meerwasser, wrang ihn aus und wusch sich damit das Gesicht, den Nacken, die Hände und die Achselhöhlen. Täglich lüftete sie ihr Bettzeug, und einmal in der Woche, am Waschtag, schrubbte sie ihre Kleider und hängte sie an die salzige Luft, wo sie trockneten und steif wurden. Noch immer wandte sie den anderen den Rücken zu, wenn sie sich auszog.

Nachts, wenn die Luke zum Orlopdeck geschlossen war, fühlte sie sich wie lebendig begraben. Irgendwann aber lernte sie ihre sargartige Schlafkoje zu schätzen – war dies doch der einzige Ort, an dem sie alleine war. Dann winkelte sie die Beine an, zog sich die raue Decke über die Ohren und schloss die Augen. Die Hand auf ihrem gewölbten Bauch, tastete sie nach Bewegungen unter der straffen Haut.

An milden Nachmittagen in Tunbridge Wells hatte sie oft ihre Haube von dem Haken in der Diele genommen und war hinausgegangen und den holprigen Pfad entlang, hatte die Steinbrücke über den Fluss überquert, war an Brennnesselgestrüpp vorbeigegangen, an Schmetterlingen, die über Fingerhut flatterten, an mit roten Mohnblumen gesprenkelten Feldern. Die Weiden hatten im Wind gerauscht, während sie zu einem nahegelegenen Berg wanderte. Es war ein leichter Anstieg über einen ausgetretenen Pfad zwischen stacheligen lila Disteln, vorbei an Schafen, die so gierig Klee rupften, dass sie sie wegschieben musste, bevor sie ihren Weg fortsetzen konnte. Wenn sie oben angekommen war, blickte sie hinunter auf die Ziegeldächer des Dorfes und rief sich Verse von Dichtern in Erinnerung, die sie zusammen mit ihrem Vater gelesen hatte – Wordsworth zum Beispiel oder Longfellow – und die ihre eigenen Beobachtungen ausdrückten. *Von Gedanken umhüllt, so lag ich da, / und blickte in den Sommerhimmel, / sah Wolkensegel vorüberziehen, / wie Schiffe auf dem Meer…*

In der Dunkelheit des Orlopdecks liegend, war sie wieder auf diesem Bergpfad, umrundete Felsbrocken und schlammige Pfützen, roch die feuchte Erde und das süßsaure Gras, spürte die stacheligen Brombeerranken an den Beinen und die Sonne auf dem Gesicht, während sie zum Gipfel hinaufstieg. Über dem entfernten Blöken der Schafe und dem Geräusch ihres eigenen Herzschlags schlief sie dann ein.

Die meisten der Frauen auf dem Schiff waren mit schwierigen Lebensumständen vertraut, sie kannten die Kompromisse und Strategien, die nötig waren, um durch den Tag zu kommen. Sie stahlen, feilschten, betrogen leichtgläubige Kinder, tauschten sexuelle Gefälligkeiten gegen einen Platz zum Schlafen oder eine Flasche Rum; viele hatten längst jegliche Skrupel abgelegt, ihre Körper waren eine Währung, mit der sie sich etwas erkaufen konnten. Manche wollten einfach das Beste aus ihrer schlimmen Situation machen, andere waren entschlossen, sich in der rauen Umgebung so gut wie möglich zu unterhalten. Sie lachten laut, tranken mit den Matrosen und machten obszöne Witze, passten sich der allgemeinen Rohheit an.

Ein paar Frauen waren vom Orlopdeck verschwunden, wie Evangeline feststellte.

»Die Matrosen nennen es ›sich eine Ehefrau nehmen‹«, erklärte Olive.

»Eine ... Ehefrau?« Das verstand sie nicht.

»Für die Zeit der Überfahrt.«

»Ist das nicht unsittlich?«

»Unsittlich!«, gluckste Olive. »Oh, Leenie.«

Obwohl der Schiffsarzt alles tat, um es zu verhindern, hatte es klare Vorteile, wenn man sich mit einem Matrosen einließ, solange er nicht sadistisch war. So blieb einem die Hölle des Orlopdecks erspart, man konnte bei dem Mann in einer relativ komfortablen Koje schlafen, oder sogar, je nach seinem Rang, in einer eigenen Kabine. Vielleicht bekam man zusätzliche Rationen, Decken, besondere Aufmerksamkeit. Die Verbindung schützte einen vor brutalen Mitgliedern der Besatzung und bis zu einem gewissen Punkt sogar vor Bestrafungen. Aber es war ein gefährliches Spiel. Für Matrosen, die grausam oder sadistisch waren, gab es selten Strafen. Und häufig kamen Frauen mit Striemen an den Beinen, Schrammen am Rücken, Tripper, Syphilis oder anderen Krankheiten zurück aufs Orlopdeck gekrochen.

Trotz ihres beträchtlichen Bauchumfangs hatte sich Olive nach wenigen Wochen mit einem breitschultrigen, über und über tätowierten Matrosen eingelassen. Er hieß Grunwald, hatte ein gerötetes Gesicht und ein Lächeln, bei dem seine schiefen Zähne sichtbar wurden. Sie schlief kaum noch in ihrer eigenen Koje.

»Ich hoffe, dieser Seemann ist nett zu ihr«, sagte Evangeline zu Hazel. Es war Nachmittag, und sie saßen auf dem Achterdeck hinter einem Stapel Hühnerkäfige – ein abgelegener Platz, an dem sie sich trafen, wenn sie ihre Pflichten erledigt hatten. Evangeline arbeitete an ihrem Quilt, Hazel schrieb mit einem Stückchen Kalk Wörter aus der Bibel auf eine Schiefertafel.

BIS. TAG. GOTT. HERR.

»Wenn er sie nur nach der Geburt eine Weile in Ruhe lässt, bis alles abgeheilt ist.«

Evangeline legte ein paar Stoffteile zusammen und fing an, sie zusammenzustecken. »Natürlich wird er das.«

Hazel schnaubte. »Männer machen, was ihnen gefällt.«

»Ach, komm«, sagte Evangeline. »Nicht alle Männer.«

»Deiner aber schon, oder?«

Diese Feststellung tat weh. Evangeline konzentrierte sich auf das Nähen, stach die Nadel von oben durch den Stoff, fasste sie an der Rückseite und zog den Faden durch beide Schichten. »Macht dir irgendjemand Schwierigkeiten?«

»Eigentlich nicht.«

»Was ist mit Buck?«

Hazel zuckte die Achseln. »Nichts, das ich nicht in den Griff bekomme.«

Evangeline drehte den Stoff um und betrachtete die Naht. »Sei vorsichtig.«

»Vorsichtig«, wiederholte Hazel spöttisch. Sie griff in ihre Schürzentasche, zog ein silbernes Klappmesser mit Perlmuttgriff hervor und hielt es ihr hin.

Evangeline starrte darauf. »Woher hast du das?«

»Ich bin Taschendiebin, schon vergessen?«

»Eine gescheiterte Taschendiebin. Um Himmels willen, tu das weg.« Sie wussten beide: Wenn man Hazel dabei erwischte, dass sie einen Matrosen bestohlen hatte, dann würde sie Fesseln und ein Schild um den Hals tragen und im Laderaum sitzen, bis sie wieder festen Boden betraten.

»Niemand außer dir wird je davon erfahren«, sagte Hazel und steckte das Messer wieder in ihre Tasche. »Es sei denn, ich muss es einmal benutzen.«

Eines Nachmittags verlor ein Matrose auf der Rah das Gleichgewicht und stürzte aus sechs Metern Höhe aufs Deck, nicht weit von der Stelle, wo Hazel und Evangeline saßen und nasse Taue auseinanderdrehten. Sie sahen auf. Niemand kam dem Mann zu Hilfe. Hazel legte das Seil weg und ging zu ihm, beugte sich zu ihm hinunter und flüsterte ihm etwas ins Ohr. Der Seemann wimmerte und stöhnte und umklammerte sein Bein.

In diesem Moment kam der Schiffsarzt vom Zwischendeck herauf. Als er sah, wie Hazel sich über den Matrosen beugte, rief er: »Aus dem Weg, Sträfling!«

Hazel beachtete ihn nicht, sondern fuhr weiter mit der Hand über das Bein des Matrosen, tastete es ab, vom Oberschenkel bis zum Schienbein. Eine kleine Gruppe hatte sich um sie versammelt. Schließlich schaute sie zu dem Arzt auf und sagte: »Das Bein ist gebrochen und muss ruhiggestellt werden.«

Evangeline war fasziniert von dem Gesichtsausdruck der jungen Frau: Ihre routinierte Aufmerksamkeit verlieh ihr unerwartete Autorität.

»Darüber entscheide ich«, sagte der Arzt.

Der Seemann stöhnte.

»Er braucht eine Beinschiene. Und etwas Rum«, erklärte Hazel.

»Welche Art von Erfahrung haben Sie?«

»Meine Mutter ist eine Heilkundige. Hebamme.«

Der Schiffsarzt scheuchte sie mit einer Handbewegung fort: »Stellen Sie sich da drüben hin.«

Neben dem Seemann kauernd, wiederholte er Hazels Bewegungen: Er fuhr am Bein des Mannes entlang, betastete es, dann legte er ihm die flache Hand auf die Stirn. Schließlich richtete er sich auf und sagte: »Jemand soll eine Planke holen, damit wir ihn zu meinen Räumen bringen können.«

»Sag ich doch«, murmelte Hazel hinter ihm.

Ein paar Tage später wachte Evangeline morgens auf und sah Hazel auf dem Boden zwischen den Kojen sitzen. Sie beugte sich über Zweige und zerrieb die Blätter zwischen zwei Fingern.

»Was machst du da?«

»Ich mische Kräuter für einen Heilumschlag. Dieser

Seemann könnte sterben, wenn er eine Infektion bekommt.«

Hazel hatte recht gehabt: Der Matrose hatte einen schlimmen Beinbruch. Eine Gefangene, die ihm sein Essen auf die Krankenstation brachte, berichtete, dass er vor Schmerzen wirres Zeug redete, um sich schlug und fluchte. Man hatte ihn an sein Bett fesseln müssen.

»Der Arzt weiß doch, was zu tun ist, oder?«, sagte Evangeline.

Hazel sah sie aus ihren unergründlichen grauen Augen an. Dann schob sie die Kräuter auf einem Stück Stoff zu einem kleinen Häufchen zusammen und wickelte sie ein.

Am frühen Nachmittag saß Evangeline mit einer kleinen Gruppe von Frauen auf dem Hauptdeck, um ein Segel zu flicken, als sie sah, wie Dr. Dunne vom Zwischendeck heraufkam. Mit grimmigem Gesicht verschwand er um eine Ecke. Sie legte Nadel und Fingerhut fort und sagte der Frau neben ihr, dass sie zum Abort ginge. Hinter einem Stapel von Kisten, der sie vor den Blicken der anderen schützte, holte sie den Arzt ein. Er stand an der Reling, das Kinn auf die verschränkten Arme gestützt.

»Wie geht es dem Seemann?«

Er blickte hoch. »Nicht gut.«

Sie legte ebenfalls die Arme auf die Reling. »Hazel, das Mädchen...«

»Ich weiß, wer das ist.«

»Ich habe gesehen, wie sie Kräuter zerrieben hat. Für einen Heilumschlag, hat sie gesagt.«

»Sie ist kein Arzt.«

»Natürlich nicht. Aber wenn es nichts zu verlieren gibt...«

»Nur ein Menschenleben«, entgegnete er knapp.

»Es geht ihm schlecht, haben Sie gesagt. Was könnte ein Versuch schaden?«

Mit einem Kopfschütteln starrte Dr. Dunne hinaus auf den schimmernden Streifen zwischen Meer und Himmel.

Wieder zurück im Kreis der nähenden Frauen, sah Evangeline, wie er Hazel zu sich rief. Er beugte sich zu ihr hinunter, als sie ein kleines Päckchen aus ihrer Schürzentasche zog und es öffnete, damit er hineinsehen konnte. Er zerrieb ein paar Kräuter zwischen den Fingern, roch daran, schmeckte sie mit der Zungenspitze. Dann nahm er das Päckchen und verschwand die Leiter hinunter.

Vielleicht gab es keinen Zusammenhang. Vielleicht wäre der Seemann auch so gesund geworden. Aber drei Tage später fläzte er auf einem Stuhl auf dem Hauptdeck, das geschiente Bein ausgestreckt auf einem Fass, sagte etwas Anzügliches zu einer blondgelockten Gefangenen und grölte vor Lachen über deren patzige Antwort.

Die Medea, 1840

Der Schiffsarzt hatte alle Hände voll zu tun, auf der Krankenstation waren sämtliche Betten belegt. Hitzschlag, Seekrankheit, Durchfall. Fieber, Zungenulkus, ausgerenkte Gliedmaßen. Verstopfung behandelte er mit Kalomel, das zu einem Teil aus Chlorid und zu sechs Teilen aus Quecksilber bestand. Gegen die Ruhr verordnete er Mehlbrei mit ein paar Tropfen Laudanum und eine Opiumtinktur. Um Fieber zu senken, rasierte er den Frauen den Kopf, eine Behandlung, die sie mehr fürchteten als das Delirium. Bei Lungenentzündung und Tuberkulose: der Aderlass.

Die Nachricht von Hazels Wunderkur hatte sich herumgesprochen. Gefangene, die nicht zum Arzt wollten oder ohne Behandlung wieder fortgeschickt worden waren, begannen bei der jungen Frau Schlange zu stehen. Sie erbettelte Kräuter beim Koch und zog in einer Kiste mit Stallmist Pflanzen aus den Samen, die sie an Bord geschmuggelt hatte: Arnika gegen Schmerzen und Prellungen, Alraune gegen Schlaflosigkeit, Frauenminze, eine Blütenpflanze, gegen ungewollte Schwangerschaft. Gegen die Ruhr mischte sie Eiweiß mit heißer Milch. Bei Ohnmachtsanfällen half ein Teelöffel Essig. Aus Speck, Honig, Haferflocken und Eiern stellte sie eine Salbe gegen schrundige Hände und Füße her.

»Dieses Mädchen, Hazel, mit seinen Hexenpulvern und -tränken ...«, sagte der Arzt in gereiztem Ton, als er an einem Spätnachmittag mit Evangeline an der Reling stand. »Ich fürchte, sie macht alles nur schlimmer.«

»Sie haben viel zu tun. Warum stört es Sie?«

»Weil die Frauen sich falsche Hoffnungen machen.«

Evangeline starrte auf das Meer hinaus. Es war klar und grün und spiegelglatt. »Hoffnung ist bestimmt nichts Schlechtes.«

»Wenn man dafür auf eine richtige medizinische Behandlung verzichtet, schon.«

»Dem Seemann, der von der Rah gestürzt ist, geht es viel besser. Ich habe gesehen, wie er einen Mast hinaufgeklettert ist.«

»Korrelation oder Kausalität, wer weiß das schon?« Er presste die Lippen zusammen. »Dieses Mädchen hat irgendwie... etwas Anmaßendes. Ich finde das ... abstoßend.«

»Seien Sie nachsichtig«, sagte Evangeline. »Stellen Sie sich vor, Sie wären in ihrem Alter und hätten dieses Schicksal.«

Er sah sie von der Seite an. »Dasselbe könnte man über Sie sagen.«

»Sie ist viel jünger als ich.«

»Wie alt sind Sie denn?«

»Einundzwanzig. Noch einen Monat jedenfalls.« Sie zögerte einen Moment, nicht sicher, ob die Frage angemessen war. »Und Sie?«

»Sechsundzwanzig. Sagen Sie es nicht weiter.«

Sie lächelte, und er lächelte zurück.

»Hazel hatte von Anfang an ein hartes Leben. Sie hat noch nie...« Sie suchte nach den richtigen Worten. »... das ... Gute in der Welt erlebt.«

»Und Sie schon?«

»Auf gewisse Weise.«

»Mir scheint eher, Sie haben es auch nicht leicht gehabt.«

»Nun, das stimmt. Aber die Wahrheit ist...« Sie holte tief Luft. »Die Wahrheit ist, dass ich unbesonnen und impulsiv war. Für mein Unglück kann ich niemand anderen verantwortlich machen als mich selbst.«

Der Wind frischte auf. Das Licht brach sich auf den Wellen, die glitzerten wie Glasscherben. Eine Weile standen sie schweigend an der Reling.

»Ich habe eine Frage«, sagte Evangeline. »Warum in aller Welt lebt jemand aus freien Stücken auf diesem Schiff?«

Er lachte auf. »Das habe ich mich auch schon oft gefragt. Die einfache Antwort lautet vermutlich, dass ich von Natur aus rastlos bin. Ich dachte, es wäre eine interessante Herausforderung. Aber wenn ich ehrlich bin...«

Er war ein Einzelkind, erzählte er ihr, und in Warwick aufgewachsen, einem kleinen Dorf in den Midlands. Sein Vater war Arzt; es wurde erwartet, dass sein Sohn in der Praxis mitarbeitete und sie später übernahm. Man hatte ihn auf ein Internat geschickt, das er hasste, und dann nach Oxford und schließlich auf das Royal College of Surgeons in London, wo er überraschenderweise tatsächlich eine Leidenschaft für die Medizin entwickelte. Als er in sein Dorf zurückkam, erwarb er ein reizendes Cottage mit einer Haushälterin und machte sich daran, die Praxis zu modernisieren. Als heiratsfähiger Junggeselle war er häufig zu Gast auf Banketten, Bällen und Jagdgesellschaften.

Dann kam die Katastrophe. Eine junge Frau, die aus einer bekannten Grundbesitzerfamilie stammte, wurde mit Bauchschmerzen, Schüttelfrost und hohem Fieber in die Praxis gebracht. Sein Vater, der noch nie einen Fall von Blinddarmentzündung behandelt hatte, diagnostizierte Typhus, verschrieb Morphium gegen die Schmerzen und Fasten gegen das Fieber und schickte sie nach Hause. Die Erbin spuckte mitten in der Nacht Blut und starb unter großen Qualen, vor den Augen ihrer entsetzten und fassungslosen Familie. Der Schmerz der Angehörigen verlangte nach einem Schuldigen: Der Doktor und sein Sohn wurden fortan gemieden, und die Praxis war ruiniert.

Ein paar Monate später schrieb ein ehemaliger Zimmergenosse aus dem Royal College, die britische Regierung suche qualifizierte Ärzte für Gefangenenschiffe und zahle einen anständigen Lohn. Es sei eine besondere Herausforderung, Ärzte für die Schiffe mit weiblichen Gefangenen zu finden, denn »um ehrlich zu sein«, wie der Zimmergenosse schrieb, »stehen diese Schiffe in dem Ruf, schwimmende Bordelle zu sein.«

»Eine grobe Übertreibung, wie ich jetzt weiß«, beeilte

sich Dr. Dunne hinzuzufügen. »Oder jedenfalls ... eine Übertreibung.«

»Aber Sie haben dennoch zugesagt.«

»Zu Hause hielt mich nichts mehr. Ich hätte ohnehin irgendwo anders neu anfangen müssen.«

»Bereuen Sie es inzwischen?«

Er lächelte bitter. »Jeden Tag.«

Dies war seine dritte Reise, erzählte er. Er verbrachte wenig Zeit mit den ungehobelten Matrosen, dem ungebildeten Kapitän oder dem versoffenen Maat, den er nach seinen Exzessen schon mehrmals behandelt hatte. Es gab niemanden, mit dem er wirklich reden konnte.

»Was würden Sie denn machen, wenn Sie die Wahl hätten?«, fragte sie.

Er wandte ihr das Gesicht zu, einen Arm auf der Reling. »Was ich tun würde? Eine eigene Praxis eröffnen. Vielleicht auf Van-Diemens-Land. Hobart Town ist ein kleines Städtchen. Dort könnte ich von vorne anfangen.«

»Von vorne anfangen«, wiederholte sie mit erstickter Stimme. »Das klingt schön.«

»Du musst dir deine Dienste bezahlen lassen«, sagte Olive an einem der seltenen Nachmittage, die sie nicht mit ihrem Seemann verbrachte, zu Hazel. »Die Leute nutzen dich aus.«

»Wie sollten sie denn bezahlen?«, fragte Hazel.

»Nicht dein Problem. Jeder hat irgendwas einzutauschen.«

Olive hatte recht. Schon bald besaß Hazel zwei Quilts,

einen kleinen Vorrat Silbermünzen, Stockfisch und Haferkekse und sogar ein Daunenkissen, das eine geschäftstüchtige Gefangene hergestellt hatte, die für die Mahlzeiten der Offiziere Gänse rupfte.

»Seht euch all diese Dinge an«, staunte Evangeline, als Hazel eine Kerze in einem kleinen Messing-Kerzenhalter anzündete – auch ein eingetauschtes Stück – und einen Sack unter ihrer Koje hervorzog.

»Wollt ihr irgendwas? Bedient euch.«

Evangeline ging die Gegenstände im Sack durch, wobei Olive ihr über die Schulter blickte. Zwei Eier, eine Gabel und ein Löffel, ein Paar Strümpfe, ein weißes Taschentuch ... Moment ...

Sie zog das Taschentuch heraus und fuhr mit dem Daumen über die Stickerei. »Wer hat dir das gegeben?«

Hazel zuckte die Achseln. »Keine Ahnung. Warum?«

»Es gehört mir.«

»Bist du sicher?«

»Natürlich bin ich sicher. Ich habe es geschenkt bekommen.«

»Ah, dann Entschuldigung. Hier ist nichts sicher, oder?«

Evangeline legte das Taschentuch auf ihr Bett, strich es glatt und faltete es zu einem kleinen Viereck zusammen.

»Was ist so Besonderes daran?« Olive griff nach dem Taschentuch. Evangeline ließ zu, dass sie es gegen das Kerzenlicht hielt und genau betrachtete. »Ist das ein Familienwappen?«

»Ja.«

»Das muss von dem Kerl sein, der ...« Olive zeigte auf

Evangelines Bauch. »C. F. W. Lass mich raten. Chester Francis Wentworth«, sagte sie in gespielt hochnäsigem Ton.

Evangeline lachte. »Fast. Cecil Frederic Whitstone.«

»Cecil. Noch besser.«

»Hat man ihm gesagt, was dir widerfahren ist?«, fragte Hazel.

»Ich weiß es nicht.«

»Und dass du ein Kind von ihm bekommst?«

Evangeline zuckte die Achseln. Das war eine Frage, die sie sich selbst schon oft gestellt hatte.

Hazel stellte die Kerze auf den Rand ihrer Koje. »Also, Leenie ... Warum hast du das aufbewahrt?«

Evangeline dachte an den Ausdruck in Cecils Augen, als er ihr den Ring gegeben hatte. Seine kindliche Ungeduld, ihn an ihrem Finger zu sehen. »Er hat mir den Rubinring seiner Großmutter geschenkt. In dieses Taschentuch eingewickelt. Dann ist er fortgefahren, in die Ferien, der Rubinring wurde in meinem Zimmer gefunden, und man hat mich beschuldigt, ihn gestohlen zu haben. Das Taschentuch haben sie übersehen, also habe ich es behalten.«

»Ist er von seiner Reise heimgekehrt?«

»Das nehme ich an.«

»Warum ist er dann nicht gekommen, um dich zu verteidigen?«

»Ich ... Ich weiß nicht, wie viel er weiß.«

Olive zerknüllte das Taschentuch in der Faust. »Ich verstehe nicht, warum du dieses lausige Stück Stoff behalten willst, nachdem er dich so im Stich gelassen hat.«

Evangeline nahm ihr das Taschentuch ab. »Er hat mich nicht ...«

Doch, das hatte er. Oder nicht?

Sie betastete den gewellten Saum. Ja, *warum* wollte sie dieses lausige Stück Stoff behalten?

»Es ist ... Es ist alles, was ich habe.« In dem Augenblick, da sie es aussprach, wusste sie, dass es stimmte. Dieses Taschentuch war der einzige kleine Fetzen, der ihr von dem Stoff ihres früheren Lebens geblieben war. Die einzige greifbare Erinnerung daran, dass sie einmal ein anderer Mensch gewesen war.

Olive nickte bedächtig. »Dann musst du's irgendwo aufbewahren, wo's niemand findet.«

»Unter meiner Koje gibt es ein loses Brett im Boden, dort verstecke ich ein paar Kleinigkeiten«, sagte Hazel, während sie das Taschentuch an sich nahm, es glattstrich und wieder zusammenfaltete. »Ich kann es für dich verstecken, wenn du willst.«

»Tust du das für mich?«

»Später, wenn es niemand sieht.« Sie steckte das Stück Stoff in ihre Tasche. »Also, was ist mit dem Rubinring passiert?«

»Der steckt jetzt bestimmt am Finger von ner anderen«, sagte Olive.

Die Medea, 1840

Während der folgenden Wochen passierte die *Medea* die Meerenge von Gibraltar, die Insel Madeira und Kap Verde, überquerte den nördlichen Wendekreis und hielt dann auf den Äquator zu. Jetzt brannte die Sonne schon vormittags heiß, und die Luft war warm und feucht. Es wehte kein nennenswerter Wind. Die Medea kam nur mit viel Manövrieren vorwärts, was die Matrosen große Anstrengung kostete. Die Temperaturen in den unteren Decks kletterten auf bis zu 48 Grad, und durch die hohe Luftfeuchtigkeit fühlte man sich wie in einem Wasserkessel.

»Die kochen uns bei lebendigem Leib«, klagte Olive.

Eine Wolke des Elends schien über dem Schiff zu hängen. Noch mehr Menschen wurden krank. Die Füße mancher Frauen waren von nässenden schwarzen Wunden bedeckt und auf die doppelte Größe angeschwollen. Diejenigen, die lesen konnten, trugen ihre Bibel mit sich herum und murmelten die Verse aus dem Buch der Offenbarung vor sich hin: *Und das Meer gab die Toten, die darin waren;*

und sie wurden gerichtet, ein jeglicher nach seinen Werken. Und aus Psalm 93: *Die Wasserwogen im Meer sind groß und brausen mächtig; der HERR aber ist noch größer in der Höhe.*

Die Verurteilten hatten die Wahl, auf dem Hauptdeck zu bleiben und die erbarmungslose Sonne zu ertragen oder im stickigen Schiffsraum zu hocken. Durch die Hitze stank es dort noch mehr als sonst. Sie lüfteten ihr Bettzeug, verbrannten Schwefel, bestäubten alles mit Chlorkalk. Die Matrosen feuerten unter Deck Pistolen ab, weil sie glaubten, dass das Schießpulver giftige Dämpfe vertrieb. Aber das Beste, was sich die Gefangenen im Inneren des Schiffs erhoffen konnten, war gnädiger Schlaf. Meistens lagen sie irgendwo auf dem Hauptdeck herum, einen Schweißfilm auf der Haut, die Augen gegen das allgegenwärtige grelle Licht halb geschlossen. Sie machten sich Hauben aus Sackleinen oder Mehlsäcken, um ihre Gesichter zu beschatten. Frauen, die von Anfang an labil gewesen waren, fingen an, ihren Kopf auf den Rand ihrer Koje oder gegen die Reling auf dem Oberdeck zu schlagen, bis man sie mit einem Eimer Wasser übergoss. Aber die meisten waren still. Das Sprechen kostete zu viel Energie. Sogar die Nutztiere lagen nur herum und ließen die Zunge aus dem Maul hängen.

Zweieinhalb Monate nachdem sie London verlassen hatte, umrundete die *Medea* die zerklüfteten Felsen und unberührten Strände des Kaps der Guten Hoffnung am südlichsten Zipfel Afrikas und segelte direkt nach Osten in den Indischen Ozean. Ann Darter, das kränkliche Mädchen, dessen Baby in Newgate gestorben war, schaffte es nicht. Als sie starb, fühlte Evangeline sich verpflichtet, an der improvisierten Gedenkfeier teilzunehmen. Anns Leichnam lag in einem mit Gewichten beschwerten Leinensack auf einer Holzplanke, bedeckt mit der britischen Nationalflagge. Während zwei Matrosen die Planke über die Reling hielten, sprach der Schiffsarzt ein paar Worte – »Wir übergeben diese Gefangene der Tiefe, vertrauen auf die Auferstehung der Seele« –, dann nickte er den Matrosen zu, damit sie die Planke nach unten neigten. Die Leiche glitt unter der Flagge hervor und fiel platschend ins Meer, trieb noch einen Moment an der Oberfläche und verschwand dann unter den Wellen.

Evangeline schaute hinunter auf das Wasser, glänzend schwarz wie Rabenflügel. Ein Leben war erloschen. Und niemand, der dieses Mädchen geliebt oder es wenigstens gekannt hatte, wusste davon. Wie viele Verurteilte waren auf diesen Schiffen schon gestorben, weit weg von Heimat und Familie, ohne dass jemand ihren Verlust beklagte?

Im Kielwasser sah sie eine Haifischflosse auftauchen und dem Schiff folgen. »Er riecht den Tod«, sagte Olive.

WASCHTAG.

Evangeline war noch auf dem Deck, als die Sonne unterging. Wegen der vielen Fälle von Seekrankheit und Ruhr dauerte das Schrubben und Ausspülen von Kleidern und Bettzeug länger als sonst. Als sie den nassen Stoff auswrang, über die Leine hängte und mit Holzklammern befestigte, war es schon dämmrig, und ein blasser Mond stand am Himmel. Ihr Rücken schmerzte, ihre Füße waren wund. Im letzten Drittel der Schwangerschaft war sie jetzt behäbig und langsam.

Plötzlich hörte sie ein seltsames Geräusch. Einen Schrei. Sie lauschte alarmiert. Das Hauptsegel über ihr knatterte laut. Wasser klatschte gegen den Bug.

Und dann ertönte eine Frauenstimme: *Aufhören! Geh weg!*

Hazel. Kein Zweifel.

Evangeline warf die Wäsche über die Leine, trocknete sich die Hände an ihrem Rock ab und sah sich um. Niemand war in der Nähe. Und wieder: dieser Schrei. So schnell sie konnte, lief sie Richtung Steuerbord, woher er zu kommen schien, aber ein Stapel Kisten versperrte ihr den Weg. Sie kehrte um und rannte wieder zum Backbordbug, dann auf der anderen Seite zurück, die Hand immer an der Reling, und erblickte schließlich vor sich im Halbdunkel zwei Gestalten.

Als sie näher kam, wurde Evangeline mit Schrecken klar, was sie da sah: Hazel, über ein Fass gebeugt, das Kleid bis zur Taille geöffnet und um die Oberschenkel gebauscht, den Kopf zur Seite gedreht – und ein Mann hinter ihr. Evangeline brauchte einen Augenblick, bis sie begriff, dass der Mann die rote Kordel um Hazels Hals gepackt hatte und fest daran zog.

Evangeline sah sich um und erblickte eine Holzstange mit einem Messinghaken, die man benutzte, um Segel festzumachen. Sie griff danach. »Loslassen!«

Der Mann drehte sich um. Es war Buck. »Mach keine Dummheiten«, knurrte er. »In deinem Zustand.«

Evangeline hob die Stange über ihren Kopf.

Buck ließ Hazel los, die nach Luft schnappte und zu Boden glitt. Als er auf Evangeline zukam, sah sie eine Messerklinge aufblitzen und erkannte den schimmernden Griff in seiner Hand. Hazels Messer. Er musste es ihr entwunden haben.

Evangeline ging blindlings auf ihn los, die Stange hoch erhoben. Mit der freien Hand griff Buck danach, verfehlte sie mehrere Male, dann bekam er ein Ende zu fassen und zog kräftig daran, so dass Evangeline zu Boden stürzte. Als er auf sie zukam, sah sie hinter ihm Hazel, die das Fass auf die Seite gelegt hatte und es mit beiden Händen vorwärtsrollte. Es traf ihn von hinten in die Kniekehlen, und er verlor das Gleichgewicht. Das Messer flog ihm aus der Hand und schlitterte über das Deck. Ohne nachzudenken, stürzte Evangeline sich darauf und umklammerte den Griff.

Buck rappelte sich hoch.

Evangeline baute sich vor ihm auf, das Messer hoch erhoben.

»Gib her.« Als er auf sie zustürzte, stach sie blind in seine Richtung. Sie erwischte ihn am Handgelenk und am Unterarm. »Hure!«, zischte er und hielt sich den Arm, der heftig blutete. Wie ein verwundetes Tier stolperte Buck umher, wimmernd und fluchend, während er versuchte, die Blutung zu stoppen.

»Los!«, rief Evangeline Hazel zu. »Hol Hilfe.«

Hazel zerrte ihr Kleid zurecht und verschwand um den Bug.

Buck sank auf die Knie. Sein weißes Hemd war voller

Blut. Evangeline stand vor ihm, das Messer in der Hand, und es kostete sie ihre ganze Selbstbeherrschung, nicht noch einmal auf ihn loszugehen. Sie zitterte vor Aufregung und Wut. Ihr Zorn galt nicht nur Buck, sondern all den Matrosen und Wachmännern, die die Frauen in Gefangenschaft behandelten, als wären sie ihr Eigentum, und schlimmer. Die anzüglichen Pfiffe, die ordinäre Grabscherei, ihre beiläufige Brutalität und die Arroganz, mit der sie ihre Privilegien ausnutzten – sie war es so leid. Und plötzlich merkte sie, dass sie auch wütend auf Cecil war. Er hatte nur mit ihr gespielt, sie ausgenutzt. Sein Vergnügen daran, den Rubin seiner Großmutter an ihrem Finger zu sehen, war nichts anderes gewesen als Selbstgefälligkeit, eine Gelegenheit, seine beiden glänzenden Schmuckstücke zu bewundern: sie und den Ring.

Buck stöhnte und presste die unverletzte Hand auf seine Wunde. Teilnahmslos sah Evangeline zu, wie er seinen verletzten Arm umklammerte. Bald hörte sie Schritte; der Schiffsarzt kam um die Ecke, gefolgt von zwei bewaffneten Mitgliedern der Besatzung. Sie blieben mit offenem Mund stehen, als sie die hochschwangere Frau sahen, die mit einem Messer in der Hand auf dem blutverschmierten Deck vor dem blutenden Seemann stand.

»Ich nehme das, Miss Stokes«, sagte Dr. Dunne und streckte die Hand aus.

Evangeline gab ihm das Messer, und er reichte es einem der Matrosen. »Ziehen Sie Ihr Hemd aus und reißen Sie es in Streifen«, befahl er dem anderen, der ihm sofort gehorchte. Schweigend sahen sie zu, wie Dr. Dunne sich vor

Buck hinkniete und ihm den Arm abband. Als er fertig war, setzte er sich auf und wandte sich an einen der Matrosen. »Ist irgendjemand im Laderaum?«

»Im Moment nicht.«

»Fesseln Sie ihn und bringen Sie ihn dorthin.«

Buck, der seinen bandagierten Arm festhielt, protestierte: »Sie hat *nach mir* gestochen!«

»Um einen Überfall abzuwehren, wie ich gehört habe.«

Buck zuckte die Achseln. »Ach, kommen Sie, Officer. War nur n bisschen harmloser Spaß.«

»Harmlos wohl kaum. Sehen Sie sich an«, sagte Dr. Dunne.

»Bin überrascht, dass du noch lebst«, sagte Olive, als sie Hazel eine Stunde später in ihre Koje half.

»Nur wegen ihr.« Hazel nickte in Evangelines Richtung, die auf ihrem Schlafplatz lag, den Ellbogen aufgestützt.

Olive steckte Hazels Decke um sie herum fest. »Ist noch nicht lange her, da waren solche Dinge ganz normal, und niemand hat mit der Wimper gezuckt, wenn so was passiert ist.«

»Ja, und jetzt geht es so zivilisiert zu«, sagte Evangeline.

»Immerhin ist er im Laderaum«, sagte Olive. »So schnell belästigt der niemanden mehr.«

Noch Tage später waren die Spuren von Bucks Übergriff kaum zu übersehen: Die schmächtige junge Frau erledigte humpelnd ihre Aufgaben, der Bluterguss an ihrem Hals bildete eine dunkelviolette Linie, ein Auge war rot und geschwollen, die aufgeplatzte Lippe wulstig.

Ein Matrose meldete sich und verlangte nach dem Messer mit dem Perlmutt-Griff, das er, wie er sagte, schon seit Wochen vermisste. Buck habe sie damit bedroht, erzählte Hazel Dr. Dunne. Sie habe es nur vom Boden aufgehoben.

Der Kapitän verurteilte Buck zu zwanzig Peitschenhieben und drei Wochen im Laderaum.

Ein paar der Sträflingsfrauen standen mit den Matrosen an Bord, als die Züchtigung stattfand. Als Buck aus dem Laderaum heraufgebracht wurde, suchte er Evangelines Blick und starrte sie so lange an, bis sie wegsah.

Nachdem man ihn an den Mast gebunden hatte, schlüpfte sie durch die Menge davon, ging auf die andere Seite des Schiffs und versuchte, das Sausen der Peitsche und Bucks schmerzvolles Stöhnen zu überhören. Eines gar nicht fernen Tages würde sie ihr Baby auf die Welt bringen, und das Schiff würde ankommen, und sie würde ihre Strafe ableisten, und dann könnte sie das alles vielleicht hinter sich lassen. Sie würde dann noch nicht zu alt sein. Es gab einiges, was sie konnte: Nähen zum Beispiel und lesen. Tief in ihrem Inneren lag einiges verborgen: Gedichte, die Predigten ihres Vaters. Sie konnte aus dem Lateinischen übersetzen und jederzeit die griechischen Sagen abrufen, die sie als Kind gelesen hatte. Das musste doch für etwas gut sein.

Sie dachte an die beiden feinen Ladys, die vor dem Newgate-Gefängnis die Straße entlangspaziert waren, eingezwängt in Korsetts und Seidenstoffe und tief in ihren Konventionen verhaftet. Alles, was außerhalb ihres begrenzten Horizonts lag, hatte sie beunruhigt. Evangeline wusste mehr über das Leben, als diese beiden es je tun würden. Sie hatte die Erfahrung gemacht, dass sie Verachtung und Demütigung standhalten konnte – und dass es auch im größten Grauen Augenblicke der Gnade gab. Sie hatte erfahren, dass sie stark war. Und nun war sie einmal um die halbe Welt gefahren. Die behütete, weltfremde Hauslehrerin, die durch die Tore von Newgate gegangen war, gab es nicht mehr, an ihre Stelle war eine neue Person getreten. Sie erkannte sich selbst kaum wieder.

Sie war hart wie eine Pfeilspitze und stark wie ein Fels in der Brandung.

Die Medea, 1840

Weit draußen auf dem Indischen Ozean, fern von jeglichem Festland, sah Evangeline Kreaturen, die sie nur aus Legenden kannte: Delfine und Schweinswale sprangen vor dem Bug aus dem Wasser, weiter draußen tauchten Entenwale aus der Gischt auf und verschwanden wieder. An einem Nachmittag merkte sie, dass das Wasser vor lauter seltsamen durchsichtigen Gebilden wogte, manche sahen aus wie aufgeschnittene Zitronen, andere wie kleine Sonnenschirme, die anfingen zu leuchten, sobald der Himmel dunkler wurde. Dann war es, als würde das Schiff durch flüssiges Feuer gleiten.

»Man nennt sie Quallen.«

Evangeline drehte den Kopf. Dr. Dunne stand neben ihr, er trug dunkle Hosen und ein weißes Hemd mit offenem Kragen. »Quallen?« Sie lächelte. »Wie ungewohnt, Sie einmal nicht in Uniform zu sehen.«

Er blickte an sich hinunter. »Ich war gerade bei einer Operation. Ein brandiges Bein.«

»Ach je. Mussten Sie amputieren?«

»Leider ja. Er hat zu lange gewartet, was bei den Matrosen leider oft vorkommt. Sie halten sich für unbesiegbar.«

Den Blick auf den in der Hitze flirrenden Horizont gerichtet, fragte Evangeline: »Wie geht es Mr Buck?«

»Er ist ... nicht sehr glücklich, wie Sie sich denken können. Was Sie getan haben, war sehr mutig, Miss Stokes.«

»Eher tollkühn.«

»Das ist Mut häufig.«

Sie schaute auf und sah ihm in die Augen, die unter seinen dunklen Wimpern grünlich schimmerten.

Hinter ihnen ertönte eine Stimme. »Entschuldigen Sie, Sir.«

Sofort drehte Dr. Dunne sich um. »Ja, Matrose?«

»Eine Gefangene liegt in den Wehen, es scheint ihr nicht gut zu gehen. Können Sie kommen?«

Es war Olive. Stunden später, nachdem man die Frauen für die Nacht eingeschlossen hatte, konnte Evangeline ihre Schreie hören.

Am nächsten Morgen nach dem Frühstück liefen sie und Hazel über das Deck.

»Es dauert zu lange«, sagte Hazel.

»Glaubst du, du könntest helfen?«

»Ich weiß es nicht.«

Olives Matrose mit den schiefen Zähnen kam an ihnen vorbei, eine Flasche Rum an den Lippen.

Ein gellender Schrei ertönte.

»Versuchen könnte ich es jedenfalls«, sagte Hazel.

»Lass mich fragen.« Evangeline stürmte zur Leiter und stieg zum dämmerigen Zwischendeck hinunter. Ein Matrose, der vor dem Quartier des Schiffsarztes stand, trat ihr in den Weg.

»Ich muss zu Dr. Dunne«, sagte sie.

»Du bist ein Sträfling.«

»Evangeline Stokes. Nummer einhunderteinundsiebzig. Sagen Sie ihm Bescheid, dass ich hier bin?«

Der Matrose schüttelte den Kopf. »Gefangene dürfen hier nicht rein.«

»Es ist dringend.«

Der Matrose musterte sie von Kopf bis Fuß. »Du stehst kurz vor ...«

»Nein, nein«, sagte sie ungeduldig. »Es ist nur ... bitte. Sagen Sie ihm, dass ich hier bin.«

Er schüttelte den Kopf. »Er hat zu tun, kapierst du das nicht?«

»Doch, natürlich. Aber ich habe jemanden, der helfen kann.«

»Ich bin sicher, der Doktor hat alles im Griff.«

»Aber ...«

»Hör auf, meine Zeit zu verschwenden«, unterbrach er sie mit einer ungeduldigen Handbewegung. »Du siehst ihn früh genug.«

Der Tag wurde unendlich heiß. Das frisch geschrubbte Deck dampfte wie ein Kuchenblech. Hazel schlug die Bibel auf, las murmelnd ein paar Verse und klappte sie wieder zu. Evangeline arbeitete an dem Quilt für ihr Baby und versuchte, sich auf ihre Stiche zu konzentrieren.

Olives Schreie wurden leiser und verstummten dann ganz.

Evangeline sah Hazel an, die mit grimmigem Gesichtsausdruck ihre Finger knetete.

Sie redeten nicht. Es gab nichts zu sagen.

Die Sonne sank tiefer, ihr Schein ergoss sich über das Meer wie Flüssigkeit über eine poröse Oberfläche. Als die Frauen unter Deck geschickt wurden, versteckten sich Hazel und Evangeline hinter einem Stapel Hühnerkäfige am Heck.

Ein Matrose, der sie dort im Halbdunkel entdeckte, musste zweimal hinsehen. »He, ihr zwei. Sie schließen ab.«

»Wir warten auf den Arzt.« Evangeline umklammerte ihren Bauch. »Ich ... Bei mir ist es so weit.«

»Weiß er, dass du hier bist?«

»Können Sie ihm Bescheid sagen?«

Der Matrose starrte sie einen Augenblick an, offenbar unsicher, was er tun sollte. Dann zeigte er auf Hazel. »Die da hat keinen Grund zu bleiben.«

»Sie ist ...« Würde es etwas nützen, wenn sie es sagte? »Sie ist Hebamme.«

»Oh. Das ist meine Tante auch.«

»Wirklich?« Evangeline stöhnte theatralisch. »Puh. Bitte, könnten Sie ...«

Während er das Deck überquerte und die Leiter hinunter verschwand, flüsterte Hazel: »Gut gemacht.«

»Ich wünschte, das wäre mir schon früher eingefallen.«

Ein paar Minuten später tauchte der Matrose wieder auf, gefolgt von einem furchtbar blassen Dr. Dunne.

Evangeline trat vor. »Ist Olive ...«

»Sie ruht sich aus.«

»Und das Baby?«, fragte Hazel hinter ihr.

»Eine Totgeburt. Ich habe getan, was ich konnte.«

»Die Nabelschnur um den Hals«, sagte Hazel.

Er nickte, fuhr mit der Hand über die Knopfreihe seiner Jacke, fand einen offenen und schloss ihn. »Man hat mir gesagt, eine Gefangene habe Wehen. War das eine Lüge?«

Evangeline schluckte. »Ich glaube, es war ... falscher Alarm.«

Er sah sie scharf an. Dann wandte er sich an den Matrosen. »Ins Orlopdeck mit den beiden.«

Olive erschien am folgenden Nachmittag auf dem Hauptdeck, leichenblass und mit tiefen Ringen unter den Augen. Evangeline brachte ihr Tee mit gestohlenem Zucker. Hazel zerrieb getrocknete Kamillenblüten und rührte sie ebenfalls hinein. »Das beruhigt die Nerven«, sagte sie.

Olive hatte einen Jungen zur Welt gebracht, mit einem dunklen Haarschopf und Fingernägeln wie Perlmutt. Sie hatte nur einen kurzen Blick auf ihn erhascht, bevor man ihn mit einem Tuch zugedeckt und fortgebracht hatte.

Sie fragten nicht, was mit ihm geschehen war. Sie wussten es.

»Oh Gott, tun die weh«, sagte Olive und umfasste ihre Brüste.

»Dein Körper macht nur, was seine Aufgabe ist. Ich kann dir was dagegen geben«, sagte Hazel.

Sie schüttelte den Kopf. »Nein. Ich will es spüren.«

»Warum, Olive?«, fragte Evangeline.

Sie seufzte. »Ich wollte das Kind nicht. Hab mir oft gewünscht, dass ich es los bin. Aber dann ... Er war perfekt. Ein perfekter kleiner Junge.« Tränen schimmerten in ihren Augen. »Gottes Strafe.«

»Nicht Gott. Nur das, was eben manchmal passiert«, sagte Hazel.

Evangeline nickte. Einen Augenblick schwiegen alle. Dann sagte sie: »Nun, ich weiß nicht, ob das etwas hilft, aber ...« Sie holte tief Luft. »Wenn man einen Baum fällt, dann sieht man an den Ringen im Stamm, wie alt er ist. Je mehr Ringe, desto kräftiger der Baum. Also ... Ich stelle mir vor, ich wäre ein Baum. Und jeder Moment, der mir wichtig war, oder jeder Mensch, den ich geliebt habe, ist ein Ring.« Sie legte sich die Hand auf die Brust. »Sie sind alle hier drin. Und machen mich stark.«

Olive und Hazel sahen einander zweifelnd an.

»Ich weiß, es klingt dumm. Olive, was ich sagen will, ist: Ich glaube, dein Kind ist immer noch bei dir. Und wird es immer bleiben.«

»Vielleicht.« Olive schüttelte mit einem verhaltenen Lächeln den Kopf. »Ich hab mir noch nie vorgestellt, dass ich ein Baum wär, aber mich wundert nicht, dass du das tust, Leenie.«

»Immerhin hat sie dich zum Lächeln gebracht«, sagte Hazel.

Die Medea, 1840

Die Sträflingsfrauen hatten gelernt, den Himmel ebenso genau zu beobachten, wie die Matrosen es taten. Als er drei Tage später ein hässliches Gelb annahm, wussten sie, dass ein Sturm aufzog. Am frühen Nachmittag wurden sie unter Deck geschickt. Der Wind peitschte die See auf, die hohen Wellen ließen das Schiff tief herabstürzen, nur um es dann wieder anzuheben und erneut fallen zu lassen. Blitze durchzuckten den Himmel, züngelten direkt über dem Schiff. Regen prasselte herab, und die Matrosen schlitterten über das Deck, während sie sich mit den Seilen und Seilrollen abmühten. Wenn sie in den Wanten des Fockmastes hinaufkletterten, schaukelten sie hin und her wie Spinnen im Spinnennetz.

Das Schlingern und Schwanken stürzte das Orlopdeck ins Chaos. Frauen fielen aus ihren Kojen, waren seekrank und stöhnten, schrien und weinten vor Angst. Wasser drang durch die Ritzen über ihnen und tropfte ihnen auf die Köpfe. Bibeln flogen durch die Luft, Kinder heulten.

Evangeline knotete eine Ecke ihrer Decke an einem Pfosten ihrer Koje fest und wickelte sich den Rest um den Körper, eine provisorische Hängematte. Sie rollte sich dicht an der Wand zusammen, die Finger in den Ohren, und tatsächlich gelang es ihr irgendwie einzuschlafen.

Ein paar Stunden später wurde sie durch einen stechenden Schmerz im Unterleib geweckt. Sie lag noch einen Augenblick still da, lauschte auf das Prasseln des Regens und überlegte, was sie tun sollte. Es war so dunkel, dass sie noch nicht einmal die Koje über sich sehen konnte.

»Hazel.« Sie lehnte sich über den Gang, so dass sie die andere Seite erreichen konnte, wo das Mädchen liegen musste. »*Hazel*. Ich glaube, es geht los.«

Sie hörte ein Rascheln. »Wie fühlt es sich an?« Hazels Stimme klang erschöpft.

»Wie das, was ich Buck angetan habe.«

Hazel lachte.

»Das war kein Witz.«

»Ich weiß.«

In den nächsten Stunden, während die Wellen an den Schiffsrumpf schlugen und die *Medea* durch das Meer schaukelte, führte Hazel Evangeline durch die Wehen. Atme, befahl sie ihr, *atme*.

Als endlich die Luke zum Orlopdeck geöffnet wurde, half Hazel Evangeline die Leiter hinauf. »Die frische Luft wird dir guttun«, sagte sie.

Die meisten Frauen um sie herum waren still. Alle wussten, was Olive passiert war.

Der Himmel hatte die Farben eines Blutergusses, gelb

und violett, und das vom Wind aufgepeitschte Meer war dunkel, mit weißen Schaumkronen. Die Luft war salzig, Matrosen schrien einander vom Bugkorb bis zum Klüver Anweisungen zu, während sie die Segel festzogen und das Schiff durch die Wellen tobte.

Die beiden Frauen gingen auf dem Deck hin und her und blieben ab und zu stehen, wenn der Schmerz wieder über Evangeline hereinbrach oder ein Regenschwall niederprasselte. Zwischendurch ein Schluck Tee, ein Bissen Zwieback, hin und wieder ein Gang zum Abort oder ein unkonzentriertes Kartenspiel. Am Nachmittag lockte ein Aufruhr sie zum Heck: Buck – schmutzig, dünn, mit verfilztem Haar und eingefallenen Wangen – war aus dem Laderaum entlassen worden. Die drei Wochen waren um.

Er sah sie böse an. Spuckte aus.

»Mr Buck.«

Evangeline drehte sich um.

Dr. Dunne stand ein paar Meter entfernt, die Hände hinter dem Rücken verschränkt. »Ich muss Sie warnen: Halten Sie sich von diesen Frauen fern, oder Sie sitzen wieder im Laderaum.«

Buck hob die Hände. »Ich hab nix gemacht.« Er verzog die Lippen zu einem Grinsen und schlich davon.

Hazel sah Evangeline an. »Denk nicht an ihn.«

Sie versuchte es. Aber die Drohung, die in Bucks Grinsen gelegen hatte, war offensichtlich.

Die Zeit verging langsam. Der Schmerz wurde heftiger, hielt Evangeline fest in seinen Klauen. Sie konnte kaum noch stehen.

»Ich glaube, sie ist bereit«, sagte Hazel zu dem Arzt.
Er nickte. »Bringen Sie sie runter.«
Hazel half Evangeline die Leiter hinunter zum Zwischendeck. Im Untersuchungsraum, hinter einem Wandschirm, half sie ihr, ein Baumwollhemd anzuziehen. Als Evangeline fertig war, blieb Hazel in einer Ecke des Raumes stehen und machte keinerlei Anstalten zu gehen. Der Arzt verlor darüber kein Wort.

Evangeline delirierte und war schweißgebadet. Dr. Dunne fing an, Hazel bei Kleinigkeiten um Hilfe zu bitten. *Reichen Sie mir bitte einen nassen Lappen. Tupfen Sie ihr die Stirn ab.* Sie brachte ihm eine Schale mit Wasser und ein Stück Seife, und nachdem er sich die Hände gewaschen hatte, reichte sie ihm ein Handtuch zum Abtrocknen. Als sie merkte, dass Evangeline an der roten Kordel an ihrem Hals zerrte, nahm Hazel sie ihr ab und legte sie auf ein Regalbrett.

Nach zwei Stunden wurde deutlich, dass der Geburtsvorgang zum Stillstand gekommen war. Evangeline wischte sich mit dem Handrücken die Tränen ab. »Was ist los?«

»Steißlage.« Dr. Dunne setzte sich auf einen Stuhl und wischte sich mit dem Arm über die Stirn.

»Steißlage?«

Hazel trat näher zu ihr. »Dein Baby ist was Besonderes«, erklärte sie. »Kommt mit den Füßen zuerst.« Zu dem Arzt sagte sie: »Darf ich helfen? Ich weiß, wie es geht. Das Drehen.«

Er seufzte, dann hob er die Schultern, als wollte er sagen: *Also gut, wenn's denn sein muss.*

Hazel legte die Hand auf Evangelines Bauch und tastete ihn rundherum ab, die Finger gespreizt.

Evangeline starrte sie ängstlich an. »Geht es dem Baby nicht gut?«

Sie spürte Hazels kühle Hand auf ihrer. »Euch beiden wird es wunderbar gehen. Hör einfach auf meine Stimme. Einatmen.«

Sie atmete ein.

»Und jetzt aus.«

Sie atmete aus.

Hazel strich ihr übers Haar. »Beweg dich auf den Schmerz zu. Stell ihn dir vor wie... wie eine Laterne, die dir den Weg weist.«

Der Arzt lehnte sich auf seinem Stuhl zurück und beobachtete sie.

Evangeline fügte sich Hazels Anweisungen, atmete oder presste, wenn sie es ihr sagte, und folgte der Laterne ihres Schmerzes einen langen verschlungenen Pfad entlang. Sie begann die Wehen vorab zu spüren, wenn sie sich in ihr auftürmten, und schwamm auf jeder Welle mit bis zum Höhepunkt, wenn der Schmerz so heftig wurde, dass er sich beinahe in eine Art Rausch verwandelte. Der Regen trommelte über ihnen auf das Deck und verschluckte ihre Schreie. Sie spürte Hazels kleine Hände in sich, die das Baby schoben, drehten und lenkten. Sie merkte nicht mehr, ob sie gerade schrie oder still war, ob sie sich krümmte oder entspannte. Und dann... die Erlösung.

Der durchdringende Schrei eines Babys.

Sie hob den Kopf.

Die Zeit schien sich zusammenzuziehen und wieder auszudehnen. Evangelines Sinne kehrten zurück. Sie nahm den fischigen Geruch der Tranlampen wahr, den der Kerzen aus Schafstalg, die metallische Süße ihres eigenen Blutes. Sie blickte zu den breiten Balken der Kabinendecke hinauf, mit dicken Eisennägeln beschlagen, hörte leise den Regen auf das Deck prasseln, die letzten Ausläufer des Sturms.

Zu ihren Füßen stand Hazel mit ihrem verschmitzten Lächeln. Rotbraune Locken klebten ihr feucht an der Stirn, ihre Schürze war voller Blutflecken. In ihren Armen lag ein in eine Decke gehüllter Säugling. »Ein Mädchen.«

»Ein Mädchen.« Evangeline stützte sich mühsam auf die Ellbogen, um besser sehen zu können.

Dr. Dunne stopfte ihr ein zusätzliches Kissen unter den Kopf, Hazel reichte ihr das federleichte Bündel, und dann sah sie in die dunklen Augen eines Babys. Ihre Tochter, die sie anblickte. Hatte schon jemals ein Mensch sie so intensiv angesehen?

»Hast du einen Namen?«, fragte Hazel.

»Ich habe es nicht gewagt, so weit vorauszudenken.« Evangeline hielt die Kleine in ihrer Armbeuge, roch den hefigen Geruch ihres Haars, streichelte ihre winzigen Ohrmuscheln und die kleinen Finger, die aussahen wie Seeanemonen. War das vielleicht die Nase ihres Vaters?

Hazel bedeutete Evangeline, ihr Hemd zu öffnen, und legte ihr das Baby an die Brust. Dann tippte sie ihm auf die Unterlippe, damit es seinen winzigen Mund aufmachte. Als der Säugling andockte, fühlte sich Evangeline, als würde ihr die Brustwarze ausgerissen. »Je mehr sie saugt, desto schneller wird es dir besser gehen«, sagte Hazel.

Evangeline legte die Hand um das Köpfchen des Säuglings und ertastete mit dem Zeigefinger einen weichen Punkt in der Mitte. Überrascht sah sie zu dem Arzt auf.

Er lächelte. »Damit das Gehirn wachsen kann. Keine Sorge. Es wird sich schließen.«

»Damit das Gehirn wachsen kann«, staunte sie. »Wieso habe ich das nicht gewusst?«

Und sie dachte an all die Dinge, die sie früher nicht gewusst hatte.

Es war früher Abend, und sie waren noch im Quartier des Arztes. Das Baby lag in eine Decke gehüllt in Evangelines Arm. Der Arzt war in der Krankenstube und behandelte einen Matrosen, der die Grippe hatte. Hazel saß mit Dr. Dunnes Exemplar von *Der Sturm* auf einem Stuhl und bewegte die Lippen, während sie las.

Evangeline zeigte auf das Buch. »Wo bist du?«

»›Doch solcher niederen Magie schwöre ich nun ab; und habe ich erst die himm…‹« Sie brach ab.

»›Himmlische‹. S-C-H ist *sch*.«

Hazel nickte. »Himmli*sch*e. ›Die himmlische Musik gerufen – was ich hiermit tue –, um meine Absicht ihren Sinnen aufzuprägen…‹«

»›Denen dieser luftige Zauber gilt.‹«

»Das ist verdammt schwer«, sagte Hazel. »Du lehrtest mich sprechen, und mein Gewinn daraus: Ich kann fluchen.‹«

Evangeline lächelte. »Gut gemacht.«

Hazel klappte das Buch zu. »Wie fühlst du dich?«

»Wund. Und es ist so heiß. Dieser Raum ist so stickig.«

»In diesen Tagen ist es immer heiß. Sogar, wenn es geregnet hat.«

Evangeline lehnte sich in ihr Kissen zurück. Warf den Kopf hin und her. »Ich muss an die frische Luft.« Sie schaute auf das schlafende Baby. »Bevor sie aufwacht.«

»Du willst *jetzt* die Leiter rauf?« Hazel runzelte die Stirn. »An Deck ist es rutschig. Und dunkel.«

»Nur einen kurzen Augenblick.«

Hazel legte das Buch fort. »Dann komm ich mit.«

»Nein, bleib bei ihr. Bitte.«

»Aber du hast gerade erst …«

»Ich werde vorsichtig sein, versprochen. Ich will nicht, dass sie alleine ist.«

Evangeline schwang die Beine über die Bettkante, und Hazel half ihr aufzustehen. Von plötzlichem Schwindel ergriffen, schwankte Evangeline und stieß gegen das Bett.

Hazel beobachtete sie genau. »Das ist keine gute Idee.«

»Hazel, bitte. ›Windhauch meine Segel blähen muss; sonst ist mein Plan gescheitert.‹«

Hazel verdrehte die Augen. »›Ihr stopft mir meine Ohren voll mit Worten, gegen die der Magen meines Geistes sich auflehnt.‹«

»Oh!«, Evangeline klatschte in die Hände. »Du bist meine beste Schülerin.«

»Tja, und du meine beste Lehrerin. Meine einzige Lehrerin, um ehrlich zu sein.« Sie lächelte ihr verschmitztes Lächeln.

Evangeline lächelte zurück. »Schau nach meiner Tochter, während ich weg bin, ja?«

»Sie schläft. Es geht ihr gut. Beeil dich.«

Evangelines Bauch unter ihrem Hemd war schlaff, sie war barfuß und wackelig auf den Beinen. Langsam kletterte sie die Leiter hinauf, hielt auf jeder Sprosse kurz inne, um Atem zu holen. Oben angekommen, blieb sie stehen. Ihr Herzschlag dröhnte ihr in den Ohren, während sie hinauf in die samtige Dunkelheit und auf einen blassen Mond blickte. Obwohl der Himmel klar war, roch die Luft noch nach Regen. Evangeline holte tief Luft und überquerte das glitschige Deck, um an die Reling zu kommen. Unter dem Schiff brodelte tintenschwarzes Wasser, das im Mondlicht glitzerte. Sie schaute hinaus auf die schöne, weite Wasserfläche.

Als sie ein Geräusch hinter sich hörte, drehte sie sich um.

Eine Gestalt kam auf sie zugestürmt. Ein Mann. In dem schwachen Licht konnte sie sein sandfarbenes Haar und seine nackten Arme erkennen, seine kantigen Kieferknochen. Und dann war er über ihr, die Hände auf ihren Schultern.

Buck.

»Nein«, keuchte sie. »Was machen …«

Er drückte sie gegen die Reling. »Jetzt wirst du büßen.«

Sie konnte ihn riechen – Schweiß und Alkohol. Spürte

seinen Atem an ihrem Hals. Noch einmal stieß er sie gegen die Reling, diesmal mit solcher Wucht, dass ihr die Messingnägel in den Rücken stachen. Sie spürte, wie ihre Beine nachgaben und ihre Füße wegrutschten. Und dann hob er sie hoch, höher, auf die Höhe der Reling, die muskulösen Arme fest um ihren Rücken. »Nein – nein! Was haben Sie ...«

»Halt!«, kreischte eine Frau. Es war Hazel. »Halt!«

Einen Augenblick schwebte Evangeline über dem harten Holz der Reling. Dann ließ Buck los, und die Welt geriet in Schräglage. Sie schrie, als sie rückwärts durch die Dunkelheit fiel. Ihr Baby lag in Decken gewickelt im Quartier des Arztes, und sie war hier und stürzte ins Leere. Ihr Verstand weigerte sich, das zu glauben. Es konnte nicht sein. Es ergab keinen Sinn.

Sie kam mit der Schulter zuerst auf dem Wasser auf, ein harter Schlag, ein plötzlicher Schmerz. Sie bewegte instinktiv die Beine, aber die hatten sich in ihrem Hemd verfangen, und sie wusste nicht, was sie tun sollte. Ich kann nicht schwimmen, dachte sie, ich weiß nicht, wie man an der Oberfläche bleibt.

Ihre Tochter auf ihrem Geburtsbett, allein.

Mein Baby ließ ich liegen hier, denn Blaubeern wollt ich sammeln gehn...

Sie sank. Erst langsam, dann war ihr Kinn unter Wasser. Die Lippen. Die Nase, die Augen. Sie strengte sich an, um in der unscharfen Dunkelheit etwas zu erkennen, und das Salzwasser brannte ihr in den Augen. Verzweifelt ruderte sie mit den Armen, mühte sich mit ihrem Hemd ab, die

Augen weit aufgerissen, und versuchte, sich an die Oberfläche zu kämpfen, zum Licht hin. Aber sie sank immer tiefer, schwebte schwerelos im Raum. *Allein, allein, und ganz allein, auf weiter, weiter See!* Ihr Hemd blähte sich, dünn wie ein Taschentuch ... Cecils weißes Taschentuch; Löwe, Schlange, Krone ... *Und sie war schön wie die Rose im Mai ...* Alles fort, verloren. Der Rubinring. Das Taschentuch. Die Blechmarke an der roten Kordel.

Irgendwo aus den Tiefen ihres Verstands tauchte etwas auf, das sie einmal über das Ertrinken gelesen hatte – dass das Grauen daher rührte, dass man Widerstand leistete, dass man es nicht akzeptieren wollte. Sobald man losließ, war es nicht so schlimm; dann sank man einfach im Wasser hinab, hinein ins kühle Vergessen.

Zur Nacht, am Tag, die Dinge kann ich nicht mehr sehn, wie ich sie einmal sah.

Sie schloss die Augen. Schob das Grauen fort und zog sich tiefer und tiefer in sich selbst zurück. Jetzt war sie in der Diele des Pfarrhauses in Tunbridge Wells, nahm ihre Haube vom Haken, öffnete die schwere Haustür, trat hinaus auf die steinerne Vortreppe und schloss die Tür hinter sich. Ging weiter auf den Pfad, einen Korb über dem Arm. *Es gab die Zeit, da Wiese, Fluss, des Waldes Saum / auch wenn es ungewöhnlich nicht, / was ich da konnte schaun, / gekleidet schien mir in ein Himmelslicht ...* Sie ging an der Ligusterhecke entlang, in der auch wilde Rosen wuchsen, an der alten Weide, die im Wind rauschte. Hörte das Läuten einer Kirchenglocke, einen Specht, der an einen Baumstamm klopfte, das Bellen eines Hundes. Bald würde sie den Fluss auf der steinernen Brücke überqueren, die zum Bergpfad führte, mit seinen schroffen Felsen und dem süßsauren Gras, den weidenden Schafen und den lila Disteln. Ihr liebster Platz auf der Welt, gleich hinter der Kurve.

MATHINNA

Vor etwa zwei Wochen wurden die letzten Ureinwohner eingefangen und nach Flinders Island gebracht, unser kleines Eingeborenenmädchen bleibt als Einzige zurück. Sie macht Fortschritte, denke ich, aber es wird lange dauern, bis sie einigermaßen zivilisiert ist.

Aus dem Tagebuch von Eleanor Franklin, *1840, Tochter von* Sir John Franklin, *Gouverneur von Van-Diemens-Land 1837–1843*

Government House, Hobart Town, 1840

Groß, hängende Schultern, breite Stirn, helle, kaum sichtbare Wimpern und gelbblondes Haar – Eleanor Franklin war wirklich nicht besonders hübsch. Und sie war der erste Mensch auf Van-Diemens-Land, der sich Mathinna gegenüber vollkommen unbefangen zeigte. »Oh, hallo. Die sind hartgekocht«, sagte sie, als Sarah ihr Mathinna am Morgen nach deren Ankunft beim Frühstück vorstellte, und zeigte auf eine Schale. »Ich *hasse* hartgekochte Eier.«

Während sie aßen, konnten sie hören, wie die Haushälterin, Mrs Crain, flüsternd mit einer älteren Dame sprach – es war Miss Williamson, die Hauslehrerin, die die Familie aus England mitgebracht hatte. »Es hat gereicht, dieses Experiment einmal zu machen, mit diesem unbelehrbaren Jungen. Dass ich jetzt noch einmal eine Wilde erziehen soll, ist zu viel verlangt.«

»Es ist der Wunsch von Lady Franklin, nicht meiner«, erwiderte Mrs Crain. »An die können Sie sich wenden, wenn Sie möchten.«

Eleanor sah auf. »Ich könnte das Mädchen unterrichten. Immerhin kommt dann mein Französisch zum Einsatz, schließlich kann ich hier sonst gar nichts damit anfangen. Hier ist es so *langweilig*.«

Und so kam es, dass sich Mathinna und Eleanor an drei Tagen in der Woche für drei Stunden nach dem Frühstück im Schulzimmer trafen. Eleanor behandelte Mathinna so, wie sie auch mit ihrem Hund Sandy umging: mit milder, oberflächlicher Zuneigung. Was Eleanor an Klugheit fehlte, machte sie durch Fleiß wett; gewissenhaft brachte sie Mathinna Addition, Subtraktion und Rechtschreibung bei. Einmal überlegte sie sich eine Lektion in Architektur, zeigte Mathinna Zeichnungen von Bauwerken im gotischen Stil, mit faszinierenden Fratzen und Wasserspeiern, und von Bauwerken in klassischer Architektur, bestrebt, Ausgewogenheit und Harmonie zu erreichen. Der Stil von Hobart Town entspreche der langweiligen Georgianischen Architektur, sagte sie, überall Ziegeldächer und Sandsteinfassaden. Wie auch das Government House, das Gebäude, in dem sie wohnten.

Eleanor erklärte ihr das Prinzip des Kalenders – Tage setzten sich zu Wochen zusammen und Wochen zu Monaten und zu Jahren –, und obwohl Mathinna gut aufpasste, konnte sie den Sinn nicht wirklich erfassen. Der Lehrer in Flinders hatte immer einen aufgeschlagenen Terminkalender vor sich auf dem Tisch gehabt, in dem er genaue Angaben zu den Jahreszeiten, zum Wetter und zu seinen Erkundungsgängen auf der Insel notierte, aber die Palawa-Älteren spotteten über solche Aufzeichnungen. Wussten diese Kolonisatoren denn nicht, dass die Zeit nicht in einer Linie von Vergangenheit zu Zukunft verlief, sondern alles zusammenhing? Dass Geister und Menschen, Tiere und Pflanzen durch das Land miteinander verbunden waren, dass Vorfahren und Nachkommen in einem einzigen ewigen Moment vereint waren? Mathinna fing an, das zu erklären, so gut sie konnte, aber da wurde Eleanors Blick abwesend und starr, und sie knibbelte an ihren Fingernägeln, bis Mathinna aufhörte zu reden.

Der Französischunterricht brachte mehr Erfolg. Sie übten mit Eleanors Marionettensammlung. Nach ein paar Wochen führten die Puppen – eine blonde Prinzessin mit Tiara, in einem taubenblauen Ballkleid, und ein Bergmädchen im Dirndl – ein Gespräch.

Bonjour, comment vous appelez-vous?
Bonjour, Madame, je m'appelle Mathinna.
Enchantée de faire votre connaissance.
Merci, Madame. Je suis enchantée également.

Schon bald liebte Mathinna die Melodie dieser Sprache. Sie fand das Französische logisch und schön – viel hübscher als das Englische mit seinen ärgerlichen Widersprüchen und geschmacklosen Phrasen. Zudem gab es ein Theaterstück, das ihr gefiel, es begann mit Hexen auf einer schottischen Heide, die um einen Kessel herumstanden, und es kam ein Ehepaar darin vor, das sie ein wenig an Lady Franklin und Sir John erinnerte. Und sie mochte auch das Stück, in dem es um ein Schiff ging, das auf einer fernen Insel strandet. Eleanor entschied, dass sie es laut lasen.

»Zwar lerntest du«, deklamierte Eleanor in der Rolle

der Miranda, »»doch war deiner niederen Rasse etwas eigen, dessen Nähe edle Naturen nicht ertragen. Deshalb warst du, wie du *verdientest*, in den Felsen gesperrt; du hattest mehr verdient als ein Gefängnis.«« Und Mathinna-Caliban antwortete: »»Wie ich dir sagte, bin ich einem Tyrannen ausgeliefert, einem Zauberer, der mich durch Arglist um die Insel betrog.««

Eleanor drehte eine Holzkugel und fuhr mit dem Finger über sieben Kontinente und fünf Ozeane. »Hier«, sagte sie und tippte auf einen Fleck in der nördlichen Hemisphäre, auf der gegenüberliegenden Seite von Van-Diemens-Land, der aussah wie ein Känguru. »Hier bin ich geboren.« Sie tippte auf London, Paris und Rom – wichtige Städte, sagte sie –, dann fuhr sie mit dem Finger an der gezackten Küstenlinie entlang, bis zum unteren Zipfel von Afrika, dann über eine große blaue Fläche. »Und das ist die Route, die wir genommen haben, um an diesen gottverlassenen Ort zu gelangen. Wir haben vier Monate auf See verbracht!«

Mathinna berührte die herzförmige Erhebung von Van-Diemens-Land. Dann verfolgte sie mit dem Zeigefinger ihre eigene Reise, an der rechten Seite der Insel hinauf bis zu dem winzigen Fleck, der ihre Heimat bezeichnete. Auf der Karte des Kapitäns hatte Van-Diemens-Land riesig und Flinders Island ganz klein ausgesehen. Auf diesem Globus war es kaum mehr als ein Felsbrocken im Ozean, zu winzig und unbedeutend, um einen Namen zu haben. Es schien, als wäre der Ort, den sie liebte, mit all den Menschen, die dort lebten, ausgelöscht worden. Niemand wusste auch nur, dass sie existiert hatten.

Hier an diesem merkwürdigen neuen Ort suchte Waluka ständig Mathinnas Nähe. Seine Angst weckte ihren Beschützerinstinkt. Das Tier verschlief einen Großteil des Tages in ihrer großen Schürzentasche, aber ab und zu kam es heraus und kletterte an ihr hinauf, stupste sie mit seiner feuchten Nase an und kuschelte sich in ihre Halsbeuge. Abends sollte sie Waluka in einen Käfig sperren, den man ihr extra zu diesem Zweck aufs Zimmer gebracht hatte, aber sobald sie die Tür geschlossen und ihre Kerze ausgeblasen hatte, schob sie den Riegel zurück und ließ das Tier in ihr Bett kommen.

Sie verbrachte so wenig Zeit wie möglich in ihrem Schlafzimmer mit dem vernagelten Fenster und den unheimlichen Schatten, die das Kerzenlicht warf. An milden Tagen, wenn sie nicht mit Eleanor im Schulzimmer war, streifte sie mit Waluka in der Tasche über den gepflasterten Hof. Dort sah sie den Stallknechten zu, die die Pferde fütterten und striegelten oder den Sauen im Schweinestall den Rücken kratzten, während sie sich den Klatsch und Tratsch der Sträflingsmägde anhörten, die Wäsche wuschen und hinter dem Haus an die Leine hängten.

Alle waren sich weitgehend einig, dass Lady Franklin genug Verstand und Ehrgeiz besaß, um diese schwer kontrollierbare Kolonie zu führen, während Sir John mit seiner Ritterwürde für das Prestige sorgte. Die Mägde sprachen von ihm mit einer gewissen milden Verachtung. In ihren Augen war Sir John ein Verrückter, der ständig in Schwierigkeiten geriet. Es gab unzählige Geschichten über seine Missgeschicke – wie zum Beispiel, als er mit halb rasiertem und halb eingeseiftem Gesicht aus dem Haus gestürmt war und nach einer Kutsche verlangt hatte. Sie spotteten darüber, wie er sich seine wenigen verbleibenden Haarsträhnen quer über den Kopf kämmte. Sie kicherten über den komischen Anblick, den er beim Reiten bot, mit seinem Bauch, der ihm über die Hose hing und über dem seine Weste spannte.

Sir John hatte als Forscher Berühmtheit erlangt, aber die Reisen, die er leitete, wurden von Mal zu Mal verhängnisvoller. Eine Expedition ins nördliche Kanada endete damit, dass die Überlebenden ihre Stiefel und möglicherweise auch einander verspeisten, und eine andere zum nördlichen Polarkreis wurde so schlimm, dass die wenigen Übriggebliebenen schließlich aufgaben und zurück nach England flohen. Erst nachdem Lady Franklin energisch für die Verdienste ihres Mannes geworben hatte, wurde er für sein Scheitern mit der Ritterwürde belohnt.

Zur allgemeinen Belustigung trug auch die Art bei, wie Lady Franklin Eleanor behandelte. Eleanor stammte aus Sir Johns erster Ehe mit einer Frau, die tragisch früh verstorben war, und Lady Franklin, die selbst keine Kinder hatte, tolerierte sie mit kaum verhohlener Ungeduld. Wenn sie eine Begegnung nicht vermeiden konnte, dann setzte sie ihr mit kritischen Bemerkungen zu, die sie als Fürsorge tarnte. »Geht es dir auch gut? Du bist schrecklich blass.« »Liebes Kind, dieses Kleid ist so unvorteilhaft! Ich muss mal ein ernstes Wörtchen mit der Schneiderin reden.«

Eines Tages erlebte Mathinna eine solche Situation mit, als sie und Eleanor Lady Franklin im Flur begegneten.

»Haltung, Eleanor«, sagte Lady Franklin im Vorbeigehen, »du willst doch nicht, dass man dich mit einem Küchenmädchen verwechselt.«

Eleanor sah aus, als hätte man ihr einen Kübel Wasser ins Gesicht geschüttet. »Ja, Ma'am«, sagte sie. Aber als Lady Franklin um die Ecke verschwunden war, ließ sie komisch die Schultern hängen, winkelte die Arme an wie Flügel und watschelte wie ein Pinguin, was Mathinna zum Kichern brachte.

Lady Franklin hatte wenig Zeit für Mathinna, so beschäftigt war sie damit, hohen Besuch zu unterhalten, Tagebuch zu führen, Ausflüge mit Picknicks auf dem Mount Wellington zu organisieren oder mit Sir John kleine Reisen zu unternehmen, bei denen sie auch über Nacht fortblieben. Aber ein paar Mal im Monat lud sie eine Gruppe von Damen – Ehefrauen von Kaufmännern oder Regierungsbeamten – in den getäfelten Salon zu Tee und Kuchen ein, und bei diesen Gelegenheiten rief sie dann Mathinna dazu, damit sie ihr neu gelerntes Französisch und ihre guten Manieren vorführte.

»Was möchtest du diesen Ladys sagen, Mathinna?«

Mathinna knickste pflichtschuldig. *»Je suis extrêmement heureuse de vous rencontrer toutes.«*

»Wie Sie sehen können, hat sie bemerkenswerte Fortschritte gemacht«, sagte Lady Franklin.

»Oder hat zumindest schauspielerisches Talent«, sagte eine der Damen hinter ihrem Fächer.

Die Damen stellten eine Menge Fragen. Sie wollten wissen, ob Mathinna jemals richtige Kleidung getragen habe, bevor sie nach Hobart Town gekommen war. Ob sie Schlangen und Spinnen gegessen hatte. Ob ihr Vater mehrere Frauen gehabt hatte, ob sie in einer Hütte aufgewachsen sei, ob sie an Geister glaube. Sie bestaunten ihre braune Haut, drehten ihre Hände, um ihre Handflächen zu betrachten. Sie betasteten ihr wolliges Haar, schauten ihr in den Mund und bestaunten ihr rosafarbenes Zahnfleisch.

Bald fürchtete Mathinna diese Nachmittage im Salon. Sie hasste es, wenn man sie anfasste und über sie tuschelte. Manchmal wünschte sie sich, weiß zu sein oder unsichtbar, nur um den Blicken, dem Tuscheln und den unhöflichen, herablassenden Fragen zu entgehen.

Wenn sie genug von ihr hatten, setzte sich Mathinna in eine Ecke und legte eine Patience, das hatte Eleanor ihr beigebracht. Während sie die Karten aufdeckte und anlegte, hörte sie, wie die Damen über die Unannehmlichkeiten lamentierten, die ein so weit von der Zivilisation entferntes Leben mit sich brachte. Sie beklagten sich darüber, dass sie nicht alle Dinge bekommen konnten, die sie haben wollten – diese modischen Hüte aus der Toskana zum Beispiel und armlange Glacéhandschuhe, Betten aus Mahagoni und Kronleuchter aus Glas, Champagner und Gänseleberpastete. Auch den Mangel an fähigen Handwerkern beklagten sie. Die Unmöglichkeit, gute Hilfskräfte zu finden. Das Fehlen von Zerstreuungen, Opern- und Theaterbesuchen etwa. »Ich meine gutes Theater«, stellte Lady Franklin klar. »Scheußliche Inszenierungen kann man in Hobart Town jeden Tag besuchen.« Sie ärgerten sich über den Zustand ihrer Haut, die brannte, leicht austrocknete und Blasen, Sommersprossen oder Ausschläge zeigte und empfindlich auf Insektenstiche reagierte.

Diese Ladys hatten so viele merkwürdige Sitten! Sie zwängten sich in komplizierte Kleidungsstücke: Korsetts mit Fischbein, Hüte mit Schleifen und Bändern, unpraktische Schuhe mit spitz zulaufenden Absätzen, die abbrachen, wenn sie im Schlamm stecken blieben. Sie aßen luxuriöse Speisen, die dick machten und ihnen auf den Magen schlugen. Sie schienen ständig unzufrieden zu sein, verglichen immerzu ihr Leben mit dem der Bürgerinnen von London, Paris oder Mailand. Warum blieben sie dann hier, fragte sich Mathinna, wenn sie es so sehr hassten?

Regelmäßig an jedem Montagmorgen hielt eine schwarze Kutsche vor dem Government House, und der Kolonialsekretär stieg aus, zusammen mit seinem Hund. John Montagu, ein Mann mit beginnender Glatze und selbstzufriedenem Gesicht, trug einen Zweireiher über der enganliegenden Weste, ein Hemd mit hohem Stehkragen und eine schwarze Fliege. Sein Hund, eine muskelbepackte Bestie mit flacher Schnauze und kurzen Ohren, verhielt sich feindselig gegenüber allen außer seinem Herrn, dem die nervöse Aggressivität des Tiers zu gefallen schien. »Jip kann problemlos ein Känguru überwältigen«, prahlte Montagu gegenüber jedem, der es hören wollte. Es ging das Gerücht, dass er den Hund mit ins Government House brachte, um Sir John, seinen heimlichen Rivalen, zu beeindrucken oder vielleicht sogar einzuschüchtern.

Während der Stunde, die das wöchentliche Treffen der beiden Männer dauerte, streifte der Hund durch den Hof. Eines Tages wurde eine Sträflingsmagd von ihm angegriffen. Er schnappte nach ihrem Rock und zerrte sie zu Boden, so dass sie sich den Arm brach. »Unschöne Sache«, sagte Montagu, als er davon hörte. »Aber ich habe diese Gefängnisweiber davor gewarnt, Jip in die Quere zu kommen.«

Auf Flinders war Mathinna oft hungrig zu Bett gegangen. In den Bergen von Van-Diemens-Land hatten die Palawa gejagt, und an der Küste hatte es reichlich Nahrung gegeben, aber die kleinere Insel, auf die man sie umgesiedelt hatte, war in großen Teilen unfruchtbar, und die Missionare gaben nichts von ihren Vorräten ab.

Hier dagegen gab es reichlich zu essen, auch wenn vieles davon merkwürdig schmeckte. Hammelkoteletts und Erbsenpüree, kaltes Toastbrot, das senkrecht in einem silbernen Halter stand, kleine weiße Reiskörner, die Mathinna zuerst für Maden hielt. Die Franklins tranken zu jeder Mahlzeit kochend heißes Wasser mit darin eingeweichten Kräutern, und der bittere Geschmack wurde nur durch den Zucker abgemildert, der jeden Geschmack verbesserte, wie Mathinna schnell feststellte.

An einem Sonntag, als ein englischer Bischof mit seiner Frau und ihrer kleinen Tochter zu Besuch kam, luden die Franklins Mathinna zu einem gemeinsamen Mittagessen im Speisesaal ein. Bei kalter Fasanenpastete und Kalbshirn in Aspik fragte der Bischof Mathinna, was Eingeborene gerne aßen. Sie erzählte ihm von der Sturmtaucherjagd und wie man die Vögel aus ihrem Loch zog, ihnen den Hals umdrehte und sie auf ein Feuer warf. Sie führte vor, wie man den Großteil der Federn ausrupfte und den Rest ausspuckte, wenn man darauf biss.

»Mathinna!«, keuchte Eleanor auf.

Sir John kicherte. »Sie hat ganz recht, wissen Sie. Warum sollte man die einen Vögel essen und die anderen nicht? So mancher Forscher ist schon umgekommen, weil er unnötige Skrupel hatte, sich etwas in den Mund zu stecken.«

Alle anderen am Tisch schwiegen. Der Bischof machte ein angewidertes Gesicht. Lady Franklin sah entsetzt aus. Mathinna ärgerte sich über sich selbst und wünschte, sie hätte nichts gesagt. Einen kurzen Augenblick hatte sie vergessen, wie sonderbar diese Leute waren.

»Das stimmt alles gar nicht«, sagte sie schnell. »Ich habe es bloß erfunden.«

Nach einer kurzen Pause fing der Bischof an zu lachen. »Was für ein sonderbares Geschöpf!«, rief er aus und wandte sich an Sir John. »Ich könnte alles glauben, was sie mir über ihr Volk erzählt, so weit entfernt ist seine Lebensweise von der unsrigen.«

»Vielleicht sollten die Mädchen jetzt aufstehen«, sagte Lady Franklin. »Sarah, könntest du die beiden an die frische Luft bringen?«

Mathinna seufzte. Lady Franklin hatte schon öfter die Kinder ihrer Freunde aufgefordert, mit ihr zu spielen, und das war selten gutgegangen. Sie schienen nicht zu wissen, wie sie Mathinna behandeln sollten: als eine von ihnen, wie eine Bedienstete oder wie ein fremdartiges Haustier, von dem man nicht wusste, ob es einen anspringen und beißen könnte.

Als sie im Garten waren, kraxelte Mathinna sofort auf einen Eukalyptusbaum und hängte sich über einen seiner dicken Äste, während Emily, die Tochter des Bischofs, fröstelnd unten stand. Mathinna schaute durch die spitzen Blätter zu ihr hinunter und rief: »Kletter zu mir hoch!«

»Meine Mama erlaubt das nicht. Es ist gefährlich«, sagte Emily, während sie in ihren förmlichen Kleidern dastand und zu Mathinna hinaufblickte.

Mathinna stieg wieder hinunter. »Was willst du dann machen?«

»Ich weiß es nicht.«

»Willst du mein Possum sehen?«

»Vielleicht schon.«

»Mama hat auch so eins«, sagte Emily, als Mathinna Waluka nach draußen brachte. »Aber es ist tot. Sie trägt es als Pelz um den Hals. Es hat immer noch seine kleinen schwarzen Augen.«

Mathinna steckte Waluka zurück in ihre Rocktasche. Alles, was sie auf Flinders glücklich gemacht hatte, wurde hier als kindisch, wild und fremd betrachtet. Eine »junge Dame« durfte nicht barfuß und nur halb bekleidet durch die Gegend laufen, laut rufen, auf Bäume klettern oder ein Possum als Haustier haben. Von jetzt an würde sie Waluka versteckt halten, wenn Fremde da waren. Sie würde nicht mehr von der Sturmtaucherjagd erzählen. Sie würde nicht mehr über ihre Vergangenheit sprechen.

An diesem Abend, in ihrem dunklen Zimmer, tanzte sie mit Waluka auf den Schultern, so wie sie es auf dem weißen Sand von Flinders getan hatte, eine Hand auf dem schmalen Rücken des Tiers, um es festzuhalten. Vielleicht hatte Lady Franklin recht, und es wäre einfacher, wenn sie Flinders aus ihren Gedanken verbannte, seine Menschen und ihre Lebensweise vergaß. Vielleicht wäre dann das Leben an diesem fremden Ort leichter. Vielleicht würde sie sich dann nicht so schmerzlich allein fühlen.

Government House, Hobart Town,
1840 – 1841

Als Eleanor achtzehn Jahre alt wurde, organisierten die Franklins einen Bootsausflug für sie. Zu Lady Franklins Neunundvierzigstem überraschte Sir John sie mit einer signierten Ausgabe von *Oliver Twist* und einer Reise nach Melbourne. Anlässlich von Sir Johns Fünfundfünfzigstem gab Lady Franklin ein großes offizielles Bankett. Mrs Wilson bekam zu ihrem Geburtstag mit großem Tamtam einen bezahlten freien Tag.

Mathinnas Geburtsdatum kannten die Franklins genauso wenig wie sie selbst, daher wählten sie ein zufälliges Datum: den achtzehnten Mai, drei Monate nach dem Tag ihrer Ankunft in Hobart Town.

»Mrs Wilson könnte wenigstens einen Kuchen für sie backen«, hörte sie ein paar Tage vorher Eleanor zu Lady Franklin sagen. »Sie wird neun. Alt genug, um es mitzubekommen.«

»Sei nicht albern«, antwortete Lady Franklin. »Ihre

Leute sind sich solcher Dinge nicht bewusst. Es wäre, als würde man den Geburtstag eines Haustiers feiern.«

Aber Mathinna war sich dieser Sache sehr wohl bewusst. Dass man ihr erst einen Geburtstag zuwies und ihr dann die Aufmerksamkeit verweigerte, die üblicherweise damit verbunden war, fand sie furchtbar. Sie übte am Morgen ihres Geburtstags mit Eleanor Französisch (die anscheinend vergessen hatte, dass dieser Tag irgendeine Bedeutung hatte), bekam in der Küche bei Mrs Wilson ein normales Mittagessen und verbrachte den Nachmittag damit, mit Waluka über das Anwesen zu streifen. Sie hoffte immer noch, dass man sie mit einem Kuchen überraschte, aber die Stunden vergingen, ohne dass irgendetwas passierte. Nur Sarah verlor ein Wort darüber, als sie nach ihrem einsamen Abendbrot in Mathinnas Zimmer Wäsche einräumte. »Ich hab gehört, dass heute dein Geburtstag ist. Zu meinem sagt auch nie jemand was. Ist nur wieder ein Jahr weniger bis zu meiner Freilassung.«

Anders als Lady Franklin schien Sir John Mathinnas Gesellschaft aufrichtig zu schätzen. Er brachte ihr Cribbage bei – sie nannte es das Känguru-Spiel, weil man die kleinen Stifte über das Spielbrett springen ließ – und rief sie oft am späten Nachmittag zu sich, damit sie mit ihm spielte. Er lud sie ein, vor dem Frühstück zu ihm und Eleanor in den Garten zu kommen, zu seinem »Morgenrundgang«, wie er es nannte, unter den Eukalyptus- und Maulbeerbäumen, die überall auf dem Anwesen standen. Auf diesen Spaziergängen brachte er ihr bei, die Blumen, die sie aus England importiert hatten, zu bestimmen: rosa-weiße Teerosen, Narzissen, violetten Flieder mit winzigen länglichen Blüten.

Als Mathinna eines Morgens in den Garten kam, stand Sir John neben einer Kiste, die mit einem Tuch bedeckt war. Mit einer großartigen Geste zog er wie ein Zauberer das Tuch weg und brachte einen Käfig zum Vorschein, in dem ein prächtiger schwarzer Vogel mit gelben Flecken am Schwanz und an den Seiten des Kopfes saß. »Montagu hat mir diesen verdammten Kakadu geschenkt, und ich weiß nicht, was ich damit machen soll«, sagte er kopfschüttelnd. »Niemand will ihm zu nahe kommen. Ab und zu gibt er ein schreckliches Geräusch von sich, eine Art ... Heulen.«

Wie aufs Stichwort öffnete der Vogel seinen Schnabel und stieß ein schrilles *Ki-o, Ki-o* aus.

Sir John zuckte zusammen. »Siehst du, was ich meine? Ich habe ein paar Recherchen angestellt und herausgefunden, dass ein britischer Naturforscher namens George Shaw diese Art entdeckt hat. Er hat sie *Psittacus funereus* genannt, oder Rabenkakadu, weil er aussieht, wie für eine Beerdigung angezogen. Obwohl die Benennung des östlichen gegenüber dem südlichen Gelbschwanz-Rabenkakadu fragwürdig ist ... nun ja, wie auch immer. Auf jeden Fall habe ich ihn jetzt wohl am Hals.«

»Warum lassen Sie ihn nicht frei?«, fragte Mathinna.

»Das würde ich gerne, glaub mir.« Er seufzte. »Aber offenbar verlieren solche Geschöpfe, wenn sie in Gefangenschaft aufwachsen, die Fähigkeit, in der Wildnis zu überleben. Außerdem kann ich es mir nicht leisten, Montagu zu beleidigen, wo er doch mit der Strafgefangenenarbeit befasst ist. Du scheinst dieses Tier da gezähmt zu haben...« Er zeigte auf Mathinnas Tasche, in der sich Walukas kleiner Körper abzeichnete. »Tatsächlich hat dein Volk, anders als wir Europäer, einen natürlichen Bezug zur Tierwelt. Es ist der Natur näher und so weiter. Hiermit vertraue ich dir diesen Vogel an.«

»Mir?«, fragte Mathinna. »Was wollen Sie, dass ich mit ihm tue?« Sie schaute durch die Gitterstäbe auf den verdrießlich dreinblickenden Kakadu, der von einem Fuß auf den anderen trat. Sie sah, wie er einen grünen Zapfen mit der Kralle hochhob und die Kerne herauspickte. Sein Kamm, kurz und tintenschwarz, verlieh ihm etwas Einschüchterndes. *Ki-o.*

»Einfach... Ich weiß nicht. Wir finden eine Magd, die ihn füttert und seinen Käfig sauber macht. Und du kannst... mit ihm reden, denke ich.«

»Sie können das nicht?«

Sir John schüttelte den Kopf. »Ich habe es versucht, Mathinna, wirklich. Wir beide sprechen nicht dieselbe Sprache.«

Mathinna war mit Eleanor im Schulzimmer und übte schreiben, als Mrs Crain den Kopf durch die Tür streckte. »Lady Franklin möchte, dass Mathinna ins Kuriositätenzimmer kommt. Sie soll das rote Kleid anziehen. Sarah hat es gebügelt und wartet in Mathinnas Zimmer auf sie.«

Mathinna spürte wieder die bekannte Furcht in sich aufsteigen. »Was will sie von mir?«, fragte sie.

Mrs Crain lächelte knapp. »Nachfragen steht dir nicht zu.«

Als sie das Zimmer verlassen hatte, verdrehte Eleanor die Augen. »Du weißt doch, wie gerne Jane mit dir angibt. Damit, wie sie dich zivilisiert hat.«

Sarah half Mathinna beim Anziehen und begleitete sie die Treppe hinunter.

»Ah! Da ist sie ja.« Lady Franklin wandte sich an einen dünnen Mann im schwarzen Mantel, der mit hängenden Schultern neben ihr stand. »Was meinen Sie?«

Der Mann beugte sich zu Mathinna herab. »Außergewöhnliche Augen, da haben Sie ganz recht«, sagte er. »Und das Kleid sieht wirklich prächtig aus zu dieser dunklen Haut.«

»Habe ich schon erwähnt, dass sie die Tochter eines Häuptlings ist?«

»Das haben Sie in der Tat.«

»Mathinna«, sagte Lady Franklin, »das ist Mr Bock. Ich habe ihn beauftragt, ein Porträt von dir zu malen. Für künstlerische und wissenschaftliche Zwecke. Die Forschung gehört, wie Sie vielleicht wissen, zu meinen großen Interessen«, wandte sie sich wieder an Mr Bock.

»Das sieht man«, sagte er und ließ seinen Blick über die Menagerie der ausgestopften Tiere schweifen.

»Ich denke, es wird die Leute sehr interessieren, dieses Relikt der Urbevölkerung zu sehen, die bald ganz verschwunden sein wird. Meinen Sie nicht?«

»Ah, nun...« Die Ohren von Mr Bock röteten sich leicht, und er schaute verstohlen in Mathinnas Richtung.

Sie blickte hinter sich, um zu sehen, ob er jemand anderen meinte, aber da war niemand.

Oh. Er war ihretwegen beschämt.

Sie hatte gedacht, sie wäre abgehärtet gegen die Art, wie Lady Franklin in ihrer Anwesenheit redete – als ob sie keine Gefühle hätte oder nichts verstünde. Dass Mr Bock es auch bemerkte, zeigte ihr, wie beleidigend es war.

Eine Woche saß Mathinna jeden Nachmittag stundenlang vor Mr Bocks Staffelei in einem Salon, der wenig genutzt wurde. Der Maler schwieg die meiste Zeit, redete nur, wenn er sie ermahnte, stillzuhalten und nicht wegzuschauen, sich gerade zu setzen, die Hände in den Schoß zu legen. Sarah erzählte ihr, Mr Bock sei in England ein berühmter Maler gewesen, bevor er zur Deportation verurteilt worden war, weil er Medikamente gestohlen hatte. Der Umstand, dass er vielleicht ein ehemaliger Strafgefangener war, ließ ihn irgendwie weniger einschüchternd erscheinen.

Jedes Mal, wenn Mr Bock sie wegschickte, verließ Mathinna den Raum, ohne auf das entstehende Bild zu blicken. Sie hatte die gerahmten Gemälde in den Wohnräumen von Lady Franklin gesehen – Eingeborene mit absurd überzeichneten Gesichtszügen, Knollennasen und Glotzaugen. Sie hatte Angst davor, wie sie auf Mr Bocks Leinwand aussehen würde.

Am späten Freitagnachmittag verkündete er, dass er fertig sei. Er rief Lady Franklin, damit sie einen Blick auf das Bild warf. Mit schiefgelegtem Kopf betrachtete sie es prüfend. Dann nickte sie bedächtig. »Gut gemacht, Mr Bock«, sagte sie. »Es ist Ihnen gelungen, ihre Verschlagenheit auszudrücken. Und dieses wollige Haar. Was meinst du, Mathinna? Sieht es nicht aus wie du?«

Mathinna rutschte von ihrem Stuhl und ging langsam auf die Leinwand zu. Das Mädchen auf dem Porträt ähnelte ihr tatsächlich. Sie schaute den Betrachter direkt an, mit großen schwarz-braunen Augen, die Hände im Schoß gefaltet, die nackten Füße gekreuzt, die Mundwinkel leicht nach oben gebogen. Aber sie sah nicht verschlagen aus. Sie wirkte traurig. In sich gekehrt, so als wartete sie auf etwas, oder jemanden, jenseits der Leinwand.

Mathinnas Herz zog sich zusammen.

Der Maler hatte etwas erfasst, das sie bisher nicht bewusst an sich wahrgenommen hatte. Das rote Kleid zu tragen war ihr wie ein Spiel vorgekommen, eine sorgfältig inszenierte Scharade. Es war kein Kleid, das ihre Mutter hätte tragen können oder irgendeine andere Frau in Flinders. Es hatte nichts mit den Traditionen zu tun, mit denen sie aufgewachsen war, oder mit der Lebensweise der Menschen, die sie liebte. Das Kleid war eine Verkleidung.

Die Wahrheit war, dass die Vergangenheit ihr entglitt. Seit einem Jahr war sie nun in Hobart Town. Sie konnte das Gesicht ihrer Mutter nicht mehr sehen. Sie konnte den Geruch des Regens in der Bucht von Flinders nicht mehr heraufbeschwören oder das Gefühl von körnigem Sand unter ihren Füßen oder die Gesichter der Älteren am Lagerfeuer. Wenn sie nachts in ihrem Bett lag, murmelte sie Wörter in ihrer Sprache, aber auch ihre Sprache entglitt ihr. *Mina kipli, nina kanaplila, waranta liyini. Ich esse, du tanzt, wir singen.* Es war das Vokabular einer Achtjährigen; es kamen keine Worte mehr hinzu. Sogar die Lieder, die sie einmal gekannt hatte, erschienen ihr jetzt wie Kinderreime aus Worten, die keinen Sinn ergaben.

Sich selbst auf der Leinwand zu sehen, führte ihr vor Augen, wie sehr sich ihr Leben verändert hatte. Wie weit sie von dem Ort, den sie einst ihre Heimat genannt hatte, entfernt war.

Government House, Hobart Town, 1841

Mrs Wilson hatte schlechte Laune und nörgelte an der Tageslieferung herum, einer willkürlichen Zusammenstellung von Zutaten, die sogar eine erfahrene Köchin wie sie nur schwer in ein Abendessen verwandeln konnte. »Rüben und knorpeliges Fleisch!«, murrte sie, während sie in dem engen Raum herumfuhrwerkte wie ein Igel in seinem Nest. Aus Körben förderte sie Selleriewurzeln und ein paar schlaffe Karotten zutage. »Ich denke, ich mache ein Rübenpüree. Und ein paar Grieben aus diesem Witz von einem Braten.«

Mathinna saß wie so oft in der Küchenecke und arbeitete an einer Blumenstickerei mit dunkelgrünen Blättern und rosafarbenen, trichterförmigen Blüten. Waluka lag auf ihren Schultern, sein Bauch wie eine Wärmflasche an ihrem Hals. Sie sah zu, wie Mrs Wilson die Zutaten zusammenstellte, ein Stück Schweinefett in eine gusseiserne Pfanne klatschte und dann Scheiben von einem fettigen Brocken Fleisch säbelte und in die Pfanne warf. Eine Magd kam mit dem Tablett von Mrs Franklins Mittagessen herein, was Mrs Wilson noch mehr zur Verzweiflung zu bringen schien. »Was stehst du hier rum und glotzt! Gib das her! Beweg dich!« Sie schob ein paar Gegenstände auf dem vollgestellten Tisch beiseite, knallte das schmutzige Tablett darauf und scheuchte die Magd hinaus.

Weder sie noch Mathinna bemerkten, dass Spritzer von dem Fett, das Mrs Wilson so nachlässig in die Pfanne geworfen hatte, auf den Kohlen gelandet waren und ein Feuer entfachten. Der Raum füllte sich mit Rauch.

Mrs Wilson stieß einen Schrei aus und ruderte mit den Armen. »Sitz nicht rum, Kind. Hilf mir!«

Mathinna sprang auf. Eine Flamme hatte die Wand erreicht und züngelte nun an einem Handtuch hinauf, das dort zum Trocknen hing. Sie fing an, Wasser aus einem Bottich zu schöpfen, merkte aber schnell, dass dies zu lange dauerte, also griff sie nach einem Stapel Geschirrtücher und tauchte sie ins Wasser. Eins nach dem anderen, reichte sie die tropfnassen Tücher Mrs Wilson, die damit auf die Flammen einschlug. Als keine Tücher mehr übrig waren, schöpfte Mathinna mithilfe einer kleinen Schale Wasser aus dem Bottich und schüttete es auf den Herd. Ein paar Minuten lang arbeiteten sie fieberhaft, bis es ihnen gelang, das Feuer zu löschen.

Dann standen sie in der Mitte der Küche, umgeben von nassen zusammengeknüllten Handtüchern, und betrachteten die Wand über dem Herd, die jetzt noch schwärzer war als zuvor. Mrs Wilson atmete auf. »Gute Reaktion von dir. Ein Glück, dass ich noch eine Küche habe, in der ich kochen kann.«

Mathinna half ihr beim Aufräumen. Sie legten die nassen Handtücher ins Spülbecken, wischten den Boden vor dem Herd und räumten den Tisch ab. Als sie fertig waren, sagte Mrs Wilson: »Wo ist denn dieses Tier von dir geblieben?«

Instinktiv griff Mathinna sich an den Hals, aber natürlich war Waluka nicht mehr da. Er musste davongeschlüpft sein, als sie aufgesprungen war, aber sie konnte sich nicht daran erinnern. Sie schaute in seinem Binsenkorb nach, unter einem alten Holzschrank, hinter dem Küchenbüffet mit den Schüsseln.

»Versteckt sich bestimmt in irgendeinem Winkel«, versicherte ihr Mrs Wilson.

Aber das tat er nicht.

Mathinna wurde plötzlich kalt und übel vor Sorge. Waluka war kein Streuner. Er hatte vor allem Angst. Aber das Feuer ... der Tumult ... Ihr Blick wanderte zur Tür, die Mrs Wilson weit aufgerissen hatte, als der Raum sich mit Rauch gefüllt hatte. Dort draußen im Hof ... konnte sie etwas erkennen.

Wie in Trance ging sie durch die Tür und trat hinaus an die kalte Luft. Während sie näher kam, stolpernd über die Pflastersteine, fixierte sie einen kleinen weißen Klumpen.

Verfilztes Fell, ein Rinnsal von Rot.

Nein ...

Als sie es erreicht hatte, fiel sie auf die Knie. Sie berührte den weichen Körper, glitschig von etwas Dickflüssigem. Er war zerfetzt und blutig, die halbgeöffneten Augen leer.

Sie hörte ein tiefes Grollen, dann einen Schrei: »Geh

weg!« Als sie aufsah, war ihr Blick verschleiert von Tränen. Montagus Hund stürmte auf sie zu, den Kopf gesenkt, und zog eine Kette hinter sich her, die über die Pflastersteine schepperte, dahinter Montagu, der wie verrückt winkte. »Zur Hölle, verdammt, geh weg von diesem Ding, oder Jip frisst dich auch noch!«

Mathinna hob das kleine Possum hoch, hielt es vorsichtig in beiden Händen. Es war noch warm. »Waluka, Waluka«, jammerte sie, während sie sich hin und her wiegte. Als der Hund zähnefletschend angesprungen kam, fletschte sie selbst die Zähne und schlug nach ihm. Ein kehliger Laut entrang sich ihrer Brust, steigerte sich zu einem Heulen. Sie heulte, bis der Hund zurückwich und die Sträflingsmägde ihre Körbe absetzten; bis Mrs Crain durch die Dienstbotentür des Haupthauses platzte und über den Hof rannte; bis sogar Lady Franklin auf ihrem Balkon über dem grünen Salon auftauchte, mit verärgertem Blick, um nachzusehen, was los war.

Noch monatelang konnte Mathinna Waluka spüren. Das Gewicht seines Körpers auf ihren Schultern, seinen weichen, warmen Bauch und seinen Atem in ihrem Nacken. Seine Pfoten auf ihrer Haut, wenn er an einem Arm hinauf- und am anderen wieder hinunterlief. Den knochigen Grat seiner Wirbelsäule, wenn er im Bett neben ihr lag. Das Possum war ihre letzte Verbindung zu Flinders gewesen – sein Herzschlag verband sie mit ihrer Mutter, ihrem Vater, Palle und den Stammesältesten am Lagerfeuer. Und jetzt stand dieses Herz still.

So viele Verluste – Mathinnas Brust war schwer von ihrem Gewicht.

»Vielleicht war es so das Beste«, sagte Lady Franklin. »So ein wildes Tier ist nicht dazu da, domestiziert zu werden.«

Ja, vielleicht hatte Lady Franklin recht. Vielleicht war es so das Beste. Ohne Waluka könnte sie Flinders vielleicht endlich hinter sich lassen, ihre letzten Erinnerungen zurückdrängen und in die Rolle des Mädchens im roten Kleid auf dem Porträt schlüpfen. Loszulassen würde eine Erleichterung sein, dachte sie. Sie würde sich an die harten Schuhe gewöhnen und Aspik essen, ohne sich zu schütteln. Auf Französisch Konversation machen und immer das Kalenderdatum im Kopf haben. Sie war das Gefühl leid, zwischen zwei Welten zu stehen. Dies hier war die Welt, in der sie jetzt lebte.

HAZEL

Was die Frauen angeht, so ist es traurig, aber dennoch wahr, dass der weitaus größte Anteil von ihnen unbelehrbar ist, sind sie doch die wertlosesten und verkommensten aller menschlichen Wesen. Keine Freundlichkeit vermag sie zu läutern, kein Entgegenkommen weckt in ihnen Dankbarkeit, und jeder muss zugeben, dass sie, insgesamt gesehen, unendlich viel schlechter sind als Männer!

Lieutenant Breton, *Excursions in the New South Wales, Western Australia and Van Diemen's Land During the Years 1830, 1831, 1832, and 1833*

Die Medea, 1840

Woran sich Hazel am lebhaftesten erinnerte – und was sie nie vergessen würde –, war der Saum von Evangelines Hemd, während sie über der Reling in der Luft hing und mit den Armen ruderte. Ihr ungläubiger Aufschrei, als sie über Bord ging. Die kalte Wut in Bucks Gesicht, als er sich umdrehte, aufgeschreckt, weil auch Hazel geschrien hatte, und sie erblickte. Dass ihr Herz anfing zu rasen und dass Entsetzen sie erfasste.

Danach herrschte Chaos. Der Schiffsarzt schrie hinter ihr, zwei Matrosen stürzten herbei, um Buck festzuhalten, zwei andere beugten sich über die Reling und starrten hinunter. Dunne, der sein Jackett abstreifte und springen wollte, und der Kapitän, der ihm seinen Befehl entgegenbrüllte: »Dr. Dunne! Bleiben Sie stehen, Sir!«

»Dann einer aus der Crew«, sagte Dunne. »Ein guter Schwimmer ...«

»Ich verlange von niemandem, sein Leben für einen Sträfling zu riskieren.«

Nachdem alle anderen gegangen waren, blieben Hazel und Dunne noch lange an Deck, es kam ihnen vor wie Stunden, in denen sie hilflos und ohne Worte an der Reling standen und hinunter auf das glitzernde Wasser starrten. War das ein Stück Stoff, gleich unter der Wasseroberfläche? Haare, die für einen kurzen Augenblick sichtbar wurden?

Das Meer, schwarz und stumm, gab nichts preis. Nichts deutete auf Evangeline hin. Sie war fort.

Noch Monate, Jahre danach würde Hazel von Evangeline unter der Wasseroberfläche träumen. Von der unendlichen Stille. Dem Fehlen jeglichen Lauts.

Ein schrilles Wimmern drang aus dem Zwischendeck.

Hazel und Dunne sahen einander an. Das Baby. Sie hatten das Baby vergessen.

Im Quartier des Schiffsarztes drückte Hazel den in Decken gewickelten Säugling an ihre Brust und versuchte, ihn zu beruhigen. »Sie muss gefüttert werden.«

»Ziegenmilch wird gehen. Wir mischen sie mit Wasser und ein bisschen Zucker.«

»Muttermilch ist besser.«

»Natürlich, aber ...«

In Glasgow gab es viele Ammen. Die Kindersterblichkeit war hoch, und die Mütter von toten Babys merkten schnell, dass sie mit ihrer unglücklichen Situation wenigstens Geld verdienen konnten. Aber auf dem Schiff gab es keine.

Hazel sah Dr. Dunne wortlos an. Vor weniger als zwei

Wochen hatte Olive ein Kind geboren. Er nickte: Ihm war der gleiche Gedanke gekommen. Ja, einen Versuch war es wert.

Dunne fand einen Matrosen, der ihm die Tür zum Orlopdeck öffnete. Mit einer Kerze in der Hand machte sich Hazel auf den Weg durch den schmalen Gang zu Olives Koje. Seit Olive ihr Baby verloren hatte, war sie mürrisch und verschlossen, sie hatte das Bett ihres Seemanns verlassen und war in ihr eigenes gekrochen wie ein verletztes Tier. Jetzt lag sie zusammengerollt unter ihrer Decke, mit dem Gesicht zur Wand, und schnarchte leise.

Hazel klopfte ihr auf den Rücken. Als keine Reaktion kam, rüttelte sie an ihrer Schulter.

Olive bewegte sich. »Was ist?«

»Du wirst gebraucht.«

Jetzt drehte Olive sich zu ihr um. Das flackernde Kerzenlicht zeichnete gespenstische Schatten auf ihr Gesicht. Sie schaute Hazel genauer an. »Was ... Weinst du?«

»Es ist wegen Evangeline.«

Olive stellte keine Fragen. Sie richtete sich auf und kletterte aus der Koje, legte sich ihre Bettdecke um die Schultern wie einen Umhang. Dann folgte sie Hazel an den schlafenden Frauen vorbei, die Strickleiter hinauf, bis in das Quartier des Schiffsarztes.

Als sie Dr. Dunne erblickte, der das Baby in den Armen hielt, blieb Olive wie angewurzelt stehen.

»Es ist ihrs«, erklärte Hazel.

»Wusste nicht, dass ihre Schwangerschaft schon so weit ...«

»Du warst mit anderen Dingen beschäftigt.«

Olive ließ den Blick zwischen Hazel und Dunne hin und her wandern. »Und wo ist sie?«

Es war nicht leicht, es auszusprechen. »Sie ist nicht mehr da, Olive«, sagte Hazel.

»Nicht mehr da?«

»Buck hat sie ins Meer gestoßen«, flüsterte Hazel.

Olive blickte zu Dunne, als erwartete sie, dass er widersprach.

»Ich fürchte, es ist wahr«, sagte er.

»Nein.« Olive schlug sich die Hand vors Gesicht.

»Sie ist sofort untergegangen und nicht wieder aufgetaucht.« Er schluckte. »Ich wollte hinter ihr herspringen, aber ...«

Tränen schimmerten in Olives Augen. »Sie müssen nichts erklären.«

Eine Weile schwiegen sie, während sie versuchten, das Geschehene zu erfassen. Evangeline war hier gewesen, und jetzt war sie fort. Ihr Leben galt so wenig, dass man auf dem Schiff noch nicht einmal einen Rettungsversuch unternommen hatte.

Olive schniefte. Während sie mit dem Handrücken eine Träne fortwischte, sagte sie: »Zur Hölle mit denen.«

Das Baby in den Armen des Arztes gab ein Geräusch von sich, das klang wie das Blöken eines Lamms.

Dunne blickte zu Hazel, dann wieder zu Olive. »Das Mädchen ist hungrig. Es braucht eine Amme.«

Sie sah ihn mit zusammengekniffenen Augen an.

»Ich dachte – also, Hazel und ich haben uns gefragt ...«

»Es ist ein Mädchen«, sagte Olive.

»Ja.«

»Ihr wollt, dass ich es stille. Sie.«

»Ja.«

Olive musterte Dr. Dunne mit hartem Blick und sagte: »Sie konnten mein Baby nicht retten, und jetzt wollen Sie, dass ich das von Evangeline rette?«

Er presste die Lippen zusammen. Darauf hatte er keine Antwort.

Langsam schüttelte sie den Kopf. »Ich glaube nicht, dass ich das kann.«

»Aber...«

»Das solltet ihr nicht von mir verlangen. Babys überleben auch ohne Muttermilch, oder?«

»Manche schon«, sagte Dunne. »Aber viele nicht.«

Hazel wusste, dass Olive Evangeline aufrichtig gemocht hatte. Und dennoch galt ihre erste Sorge ihrem eigenen Wohl, so wie es auch bei Hazels Mutter gewesen war.

»Ich weiß, dass es nicht leicht ist. Aber... du würdest Vergünstigungen bekommen«, sagte Hazel mit einem kurzen Blick zu Dunne.

Er nickte. »Bessere Rationen.«

»Die krieg ich schon von meinem Matrosen.«

»Du würdest nie wieder das Deck schrubben müssen.«

Olive lachte auf. »Ich drücke mich auch so schon vor der Arbeit.« Sie räusperte sich. »Also. Ich würde ja gerne helfen. Wirklich. Aber mein Matrose will mich zurück. Und der hat sicher keine Lust auf ein Baby in seinem Bett.«

»Du musst das Baby nicht bei dir haben«, sagte Hazel. »Du sollst es nur ab und zu stillen.«

»Und wo schlafe ich?«

Das war eine gute Frage. Das Baby würde auch nachts gestillt werden müssen. Wenn Hazel mit ihm auf dem Orlopdeck schlief, wäre sie dort bis zum frühen Morgen eingeschlossen.

Dunne schürzte die Lippen. Dann sagte er: »Miss Ferguson kann mit dem Baby in einer Kabine auf diesem Deck schlafen und es zu Mr Grunwalds Quartier bringen, wenn es gestillt werden muss.«

Stille machte sich zwischen ihnen breit.

»Es ist Evangelines Baby und wird wahrscheinlich sterben, Olive«, stieß Hazel hervor. »Alle beide tot, ohne jeden Sinn. Du könntest das verhindern.«

»Ich weiß nicht mal, ob ich noch Milch habe.«

Dunne reichte ihr das kleine Bündel.

Mit einem schweren Seufzer setzte sich Olive auf das Bett. Nach kurzem Zögern öffnete sie ihr Nachthemd, und Hazel half ihr, den Säugling in die richtige Position zu bringen. Das Kind war unruhig und zappelte.

»Es klappt nicht«, sagte Olive.

»Schsch«, machte Hazel. »Hab Geduld.« Sie streckte die Hand aus und nahm einen Tropfen Milch auf ihren Finger. Als sie die Lippen des Babys damit einrieb, drehte es suchend den Kopf hin und her, und Hazel führte sanft seinen Mund an Olives Brust. »Fühlt sich am Anfang merkwürdig an, ich weiß. Aber sie wird es bald raushaben, und du auch.«

Olive starrte auf das saugende Kind. »Arme Leenie«, sagte sie. »Sie war einfach nicht für diese Art Leben gemacht, oder?«

Es überraschte Hazel, dass sie sich so beraubt fühlte. Sie hatte nie viel geweint, aber jetzt schluchzte sie ständig in ihre Schürze, wischte die Tränen fort, bevor jemand sie sehen konnte. Dir geht es *gut*, redete sie sich selbst zu. Schließlich hatte sie Evangeline kaum gekannt. Aber aus der Tiefe ihres Herzens flüsterte es: Dir geht es nicht gut. In Hazels Leben war Evangeline der einzige Mensch, der immer freundlich zu ihr gewesen war.

Bevor sie Evangeline begegnet war, hatte Hazel sich keinem Menschen je wirklich verbunden gefühlt. Als Kind hatte sie sich nach der Wärme und Liebe ihrer Mutter gesehnt. Sie hatte ihr mit dem verzweifelten Wunsch in die Augen gesehen, sich selbst darin zu erkennen, aber alles, was sie darin gesehen hatte, war die Not ihrer Mutter gewesen, ihre unstillbare Sehnsucht. Wenn Hazel Nähe suchte, zog ihre Mutter sich zurück. Wenn sie weinte, wurde ihre Mutter ärgerlich. Sie ignorierte Hazel nur dann nicht, wenn sie die Hilfe ihrer Tochter brauchte, und selbst in diesen Momenten sah sie ihr kaum je ins Gesicht.

Schon früh hatte Hazel sich seltsam körperlos gefühlt – nicht direkt unsichtbar, aber doch irgendwie ungesehen.

Statt Essen kaufte ihre Mutter Rum. Stundenlang trieb sie sich in den Straßen Glasgows herum, ließ Hazel allein in dem kalten, dunklen Zimmer, in dem irgendwann das Feuer ausging. Hazel lernte, für sich selbst zu sorgen, suchte im Kelvingrove Park nach Zweigen für den Holzofen, stahl Kleidung von den Wäscheleinen in den Hinterhöfen oder Essen von den Tischen der Nachbarn. Auf dem Heimweg sah sie Kerzenschein durch die Fensterscheiben, und sie stellte sich das häusliche Leben vor, das dahinter stattfand, so viel glücklicher als ihr eigenes.

Mit der Zeit wuchs eine tiefe Wut in ihr. Wut war das einzige Gefühl, das sie sich erlaubte. Wut war ein Panzer; schützte ihr weiches Inneres wie das Schneckenhaus die Schnecke. Aus schmerzlicher Entfernung sah sie, mit welcher Sanftheit ihre Mutter die Frauen und Mädchen berührte, die zu ihr kamen, ihre Schande, den dicken Bauch, vor sich hertragend. Die Augen schreckgeweitet oder matt vor Kummer, hatten sie Angst zu sterben, Angst, dass das Kind starb oder dass das Kind überlebte. Die Bürde, die sie trugen, war die Folge einer unmöglichen Liebe, eines betrunkenen Techtelmechtels oder der gewaltsamen Annäherung eines Unbekannten oder, schlimmer noch, eines Bekannten. Hazels Mutter beschwichtigte ihre Ängste und linderte ihre Schmerzen. Sie behandelte sie mit einer Freundlichkeit und Anteilnahme, die sie ihrer eigenen Tochter nie entgegenbringen konnte.

Jetzt, angesichts von Evangelines hilflosem Baby, wollte Hazel sich abwenden, sich in ihr Schneckenhaus zurückziehen. Sie war nicht verantwortlich, sie war dem Kind nichts schuldig. Niemand würde ihr einen Vorwurf machen, wenn sie sich raushielt. Sie wusste, dass es ein Fehler war, sich Gefühle zu erlauben. Da stand sie nun und war wieder einmal verlassen worden.

Aber das hier war Evangelines Baby. Und Hazel war ganz allein. Sie beide waren ganz allein.

Die Strafgefangene sei nicht bei Verstand gewesen, erklärte Buck gegenüber dem Kapitän. Sie war irre. Rachsüchtig. Sie habe sich auf ihn gestürzt, und er habe sie weggestoßen, um sich selbst zu verteidigen. Es sei nicht seine Schuld, dass sie über Bord gegangen war.

Hazel war die einzige Zeugin. Sie erzählte dem Kapitän, was sie gesehen hatte.

»Die Aussage einer Verurteilten gegen die Aussage eines Seemanns«, überlegte der Kapitän.

»Ich kann es bestätigen«, sagte Dunne. »Ich kam dazu, kurz nachdem es passiert war.«

»Sie haben den Tathergang nicht gesehen.«

Dunne lächelte dünn. »Wie Sie wissen, Kapitän, ist Buck ein verurteilter Verbrecher. Mit einer Vorgeschichte voller Gewalt und einem Rachemotiv. Miss Stokes hatte gerade ein Kind zur Welt gebracht. Sie war kaum in der Verfassung, weder körperlich noch emotional, ihn anzugreifen. Und warum sollte sie auch? Er war für sein Verbrechen bestraft worden. Der Gerechtigkeit war Genüge getan.«

Buck bekam dreißig Peitschenhiebe, und diesmal standen Hazel und Olive mit dem Arzt ganz vorne in der Menge und sahen zu, wie er winselte und sich krümmte. Die meisten Zuschauer verschwanden, sobald das Auspeitschen beendet war, sie aber blieben stehen und beobachteten, wie man Buck vom Mast losband, als bereits Blut aus den Striemen an seinem Rücken quoll.

Hazel sah ihm direkt ins Gesicht. Er starrte mit stumpfem Blick zurück. »Was wird mit ihm passieren?«, fragte sie Dunne, während man ihn wegbrachte.

»Er wird im Laderaum sitzen, bis wir an Land gehen, und dann wird ein Gericht über sein Schicksal entscheiden. Port Arthur wahrscheinlich, für lange Zeit.«

Es fühlte sich gut an, über Bucks Demütigung zu wachen und Zeugin der Schmerzen zu sein, die er erlitt. Aber es minderte nicht den Kummer, Evangeline verloren zu haben.

Hazels einzige Aufgabe, erklärte ihr Dunne, war jetzt, sich um das Baby zu kümmern. Er brachte sie in einer kleinen Schiffskammer in der Nähe der Krankenstation unter, wo sie nachts bei dem Säugling schlief. Sie verwandelte eine Kommodenschublade in eine Krippe und stellte sie neben ihr Bett. Beinahe schon hatte sie vergessen, wie es war, auf einer richtigen Matratze mit sauberen Laken zu schlafen, unter einer Decke, die nicht kratzte. Eine Öllampe anzuzünden, wann immer man es wollte. Sich unbeobachtet von den anderen zu erleichtern.

Die Tage vergingen, und auch Olive fand sich in ihre neue Rolle. Wenn die beiden Frauen nachmittags zusammensaßen, brachte Dunne ihnen Pflaumenkompott, Hackfleischpasteten und frisches Hammelfleisch; Leckerbissen, die den Gefangenen und auch den meisten Matrosen verwehrt und nur den Obersten der Besatzung vorbehalten waren.

»Weiß der Kapitän, dass Sie das Vieh füttern?«, fragte

Olive, während sie Tee mit Milch und Zucker tranken und Toast mit Brombeermarmelade aßen.

Dunne lachte auf. »Das geht ihn nichts an.«

Olive strich Butter auf ihren Toast. »Ich vermute, alles wird anders werden, wenn wir anlegen.«

»Ohne Zweifel. Genießen Sie es, solange es währt.«

Zunächst begegneten sich Hazel und Dunne mit Skepsis, waren förmlich und zurückhaltend. Sie hielt ihn immer noch für selbstherrlich und arrogant. Aber nach einiger Zeit fing er an, mit ihr über seine Patienten zu reden, und fragte sie nach ihrer Meinung, was die Behandlung anging. Sie wusste nicht, ob sie sich seinen Respekt bei der Steißgeburt verdient hatte oder ob es ihm einfach gefiel, jemanden zum Reden zu haben, aber sie genoss es, ihr Wissen weiterzugeben. Viele Verurteilte hatten unklare Symptome von Angstzuständen – Dunne nannte es Hysterie –, und dagegen wusste er kein Heilmittel. Hazel schlug einen Tee aus Mutterkraut vor. Gegen Menstruationskrämpfe ein Pulver aus roten Himbeerblättern. Gegen Ohnmachtsanfälle einen Becher Essig. Gegen Schnitte und Wunden einen klebrigen Verband aus Spinnweben.

Dunne fing an, sie vor dem Schlafengehen einzuladen, sich in seinem Quartier zu ihm an das Öfchen zu setzen.

»Die Kleine braucht einen Namen«, sagte er eines Abends. »Sollen wir sie Evangeline nennen?«

Der Säugling in Hazels Armen schaute zu ihr auf. Sie nahm das Mädchen hoch und küsste es auf die Nase. Sie sah Evangelines Nase in dem kleinen Gesicht und auch ihre großen, ausdrucksvollen Augen. Der Vater musste auch ein gutaussehender Mann sein, dachte sie. Sie schüttelte den Kopf. »Nein. Es gibt nur eine Evangeline.«

Früh am nächsten Morgen nahm sie Evangelines Blechmarke mit der roten Kordel von dem Regalbrett im Quartier des Arztes und machte sich auf den Weg zum Orlopdeck. Konfrontiert mit dem Gestank, dem Husten und Stöhnen der Frauen, dem überwältigenden Gefühl von Krankheit und Unruhe, hätte Hazel beinahe wieder kehrtgemacht. Während sie hier gewohnt hatte, war sie das alles gewöhnt gewesen. Jetzt aber fühlte sie sich – nur durch eine Strickleiterlänge – so weit von alldem entfernt, dass schon dieser eine kurze Besuch ihr Herzrasen verursachte.

Die Frauen in ihren Kojen starrten sie an, als sie vorbeiging.

»Schaut sie euch an, wie vornehm sie jetzt ist, wohnt im Arztquartier und so«, tönte eine.

»Man fragt sich glatt, ob sie selber das arme Mädchen von Bord geschubst hat«, sagte eine andere.

Als sie ihre Koje erreicht hatte, tastete Hazel nach dem losen Bodenbrett und hebelte es mit den Fingerspitzen heraus. Sie fand den Sack und ging seinen Inhalt durch: ein paar Löffel, ein verbeulter Becher, ein Paar Strümpfe ... Ah, da war es. Evangelines Taschentuch. Sie steckte es ein und kletterte wieder die Leiter hinauf.

In ihrer Kammer auf dem Zwischendeck breitete sie das kleine weiße Viereck auf dem Bett aus und strich mit den Fingerspitzen über den gewellten Saum, über die gestickten Initialen in der Ecke. *C. F. W.,* Cecil Frederic Whitstone. Dieses Stückchen Stoff hatte Evangelines ganze Hoffnungen und Träume enthalten, so unrealistisch sie auch gewesen sein mochten. Jetzt war es alles, was ihre Tochter je von ihr haben würde. Hazel legte die Blechmarke auf das Taschentuch und dachte an den Rubinring, den Evangeline darin versteckt hatte – den Ring, der zum Auslöser ihrer Reise geworden war. Sie hatte Hazel einmal erzählt, dass ihr Vater, der Vikar, Geschmeide als lasterhaft betrachtet hatte; die einzigen Schmuckstücke, die Evangeline je getragen hatte, waren der Rubinring gewesen und diese Blechmarke mit der roten Kordel um ihren Hals.

Das erste ein Zeichen der Verführung, dachte Hazel. Das zweite die Folge davon.

Während sie die Marke in das Taschentuch wickelte und in ihre Tasche steckte, dachte sie an das, was Evangeline über die Ringe eines Baumstamms gesagt hatte: dass die Menschen, die man liebte, in einem lebten, auch wenn sie nicht mehr da waren.

Ruby.

Das war kein Name, den Evangeline gewählt hätte. Aber für Hazel bedeutete er die Möglichkeit, ein gebrochenes Herz zu heilen. Eine falsche Anschuldigung auszulöschen. Einen Schatz zurückzugewinnen.

Ruby. Kostbares Mädchen.

Hobart Town, 1840

Ein Ruf schallte von irgendwo hoch oben in der Takelage herab: »Van-Diemens-Land!«

Auf dem Hauptdeck herrschte große Aufregung: Die *Medea* war beinahe vier Monate auf See gewesen, bei Sturm, sengender Hitze oder eisigem Regen. Die Frauen waren einander überdrüssig, und vor allem waren sie das Schiff leid. Sie stürmten zur Reling, aber es gab nicht viel zu sehen. Nur einen verschwommenen Klecks am Horizont.

Hazel stieg die Leiter hinunter, um ihre Sachen zu holen. Inzwischen war sie geübt darin, sich mit Ruby im Tragetuch vor dem Bauch auf dem überfüllten Deck zu bewegen und die Strickleitern hinauf- und hinunterzuklettern. Sie war kräftiger geworden, hatte Glanz in den Augen und eine leicht rosige Haut, wohl auch wegen des besseren Essens und ihres sauberen Betts. Obwohl sie nachts zweimal aufstand, um Ruby zu Olives Bett zu bringen, schlief sie jetzt besser, als sie je auf dem Orlopdeck geschlafen hatte.

Dunne saß in seinem Vorraum am Schreibtisch und schrieb etwas in ein Registerbuch, als sie nach dem Anklopfen durch die Tür trat. »Ich bin froh, dass Sie kommen«, sagte er und stand auf. »Es gibt etwas, worüber wir reden müssen. Ich habe die Geburtsurkunde noch nicht ausgefüllt. Wenn ich angebe, dass Sie Rubys Mutter sind, dann wird man Ihnen erlauben, sie im Säuglingsheim des Gefängnisses zu besuchen. Möchten Sie das?«

Hazel legte die Hand um Rubys warmes Köpfchen. »Ja.«

Er nickte. »Ich werde vermerken, dass Sie eine Infektion hatten und deshalb nicht stillen können, dann bekommt sie eine Amme. Olive, wenn sie einverstanden ist. Man wird Ihnen erlauben, die Tage mit Ruby zu verbringen, wenigstens ein paar Monate lang. Irgendwann wird man sie dann ins Waisenhaus schicken.«

»Ins Waisenhaus?« Hazel drückte das Baby enger an sich.

»So sind die Regeln«, erklärte er. »Aber als ihre Mutter können Sie Anspruch auf sie erheben, sobald Sie entlassen werden, wenn Sie das wünschen.«

Hazel dachte an die Frauen in den Kojen und daran, wie man sie um ihre Privilegien beneidet hatte. »Was, wenn jemand den Behörden erzählt, dass ich nicht die Mutter bin?«

»Warum sollte das jemand tun?«

»Haben Sie jemals Neid verspürt, Dr. Dunne?«

»Sie haben diesem Mädchen das Leben gerettet, Miss Ferguson. Ich glaube, Sie haben sich das Recht verdient, sich ihre Mutter zu nennen.«

Sie musste lächeln. Ja wirklich, dieses Recht hatte sie sich verdient.

»Zudem stünde dann die Aussage eines Sträflings gegen meine.«

Etwas später, wieder auf dem Deck, stand Hazel mit Olive und deren Seemann an der Reling, während das Schiff in den Hafen einfuhr. Die in das Tragetuch gewickelte Ruby hielt sie fest im Arm.

Sie segelten an Walfängern, einem Frachter und mehreren kleinen Booten vorbei. Delfine sprangen aus dem Wasser, weiße Möwen mit grauen Flügeln krächzten über ihren Köpfen. Hinter einem schmalen Küstenstreifen erhoben sich Hügel in verschiedenen Grüntönen, in der Ferne sah man glatte, spiegelnde Flächen – Seen, vermutete Hazel. Die Robben, die auf Felsvorsprüngen faulenzten, erinnerten sie an die Prostituierten, die im Sommer in Glasgow im Kelvingrove Park picknickten und sich mit Zeitungspapier Luft zufächelten, ihre Röcke bis zu den Oberschenkeln hochgezogen.

Über ihnen flatterte eine Flagge, halb rot und halb weiß, im Wind. »Um die ganze Insel davor zu warnen, dass dieses Schiff mit lauter weiblichen unverbesserlichen Sträflingen gefüllt ist«, sagte Olives Seemann grinsend.

»Wirst du ihn vermissen?«, fragte Hazel.

Olive klopfte ihm auf den Hintern. »Zumindest Teile von ihm.«

Von der Bucht aus, in der die *Medea* ankerte, konnte Hazel den belebten Kai sehen und dahinter einen dicht bewaldeten hohen Berg. Von der Reling aus beobachtete sie, wie Dunne und zwei Matrosen in ein kleines Boot stiegen. Dunne hatte das Registerbuch unter dem Arm, in das sie ihn oft seinen täglichen Bericht hatte schreiben sehen, und eine Mappe mit den Gerichtsunterlagen der Frauen und anderen Dokumenten – darunter auch Rubys frisch ausgefüllte Geburtsurkunde.

Als das Boot ein paar Stunden später zum Schiff zurückkehrte, saßen zwei weitere Männer darin. Wie sich herausstellte, waren es der Sträflingsbeauftragte sowie ein britischer Soldat in einer roten Uniform.

Während der nächsten beiden Tage wurden die Sträflinge nach und nach in ein provisorisches Büro auf dem Oberdeck gerufen, wo man sie registrierte, auf Infektionen untersuchte und zu ihren Fähigkeiten befragte. Man erklärte ihnen, das Gefängnis werde viele von ihnen tageweise an Privathaushalte oder Geschäfte von Siedlern vermitteln, wo sie als Dienstmädchen, Köchinnen, Flachsspinnerinnen, Korbflechterinnen, Näherinnen oder Waschfrauen beschäftigt sein würden. Andere sollten innerhalb des Gefängnisses arbeiten.

Bei Ungehorsam kam man in Einzelhaft.

Der Sträflingsbeauftragte begann mit der Begutachtung. Als er »Ferguson!« rief, trat Hazel vor.

Er fuhr mit dem Finger über die Einträge in dem Registerbuch. »Größe?«

»Ein Meter fünfundfünfzig«, sagte der britische Soldat, der einen Zollstock an ihren Rücken hielt.

»Konstitution?«

»Schwächlich«, antwortete er.

»Alter?«

»Siebzehn«, sagte Hazel. Dunne hatte ein paar Wochen zuvor beiläufig erwähnt, dass der September schon vergangen sei, und da hatte sie begriffen, dass das auch für ihren Geburtstag galt.

Heller Teint. Sommersprossen. Ovale Gesichtsform. Rote Haare. Breite Stirn. Rotbraune Augenbrauen. Graue Augen.

»Lese- und schreibkundig?«

»Einigermaßen.«

»Beruf?«

Dunne trat vor. »Sie hat ein kleines Baby, daher ist meine Empfehlung, dass sie im Säuglingsheim arbeitet. Sie ist recht ... kompetent.«

Sie sah ihn mit hochgezogenen Augenbrauen an, und er lächelte ihr so flüchtig zu, dass niemand sonst es sehen konnte.

Zwölf Stunden später, als sie mit den anderen auf dem Hauptdeck stand, schaute Hazel zum Mond auf, der so gelb wie ein Eidotter an einem tiefschwarzen Himmel stand. In seinem Licht konnte sie die Reihen von Ruderbooten sehen, die bereitlagen, um die Strafgefangenen an Land zu bringen. Die Luft war feucht und kalt. Die Frauen drängten nach vorne, als die Crew anfing, sie in die Boote zu verladen. »Langsam, langsam, oder ihr kommt nie runter vom Schiff!«, schrie der britische Soldat. »Mich juckt's nicht, wenn ihr hierbleibt.«

Leichter Regen setzte ein. Nach einer Weile stellte sich Olive neben Hazel. Ohne ein Wort zu sagen, streckte sie die Arme nach dem Baby aus. Inzwischen konnte sie voraussehen, wann Ruby Hunger bekam, und stand oft unmittelbar, bevor die Kleine aufwachte, vor Hazels Tür. Jetzt nahm Olive das Baby auf den Arm und knöpfte sich geschickt mit der freien Hand die Bluse auf.

»Ich muss immer an Leenie denken«, sagte Olive, während sie Ruby beim Trinken zusah. »Ich sehe sie im Gesicht dieser Kleinen, und das bricht mir das Herz.«

Ein paar Minuten später kam Dunne zu ihnen herüber. Er brachte Hazel ihre Sachen von den Quäkerinnen – Nadel, Garn und Bibel –, die noch bei ihm im Quartier gelegen hatten. »Ich wusste nicht, ob Sie diese Dinge noch haben wollen.«

Sie zuckte die Achseln. »Um ehrlich zu sein, habe ich für eine Bibel nicht viel Verwendung.«

»Vielleicht können Sie das hier gebrauchen.« Er reichte ihr sein Exemplar von *Der Sturm*.

Sie sah ihn überrascht an. »Dann ist Ihre Ausgabe unvollständig, Dr. Dunne.«

»Vielleicht bekomme ich es eines Tages zurück.«

»Sie wissen, wo Sie mich finden«, sagte sie.

Der Himmel wurde heller, und alles war in gräuliches Licht getaucht. Es regnete. Von ihrem Platz im Ruderboot aus blickte Hazel über das Wasser, zurück zum Schiff. Aus dieser Entfernung sah es klein und gewöhnlich aus – nicht mehr wie dieser schreckliche Koloss, der drohend über einem lauerte, wie sie es im Londoner Hafen wahrgenommen hatte. Während sie darüber nachdachte, wie weit sie gereist war, sah sie, wie ein sehniger Mann die Rampe hinunter zu einem der Boote geführt wurde. Buck, erkannte sie. Er folgte ihnen an Land.

Sie stieß Olive an, die neben ihr saß. »Schau, wer da ist.«

»Wir hätten ihn umbringen sollen, als wir die Gelegenheit hatten«, murmelte Olive.

Hobart Town, 1840

Auf wackeligen Beinen stieg Hazel aus dem Boot und betrat den Pier. Erst jetzt, da sie wieder festen Boden unter den Füßen hatte und sich dennoch kaum aufrecht halten konnte, merkte sie, wie sehr sie sich an den Rhythmus der Wellen gewöhnt hatte. Aus Angst, das Gleichgewicht zu verlieren und Ruby fallen zu lassen, ließ sie sich auf die Knie sinken. Alle um sie herum taten dasselbe.

Als alle 192 Frauen und Kinder hinübergebracht worden waren und über einen wackeligen Steg den Pier erreicht hatten, war es später Vormittag. Hazel blickte zu den Möwen, die über ihren Köpfen kreisten, und sah den Nebel, der über dem Meer hing. Lauschte auf das Geräusch der Wellen, die gegen die Kaimauer schlugen, ein tiefes, rhythmisches Brausen. Vom Wasser her kam eine kühle Brise, die unter ihren Rock fuhr und ihre Beine streifte. Sie steckte Rubys Decke um sie herum fest und zog sich ihr Tuch enger um die Schultern.

Während sie auf glitschigen Pflastersteinen den Kai entlanggingen, hörte Hazel ein merkwürdiges Rufen und Gejohle. Eine Gruppe wild aussehender Männer kam auf sie zu. Als sie bei ihnen waren, warfen sie den Frauen lüsterne Blicke zu, grabschten nach ihren Röcken, schwenkten ihre Hüte dicht vor ihren Gesichtern und beschimpften sie mit Worten, die Hazel noch nie zuvor gehört hatte, noch nicht einmal auf den Straßen von Glasgow.

»Seht euch diese Nutten an! Widerliche Schlampen... Stinkfisch-Huren... glotzäugige Hühner... dreckige Fotzen...«

»Sie sind wie geifernde Tiere«, murmelte Olive hinter Hazel. »Halten es nicht aus, dass wir ins Gefängnis gehen anstatt mit ihnen ins Bett.«

Die Frauen schlurften weiter, den Blick zu Boden gerichtet, während sie auf dem unbefestigten Weg versuchten, die schlammigen Pfützen zu umgehen. Hinter ihnen liefen Soldaten in roter Uniform, mit Musketen über der Schulter, und beobachteten sie. »Los, weiter!«, riefen sie. Wenn eine von ihnen ausscherte, stießen sie sie grob zurück, und wenn eine stolperte und hinfiel, zogen sie sie wieder hoch, wobei sie ihre Hände viel länger als nötig auf ihren Hüften oder Hinterteilen liegenließen.

Macquarie Street, stand auf einem Schild direkt vor ihnen. Sie trotteten einen Hügel hinauf, vorbei an braunen Verwaltungsgebäuden und einer Backsteinkirche mit schwarzem Kuppeldach und einer großen Kirchturmuhr. Die Frauen stöhnten, die Kinder jammerten: »Wie lange noch? Wohin gehen wir?« Ruby war ebenfalls unruhig, sie hatte Hunger; Hazel versuchte das Kind zu beruhigen, indem sie es im Tragetuch auf und ab wippte. Auch in ihrem Magen rumorte es. Bevor sie aufgebrochen waren, noch bei Dunkelheit, hatte man ihnen nur etwas Schiffszwieback angeboten, und Hazel hatte, verwöhnt von dem richtigen Essen, das sie in letzter Zeit genossen hatte, darauf verzichtet. Jetzt bereute sie es.

Sie kamen an zweistöckigen Sandsteinhäusern vorbei, hübschen kleinen Cottages. Rosen rankten sich an Spalieren empor, und Kirschbäume blühten in allen möglichen Rosatönen. Die Morgenluft roch erdig und frisch. Hazel blickte hinauf zu den hohen Felsen des Berges, den sie vom Hafen aus gesehen hatte und dessen Gipfel in den Wolken verschwand. Entlang der Straße standen Bäume mit grau-rosa Stämmen, die sie an die Haut geschorener Schafe erinnerten. Erstaunt sah sie in einem umzäunten Garten vogelartige Geschöpfe, die größer als Menschen waren, längliche Körper hatten und auf dünnen Beinen umherstolzierten, während sie in der Erde pickten.

Nach einer Weile stieg die lange Parade von Frauen in ein Tal hinab. Eine schwache Sonne trat hinter den Wolken hervor, als sie an Holzbaracken, einer Sägemühle und einer Brauerei vorbeikamen. Ein Schwarm grüner Vögel flatterte über ihren Köpfen. Der Schlamm war hier tiefer, von den vorangegangenen Frauen zwar schon etwas festgetreten, aber immer noch matschig, und sickerte durch Hazels Schuhe. Das Laufen fühlte sich nach so vielen Monaten auf See fremd und unnatürlich an. Ihre Beine schmerzten, und ihre Füße waren wund. Sie war durstig, und ihre Blase drückte.

Olive klopfte Hazel auf den Arm. »Sieh dir das an.«

Auf einem etwa hundert Meter entfernten Feld war eine Gruppe großer brauner Tiere, die Köpfe wie Rehe hatten, aber Hasenohren, und die auf den Hinterbeinen standen und sie anstarrten. Eins von ihnen drehte sich um und sprang davon, die anderen folgten ihm hüpfend wie Bälle, die jemand aus einem Korb gekippt hat.

»Was in aller Welt...«, keuchte Hazel. Dieser Ort war fremdartiger, als sie es sich vorzustellen gewagt hatte.

Während sie weitergingen, hörte sie ein Raunen aus den vorderen Reihen, dann nahm sie einen fürchterlichen Gestank wahr. Sie schaute hinab: Sie überquerten eine kleine Brücke über einem schmalen Flüsschen voller Schmutzwasser. Graue Ratten huschten darin hin und her.

Olive stieß sie von hinten an. »Schau nach oben.«

Vor ihnen, im Schatten des Berges, erhob sich eine fensterlose Festung. Der Soldat, der den Zug anführte, klopfte an ein riesiges Holztor. Als es sich öffnete, herrschte er die Sträflingsfrauen und ihre Kinder an, zwei Reihen zu bilden. Langsam und geordnet gingen sie hinein.

Ein dünner, bärtiger Mann in blauer Uniform und eine Frau in einem schwarzen hochgeschlossenen Kleid standen am anderen Ende eines öden Innenhofs. Hinter ihnen fegten drei Frauen in unförmiger Gefängniskleidung den Boden. Eine davon, eine Strafgefangene mit weißen Zöpfen, hielt inne und sah zu, wie die Frauen hereinströmten. Als Hazel ihrem Blick begegnete, legte sie einen Finger an die Lippen.

Abgesehen von entfernten Geräuschen wie Geschirrklappern oder jemandem, der Holz hackte, war es unheimlich still.

Nachdem die letzte Frau eingetreten und das Tor geschlossen und verriegelt worden war, trat der Mann mit dem Backenbart vor sie hin. »Ich bin Mr Hutchinson, Direktor der Cascades Female Factory«, sagte er mit einer hohen, näselnden Stimme, »und das ist Mrs Hutchinson, die Vorsteherin. Solange ihr hier in Gefangenschaft seid, untersteht ihr unserem Befehl.« Er trat von einem Bein aufs andere und sprach so leise, dass sich die Frauen nach vorne beugen mussten, um etwas zu verstehen. »Man wird euch eure persönlichen Gegenstände abnehmen und sie bis zu eurer Entlassung für euch aufbewahren – falls sie nicht zu schmutzig sind, dann werden sie verbrannt. Wir erwarten zu jeder Zeit äußerste Reinlichkeit und absoluten Gehorsam. Ihr werdet täglich die Kapelle besuchen, nach dem Frühstück um acht Uhr morgens und nach dem Abendessen um acht Uhr abends. Fortbleiben oder Zuspätkommen werden streng bestraft. Genauso wie Obszönität und Tabakrauchen. Wir sind davon überzeugt, dass Schweigsamkeit vor Unruhe und schlechten Einflüssen schützt. Reden, Lachen, Pfeifen und Singen sind streng verboten. Wenn ihr diese Regel missachtet, werdet ihr bestraft.«

Hazel sah sich flüchtig um. Der Innenhof war feucht und schattig und voller Pfützen. Es roch nach Schimmel. Die Wände ringsum waren etwa sieben Meter hoch. Ruby wimmerte. Ihre Windel war schwer vor Nässe, und sie musste gestillt werden.

»Ihr werdet in drei Gruppen eingeteilt, je nach eurem

Strafmaß, dem Führungszeugnis, das euch der Schiffsarzt ausgestellt hat, und unserer Einschätzung eures Charakters. Die ›Zuteilbaren‹ – diejenigen von euch, die sich gut benehmen und präsentabel sind und die über nützliche Fähigkeiten und Fertigkeiten verfügen – genießen das Privileg, das Gefängnis verlassen und in Haushalten und Geschäften von freien Siedlern arbeiten zu dürfen.«

Olive stieß Hazel in den Rücken. »Privileg«, spottete sie. »Arbeiten wie ein Pferd und behandelt werden wie ein Hund.«

»Wenn ihr eure Aufgaben nicht erfüllt oder anmaßend seid, euch berauscht oder versucht wegzulaufen, wird euch dieses Privileg aberkannt.« Die monotone Rede des Direktors nahm kein Ende. »Gefangene der Kategorie Gewaltverbrechen werden im Gefängnis beschäftigt, mit der Herstellung oder Reparatur von Kleidung oder in der Wäscherei. Wenn ihr des Ungehorsams, der Gottlosigkeit oder Unzucht, der Aufsässigkeit, Faulheit oder Ruhestörung beschuldigt werdet, wird euch der Kopf geschoren, und dann werdet ihr in Einzelhaft gesteckt, bis ihr eure Strafe abgesessen habt.

Wenn ihr schwanger seid, dürft ihr euch sechs Monate lang im Säuglingsheim um euer Baby kümmern, bevor ihr im Straftrakt, der Abteilung für schwere Fälle, sechs Monate lang für das Vergehen einer unehelichen Schwangerschaft büßt. Größere Kinder kommen ins Waisenhaus. Die Mütter können bei guter Führung eine sonntägliche Besuchserlaubnis erhalten.«

Hazel hatte schon gewusst, dass man Mütter und Kinder

trennen würde, aber für die meisten anderen Frauen war diese Information neu. Ihr Schreien und Klagen erfüllte den Hof.

»Ruhe!«, bellte der Direktor.

Rubys Wimmern schwoll zu einem Heulen an. Olive flüsterte: »Soll ich sie stillen?«

Hazel hob Ruby aus dem Tragetuch und reichte sie ihr. »Dann kümmerst du dich also weiter um Ruby?«

Olive schüttelte den Kopf. »Wenn ich das mache, dann muss ich als Amme arbeiten. Ich kann aber nicht den ganzen Tag mit Babys verbringen.«

Als der Direktor endlich seine Ansprache beendet hatte, stellten sich die Sträflingsfrauen für das Mittagessen an, einen Kanten Brot und eine Schale wässriger Suppe. Hammelfleisch, hieß es, aber Hazel sah nur Fett und Knorpel. Die Suppe war säuerlich und schmeckte vergoren. Trotz ihres Hungers spuckte Hazel sie zurück in die Schale. Den Rest des Nachmittags stand sie mit den anderen Frauen auf dem zugigen Hof, wippte Ruby auf ihrer Hüfte und wartete. Sie sah, wie die Frauen nacheinander in einem kleinen Backsteinhaus verschwanden und in einer grauen Uniform wieder herauskamen.

»Zeig mir deine Hände«, sagte der mürrisch dreinblickende Arzt, als sie endlich an der Reihe war. Hazel legte Ruby auf einen Stuhl und streckte ihm ihre Handflächen entgegen. Hände hoch, Hände runter. »Mach den Mund auf.« Nach einem Blick in ihre Unterlagen hob er seine buschigen Augenbrauen. »Hier steht, dein Kind braucht eine Amme.«

Sie nickte.

»Das kommt daher, dass du zu dünn bist«, sagte er gereizt. »Ihr Sträflinge achtet nicht auf euch, und dann müssen andere eure Aufgaben übernehmen. Wer hat sie auf dem Schiff gestillt?«

Hazel hütete sich, Olive mit hineinzuziehen. »Eine Frau, die leider gestorben ist.«

»Das ist bedauerlich.« Er machte einen Vermerk in ihrer Akte. »Es wird empfohlen, dass du im Säuglingsheim arbeitest. Was kannst du?«

Sie zögerte. »Ich bin Hebamme.«

»Du hast schon bei Entbindungen geholfen?«

»Ja. Und ich habe etwas Erfahrung in der Behandlung von Kinderkrankheiten.«

»Ich verstehe. Nun...« Er seufzte. »Der Bericht des Schiffsarztes ist recht positiv. Und wir haben nicht genügend Personal.« Er sah von ihrer Akte auf und sagte: »Du kannst morgens mit den jungen Müttern und Ammen ins Säuglingsheim gehen. Ich mache einen Vermerk, dass du im Entbindungsraum assistierst, wenn Hilfe benötigt wird.«

»Danke.« Sie hob Ruby hoch und legte sie sich an die Schulter.

»Was machst du da?«, fragte er scharf.

»Ich... ich nehme mein Baby.«

»Das wirst du nicht. Wir bringen dieses Kind ins Säuglingsheim. Du kannst es morgen sehen.«

Sie spürte, wie sich ihr Herzschlag beschleunigte. »Sie hat immer bei mir geschlafen.«

»Jetzt nicht mehr. Dieses Recht hast du dir verwirkt – jedes Recht –, als du deine Straftat begangen hast.«

»Aber ...«

»Das wäre alles, Sträfling.« Steif streckte er die Arme aus.

Sie zögerte. Doch was hätte sie sonst tun sollen? Sie gab ihm das Baby.

Er nahm es, als wäre es ein Stück Feuerholz.

Hazel warf einen letzten zögernden Blick auf Ruby, die wieder unruhig wurde, dann führte man sie hinaus.

Am anderen Ende des Ganges hob die Vorsteherin, die lange Handschuhe trug, die Haare in Hazels Nacken an und betrachtete sie. »Keine Läuse zu sehen«, berichtete sie einer Gefangenen, die Notizen machte. »Glück für dich, du kannst dein Haar behalten«, sagte sie zu Hazel.

Nachdem man sie in einer Metallwanne mit kaltem, schmutzigem Wasser hatte baden lassen, zog Hazel ihre Uniform an – ein graues Kleid aus grobem Stoff, dunkle Strümpfe und robuste schwarze Schuhe – und steckte verstohlen Evangelines Taschentuch in ihre breite Vordertasche. Die Vorsteherin reichte ihr ein Paket, das ein weiteres Kleid, ein Tuch, eine Schürze, ein paar Unterkleider, ein weiteres Paar Strümpfe, eine Strohhaube und zwei zusammengefaltete Lappen enthielt. »Für deine Monatsblutung. Falls du schon in dem Alter bist«, fügte sie hinzu. »Bist du's?«

»Ich habe ein Baby.«

»Das hätte ich nicht gedacht.« Die Vorsteherin schüttelte den Kopf. »Ein Jammer. Ein so junges Mädchen wie du.«

Um sieben Uhr, als die Glocke das Abendessen ankündigte, war Hazel so hungrig, dass sie die stinkende Ochsenfleischsuppe beinahe köstlich fand. Sie schlang sie herunter und eilte zum Acht-Uhr-Gottesdienst in der Kapelle, wo sie sich mit den anderen Strafgefangenen in beinahe völliger Dunkelheit auf eine überfüllte Kirchenbank zwängte und dem Kaplan zuhörte, wie er ihnen, mit der Faust auf sein Rednerpult schlagend, eine Strafpredigt hielt. »Ihr Knechte, seid gehorsam in allen Dingen euren leiblichen Herrn, nicht mit *Dienst vor Augen, als den Menschen zu gefallen*, sondern mit Einfalt des Herzens und mit Gottesfurcht!«, schrie er, so dass Spucketröpfchen von seinen Lippen flogen. »Ihr mit euren verkommenen und lasterhaften Gewohnheiten der Sittenlosigkeit und Faulheit, euch muss zu Anstand und Fleiß verholfen werden!«

Während die Worte über sie hinwegspülten, fühlte sich Hazel an die wenigen Male erinnert, da sie die St. Andrews Cathedral in Glasgow betreten hatte, um sich bei einer Sonntagsandacht aufzuwärmen. Schon im jungen Alter hatte ihr all das Gerede von Sünde und Laster widerstrebt. Es schienen unterschiedliche Regeln zu gelten, je nachdem, ob man arm oder reich war, und den Armen wurde immer die Schuld gegeben. Man sagte ihnen, nur wenn sie ihre Sünden beichteten, könnten sie Krankheiten wie Typhus besiegen, dabei waren die Straßen und das Wasser schmutzig. Und für Mädchen und Frauen war es am schlimmsten, hatte sie immer gedacht. Die steckten tief im Dreck und hatten keine Möglichkeit, wieder herauszukommen.

Als die Predigt zu Ende war, wurden die Gefangenen in Gruppen von je zwölf Frauen eingeteilt und in Zellen getrieben, in denen Hängematten in vier Reihen von jeweils drei Stück hingen. Es war so eng, dass man sich kaum bewegen konnte. »Wie ihr seht, stehen hier zwei Eimer, einer ist der Nachttopf, der andere enthält Trinkwasser. Es wäre schlau, sie nicht zu verwechseln.«

Die Hängematten aus grobem Leinenstoff waren voller Flöhe. Der Boden war klebrig. Es roch nach Urin, Blut und Fäkalien. Als die Tür zufiel, blieben die Frauen in völliger Dunkelheit zurück. Während sie auf ihrer schimmeligen Hängematte saß, dachte Hazel an Ruby, allein im Säuglingsheim. War sie nass? Hungrig? Weinte sie? Es war die erste Nacht, die sie getrennt verbrachten. Das Gewicht des warmen Körpers in ihrer Armbeuge fehlte ihr.

Nachdem sie im Dunkeln ihr Nachthemd angezogen hatte, zog Hazel das weiße Taschentuch aus ihrer Schürzentasche und faltete es auf. Sie band sich die rote Kordel um den Hals und steckte die Blechmarke unter ihr Nachthemd, nachdem sie mit den Fingerspitzen die Nummer nachgefahren hatte: 171. Sie konnte in der Nacht nicht bei Ruby sein, aber sie konnte wenigstens Evangelines Marke tragen. Wie merkwürdig, dass dieses Erkennungszeichen ihrer Inhaftierung jetzt etwas ganz anderes für sie war: ein Andenken. Ein Talisman.

Haftanstalt The Cascades, 1840 – 1841

Vom Läuten einer Glocke geweckt, zogen sich die Frauen eilig an und stellten sich in dem kühlen Küchengarten hintereinander auf, um ihren Haferschleim zu bekommen, bevor sie sich die nächste endlose Predigt anhörten. Als sie wieder aus der Kapelle kamen, strömten einige freie Siedler in Hof eins, um sich Sträflingsfrauen als Arbeitskräfte auszusuchen. Hazel stellte sich zu der Gruppe von jungen Müttern und Ammen, die sich am Tor versammelten, um zum Säuglingsheim zu gehen. Es befand sich in der Liverpool Street, in der Nähe des Hafens, hatte man ihnen gesagt.

Von einem Wachmann begleitet, gingen die Frauen den Weg zurück, den sie am Vortag gekommen waren, vorbei an der hohen Steinmauer der Haftanstalt, dann nach links über die Brücke über den stinkenden kleinen Fluss und in der Macquarie Street den Hang hinauf. Dichter Nebel hing über dem Berg vor ihnen. Grüne Eidechsen schossen über den Weg, königsblaue Vögel flogen zwischen den

Bäumen umher. Während sie schweigend dahinmarschierten, staunte Hazel über die Schönheit dieser neuen Welt; die violett blühenden Sträucher, das goldene Gras am Wegesrand, glänzend von Tau, die zarten grauen Zweige der Büsche. Sie dachte an ihr Viertel in Glasgow, wo sie ihre Schritte immer mit Bedacht setzte, weil die Straßen mit einer Schicht aus Ruß und Kot bedeckt waren und man aufpassen musste, nicht auf Abfällen auszurutschen, die die Leute aus den Fenstern warfen. Sie erinnerte sich an das enge Zimmer, das sie mit ihrer Mutter bewohnt hatte, mit einem einzigen blinden Fenster, das keine Frische und nur wenig Licht hereinließ, und einem Lehmboden, der sich bei Regen in Schlamm verwandelte. Das Wasser des River Clyde war so giftig, dass die meisten Menschen, ob jung oder alt, lieber Bier tranken. Sie dachte an die kleinen Kinder, weniger als sechs Jahre alt, die in Fabriken und Minen arbeiteten und die von ihren Eltern losgeschickt wurden, um für sie zu stehlen – so wie auch Hazel es getan hatte.

Trotzdem bedeutete Glasgow nicht nur Qual und Hoffnungslosigkeit für sie. Es gab vieles, das sie vermisste. Sie hatte es geliebt, durch die gewundenen, holprigen Gassen zu streifen, die zu den Geschäften auf der Westseite führten, in denen es bunte Schals, Lederhandschuhe und Ballen glänzender Stoffe gab. Sie hatte es geliebt, die flockige Kruste einer Lammpastete, genannt *Scotch Pie*, abzubrechen und sich auf der Zunge zergehen zu lassen. *Neeps and Tatties* – Steckrüben und Kartoffeln –, *Haggis* und der seltene Genuss eines *Trifle*. Die buttrige Süße von Shortbread. Mit Honig gesüßter Kamillentee, so heiß, dass man in den

Dampf pusten musste, damit er abkühlte, an Winterabenden am Küchentisch. Ihre Mutter, so erinnerte sie sich, legte manchmal Äpfel mit etwas Gewürznelke in einen Steinguttopf und gab ein bisschen Zucker, etwas Zitronenschale und einen Spritzer Rotwein dazu. Nach einer Stunde im Holzofen wurde ein köstlicher Brei daraus, den sie direkt aus dem Topf löffelten.

Hazel spürte überrascht, wie Sehnsucht nach ihrer Mutter in ihr aufwallte, und dann, genauso schnell, Wut. Ihre Mutter war schuld daran, dass sie hier war, an diesem schrecklichen Ort. Hazel glaubte nicht, dass sie ihr das jemals verzeihen konnte.

Das Gebäude des Säuglingsheims war heruntergekommen. Im Inneren stank es nach Erbrochenem und Kot. Hazel ging durch ein Gewirr von winzigen Räumen und suchte nach Ruby. Die Babys lagen zu dritt oder zu viert in den Bettchen, auf schmutzigen Laken voller Flöhe. Die größeren, die schon krabbeln oder laufen konnten, starrten Hazel stumm an, wie Welpen in einem Käfig.

»Warum sind sie so ruhig?«, fragte sie einen Wärter.

Er zuckte die Achseln. »Viele sind kränklich. Und ein paar von den Älteren haben nie sprechen gelernt.«

Als Hazel Ruby endlich fand, in einem Bettchen im oberen Stockwerk, war sie ebenfalls ungewöhnlich ruhig. Hazel nahm sie hoch und brachte sie in den Wickelraum. Ihr Kot war von ungesundem Grün.

Es waren keine Ärzte da. Es gab keine Medikamente oder sonstiges Material, noch nicht einmal genug Laken und Tücher für die Betten. Alles, was Hazel tun konnte, war das Baby im Arm zu halten. Ab und zu wimmerte Ruby. Hazel wusste, dass sie hungrig war, aber es war keine Amme verfügbar. Sie würde warten müssen.

Nach einer Stunde erschien eine erschöpft aussehende Frau und nahm ihr Ruby ab. Ohne ein Wort zu sagen, klemmte sie sich mit routiniertem Griff das Baby unter den Arm und legte es an.

»Du weißt, wie man's macht«, stellte Hazel fest.

»Ich habe Übung darin.«

»Wie viele Babys stillst du?«

»Vier im Moment. Es waren fünf, aber ...« Ein Schatten legte sich über ihr Gesicht. »Nicht alle schaffen es.«

Hazel stockte der Atem, aber sie nickte. »Es muss ... schwer sein, manchmal.«

Die Frau zuckte die Achseln. »Man gewöhnt sich dran. Als mein eigenes Kleines gestorben ist, haben sie mich vor die Wahl gestellt. Sechs Monate im Straftrakt Wäsche waschen. Oder das.«

Nach ein paar Minuten entzog sie sich dem Baby und fing an, ihr Kleid zuzuknöpfen. Ruby drehte suchend das Köpfchen hin und her.

»Sie hat noch Hunger«, sagte Hazel.

»Tut mir leid. Die Kuh gibt keine Milch mehr.«

Am Ende des Tages drückte sich Hazel in der Nähe von Rubys Bettchen herum. In ihren Augen standen Tränen, und sie hatte einen Kloß im Hals.

»Bitte ... lassen Sie mich bei ihr bleiben. Und auch den anderen helfen«, flehte sie den Wärter an.

»Dann meldet man dich als vermisst, und deine Strafe wird um ein paar Jährchen verlängert, willst du das?«

Die ganze Nacht wälzte sich Hazel in ihrer Hängematte hin und her. Am nächsten Morgen war sie die Erste, die den Hang hinaufging, die Erste, die das Säuglingsheim betrat. Ruby ging es gut, aber ein anderer Säugling in ihrem Bettchen, ein Junge, war in der Nacht gestorben.

»Wo ist seine Mutter?«, fragte Hazel den Wärter, als die Leiche weggebracht wurde.

»Viele von ihnen tauchen nie auf«, sagte er. »Es ist ihnen lieber, ihre Zeit im Straftrakt abzusitzen und anschließend ihr Leben weiterzuleben. Kann nicht sagen, dass ich ihnen einen Vorwurf mache.«

Aber auch unter denen, die auftauchten, gab es viele, die stumpf und in sich gekehrt waren, mit leeren Blicken und grauen Gesichtern. Manche sahen ihr Baby kaum an.

Der Junge, der gestorben war, würde auf dem Kinderfriedhof an der Ecke Harrington und Davey Street in einer Kiste aus Eukalyptusholz begraben werden, erzählte ihr der Wärter. Sie würden bis zum Ende des Tages damit warten, für den Fall, dass es noch mehr wurden.

Hazel fand Olive an diesem Abend im Haupthof, zusammen mit Liza, der schlitzohrigen Buchhalterin, und ein paar anderen neuen Freundinnen. »Können wir miteinander reden?«

»Was brauchste?«

Hazel kam schnell zum Punkt. »Du musst sie stillen, Olive.«

»Hab's dir doch schon gesagt: Ich will nicht sechs kleine Ferkel säugen.«

»Wir können dem Doktor sagen, dass deine Milch nur für eins reicht.«

Sie schüttelte den Kopf. »Hab gehört, dass es da drüben scheußlich ist.«

»Ruby wird sterben, wenn du es nicht machst.«

»Du bist wirklich ne Glucke, was, Hazel?« Olive zog die Schultern hoch, schüttelte die Arme, riss die Augen auf und gackerte.

Die Frauen um sie herum lachten.

Hazel achtete nicht auf sie. »Ich flehe dich an«, sagte sie und holte tief Luft. »Denk an Evangeline.« Es war schamlos, den Namen ihrer toten Freundin zu benutzen, das wusste sie. Aber Hazel hatte keine Scham mehr. »Jeden Tag sterben dort Babys, und man wirft sie einfach in ein Loch, wo sie verrotten. Noch nicht mal ein richtiges Begräbnis bekommen sie.«

Olive stieß ein lautes Seufzen aus. »Jesus, Maria und Josef«, sagte sie und verdrehte die Augen.

Aber am nächsten Morgen, und von da an jeden Tag, wenn Hazel in den Hof kam, stand Olive da, um zusammen mit den anderen Ammen und den jungen Müttern zum Säuglingsheim zu gehen.

Eines Tages, als sie neben Olive die Macquarie Street hinaufging, entdeckte Hazel einen Büschel Salbei und verließ kurz die Reihe der Frauen, um ein paar Zweige zu pflücken. Als sie die Stängel zusammendrehte und in ihre

Schürzentasche steckte, fragte die Gefangene hinter ihr: »Was hast du damit vor?«

Hazel drehte sich um. Es war die Frau mit dem weißen Zopf, die sie bei ihrer Ankunft im Hof gesehen hatte. »Ich mache einen Umschlag daraus«, sagte sie. »Gegen Hautausschläge.«

»Du weißt, dass da auch Muttermilch gut wirkt«, sagte die Frau.

Hazel schaute zu Olive, die schnaubte. »Anscheinend bin ich ein wandelndes Wundermittel.«

Die alte Frau war weder eine frischgebackene Mutter noch eine Amme. »Bist du Hebamme?«, fragte Hazel.

»Ja, bin ich. Du auch?«

Hazel nickte.

»Im Säuglingsheim zu arbeiten, bedeutet für viele nicht das große Los, aber ich dachte, ich könnte mich dort nützlich machen. Die meisten Sträflingsfrauen, die in den Entbindungsräumen arbeiten, haben keine Erfahrung. Ich schon.«

Sie hieß Maeve, erzählte sie. Maeve Logan. Sie stammte aus Roscommon, einer Gegend in Irland. Schon immer war sie sehr direkt gewesen, hielt mit Kritik niemals hinterm Berg; manche behaupteten sogar, sie sei eine Hexe, und vielleicht war sie das auch. Ihr Vermieter war einen Tag, nachdem sie ihn dafür verflucht hatte, dass er die Bewohner seines Hauses hungern ließ, gestorben. Obwohl es keinen Beweis dafür gab, dass sie irgendetwas damit zu tun hatte, war sie verhaftet worden. Sieben Jahre. Seit vier Jahren war sie auf Van-Diemens-Land.

In den folgenden Wochen fing Hazel an, zusammen mit Maeve daran zu arbeiten, die Zustände im Säuglingsheim zu verbessern. Sie machten Wasser heiß und schleppten es nach draußen, um dort die Laken zu waschen. Sie wischten die Böden. Um Fieber zu senken, badeten sie Babys in Wasser mit Zitronensaft, gegen Nesselausschlag machten sie Tee aus Katzenminze. Maeve zeigte Hazel die einheimischen Pflanzen und brachte ihr bei, wie man sie nutzen konnte: Aus der Rinde des Schwarzen Eukalyptusbaums konnte man einen Tee gegen Fieber und Kopfschmerzen aufbrühen. Der Pflanzensaft des Weißen Eukalyptus war gut gegen Sonnenbrand, während man mit dem vom Hopfenbusch Zahnschmerzen behandelte. Mit dem Nektar aus den Blüten der Tasmanischen Scheinulme behandelte man Entzündungen.

Manche der heimischen Pflanzen waren gefährlich – und gefährlich verführerisch. In kleinen Mengen verursachten sie angenehme Empfindungen, aber bei falscher Dosierung führten sie zu Halluzinationen oder waren sogar tödlich: das gelbe Öl vom Sassafrasbaum, die Zutaten, aus denen man Absinth herstellt: Wermut, Ysop, Anissamen und Fenchel in Schnaps eingelegt. Maeve zeigte auf einen Busch am Wegesrand, der trichterförmige, blassrosa Blüten hatte. »Engelstrompeten. Schön, oder? Wenn du diese Blüten isst, verschwinden all deine Sorgen. Das Problem ist nur, dass zu viele davon dich umbringen.« Sie lachte. »Sie heißen so, weil sie das Letzte sind, was du siehst, bevor du in den Himmel kommst.«

Wie Hazel bald merkte, bestand das Leben in der Haftanstalt weitgehend aus Schlangestehen. Die Frauen stellten sich an, um ihr tägliches Pfund Brot und ihre Schale Haferschleim zum Frühstück zu bekommen, ihren halben Liter Hammelsuppe zum Mittagessen und ihre Ochsenfleischsuppe, mit altem Gemüse angereichert, zum Abendessen. Sie standen vor der Kapelle an und bei der Aufgabenzuteilung. Beim Sonntagsappell stellten sie sich in Hof zwei auf, mit dem Gesicht zur Wand, um derb nach Schmuggelware abgesucht zu werden.

Das Gefängnis war für zweihundertfünfzig Frauen ausgerichtet, beherbergte aber mehr als vierhundertfünfzig. Das Personal bestand aus nur acht Personen, was bedeutete, dass die Sträflingsfrauen oft ungeschoren mit etwas davonkamen – aber wenn man sie erwischte, wurden sie umso härter bestraft. Sie schmuggelten Rum und Wein herein, was sie für Begünstigungen bei der Aufgabenzuteilung eintauschten. Sie vergruben Tabak und Tabakpfeifen, Tee und Kekse neben den Waschzubern oder versteckten die Sachen im Hof hinter losen Ziegelsteinen. Die Schwächeren – Kinder oder Kranke, Frauen, die ein Kind verloren hatten oder schwermütig waren oder nicht ganz richtig im Kopf – wurden von den Stärkeren beherrscht, die ihnen ihre Rationen stahlen oder was sie sonst noch in die Finger bekamen. Auf dem Schiff, so unangenehm es dort auch gewesen war, hatte man die Gefangenen nur bestraft, wenn sie eine Rauferei oder einen Aufstand angefangen hatten. Hier dagegen konnte man aus den nichtigsten Gründen in die Zelle gesperrt werden: für das Aufheben eines Brotkantens, den jemand über die Mauer geworfen hatte, für lautes Singen oder Tauschhandel oder weil man mit Rum erwischt worden war.

Ein paar von ihnen flohen – jedenfalls gab es Gerüchte darüber. Zwei Frauen hatten sich angeblich mit Löffeln einen Tunnel aus der Einzelzelle gegraben. Eine andere, hieß es, habe ihre Decke in Streifen gerissen und diese zu einem Seil zusammengeknotet, um an der Mauer hinaufzuklettern. Aber die meisten Frauen gingen kein solches Risiko ein. Sie leisteten ergeben ihre Strafe ab und hofften, dass sie ihre Freiheit wiedererlangten, solange sie noch nicht zu alt oder zu krank waren, um sie zu genießen.

Eines Sonntags beim Appell kündigte der Gefängnisdirektor an, dass eine Erweiterung gebaut werden sollte, ein zweiter Gefängnistrakt mit mehr als hundert neuen Zellen, die in zwei Blöcken stufenförmig übereinander liegen sollten. Zwei Tage später traf ein Arbeitstrupp ein, bestehend aus männlichen Strafgefangenen aus Gefängnissen überall auf der Insel. Durch die Männer, die nun regelmäßig in die Fabrik kamen, erhielten die Frauen Zugang zu Gin, Rum, Tee und Zucker – Dinge, die sie gegen Begünstigungen oder frisches Brot aus dem Backhaus eintauschen konnten.

Olive ließ sich mit einer Gruppe ungehobelter Sträflingsfrauen ein, die sich selbst »Krawallhaufen« nannten. Diese Frauen schmuggelten Schnaps, Tee und Zucker herein, in Kohleeimern versteckt oder an Besenstiele gebunden, die sie über die Mauern warfen. Sie räkelten sich in geschmuggelten Seidenschals und Pantalons, sie fluchten offen und betranken sich bis zur Bewusstlosigkeit. Entgegen den Anweisungen des Direktors sangen sie aus voller Kehle derbe Lieder und riefen über den Hof hinweg nach ihren Kumpaninnen. Sie machten sich über den Kaplan lustig, mit Worten oder anzüglichen Gesten, wenn er an ihnen vorbeiging: »Hey, heiliger Willie, willst du was von uns?«

Sie kamen mit Vergehen davon, die schlimmer waren als das, wofür sie verurteilt worden waren, aber viele von ihnen saßen auch immer wieder in der Einzelzelle, was sie schulterzuckend hinnahmen als einen geringen Preis, den sie für ihr wüstes Treiben eben bezahlen mussten.

Olive und Liza, die schlitzohrige Buchhalterin vom Schiff, waren unzertrennlich geworden. Sie stachelten sich gegenseitig an. Olive änderte ihre Gefangenenkleidung, kürzte sie, schnürte sie enger, um mehr Bein und Dekolletee zu zeigen. Liza färbte sich die Lippen mit Beerensaft und umrandete sich die Augen mit Kohle. Im Hof liebkosten sie einander oder kniffen sich gegenseitig in den Hintern, wenn die Wachen wegsahen. Indem sie einen naiven Wachmann bestachen, schafften sie es sogar, zusammen im selben Bett zu schlafen.

Eines Nachmittags, als mehrere Mitglieder des Krawallhaufens laut in Hof eins sangen und tanzten, kam die Vorsteherin herbei, das Gesicht gerötet.

»Wer ist die Anführerin?«, fragte sie barsch.

Normalerweise wurde der Krawallhaufen still, wenn die Vorsteherin auftauchte, aber dieses Mal war es anders. Die Frauen hockten sich auf den Boden, johlten und stampften mit den Füßen und skandierten: »Wir sind alle gleich, wir sind alle gleich, wir sind alle gleich!«

»Ihr habt jetzt die Gelegenheit, zu erklären, dass ihr nicht zu dieser Gruppe gehört«, schrie Mrs Hutchinson. »Jede von euch riskiert eine harte Strafe!«

Die Frauen schrien, klatschten und schnalzten mit der Zunge.

Im allgemeinen Durcheinander gelang es Olive, sich davonzustehlen. Aber neun der Sträflingsfrauen wurden danach für sechs Monate in den Straftrakt verbannt, eine davon in Einzelhaft, und zwei der Anstifterinnen bekamen eine Verlängerung ihrer Haftstrafe um mehrere Jahre.

Hazel beobachtete das alles aus der Ferne. Ihr einziges Ziel war es, durch gute Führung so früh wie möglich ihren Entlassungsschein zu erhalten, wie es auch einigen anderen Frauen gelang, um irgendwo mit Ruby ein neues Leben zu beginnen, in Sicherheit und Freiheit.

Im Hochsommer wurde es so heiß, dass die Blätter der Bäume an den Spitzen verbrannten, und in der Macquarie Street war der Boden so trocken, dass die Erde Risse bildete. Aber unten im Tal, zwischen den hohen Gefängnismauern, blieb es düster und feucht. Die steinernen Fußböden waren oft nass und glitschig. Wenn der kleine Fluss über das Ufer trat, stand man in allen Räumen bis zu den Knöcheln in Schmutzwasser. Es war eine Erleichterung, das Gefängnis jeden Morgen zu verlassen, um zum Säuglingsheim zu gehen, vorbei an malerischen Cottages, in der Ferne Weizenfelder an den Berghängen und weidende Schafe.

Die Gesichter der Frauen, die im Laufe der Wochen und Monate morgens zum Säuglingsheim wanderten, änderten sich, aber ihre Anzahl blieb immer ungefähr dieselbe. Neue Mütter kamen hinzu, doch dafür schickte man die Frauen, deren Babys sechs Monate alt wurden, in den Straftrakt. Als Ruby sechs Monate alt war, wurde sie abrupt von der Brust entwöhnt, und Olive war entlassen. Nur wegen ihrer Kenntnisse im Entbindungsraum und bei der Behandlung kranker Babys wurde es Hazel weiterhin erlaubt, ins Säuglingsheim zu kommen. Weil sie wusste, dass der Aufseher sie immer im Auge hatte, achtete sie sorgsam darauf, regelmäßig ihre Runden zu machen und auch andere Kinder auf den Arm zu nehmen und zu wickeln. Aber es zog sie immer wieder zu Ruby, als wäre sie über einen unsichtbaren Faden mit ihr verbunden.

»Glaubst du, du bist was Besseres?«, schimpfte die laute, grobschlächtige Frau in der Hängematte neben ihr eines Abends. »Wir arbeiten uns die Finger wund, und du singst Babys Schlaflieder vor.«

Hazel antwortete nicht. Sie hatte sich noch nie darum gekümmert, was andere Leute von ihr dachten. Seit sie alt genug war, um einigermaßen Bescheid zu wissen, war es ihr nur ums Überleben gegangen, um sonst nichts. Sie hatte einfach nur versucht, am Leben zu bleiben. Und jetzt musste sie Ruby am Leben halten. Das war das Einzige, was zählte.

Hobart Town, 1841

Eines Morgens, als Hazel im Säuglingsheim eintraf, war Ruby fort. Man habe sie nach New Town ins Waisenhaus, die Queen's Orphan School, gebracht, erklärte der Wärter. Das war vier Meilen entfernt.

»Aber man hat mir nichts davon gesagt«, stammelte Hazel. »Sie ist erst neun Monate alt!«

Der Aufseher zuckte die Achseln. »Das Säuglingsheim ist überfüllt, und in ein paar Tagen kommt wieder ein Schiff an. Du kannst sie am Wochenende besuchen.«

In jeder Minute, die Hazel im Säuglingsheim verbrachte, dachte sie daran, dass Ruby alleine war. Die Sorge nistete sich in ihr ein wie ein Parasit. Sie nagte an Hazel, während sie ihren täglichen Aufgaben nachging, und ließ sie nachts in ihrer Hängematte hochfahren. *Ruby, Ruby...* vier Meilen entfernt, in den Händen von Fremden. Ihre großen braunen Augen. Die hohe Stirn und das lockige braune Haar. Sie war schon alt genug, um zu lächeln, wenn sie Hazel sah, und ihr mit den Händchen auf die Wangen zu patschen, aber sie war noch nicht alt genug, um zu wissen, warum sie alleine war und was sie getan hatte, dass man sie wegschickte.

Hazel konnte kaum ein anderes Baby auf den Arm nehmen, ohne zu weinen. Noch bevor die Woche zu Ende war, bat sie um eine andere Arbeit.

Am folgenden Sonntag stand Hazel mit über zwanzig Gefangenen am Eingangstor, um sich auf den langen Fußmarsch zum Waisenhaus zu machen. Manche hatten kleine Geschenke dabei, Spielsachen und Flitterkram, die sie gegen irgendetwas eingetauscht oder aus Abfall gebastelt hatten, oder selbstgenähte Kleider, aber Hazel hatte nichts mitzubringen. Sie hatte nicht gewusst, dass das erlaubt war.

Der Mount Wellington lag in weichem Morgenlicht. Die Luft war kühl. Während die Frauen gemächlich in Richtung New Town gingen, kamen sie an Apfelgärten vorbei, gelben Ringelblumen, Weizenfeldern. Doch Hazel bemerkte kaum, wie schön der Tag war, denn ihr Magen fühlte sich an, als wäre ein Knoten darin. Sie konnte an nichts anderes denken als an Ruby.

Sie stapften einen Hang hinauf. Die große Pfarrkirche, von zwei niedrigeren Gebäuden flankiert, sah einladend aus mit ihren hübschen Sandsteinbögen und Erkern. Aber im Inneren des Pfarrhauses war es dunkel und bedrückend.

Eins nach dem anderen wurden die Kinder zu ihren wartenden Müttern gebracht.

»Ma-ma«, sagte Ruby mit erstickter Stimme. Ihre Nase war verkrustet, sie hatte dunkle Prellungen an den Armen und Schürfwunden auf den Knien.

»Ruby, Ruby, Ruby«, flüsterte Hazel wieder und wieder. Der Heimweg war eine Qual.

Am nächsten Morgen sah Hazel eine neue Gruppe von verwahrlosten, hohlwangigen Verurteilten durch die Gefängnistore strömen. Sie spürte ihnen gegenüber nichts als Groll: noch mehr Frauen, die um Essen, Hängematten und Raum konkurrierten. Noch mehr Babys in dem überfüllten Säuglingsheim. Mehr Elend.

Hazel war an die rauen Winter von Glasgow gewöhnt. Die Wohnung, die sie mit ihrer Mutter geteilt hatte, war feucht und zugig gewesen; der Wind hatte durch die Spalte unter der Eingangstür und durch die Ritzen am Fensterrahmen gepfiffen. Aber das gemäßigte Klima auf Van-Diemens-Land hatte sie zu der trügerischen Annahme gebracht, auch der Winter würde hier mild ausfallen. Deshalb war es ein Schock, als die brutale Kälte einsetzte.

Es war grau und windig, als Hazel sich an einem Julimorgen zum ersten Mal der Gruppe der Zuteilbaren anschloss, die sich im Hof versammelten. Die Pflastersteine waren eisglatt, der Himmel weiß mit grauen Schlieren, wie schmutziger Schnee. Die Insassinnen standen in zwei Reihen und traten von einem Bein aufs andere. Ihr Atem bildete weiße Wolken in der Luft. Das Tor wurde geöffnet, und einige freie Siedler, rund ein Dutzend, kamen herein. Anders als die Sträflingsfrauen mit ihren dünnen Kleidern und Umhängen trugen sie dicke Mäntel und Wollmützen.

Hazel hatte sich das Gesicht gewaschen und die Haare ordentlich zurückgesteckt. Sie trug eine saubere weiße

Schürze über ihrem grauen Kleid und darüber ein Schultertuch. Maeve hatte ihr erklärt, dass man einen besseren Platz bekam, wenn man respektabel aussah und höflich war. Ein vornehmes Haus bedeutete zwar nicht, dass man freundlicher behandelt wurde, aber es bedeutete bessere Konditionen. Manchmal gab es sogar Lohn: zusätzliche Rationen, Kleidung, Schuhe. Vielleicht ein ausrangiertes Spielzeug oder ein Buch, das sie Ruby schenken konnte.

Die Siedler schritten die Reihen ab und stellten Fragen: *Was kannst du? Kochen? Nähen?*

Ja, Sir. Ich war als Köchin und Hausmädchen angestellt.

Ich bin Hofmagd, Ma'am. Ich kann waschen und bügeln, Kühe melken und Butter machen.

Eine stämmige ältere Frau in marineblauem Kleid, Wintermantel und Fellmütze blieb vor Hazel stehen und ging dann weiter an der Reihe der Frauen entlang. Einen Augenblick später kam sie zurück.

»Wie heißt du, Sträfling?«

»Hazel Ferguson, Ma'am.«

»Ich habe dich hier noch nie gesehen. Was war deine letzte Zuteilung?«

Die Frau hatte etwas Hochmütiges. Wahrscheinlich war sie nie selbst eine Gefangene gewesen, dachte Hazel.

»Ich habe im Säuglingsheim gearbeitet.«

»Hast du ein Kind?«

»Eine Tochter. Sie ist jetzt im Waisenhaus.«

»Du siehst kaum aus wie ...«

Hazel sagte die Wahrheit. »Ich bin siebzehn.«

Die Frau nickte. »Was kannst du?«

Hazel biss sich auf die Unterlippe. Niemand wollte eine Pflegerin oder Hebamme, behauptete Maeve; dazu vertraute man den Sträflingsfrauen nicht genug. »Ich bin als Hausmagd qualifiziert, Ma'am. Und als Stubenmädchen.«

»Hast du Erfahrung mit Wäsche?«

»Ja.«

»Schon mal in der Küche gearbeitet?«

»Ja, Ma'am«, sagte Hazel, obwohl das nicht stimmte.

Die Frau tippte sich nachdenklich mit zwei Fingern an die Lippen. »Ich bin Mrs Crain, die Haushälterin des Gouverneurs von Hobart Town. Ein anspruchsvoller Haushalt. Ich dulde weder Schlamperei noch schlechtes Betragen. Ist das klar?«

»Ja, Ma'am.«

»Ich bin heute nur hier, weil ich die letzte Sträflingsmagd entlassen musste. Ehrlich gesagt wäre es mir lieber, nicht auf Gefangenenarbeit zurückgreifen zu müssen, aber es geht nicht anders.«

Mrs Crain hob den Arm, und die Vorsteherin eilte herbei.

»Die sollte in Ordnung sein, Mrs Crain«, versicherte sie. »Uns sind nie Klagen zu Ohren gekommen.«

Hazel folgte der Haushälterin hinaus auf die Straße zu einer offenen Pferdekutsche mit hellblauen Sitzen. Der Mount Wellington, der über ihnen emporragte, war schneebedeckt.

»Heute sitzt du neben mir«, sagte Mrs Crain brüsk. »Ab morgen fährst du vor Sonnenaufgang mit den anderen Sträflingsmägden im Pferdekarren.«

Das letzte Mal war Hazel mit sechs Jahren in einer richtigen Pferdekutsche gefahren. Damals hatten sie das Hafenstädtchen Troon besucht – die einzige Ferienreise, die ihre Mutter je mit ihr unternommen hatte. In der Kutsche hatte noch eine dritte Person gesessen, ein Mann. Sein Atem hatte nach Alkohol gerochen, und er hatte ihrer Mutter die ganze Zeit die Hand aufs Knie gelegt. Zuvor hatte die Mutter ihr versprochen, sie würden in einer Teestube Crumpets und Sahnetorte essen und lange Spaziergänge entlang der malerischen Küste unternehmen, aber dann hatte Hazel eine Menge Zeit fröstelnd am windigen Strand verbracht, während die Mutter und ihr neuer Freund »die Läden erkundeten«, wie ihre Mutter es nannte.

Wieder eine Enttäuschung. Aber die Kutsche war hübsch gewesen, erinnerte sich Hazel.

Jetzt saß sie neben Mrs Crain und versuchte, in ihrem dünnen Umhang nicht vor Kälte zu zittern.

Die Pferde trabten munter durch die Macquarie Street, bevor sie in eine lange, von Eukalyptusbäumen gesäumte Auffahrt einbogen. Sie hielten vor einem stattlichen Sandsteingebäude mit einer breiten Treppe, die zur Eingangstür führte. Hazel folgte Mrs Crain zu den Dienstbotenräumen, wo sie sich vor und nach ihrer Schicht umziehen sollte. An Haken hingen blaue Baumwollkleider für die Sträflingsmägde. Schürzen, Hauben, saubere Unterkleider und Strümpfe lagen zusammengefaltet auf einem Regalbrett. Mrs Crain zeigte Hazel, wo sie sich jeden Tag vor der Arbeit Gesicht und Hände waschen konnte, und gab ihr einen Kamm – welcher den Frauen in der Haftanstalt nicht erlaubt war –, damit sie sich das Haar scheiteln konnte, bevor sie es zurückband und ihre Haube darüber feststeckte.

Eine Sträflingsmagd müsse immer beschäftigt sein, sagte Mrs Crain. Sie dürfe nicht tratschen, laut lachen oder sich hinsetzen, außer wenn sie Kleider flickte oder Silber polierte. »Dir ist ausdrücklich verboten, die Eingangstür zu öffnen; das darf nur der Butler«, erklärte sie, als sie Hazel durch das Haus führte. »Die Mitglieder der Familie Franklin oder ihre Besucher darfst du nicht ansprechen. Benutze nur die hinteren Treppen und Flure. Soweit es möglich ist, musst du dich unsichtbar machen.«

Zwei der Mägde, mit denen Hazel später am Vormittag sprach, gaben ihr einen anderen Rat. Manchmal, wenn man nicht aufpasste, grabschte Sir John nach einem, deshalb musste man immer auf der Hut sein. Lady Franklin schob alles, was falschlief, auf das Personal. Miss Eleanor war nicht besonders helle und konnte sehr fordernd sein: Einmal hatte sie darauf bestanden, dass eine Magd die ganze Nacht aufblieb, um ein Kleid zu säumen, das sie auf einer Party tragen wollte. (Und hatte schließlich ein anderes angezogen.) Außerdem erzählten sie Hazel, die Franklins hätten sich ein Eingeborenenmädchen ins Haus geholt; ein merkwürdiges Experiment. Wieder eine von Lady Franklins Launen.

»Wie ist das Mädchen?«, fragte Hazel.

»Keine Ahnung. Wirkt einsam, das arme Ding. Sie hatte ein Wiesel als Haustier, aber der Hund von Montagu hat es aufgefressen.«

»Es war ein Possum, glaube ich«, sagte die andere. »Ich hatte gehört, dass die Einheimischen nur Kauderwelsch reden, aber dieses Mädchen kann Französisch und Englisch.«

»Vielleicht kann man die Schlaueren dressieren«, sagte die Erste. »Wie Hunde.«

Hazel war neugierig auf dieses Kind. Sie hatte noch nie eine Eingeborene gesehen; waren sie wirklich so anders? Aber sie sagte nichts. Sie würde nicht tratschen oder Fragen stellen oder ihre neue Position sonst irgendwie in Gefahr bringen. An ihrem Platz in diesem Haushalt wollte sie mit aller Macht festhalten, damit sie ihre Strafe ableisten konnte und bald in die Freiheit entlassen würde.

Während der nächsten Wochen im Haus des Gouverneurs gewöhnte sich Hazel an die täglichen Routinen. Gleich nach Sonnenaufgang, sobald sie angekommen war, eilte sie zu dem Schuppen hinter dem Küchenanbau, um Holz für den Herd zu holen. Wenn sie das Feuer angezündet hatte, füllte sie zwei große schwarze Kessel mit Wasser aus der Zisterne in der Küche und hängte sie an eiserne Haken über die Flammen. Wenn die Köchin eintraf, ging Hazel mit einer anderen Sträflingsmagd durch das Hauptgebäude und machte im Frühstücksraum und in den Salons Feuer, damit es warm war, wenn Sir John und Lady Franklin aus ihren Schlafzimmern kamen. Die Mägde fegten den Eingangsbereich, die Vordertreppe und die Veranda und deckten den Frühstückstisch für die Familie. Dann überquerten sie den Innenhof, um in der Küche Toast zu machen und

Butter in winzige Schalen zu füllen. Während Lady Franklin und Sir John aßen, gingen die Mägde in die Schlafgemächer und entfernten die Asche aus den Kaminen und reinigten die Feuerroste, dann öffneten sie die Fenster und lüfteten die Federbetten, indem sie sie ausschüttelten und wendeten. (Wie sehr sich diese weichen Matratzen von den harten Leinenhängematten in der Haftanstalt unterschieden!) Sie staubten Bilderrahmen, Polstersessel und Bücherregale ab. Sie trugen die Nachttöpfe der Familie nach draußen zu dem Toilettenhäuschen hinter den Stallgebäuden, um sie zu leeren und auszuspülen.

Wenn die Franklins ihr Frühstück beendet hatten, räumte Hazel den Tisch ab und brachte das schmutzige Geschirr in die Küche, um es in der steinernen Spüle abzuwaschen, wobei sie vorsichtig sein musste, um die zerbrechlichen Teetassen nicht zu beschädigen. Danach konnte sie ihr eigenes Frühstück verzehren: Haferbrei, Tee, Toast mit Honig.

Schließlich reinigte sie die Kerzenleuchter und schnitt die Dochte in den Öllampen.

Den ganzen Tag über füllte sie die Kessel nach. Zweimal täglich musste sie sich vor den Küchenofen knien, um die Asche herauszusieben und das Gitter zu reinigen.

Nach den morgendlichen Aufgaben hatte Hazel jeden Tag etwas anderes zu erledigen. Montags putzte sie die Küche, scheuerte die Vorratskammer und schrubbte auf allen vieren den Steinboden, wobei sie darauf achten musste, der Köchin nicht in die Quere zu kommen. Dienstag und Mittwoch waren Waschtage. Dann zog sie die Betten ab und sammelte in allen Zimmern Kleidungsstücke ein, um sie in große Kupferwannen zu tauchen, nachdem sie alle Bänder und Knöpfe davon gelöst hatte. Drei Sträflingsmägde trieben die Stücke durch die Wäschepresse, bevor sie sie zum Trocknen ausbreiteten oder auf die Wäscheleine hängten. Es war unvermeidlich, dabei klatschnass zu werden. Bevor sie die Wäsche an der kalten Luft aufhängten, mussten sie sich trockene Kleider anziehen.

Sir Johns weiße Hemden, auf der Leine halb gefroren, sahen aus wie Gespenster.

Die Schlafgemächer wurden dienstags saubergemacht, das Esszimmer und die Salons freitags. Einmal in der Woche, am Freitagmorgen, füllten drei Mägde die Badezuber der Franklins mit dem warmen Wasser, das die Stalljungen herbeischleppten, und fügten etwas Öl mit Lavendelduft hinzu.

Zum ersten Mal in ihrem Leben ging Hazel einer geregelten Arbeit nach. Das Haus war ordentlich und warm und duftete nach Flieder. Sie mochte die Geräusche, die vom Innenhof hereindrangen: das Hufgeklapper auf der Einfahrt, das Krähen der Hähne und Grunzen der Schweine. Sie mochte die Gerüche aus der Küche: Obstkuchen, die zum Auskühlen auf der Anrichte standen, ein Lamm, das langsam am Spieß geröstet wurde. Wäre Ruby nicht gewesen, die eingesperrt hinter den Mauern des Waisenhauses darben musste, hätte Hazel sich recht glücklich geschätzt.

Am späteren Nachmittag durfte Hazel eine Viertelstunde Pause machen und wärmte sich die Hände an einem

Becher mit Marmelade gesüßten Tees. Sie hatte angefangen, Stofffetzen zu sammeln, aus alten Kleidungsstücken oder Laken, die zu abgenutzt waren, als dass die Franklins sie noch benutzt hätten, und in ruhigen Momenten zog sie die Stücke hervor, die sie in gleichgroße Vierecke geschnitten hatte, und arbeitete an einem Quilt für Ruby.

An einem Freitagmorgen machte Hazel im Grünen Salon das Ofengitter sauber, als Lady Franklin mit Mrs Crain hereinkam. Hazel sammelte schnell ihre Bürsten ein und stand auf, um zu gehen, aber Lady Franklin bedeutete ihr zu bleiben und sagte: »Mir ist es lieber, du machst deine Arbeit fertig, als dass Asche im Ofen zurückbleibt.«

Die beiden Frauen setzten sich an einen kleinen runden Tisch und sprachen über ihre Pläne für den Tag. Ein Kesselflicker würde mit seinem Wagen vorbeikommen, und Mrs Crain sollte alle reparaturbedürftigen Gegenstände einsammeln. Die Glasvitrinen in Lady Franklins Räumen mussten abgestaubt werden – ob Mrs Crain diese Aufgabe einer Sträflingsmagd anvertrauen konnte? Oh – und sie musste der Köchin Bescheid sagen, dass Sir John einen zusätzlichen Gast zum heutigen Dinner eingeladen habe. »Er braucht noch eine Tischkarte. Sein Name ist... lassen Sie mich nachsehen...« Lady Franklin betrachtete den Zettel in ihrer Hand durch ein Vergrößerungsglas. »Caleb Dunne. *Doktor* Caleb Dunne.«

Hazel war so überrascht, dass sie ihre Bürste fallen ließ. Mrs Crain warf ihr einen missbilligenden Blick zu.

»Sir John hat ihn vor ein paar Tagen bei einem Mittagessen kennen gelernt«, erklärte Lady Franklin. »Er ist vor Kurzem nach Hobart Town gezogen und hat eine Praxis eröffnet. Anscheinend ist er unverheiratet. Ein Jammer, dass mir keine junge Lady einfällt, die zu ihm passt.«

»Miss Eleanor?«, schlug Mrs Crain vor.

»Du meine Güte, nein«, sagte Lady Franklin mit einem kurzen Auflachen. »Dr. Dunne ist ein Intellektueller. Er hat am *Royal College of Surgeons* studiert. Platzieren Sie ihn neben mir.«

Als Hazel später am Tag Mrs Crain auf dem Innenhof traf, bot sie ihr an, am Abend länger zu bleiben und beim Dinner zu helfen. Aber Mrs Crain schüttelte den Kopf. »Lady Franklin duldet nach Einbruch der Dunkelheit keine Sträflingsmägde auf dem Anwesen.«

Am nächsten Morgen stellte Hazel beiläufige Fragen zu dem Abend, aber sie fand nicht mehr heraus, als dass der Braten zu durch gewesen sei (fand die Köchin) und dass die Gäste den letzten Sherry weggetrunken hatten (sagte Mrs Crain). Keine von ihnen verlor ein Wort über Dr. Dunne.

Sonntags, wenn sie mit den anderen Müttern vor ihrem Aufbruch zum Waisenhaus vor den Gefängnistoren stand, wunderte sich Hazel über die beharrliche Ruhe der Frauen – sie selbst eingeschlossen. Vier Meilen trotteten sie schweigend durch die Kälte und warteten dann noch eine Stunde oder länger, bis man sie einließ, um schließlich zwei Stunden lang verzweifelt zu versuchen, ihre einwöchige Abwesenheit wettzumachen. Wir müssten unsere

Kleider zerreißen vor Verzweiflung, dachte sie. Laut heulend durch die Straßen laufen.

Der Wärter im Waisenhaus beobachtete die Mütter genau, als könnten sie sich jeden Moment ihr Kind schnappen und versuchen zu fliehen. Seine Sorge war nicht unbegründet. Hazel sehnte sich mit jeder Faser ihres Herzens danach, mit Ruby davonzulaufen. Stunden, ganze Tage lang, dachte sie darüber nach. Es war eine aufregende Vorstellung. Die Vorstellung, etwas tun zu können.

Hazel sagte Reime auf, die sie noch aus ihrer Kindheit kannte – darin ging es um einen Jungen, der einen Berg hinunterstolpert und sich den Schädel bricht, oder um die brennende Brücke von London oder um einen Mann, der sich beim Zubettgehen den Kopf anstößt und am nächsten Morgen nicht mehr aufstehen kann. Die einjährige Ruby plapperte mit – die Verse gefielen ihr. Hazel aber konnte nicht über das hinwegsehen, was hinter den Worten steckte; den Schmerz und das Unheil. Ein blutendes Kind, eine Brücke, die in Flammen steht, ein Mann, der in seinem Bett stirbt. *Wenn der Ast bricht, fällt die Wiege herab. Und zu Boden stürzt alles: Wiege, Kind, Ast.*

Die Verse ihrer Kindheit schienen ihr jetzt rätselhaft. Drohend.

Mit jeder Woche wurde Ruby blasser und verschlossener. Sie klammerte sich nicht mehr an Hazel, wenn sie kam, und weinte auch nicht mehr so erbärmlich, wenn sie wieder gehen musste. Beinahe war sie gleichgültig geworden, beobachtete Hazel kühl unter halb gesenkten Lidern hervor. Nach ein paar Monaten verhielt sie sich ihr gegenüber, als wäre sie eine wohlwollende Fremde. Sie ließ es zwar zu, dass Hazel mit ihr *Backe, backe Kuchen* spielte, schien aber alles nur über sich ergehen zu lassen – wie eine Katze, die man gegen ihren Willen auf den Arm nimmt.

Eines Sonntags waren Rubys Oberarme voller blauer Flecken, ein paar Wochen später hatte sie Striemen an den Beinen. »Hat dir jemand wehgetan?«, fragte Hazel und sah ihr in die Augen. Ruby drehte sich weg, verwirrt von Hazels Eindringlichkeit, aber noch zu klein, um ihre Frage zu verstehen. Als Hazel sich bei dem Wärter beklagte, reckte er das Kinn und sagte: »Wenn Kinder Male haben, dann haben sie die auch verdient.«

Hazel war verzweifelt. Was von dem, das Ruby jeden Tag durchlitt, entging ihr außerdem noch?

Alles.

Eines Abends, als Hazel vom Haus des Gouverneurs zurückkam, stand Olive gleich hinter dem Gefängnistor und wartete auf sie. Hazel hatte sie schon seit einiger Zeit nicht mehr gesehen, denn man hatte sie wegen Respektlosigkeit und Ungehorsams zu drei Wochen Straftrakt verurteilt – was kein Wunder war.

Olive deutete mit dem Kinn auf eine Gruppe von Frauen auf der anderen Seite des Hofs. »Du musst aufpassen«, sagte sie. »Manche denken, du bekommst eine Sonderbehandlung. Zuerst das Quartier beim Schiffsarzt, dann das Säuglingsheim. Und jetzt die Arbeit beim Gouverneur.«

Hazel nickte. Sie wusste, dass Olive recht hatte. Anderen

Strafgefangenen ging es viel schlechter. Ihre Arbeitgeber tranken, ließen sie bis zum Umfallen schuften, schlugen sie. Wie viele Frauen waren inzwischen ungewollt schwanger? Sie hatte schon Frauen erlebt, die zu allem bereit waren, wenn es darum ging, sich um ihren Arbeitseinsatz zu drücken, sie lutschten sogar an Kupfer, damit ihre Zungen blau wurden und sie so schlimme Magenverstimmungen bekamen, dass sie nicht arbeiten gehen konnten.

»Pass auf dich auf«, sagte Olive.

MATHINNA

Es wird immer deutlicher, dass die Ureinwohner in dieser Kolonie eine heimtückische Rasse sind und es immer waren und dass die Freundlichkeit und Menschlichkeit, die ihnen die freien Siedler entgegenbrachten, in keiner Weise dazu beigetragen haben, sie zu zivilisieren.

George Arthur, *Gouverneur von Van-Diemens-Land,
in einem Brief an* Sir George Murray,
Kriegs- und Kolonialminister, 1830

Government House, Hobart Town, 1841

Der Winter, so erschien es Mathinna, nahm kein Ende. Der Innenhof war immer noch von einer dünnen Kruste gefrorenen Schlamms überzogen, die knackte, wenn sie darüberlief. Ihre Schlafkammer wurde nicht geheizt; die Kälte kroch ihr bis in die Knochen. Sie drückte sich immer in der Nähe des Haupthauses herum, auf der Suche nach einem Ort, wo sie sich aufwärmen konnte. Wenn Mrs Crain sie aus den Gesellschaftsräumen verscheuchte, flüchtete sie in die Küche.

Während sie einen Berg Kartoffeln in Scheiben schnitt und dabei aus einem Becher gezuckerten Gin trank, erzählte Mrs Wilson von ihrem früheren Leben in Irland – wie sie Köchin auf einem feinen Anwesen am Stadtrand von Dublin gewesen war und man sie fälschlicherweise beschuldigt hatte, Leinen gestohlen zu haben, um es auf der Straße zu verkaufen. Ihr Arbeitgeber war kurze Zeit zuvor mit einem Überseekoffer voller Leinenzeug aus Paris zurückgekommen, und Mrs Wilson hatte angenommen –

fälschlicherweise, wie sie jetzt zugeben musste –, sie würde dem Haushalt einen Dienst erweisen, wenn sie das alte loswurde. Niemand hätte etwas gemerkt, hätten die Servietten nicht Monogramme gehabt; ein Fehler, die Stickereien nicht zu entfernen. Sie war davon überzeugt gewesen, die Lady des Hauses wäre erfreut darüber, dass ihre alten Stoffe – eigentlich nur noch Lumpen – noch einmal Verwendung fanden.

»Sie hätte sich darüber freuen sollen, dass die Köchin ihr Leinenzeug klaut?«, fragte die neue Sträflingsmagd, die am anderen Ende des Raumes ein Laken bügelte, mit einem Grinsen.

Mrs Wilson hob den Blick von ihren Kartoffeln. »Nicht *klaut*. Weiterverwendet.«

»Den Gewinn haben aber Sie eingestrichen, oder?«

»Es war nicht die Lady, die mich angezeigt hat«, gab die Köchin beleidigt zurück. »Der Butler hatte es auf mich abgesehen. Meine eigene Schuld, vermute ich. Hab ihn wohl einmal zu oft abgewiesen.«

Die Magd lächelte Mathinna zu. »Was, glaubst du, würde Lady Franklin mit mir machen, wenn ich auf die Idee käme, einen oder zwei Tischläufer mitzunehmen?«

»Bilde dir nur nichts ein. Ausgerechnet du. Silberlöffel, habe ich gehört, waren es?«, sagte Mrs Wilson.

»Nur ein einziger.«

»Trotzdem.«

»Wenigstens stehe ich dazu.«

Mathinna ließ den Blick zwischen den beiden hin- und herwandern. Sie hatte noch nie erlebt, dass eine Strafgefangene die Köchin herausforderte. Die Magd zwinkerte ihr zu.

»Ich mache nur Spaß, Mrs Wilson. Was man an einem grauen kalten Morgen eben so tut.«

»Du hast Glück, dass du hier bist, Hazel. Vergiss nicht, wo du herkommst.«

Die Magd hob das Laken hoch und faltete es Ecke auf Ecke. »Niemand von uns hat Glück, hier zu sein, Mrs Wilson. Aber ich habe Sie schon verstanden.«

»Das will ich hoffen«, sagte Mrs Wilson.

Ein paar Tage später, als die Köchin gerade ihre tägliche Runde durch Schlachthaus, Molkereischuppen und Hühnerstall machte, kam die Magd wieder mit einem Wäschekorb in die Küche. Sie nahm eins der schwarzen Bügeleisen aus dem Regal und setzte es auf die glühenden Kohlen. Dann ließ sie sich auf einen Stuhl fallen. »Ah, meine Füße.« Sie seufzte. »Der Weg hierher ist so weit.«

Mathinna stand vor dem Herd und wärmte sich die Hände. »Ich dachte, sie bringen euch in einem Pferdekarren hierher.«

»Inzwischen lassen sie uns zu Fuß gehen. Behaupten, das wäre gut für uns. Verdammte Heuchler.«

Mathinna schaute zu ihr hinüber. Hazel war gertenschlank und hatte welliges rotes Haar unter ihrer weißen Haube. Wie auch alle anderen Sträflingsmägde trug sie ein blaues Kleid und eine weiße Schürze. »Bist du schon lange in der Haftanstalt?«

»Eigentlich nicht. Das hier ist meine zweite Arbeitsstelle.«

Sie stand auf und wickelte sich einen Lumpen um die Hand, dann ging sie zum Feuer und hob das Bügeleisen von den Kohlen. »Und was ist deine Geschichte?«

Mathinna zuckte die Achseln.

Die Magd befeuchtete ihren Zeigefinger mit Spucke und tippte auf das Bügeleisen, dann trug sie es zum Bügelbrett und stellte es auf einen Untersetzer. »Wo sind deine Eltern?«

»Tot.«

»Beide?«

Mathinna nickte. »Ich habe aber noch einen anderen Vater. Er lebt noch, glaube ich. Auf Flinders.«

»Wo ist das?«

Mit dem Finger zeichnete Mathinna eine Linie aufwärts in die Luft. »Eine kleinere Insel. Oben im Norden.«

»Ah. Und da kommst du her?«

»Ja. Es ist ein weiter Weg. Ich bin mit einem Schiff gekommen.« Niemand hatte Mathinna bisher solche Fragen gestellt. Oder überhaupt irgendwelche Fragen. Es fühlte sich merkwürdig an, sie zu beantworten.

»Dann bist du allein, oder?«, sagte die Magd. »Ich meine, hier gibt es eine Menge Menschen um uns herum«, sie machte eine unbestimmte, ausholende Geste, – »aber niemand beachtet dich.«

»Doch ... Miss Eleanor.«

»Wirklich?«

»Nein, eigentlich nicht.« Mathinna schüttelte den Kopf. Sie dachte einen Augenblick nach. »Sarah hat mich beachtet, denke ich. Aber dann ist sie plötzlich nicht mehr gekommen.«

»Eine aus dem Gefängnis?«

Mathinna nickte.

»Hm. Dunkle, lockige Haare?«

Mathinna lächelte. »Ja.«

Die Magd seufzte. »Sarah Stoup. Sie ist in Einzelhaft. Wurde beim Trinken erwischt.«

»Oh. Muss sie Teer aus Seilen kratzen?«

»Woher weißt du davon?«

»Sie hat gesagt, das wäre eine schreckliche Arbeit und ein guter Grund, lieber niemanden umzubringen.«

»Tja, sie hat auch keinen umgebracht. Aber die Seile brauchen sie für die Schiffe. Deshalb benutzen sie alle möglichen Vorwände, damit jemand die Arbeit macht.« Die Magd bückte sich, um eine Serviette aus dem Korb zu ziehen, und sagte: »Ich könnte versuchen, ihr eine Nachricht zu schicken, wenn du willst.«

»Ist schon in Ordnung. Eigentlich ... kenne ich sie gar nicht.«

Die Magd strich die Serviette auf dem Bügelbrett glatt. »Es ist hart, hier zu sein. Ich komme auch von weit her. Übers Meer.«

»Wie Miss Eleanor«, sagte Mathinna und dachte an den Globus im Schulzimmer und die große blaue Fläche darauf.

Die Magd lachte trocken. »Miss Eleanor war auf einer anderen Art von Schiff.«

Mathinna mochte diese Magd, Hazel. Sie war hier die erste Person, die mit ihr redete wie mit einem echten Menschen. Mit einem Kopfnicken wies sie auf das Durcheinander von Wäschestücken im Korb und sagte: »Ich könnte dir helfen, die Sachen zusammenzulegen.«

»Lass mal. Das ist meine Aufgabe.«

Mathinna seufzte. »Ich bin mit meinen Schularbeiten fertig. Sonst habe ich nichts zu tun.«

»Ich bekomme Ärger, wenn ich dich das machen lasse.« Hazel nahm einen Stapel Servietten aus dem Korb. »Aber ... vielleicht kann ich dir später was beibringen. Zum Beispiel, wie man einen Kräuterumschlag herstellt. Falls du dir mal das Knie aufschlägst.« Sie zeigte auf die Bündel von getrockneten Blättern, die von der Decke hingen. »Du nimmst Senfblätter. Oder Rosmarin. Zerstößt sie mit Schmalz oder vielleicht mit weichen Zwiebeln.«

Mathinna starrte zu den Kräutern hinauf. »Woher weißt du, wie man das macht?«

»Meine Mutter hat es mir beigebracht. Vor langer Zeit.«

»Lebt sie noch?«

Ein Schatten legte sich auf Hazels Gesicht, und sie wandte sich wieder der Wäsche zu. »Das weiß ich nicht.«

Um den Frühlingsbeginn zu feiern, wollten die Franklins einen abendlichen Tanz im Garten veranstalten. Bei einem Besuch im Schulzimmer kündigte Lady Franklin an, dass Mathinnas Unterricht ausgesetzt werden und Eleanor ihr stattdessen das Tanzen beibringen sollte. »Wenn sie teilnehmen soll, muss sie den Walzer beherrschen, den Reel, den Kotillon und die Quadrille«, wies sie Eleanor an.

»Aber wir üben gerade das Einmaleins«, erwiderte Eleanor. »Sie ist mittendrin.«

»Oh, du meine Güte. Tanzen zu lernen ist viel wichtiger für ihren gesellschaftlichen Erfolg, das kann ich dir versichern.«

»Sie meinen *Ihren* gesellschaftlichen Erfolg«, murmelte Eleanor.

»Entschuldige bitte?«

»Nichts. Was denkst du, Mathinna? Möchtest du tanzen lernen?«

»Ich kann schon tanzen«, antwortete Mathinna.

Eleanor und Lady Franklin sahen einander an.

»Das ist etwas anderes«, sagte Eleanor.

Ein paar Tage lang saß Eleanor mit Mathinna im Schulzimmer am Tisch und zeichnete Schrittfolgen auf eine Tafel, mit einem X für jeden Tänzer und Pfeilen, die anzeigten, in welche Richtung man sich bewegen musste. Dann fingen sie an, im Hof hinter dem Hühnerstall zu üben. Eleanor war zu ichbezogen – davon abgesehen, dass ihr jeder Wissensdurst abging –, um eine besonders gute Lehrerin zu sein. Stupide handelte sie Thema für Thema ab. Jetzt aber stellte sich heraus, dass genau diese Eigenschaften sie zu einer exzellenten Tanzlehrerin machten. Ihre Wangen röteten sich, und ihre Augen glänzten, wenn jeder ihrer Schritte voller Bewunderung nachgeahmt wurde. Sie sah so hübsch aus, wenn sie sich drehte! Und sobald der eine Tanz zu Ende war, konnte sie zum nächsten übergehen. Sie war zugleich spielerisch und beharrlich, konnte stundenlang Tanzschritte vorführen.

An einem sonnigen Nachmittag rief Eleanor auf dem Hof einen Stallburschen, zwei Sträflingsmägde, zwei untätige Pferdekarrenfahrer und den Schlachter zu sich, damit sie mit ihnen übten. Nachdem sie erfahren hatte, dass Mr Grimm, der Butler, angefangen hatte Geige zu spielen, überredete sie ihn, ein flottes Lied für sie zu fiedeln. Die Luft war mild und die Stimmung fröhlich, und es war aufregend, in aller Öffentlichkeit die Hand eines anderen Menschen zu ergreifen, ohne sich vor einem Tadel fürchten zu müssen.

Für Mathinna waren die Tänze mit ihren festgelegten Schritten so logisch wie Mathematik: Sorgfältig aufeinander abgestimmte Bewegungen, die, wenn man sie in der richtigen Reihenfolge ausführte, zu dem gewünschten Ergebnis führten. Wenn Mathinna sie einmal beherrschte, bewegte sich ihr Körper wie von selbst. Schon bald half sie Eleanor, die anderen Tänzer in die richtige Position zu bringen. Sie liebte den Rhythmus der Lieder, der sie antrieb: *eins-zwei-drei-vier, eins-zwei-drei … tap-tap-tap-tap, taptaptap …*

»Sie wird rechtzeitig so weit sein, oder?«, fragte Lady Franklin Eleanor eine Woche vor dem Fest.

»Ganz sicher. Sie lernt gut.«

»Ihr Tanz muss ein Triumph sein, Eleanor. Was hätte es sonst für einen Sinn gehabt, sie aufzunehmen?«

Noch vier Tage bis zu dem großen Ereignis, dann drei, dann zwei. Mathinna sah zu, als ein Trupp von Arbeitern auf einer Seite des Gartens ein großes Zelt aus Segeltuch aufbaute und eine Tanzfläche aus Bodenbrettern verlegte. Sobald das Zelt stand, wurden sechs Sträflingsmägde damit beauftragt, es zu schmücken, beaufsichtigt von Lady

Franklin, die kaum je einen Finger rührte, aber einen falsch aufgestellten Stuhl oder ein wackeliges Tischbein aus einer Entfernung von fünfhundert Schritten ausmachen konnte.

Ununterbrochen hatte Mathinna die Musik im Kopf. Nachts im Bett bewegte sie ihre Fußspitzen – *eins – zwei-drei – vier, eins-zwei-drei* und trommelte mit den Fingern im Takt. Den ganzen Tag über tanzte sie mehr, als dass sie ging, hielt den Kopf ein bisschen höher und schwang die Arme hin und her. Die Dienstboten waren so freundlich zu ihr wie nie zuvor. Sie lächelten, wenn sie sie durch den Flur kommen sahen, lobten ihre Tanzschritte, fragten sie über den Unterschied zwischen einem Walzer und einer Quadrille aus.

Nur Mrs Crain, die einmal den Hof überquerte, als Mathinna ihre Schritte übte, äußerte Kritik. »Denk daran, dass dies formelle englische Tänze sind, Mathinna«, sagte sie stirnrunzelnd. »Du musst deine Eingeborenenschlenker unter Kontrolle halten.«

Das scharlachrote Kleid passte Mathinna um die Hüfte immer noch, aber es war zu kurz geworden, und die Ärmel waren zu eng.

Sie stand in der Mitte des Zimmers auf einem Stuhl, während Hazel auf dem Boden saß und den Rocksaum auslieẞ. »Verdammt dunkel hier drin«, murmelte sie. »Ich kann kaum sehen, was ich tue.«

Mathinna schaute hinab auf Hazels rotbraunes Haar, die vereinzelten Sommersprossen auf ihren Unterarmen. Ein runder Anhänger aus Metall schimmerte in dem schwachen, gelblichen Licht. »Was ist das?«, fragte sie und zeigte darauf.

»Was?« Hazel griff sich an den Hals. »Oh. Ich vergesse immer, dass ich es trage. Dreh dich um, ich muss den hinteren Teil abstecken. Es hat einer Freundin gehört.«

Mathinna sah sie über die Schulter hinweg an und fragte: »Warum trägt deine Freundin es nicht selber?«

Hazel schwieg einen Augenblick. »Sie ist tot«, antwortete sie dann. »Das ist alles, was ich noch von ihr habe. Na ja, außer ...«

»Außer was?«

»Oh ... dies und das. Ein Taschentuch.« Hazel schob Mathinna sanft vom Stuhl, dann sagte sie: »Wir sind fertig. Zieh es aus, dann säume ich es, bevor ich gehe.«

Als Hazel hinter ihr stand, um ihr das Kleid aufzuknöpfen, sagte Mathinna: »Ich habe eine Halskette getragen, die meine Mutter aus grünen Muscheln gemacht hat, aber Lady Jane hat sie mir weggenommen.«

»Ach. Das tut mir leid. Soll ich sie für dich zurückstehlen?«

Mathinna schüttelte den Kopf. »Dann landest du wie Sarah Stoup in der Einzelzelle, und dann sehe ich dich auch nie wieder.«

Government House, Hobart Town, 1841

Am Tag der Tanzveranstaltung war es außergewöhnlich schwül. Schon am späten Vormittag hingen die Goldakazienzweige in den Vasen auf den Tischen im Zelt schlaff herab. Zu Mittag hüllte ein Dunstschleier die Bäume ein. Sir John sei derjenige, der das Fest im Freien habe abhalten wollen, beklagte Lady Franklin sich unablässig, egal, ob die Leute es hören wollten oder nicht. Wie einfach für ihn, darauf zu bestehen, wo er doch mit der Planung nichts zu tun hatte! Am späten Nachmittag schickte sie zwei Sträflingsmägde in die Stadt, um Papierfächer zu kaufen – »Drei Dutzend. Nein, vier« –, und wies Hazel an, in ihren Gemächern ein Lavendelbad für sie vorzubereiten.

Um sechs Uhr, als die ersten Gäste eintrafen, war die Luft immer noch schwer vor Hitze. Lady Franklin besprach sich mit den Musikern und Mrs Crain und entschied, das Tanzen auf halb acht zu verschieben, dann wäre es sicher kühler.

Sir John, schneidig wie ein Wombat in seinem enganliegenden Smoking, begegnete Mathinna und Eleanor – die ein senfgelbes, tief ausgeschnittenes Taftkleid trug – auf dem gepflasterten Vorplatz des Government House. »Sehen wir nicht alle elegant aus! Lady Franklin besteht darauf, dass ich mit dir tanze, Mathinna. Bist du bereit, im Mittelpunkt der Aufmerksamkeit zu stehen?«

Das war sie. Schon den ganzen Tag verspürte sie ein Kribbeln der Vorfreude. Ihre Haut glänzte vom Rosenbalsam, und ihr Haar war geölt und glatt und mit Samtbändern geschmückt, die zu der schwarzen Schärpe um ihre Taille passten. Sie trug neue rote Strümpfe und blitzblanke Schuhe. Ihr scharlachrotes Kleid war gebügelt und gestärkt, und der weite Rock bauschte sich um ihre Beine.

»Ich kann mir nicht vorstellen, dass sie dich in Verlegenheit bringt, Papa, solange sie ihre Schritte nicht vergisst«, sagte Eleanor.

»Meine einzige Sorge ist, dass ich *sie* in Verlegenheit bringe«, antwortete Sir John mit einer galanten Geste. »Ehrlich gesagt dachte ich, meine Kotillon-Zeiten lägen hinter mir.«

Er bot ihnen die Ellbogen und führte sie zum Zelt, wo Eleanor sich einer schnatternden Schar junger Mädchen in bunten Kleidern anschloss und Mathinna und Sir John sofort von Menschen umringt wurden. Manche Festbesucher waren Mathinna bekannt, aber die meisten waren Fremde. Die Gäste, die sie kannte, grüßte sie mit einem Lächeln. Andere, die sie mit offenem Mund anstarrten, versuchte sie zu ignorieren.

Eine vornehme alte Dame mit aufgetürmten Haaren

kam zu ihnen. »Ich habe gehört, Sie haben sich ein Wildes angeschafft, Sir John, und konnte es kaum glauben. Aber hier ist es tatsächlich – in einem Ballkleid!«

Zahlreiche Köpfe drehten sich gleichzeitig in Mathinnas Richtung. Mathinna spürte, wie sie errötete, holte tief Luft und sah Sir John an. Er zwinkerte ihr zu, als wollte er ihr sagen, dass die Unhöflichkeit der Frau nur Teil eines Spiels sei.

»Es ist eine *Sie*, Mrs Carlisle«, korrigierte er die Dame, »und *sie* heißt Mathinna.«

»Kann es – *sie* – uns verstehen?«

»In der Tat. Ich würde sogar sagen, dass sie wahrscheinlich viel mehr versteht, als sie sich anmerken lässt. Nicht wahr, Mathinna?«

Sie wusste, was Sir John von ihr erwartete. Er wollte, dass sie die Frau beeindruckte. Mit einem hoheitsvollen Nicken sagte sie: »*Vous seriez surprise de savoir combien je sais.*«

Die Leute schnappten nach Luft, manche klatschten.

»Außergewöhnlich!«

»Was hat sie gesagt?« Natürlich sprachen viele kein Französisch.

»Ich glaube, es hieß: ›Sie wären erstaunt, wie viel ich weiß‹«, sagte Sir John. »Bei einer Reise nach Flinders haben wir gesehen, wie sie um das Lagerfeuer hüpfte, ohne Schuhe und kaum bekleidet. Eine ganz und gar Primitive.«

»Faszinierend. Und hier steht sie nun in einem Satinkleid!«

»Ich kann nicht anders, als mit ihr anzugeben. Sag noch

ein paar Worte auf Französisch, Mathinna«, forderte Sir John sie auf.

Sag ein paar Worte auf Französisch, Mathinna. Also gut, das konnte er haben. »*Bientôt je vous danserai sous la table.*«

Sir John drohte ihr schelmisch mit dem Finger. »Ohne Zweifel wirst du mich unter den Tisch tanzen, meine Liebe. Sie hat geübt, ich nicht!«

»Sie wirkt recht vertraut mit Ihnen«, sagte die Frau nachdenklich.

Er nickte. »Eingeborene sind überraschend gut in der Lage, Beziehungen aufzubauen.«

»Ich muss sagen, ich bin beeindruckt«, erwiderte die alte Dame. »Diese Wilde aus einem Leben in vorsintflutlicher Unwissenheit zu erretten – und ihr Kunst und Kultur nahezubringen –, das ist eine beachtliche Leistung. Vielleicht ebenso beachtlich, wie die Arktis zu erforschen.«

»Und bei weitem nicht so gefährlich«, sagte Sir John.

Die alte Dame hob eine Augenbraue. »Das wird sich noch herausstellen.«

Als Sir John von einem Tablett voller Kuchen abgelenkt war, schlüpfte Mathinna davon und spazierte durch die Menge. Jemand reichte ihr ein kleines Kelchglas mit einer goldenen Flüssigkeit, und sie nahm es mit, als sie auf die andere Seite des Zeltes ging, in die Nähe der Tanzfläche, wo die Musiker ihre Instrumente aufstellten: ein Klavier, ein Akkordeon, eine Geige, eine Harfe und eine große, flache Trommel. Sie sah ihnen zu, wie sie sich einspielten und dabei voller Vertrautheit miteinander plauderten, und fühlte sich schmerzlich einsam.

Als sie einen Schluck aus dem Glas nahm, schien flüssiges Feuer durch ihre Kehle zu rinnen. Nach einem Augenblick verschwand die Hitze und hinterließ einen süßen, warmen Geschmack in ihrem Mund. Sie nahm noch einen Schluck. Dann leerte sie das ganze Glas.

»Bist du bereit, *ma fille*?«, fragte Sir John, wobei er sich in übertriebener Förmlichkeit tief verbeugte. Mit leichter Geste nahm er Mathinnas Hand in seine, die in einem weißen Handschuh steckte, um sie zur Eröffnungspolonaise zu führen. Die Festgäste fingen an, paarweise auf die Tanzfläche zu strömen. Sie bildeten hinter Sir John und Mathinna eine Schlange wie die Tiere auf dem Weg zur Arche Noah, als sie den großen hölzernen Tanzboden umrundeten, die Damen so bunt und wohlriechend wie Freesien, die Herren in ihren eleganten Anzügen wie Täuberiche.

Mathinna straffte die Schultern und hob das Kinn. Da war sie nun, das Mädchen von dem Porträt, im roten Satinkleid.

Der erste Tanz war eine Quadrille, einer ihrer Lieblingstänze. Sie ließ sich von Sir John führen, vollführte jede Bewegung flüssig und glitt mit leichten und präzisen Schritten dahin. *Eins – zwei – drei – vier, eins-zwei-drei, tap – tap – tap – tap, tap-tap-tap*. Aber die Freude, die sie beim Erlernen der Schritte empfunden hatte, war verschwunden. An den runden Tischen ringsum plauderten Menschen hinter ihren Fächern, riefen etwas oder zeigten auf sie, aber sie beachtete die Menschen nicht. Während er sie umrundete, flüsterte ihr Sir John zu: »Du machst wirklich

Eindruck, meine Liebe. Das weißt du, oder? Dreh dich! Zeig ihnen, was für eine Lady aus dir geworden ist!«

Mit kleinen Schritten, im Takt der Musik drehte sie sich, das Mädchen von dem Porträt, so dass der scharlachrote Rock sie umwogte. Als sie und die drei anderen Damen ihrer Gruppe in der Mitte zusammenkamen, machte es ihr gar nichts aus, dass zwei von ihnen nur so taten, als würden sie ihre Hand berühren.

Zwischen den Tänzen – so war es Sitte, begleitet von fröhlicher Klaviermusik – machten Sir John und Mathinna eine Show daraus, die anderen Tänzer zu besuchen und so zu tun, als würden sie lachen und sich unterhalten. Sie riss die Augen auf, reckte das Kinn noch höher und imitierte Lady Franklins Unterwürfigkeit, die diese immer an den Tag legte, wenn irgendwelche Würdenträger aus London zu Besuch kamen. Sir John, der das Theater anscheinend bemerkte, beobachtete sie amüsiert.

Nach ein paar Tänzen war sein Gesicht alarmierend gerötet. Immer wieder tupfte er sich die Stirn mit einem Taschentuch ab und versuchte, den Schweiß aufzuhalten, der ihm den Nacken hinunterrann, so dass sein Kragen feucht wurde. Eleanor, die neben ihm tanzte, sah besorgt aus. Am Ende der Quadrille nahm sie ihren Vater bei der Hand. »Lass uns eine Pause machen, ja?«

»Mir geht es gut, Tochter!«, protestierte er, während sie ihn zu einem leeren Tisch begleitete. »Ich will deinen Chancen bei diesem heiratsfähigen Junggesellen nicht im Wege stehen.«

»Das ist schon in Ordnung«, sagte sie. »Dr. Dunne mag

ganz gut aussehen, aber er ist ein bisschen langweilig. Redet die ganze Zeit nur über Gefangenenrechte.«

»Dann kannst du mich gerne als Vorwand benutzen, um ihm aus dem Weg zu gehen.« Sir John ließ sich auf einen Stuhl sinken. »Sag deiner Mutter, dass du mich gezwungen hast, die Tanzfläche zu verlassen.«

»Stiefmutter. Und sie sollte mir dankbar sein«, entgegnete Eleanor schroff. »Wenigstens ich kümmere mich um dich.«

Mathinna, jetzt ohne Tanzpartner, stand an einer hölzernen Zeltstange und sah zu, wie sich die Tiere der Arche Noah für einen schottischen Reel aufstellten. Als sie auf einem Silbertablett erneut eins der Kelchgläser mit der goldenen Flüssigkeit entdeckte, nahm sie schnell einen Schluck und spürte wieder, wie sie ihr heiß durch die Kehle rann.

Die Musik begann mit munteren Geigenklängen. Die Frauen drehten sich, und ihre Röcke flogen, wenn sie ihre Tanzpartner umrundeten. Als die Geige lauter und die Melodie drängender wurde, klatschten die Frauen im Takt, während die Männer in die Höhe sprangen und in ihren weißen Handschuhen mit den Fingern schnippten. Während sie all die hellhäutigen, pastellfarbenen Festgäste aus der Entfernung betrachtete, war es, als würde sich ein Nebel lichten, und plötzlich begriff Mathinna: Ja, sie konnte das Mädchen auf dem Porträt verkörpern, in einem hübschen Satinkleid und mit Bändern im Haar; sie konnte die Schritte der Quadrille und des Kotillon und des Schottischen Reel lernen, sie konnte Englisch und Französisch sprechen und knicksen wie eine Prinzessin. Aber nichts davon würde jemals ausreichen. Sie würde niemals eine von ihnen sein, selbst wenn sie es noch so sehr wollte. Sie würde nie hierhergehören. Nun, vielleicht wollte sie das auch gar nicht. Sie fühlte sich benommen, so, als hätte sie sich im Kreis gedreht und plötzlich angehalten, um Atem zu holen.

Langsam, langsam fing sie an, sich hin und her zu wiegen. Die Musik schien ihr durch die Fußsohlen zu dringen, die rhythmischen Geigenklänge waren wie Trommelschläge. Sie bewegte leicht die Füße unter ihrem Kleid, imitierte mit kleinen Schritten die großen, übertriebenen der Tanzenden. Sie spürte, wie der Rhythmus in ihr Fahrt aufnahm, von ihren Zehen zu Hüften, Bauch und Schultern aufstieg und durch ihre Arme strömte bis in die Fingerspitzen. Sie schloss die Augen und spürte die Wärme längst verloschener Lagerfeuer an ihren Füßen, sah ihr orangefarbenes Flackern durch die Augenlider. Hörte, wie Palle mit der Hand über eine Trommel strich und leise den Rhythmus vorgab, während die Palawa-Älteren dazu sangen und ein Schwarm von Sturmtauchern in den Himmel aufstieg.

Mathinna bewegte sich jetzt schneller, wölbte den Rücken und gab sich mit ihrem ganzen Körper der Musik hin. Jetzt erinnerte sie sich an all das, was sie vergessen geglaubt hatte: Droemerdene, der in die Höhe sprang und sich vor dem Nachthimmel drehte, Moinee, der durch das Land tanzte und sich zur Erde neigte und dann wieder hoch zu den Sternen streckte, wiegend, schwingend, gebeugt, wirbelnd. Eine Ekstase der Bewegung, die jede

Traurigkeit zunichtemachte. Eine Feier des Lebens, ihres eigenen und des aller anderen: ihrer Mutter, ihres Vaters, Palles, Walukas, der Älteren, an die sie sich nicht mehr erinnerte, und der Schwester, die sie nie kennen gelernt hatte...

Die Musik wurde leiser und verstummte dann ganz.

Mathinna öffnete die Augen.

Sämtliche Festgäste, so schien es, starrten sie an. Ihre Sinne schärften sich, und sie hörte das leise Klirren von Silberbesteck auf Porzellan. Ein Lachen. Ladys steckten die Köpfe zusammen, tuschelten hinter ihren Fächern. Eleanor stand allein da, das Gesicht ungläubig verzogen.

Mathinna nahm den Geruch von Rosenwasser wahr, von Essig. Den starken Duft der Goldakazienzweige. Den alkoholischen Rosinenhauch ihres eigenen Atems.

Lady Franklin kam auf sie zu, ein erstarrtes Lächeln im Gesicht, mit roten Flecken auf den Wangen wie bei einer bemalten Puppe. Sie blieb stehen, beugte sich herunter und zischte: »Was – in aller Welt – war *das*?«

Mathinna sah ihr in die Augen. »Ich habe getanzt.«

»Versuchst du, uns zu blamieren?«

»Nein«, antwortete sie.

»Du bist eindeutig betrunken. Und hattest... Ich weiß nicht...« Lady Franklin war ihr so nahe, dass Mathinna spüren konnte, dass sie vor Wut zitterte. »... einen Rückfall in deine natürliche Wildheit.«

»Vielleicht, meine Liebe«, sagte Sir John, der hinter seine Frau getreten war, »ist es das Beste, dieses arme Mädchen in Ruhe zu lassen.«

Mathinna sah Lady Franklin an, mit ihrem Vogelhals und den rotgeränderten Augen, und Sir John, verschwitzt und zerzaust in seinem zu engen Smoking. Beide kamen ihr vor wie Fremde, beide waren furchterregend und grotesk. »*Peut-être*«, sagte sie.

Lady Franklin seufzte. Sie hob ihren Fächer und winkte Mrs Crain herbei. »Sagen Sie den Musikern, sie sollen von vorne anfangen, und bringen Sie dieses Mädchen auf sein Zimmer«, wies sie die Haushälterin an, die finster dreinblickte. »Je schneller wir diesen unglücklichen Vorfall vergessen, desto besser.«

Government House, Hobart Town,
1841-1842

Aber niemand vergaß etwas.

Anfangs beinahe unbemerkt, veränderte sich alles. Am nächsten Morgen rief Sir John Mathinna nicht zu seinem Morgenrundgang. Vom Fenster des Schulzimmers aus sah sie ihn durch den Garten schlendern, den Kopf gesenkt und die Hände hinter dem Rücken verschränkt, Eleanor an seiner Seite.

Die Damen kamen zum Teetrinken; Mathinna wurde nicht zu ihnen in die Stube gebeten. Eleanor brach zu einer sechswöchigen Reise nach Sydney auf, ohne sich von ihr zu verabschieden.

Mrs Crain setzte Mathinna davon in Kenntnis, dass sie nun, da Eleanor fort war, das Frühstück nicht mehr in deren Räumen einnehmen würde, sondern bei der Köchin im Küchenanbau.

»Hab gehört, du hast einen ziemlichen Skandal verursacht«, sagte Mrs Wilson zu Mathinna, während sie ihr

Haferbrei in eine Schale schöpfte. »Hast getanzt wie ne Primitive, was?« Sie schaute sich um, um sich zu vergewissern, dass niemand zuhörte, dann flüsterte sie: »Tja, ich finde das großartig. Sie dachten, sie könnten dich nach ihrem Abbild formen, nicht wahr, mit ein paar Französischstunden und schicken Unterröcken. Aber du bist, wie du bist. Sie bauen sich vornehme Häuser und lassen sich Porzellantassen und Seidenkleider aus London schicken, aber sie gehören nicht wirklich hierher, und tief in ihrem Inneren wissen sie das auch. Sie verstehen gar nichts von diesem verdammten Land hier, oder von dir. So sieht's nämlich aus.«

Als Mathinna eines Morgens aufstand, stellte sie fest, dass Sir John und Lady Franklin zu einem Urlaub am Flussufer der Stadt Launceston aufgebrochen waren, zwei Tagesreisen entfernt, und dass sie selbst so lange in der Obhut eines Hausgastes, Mr Hogsmead aus Sussex, bleiben sollte.

Mr Hogsmead war beeindruckend groß, spindeldürr, trug einen Zwicker und schien an niemand anderem Interesse zu haben als einer ziemlich drallen Sträflingsmagd namens Eliza, die man zu jeder Tages- und Nachtzeit bei ihm ein- und ausgehen sah.

Ohne die Franklins hatte das Personal wenig zu tun. Wenn Mrs Wilson eine Gruppe von Sträflingsmägden dabei erwischte, wie sie sich im Hof an irgendwelche Fässer lehnten und tratschten, befahl sie ihnen, jeden Topf und jede Kelle von den Regalbrettern zu nehmen und die ganze Küche mit Lauge und Essig zu schrubben. Die Stallburschen putzten die Pferdeställe und scheuerten die Kutschen, die Mägde lüfteten die Bettwäsche und polierten die Kerzenhalter, bis sie glänzten.

Das Leben ohne Alltagsroutine und Schularbeit war für Mathinna seltsam quälend. Einsam und vergessen lief sie auf dem Anwesen umher. Niemand schien zu bemerken, wie allein sie war – oder falls doch, dann dachte man sich nichts dabei. Sie lungerte in der Küche bei Mrs Wilson herum, hängte sich mit dem Kopf nach unten an den Ast eines Eukalyptusbaums am anderen Ende des Gartens oder spielte mit Eleanors Marionettensammlung. Sie aß, wenn ihr danach war, was eher selten vorkam. Sie wusch sich nicht. Manchmal besuchte sie den Kakadu, der verzweifelt in seinem Käfig saß und seinen traurigen Refrain kreischte. *Ki-o, Ki-o.*

Nachts in ihrem Zimmer, das dunkel wie ein Grab war, lauschte Mathinna auf das Rauschen der Bäume vor ihrem zugenagelten Fenster und auf das krächzende Wehklagen der Rosenkakadus. Sie rollte sich in ihrem Bett zusammen und versuchte, gegen die Einsamkeit anzukämpfen, die zu ihr unter die Bettdecke kroch und sich breitmachte. Nach ein paar Tagen fing sie an, in Eleanors Zimmer zu schlafen, mit den hohen Fenstern und Blick auf den Garten. Eleanor wäre entsetzt gewesen, hätte sie davon gewusst, aber sie würde es ja nie erfahren, oder? Mit jedem Tag schlief Mathinna länger; es fiel ihr immer schwerer, aus dem Bett zu kommen. Wenn sie es am späten Vormittag geschafft hatte, verbrachte sie Stunden auf dem gepolsterten Fenstersitz, starrte hinaus auf die traurig herabhängenden Zweige der Eukalyptusbäume und lauschte auf das Trillern der Elstern.

Vielleicht hatte Lady Franklin recht gehabt – der Blick nach draußen machte sie schwermütig.

Nein. Sie war längst schwermütig.

An einem regnerischen Nachmittag schlüpfte Mathinna in Lady Franklins Kuriositätenzimmer und starrte auf den rot und ockerfarben gemusterten Speer ihres Vaters und die Schädel, die in dem düsteren Licht weiß schimmerten. Die Muschelketten ihrer Mutter waren an einem Brett befestigt und hinter Glas ausgestellt. Sie betrachtete Mr Bocks Porträt von ihr in dem roten Kleid. In der ganzen Zeit bei den Franklins hatte sie keinen anderen Menschen mit dunkler Hautfarbe gesehen. Sie schaute auf ihre Hände und drehte sie, um die Innenseiten zu betrachten. Sie dachte an die teetrinkenden Damen und ihre lüsternen Fragen. An die Gäste der Tanzgesellschaft und ihre entsetzten Blicke. Warum hatte sie das nicht gleich gemerkt? Sie war nur ein weiteres Stück in der perversen Sammlung der Franklins, neben ausgekochten Schädeln und ausgestopften Schlangen und Wombats.

Eine Marionette in einem hübschen Kleid. Ein Kakadu im goldenen Käfig.

Draußen auf dem Hof öffnete sie die Tür des Vogelkäfigs und streckte die Hand hinein. Trotz ihres Widerwillens spürte sie eine merkwürdige Verbundenheit mit dieser armen Kreatur – getrennt von ihren Artgenossen und Menschen ausgeliefert, die noch nicht einmal versuchten, sie zu verstehen. Sie hob den Vogel heraus, und er war so leicht und bauschig wie ein Huhn. Seine aschfarbenen Federn fühlten sich seidig weich an. Der Vogel ließ es zu, dass sie ihn zu den Bäumen gleich hinter dem Garten trug und auf einen Ast setzte, von wo aus er sie mit gesenktem Kopf anstarrte, anscheinend verwirrt. *Was machst du mit mir? Ki-o.*

Sie drehte sich um und ging zurück ins Haus.

Ein paar Stunden später, als sie wiederkam, war der Kakadu fort. Sie fragte sich, ob er in die Stadt geflogen war oder in den Busch und ob er jemals zurückkommen würde. Sie fragte sich, was passieren würde, wenn sie selbst zu fliehen versuchte. Würde es überhaupt jemand bemerken? Vielleicht nicht.

Aber wo sollte sie hin?

Früher Morgen. Mathinna blinzelte gegen das Licht. Sie fühlte sich benommen, ihre Ohren schienen verstopft und schmerzten, und ihre Kehle war so wund, dass sie kaum schlucken konnte. Sie blieb den ganzen Tag im Bett, dämmerte zwischen Schlafen und Wachen dahin, fühlte sich wie ein Sturmtaucher in seinem Loch. Das Sonnenlicht wurde schwächer und verschwand, während sie auf den Baldachin mit den rosa Blümchen über ihrem Kopf starrte. Ihr Hals war trocken, aber sie hatte kein Wasser auf dem Nachttisch stehen. Sie fühlte sich vor Hunger wie ausgehöhlt, war aber zu schwach, um in die Küche zu gehen. Vage fragte sie sich, ob sie hier sterben würde. Ob Eleanor sie tot in ihrem Bett vorfinden würde, wenn sie zurückkam. Nach einer Weile döste sie wieder ein, erwachte fiebernd im Dunkeln und warf die Decken von sich, bevor sie erneut in den Schlaf fiel.

Als sie aufwachte, zitterte sie, und ihre Zähne klapperten. Tageslicht, grau diesmal. Regen, der an die Fensterscheiben trommelte. Sie dachte an Flinders und daran, wie er dort auf die Hüttendächer geprasselt war. An den Geruch von Süßgras, der durch die offene Tür drang, in Wallaby-Häute gewickelte Babys, ihre Mutter, die sang, ihren Vater mit seiner Pfeife, wie er Rauchwolken in den düsteren Raum paffte. Ihre Erinnerungen drifteten ab, veränderten sich. Jetzt rannte sie, rannte durch hohes Gras an einem strahlend sonnigen Tag, den Hügel hinauf zu dem kantigen Felsgrat, das Gesicht dem Himmel zugewandt, die Sonne warm auf den Augenlidern ...

Ein schwaches Klopfen an der Tür. Eine Stimme. »Mathinna? Bist du da drin?«

Sie öffnete die Augen und schloss sie wieder. Zu hell. Gelbliches Licht. Später Vormittag vielleicht. *Ja.* Sie räusperte sich. »Ja«, krächzte sie.

Die Tür ging auf. »Guter Gott«, sagte Hazel. »Ich wusste, dass etwas nicht stimmt.«

Hazel brachte Mathinna Lammbrühe, Tee aus Sassafrasblättern und eine Paste aus gemahlenen Bockshornkleesamen gegen ihren schleimigen Husten. Ließ sie mit Salzwasser gurgeln. Kam mit einem Topf mit lauwarmem Wasser, in das sie Handtücher tauchte, die sie auswrang und ihr auf Brust und Stirn legte, um das Fieber zu senken.

Als Mathinna spürte, wie das Wasser an ihrem Hals hinabrann, öffnete sie die Augen. Sie blickte hoch in

Hazels Gesicht: die hellen Sommersprossen, die rötlichen Wimpern, die hellen grauen Augen.

»Mrs Crain hat uns zurück in die Haftanstalt geschickt«, erzählte Hazel. »Sie sagte, sie braucht uns nicht, solange die Franklins nicht da sind. Aber ich musste noch einmal herkommen. Ich hatte so ein Gefühl.« Sie beugte sich über sie, um die Bettdecke festzustecken. Dabei stieß die kleine Scheibe, die sie um den Hals trug, an Mathinnas Wange.

Mathinna ergriff sie.

»Stört sie dich?«

»Nein. Ich wollte nur sehen, was darauf steht.«

Hazel hielt sie ihr hin. »Es ist eine Nummer. Hunderteinundsiebzig. Solche Marken mussten wir auf dem Schiff tragen. Damit man Bescheid wüsste, falls eine von uns verloren ging.«

Mathinna nickte. »Ist deine Freundin verloren gegangen?«

»Ja, sie ist über Bord gestürzt.« Hazel nahm den nassen Lappen von Mathinnas Stirn und legte stattdessen ihre Hand darauf. »Das Fieber ist gesunken. Mach die Augen zu.« Während sie Mathinna einen neuen Lappen auf die Stirn legte, sah sie sie eindringlich an. »Ich verrate dir ein Geheimnis. Bevor sie gestorben ist, hat meine Freundin ein Baby bekommen. Ein Mädchen. Ruby. Sie gehört jetzt zu mir. Man hat sie in die Queen's Orphan School gebracht, aber ich werde sie zurückholen, sobald ich meinen Entlassungsbescheid habe.« Sie strich mit dem Finger über die Kanten der Blechmarke. »Dieses Waisenhaus ist ein schlimmer Ort.«

»Ich weiß«, sagte Mathinna. »Meine Schwester ist dort gestorben.«

»Wirklich?« Hazel seufzte tief. »Das tut mir leid.«

»Das war vor meiner Geburt.«

Hazel schüttelte den Kopf. »Ruby muss überleben. Ich weiß nicht, was ich mache, wenn sie es nicht schafft.«

Nachdem Hazel das Zimmer verlassen hatte, schloss Mathinna die Augen. Sie dachte an all die Menschen, die sie verloren hatte. Die Schwester, die sie nie kennen gelernt hatte, und ihre längst verstorbenen Eltern. Ihren Stiefvater Palle, der auf Flinders auf dem Bergkamm gestanden hatte, als sie fortgesegelt war. Dachte er an sie? War er traurig? Sie hätte ihm gerne mitgeteilt, dass es ihr gut ging, aber sie wusste nicht, wie sie Kontakt zu ihm aufnehmen konnte. Und außerdem ging es ihr nicht gut.

Government House, Hobart Town, 1842

Eine Woche nachdem die Franklins aus Launceston zurückgekehrt waren, saß Mathinna am Morgen in der Küche und übte auf einer Schiefertafel das Einmaleins, als Mrs Crain auftauchte. »Guten Morgen, Mathinna. Lady Franklin wünscht deine Anwesenheit im Roten Salon.«

Sie blickte hoch, und das Herz klopfte ihr bis zum Hals. Lady Franklin hatte seit dem Tanzabend nicht mehr nach ihr gerufen. »Was will sie von mir?«

Mrs Crain schürzte die Lippen. »Das hat sie nicht gesagt. Und dir steht die Frage nicht zu.« Sie wich Mathinnas Blick aus.

Die Brokatvorhänge im Salon waren zugezogen, und die Öllampen warfen bizarre Schatten. Mathinna musste die Augen zusammenkneifen, um Sir John auszumachen, der mit dem Rücken zu ihr vor einem Bücherregal stand, reglos wie eine Statue. Lady Franklin saß in einem Sessel, einen aufgeschlagenen Atlas auf den Knien.

»Komm rein, komm rein. Mrs Crain, Sie können bleiben. Es wird nicht lange dauern.« Sie winkte Mathinna mit einer ungeduldigen Geste zu sich. Während sie den Atlas zuklappte, fragte sie: »Also, wie geht es dir? Gut?«

Die Frage ließ nur eine Antwort zu. »Ja, Lady Franklin.«

»Womit beschäftigst du dich in letzter Zeit?«

»Sie hat Mathematik geübt, als ich sie geholt habe, Madam«, berichtete Mrs Crain.

»Ah, das ist gut, Mathinna. Das hätte ich in Eleanors Abwesenheit nicht erwartet.«

»Ich habe sonst nichts zu tun«, sagte Mathinna mürrisch. Sie hatte noch nie in einem solchen Ton mit Lady Franklin gesprochen, aber im Moment schien es ihr wenig Anlass für Nettigkeiten zu geben.

Lady Franklin schien es nicht zu bemerken. Sie lachte leise. »Langeweile ist ein guter Anreiz, sage ich immer. Weißt du, Mathinna, manche Leute glauben, dass höhere Bildung über den Verstand von deinesgleichen geht. Vielleicht beweist du ihnen das Gegenteil. Natürlich gibt es gewisse ... Grenzen, was die Möglichkeiten angeht, euch etwas beizubringen, und dessen, was man erwarten kann. Immerhin haben wir es versucht ... zweimal.« Sie wandte sich an ihren Mann, der ihr den Rücken zukehrte, und sagte: »Möchten Sie an diesem Gespräch teilnehmen, Sir John?«

Ohne sich umzudrehen, sagte Sir John: »Ich möchte, dass Sie damit fortfahren.«

Mathinna starrte auf seinen Rücken. Sie dachte an ihre Morgenspaziergänge. An den Kakadu. *Wir beide sprechen nicht dieselbe Sprache.*

Lady Franklin klatschte in die Hände. »Mathinna, in ein paar Monaten werden wir – Sir John und ich, und natürlich Eleanor – nach London zurückkehren. Man hat Sir John zurückberufen. Und nach reiflicher Überlegung und Gesprächen mit unserem Hausarzt haben wir schweren Herzens entschieden, dass es besser für dich ist, wenn du hierbleibst. Für deine Gesundheit.«

So. Es war so weit. Man gab sie auf. Irgendwie war es eine Erleichterung, endlich Gewissheit zu haben. Trotzdem spürte Mathinna einen Stachel der Wut über die Fadenscheinigkeit dieser Ausrede. Wo waren die Franklins denn gewesen, als sie im Bett gelegen hatte, krank und einsam? Man hatte sie aus dem einzigen Zuhause, das sie je gekannt hatte, gerissen, und sie hatte sich nicht beklagt; sie hatte alles getan, was von ihr verlangt wurde. Aber die Franklins hatten sie nur als Experiment gesehen. Nun, da das Experiment gescheitert war, waren sie mit ihr fertig. Sie wollte sie wenigstens ein bisschen in Verlegenheit bringen.

»Meine Gesundheit?«, sagte sie. »Mir geht es viel besser, Ma'am.«

»Nichtsdestotrotz, deine Lungenentzündung gibt Anlass zur Sorge. Dr. Fowler hat festgestellt, dass du eine schwache Lunge hast. Was sich am besten in einem milden Klima wie diesem behandeln lässt.«

»Dr. Fowler hat mich nicht untersucht.«

Sir John drehte sich abrupt zu ihnen um. Er räusperte sich. »Es ist eine wissenschaftlich erwiesene Tatsache, dass Eingeborene in kälteren Regionen von ihrer Konstitution her im Nachteil sind.«

»Ich fürchte, das stimmt«, sagte Lady Franklin. »England ist kein Ort für eine Eingeborene.«

»Hier ist es auch manchmal kalt«, erwiderte Mathinna.

Lady Franklin hatte rote Flecken am Hals. »Dies steht nicht zur Diskussion. Unsere Entscheidung ist gefallen.«

Mathinna sah sie unverwandt an. »Sie wollen mich loswerden, weil Sie denken, dass ich wild bin, wie Timeo.«

Lady Franklin ließ den Blick zu Sir John wandern, der sich wieder zum Regal umdrehte.

Mathinna hob das Kinn. »Wann fahre ich dann zurück nach Flinders?«

Lady Franklin seufzte schwer. »Wir werden etwas für deine Versorgung arrangieren und dir zu gegebener Zeit mitteilen, was entschieden wurde. Nun, Mrs Crain, Sie können Mathinna zu ihren Mathematikaufgaben zurückbringen. Ich muss anfangen, unsere Reise vorzubereiten.«

»Einfach so!«, rief Mrs Wilson aus und schnippte mit den Fingern. »Zurück nach England! Und jetzt fragen wir uns alle, ob der neue Gouverneur das Personal behält oder uns alle entlässt! Ich habe gute Lust, mir anderswo eine Anstellung zu suchen und sie die nächsten zwei Monate selbst kochen zu lassen.«

Hazel zerstieß Kräuter mit einem Stößel. »Es war ein Fehler von Ihnen zu glauben, die Franklins hätten jemals auch nur einen einzigen Gedanken an Sie verschwendet.« Sie wandte sich an Mathinna und fragte: »Und was wird jetzt aus dir?«

»Man wird mich nach Flinders zurückschicken.«

Mrs Wilson schnitt eine Grimasse und schüttelte den Kopf. »Das glaube ich nicht. Du kommst ins Waisenhaus, habe ich gehört.«

Ein paar Wochen später, eines Morgens nach dem Frühstück, kam Mathinna in ihr Zimmer zurück, um ein Buch zu holen. Als sie die Tür öffnete, wich sie vor Überraschung einen Schritt zurück. Der Raum war lichterfüllt. Sie trat ans Fenster und schaute hinaus auf den Garten mit den Eukalyptusbäumen und Maulbeerfeigen. Als sie über den Fensterrahmen strich, spürte sie die Löcher, wo die Nägel gewesen waren. Sie drehte sich um und betrachtete das Zimmer. Alles andere schien zu sein wie immer. Ihre Bücher standen auf dem Bord. Das Bett war ordentlich gemacht, so, wie sie es hinterlassen hatte. Sie zog die oberste Schublade der Kommode auf.

Leer.

Dann die zweite Schublade und die dritte.

Sie öffnete den Schrank. All ihre Kleidung war fort, außer dem roten Kleid, das einsam auf einem Bügel hing.

»Ja, meine Liebe, heute ist es so weit«, sagte Mrs Crain in gespielter Fröhlichkeit, als Mathinna sie im Speisezimmer fand. »Wir haben einen schönen Überseekoffer mit all deinen Kleidern und Schuhen vollgepackt. Das Wallabyfell, mit dem du gekommen bist, ist auch drin. Und in dem alten Weidenkorb findest du eine Fleischpastete und einen Apfel. Der Fahrer wird bald hier sein, vielleicht solltest du dich beeilen und dich verabschieden von... nun, von wem du willst.«

»Wo sind Lady Franklin und Sir John?«

»Ausgegangen, fürchte ich. Eine schon lange getroffene Verabredung. Aber ich soll dir ausrichten, dass ...« Zum ersten Mal schien Mrs Crain nach Worten suchen zu müssen. »Also, dass sie sicher sind, dass diese Entscheidung ... das Richtige ist. Für dich und für sie. Für uns alle, offen gestanden. Und dass wir uns den Herausforderungen, die vor uns liegen, stellen müssen ... mit aller Kraft.«

Als Mathinna das Speisezimmer verließ und hinaus zu der gepflasterten Auffahrt ging, stand da ein offener Pferdekarren, auf dem ein kleiner Koffer und ihr Weidenkorb stand. Der Kutscher, der eine geflickte Jacke trug, stand an das Rad gelehnt da. Als er sie sah, nickte er. »Dich kann man garantiert nicht verwechseln. Bereit?«

»Sind Sie wegen mir hier?«, fragte sie überrascht.

»Du bist das einzige schwarze Mädchen hier, oder? Das ins Waisenhaus geht?«

Mrs Wilson hatte recht gehabt. Mathinna wurde kalt bis in die Knochen.

»Hinten ist eine Holzbohle«, sagte der Mann, der ihre Bestürzung spürte. »Du musst nicht auf dem Stroh sitzen.«

»Oh.« Das Schlucken fiel ihr schwer. »Ich dachte ... Man hat mir gesagt, ich hätte noch Zeit, mich zu verabschieden.«

Er zuckte die Achseln. »Nimm dir die Zeit. Ich hab's nicht eilig, dorthin zurückzukommen.«

Hazel war im Hof und hängte Wäsche auf. Als Mathinna ihr erzählte, dass sie wegfuhr, legte sie die feuchten Laken zurück in den Korb. »Jetzt?«

»Draußen vor dem Tor wartet ein Pferdewagen.«

»Ein Wagen.« Hazel schüttelte den Kopf.

»Sie schicken mich ins Waisenhaus.« Mathinna hatte das Gefühl, als würde ihr Herz zusammengedrückt. »Ich ... ich habe Angst.«

»Ich weiß«, sagte Hazel mit einem Seufzen. »Aber du bist ein starkes Mädchen. Es wird nicht so schlimm werden.«

»Doch, und das weißt du«, sagte Mathinna ruhig.

Hazel sah ihr in die Augen. Ja, sie wusste es. »Ich komme sonntags, um Ruby zu besuchen. Ich werde versuchen, nach dir zu sehen.«

»Sie werden es aber nicht erlauben, oder?«

Hazel legte den Kopf schief, dann wies sie mit dem Kinn auf ein Fass. »Setz dich da einen Augenblick hin. Ich bin gleich zurück.«

Mathinna setzte sich auf das Fass und starrte hinauf in die Eukalyptusbäume mit ihren dichten, weichen Blättern und üppigen weißen Blüten, auf die Wolken darüber, die aussahen wie feiner Zucker. Ein Papagei landete auf einem Busch neben ihr und sah sie mit schiefgelegtem Kopf an, seine Augen wie kleine, dunkle Samenkerne. Genauso plötzlich, wie er gekommen war, flog er davon. Es sah aus wie ein roter Blitz am Himmel.

»Ich hab was für dich.« Hazel war wieder da und setzte sich neben ihr auf das Fass. »Ich stecke es dir in die Tasche.« Sie rückte näher, und Mathinna spürte, wie sie an ihrer Schürze zog. »Steck deine Hand rein.«

Es waren ... winzige Muscheln. Dicht aufgereiht. Eine ganze Menge davon. Sie sah Hazel an.

»Alle drei Halsketten. Ja, ich hab sie geklaut. Bezweifle, dass Lady Franklin es merken wird. Wie auch immer, es ist mir egal. Sie gehören dir.« Während sie Mathinnas Hand nahm, sagte sie: »Da ist etwas, was ich dir sagen möchte.«

Mathinna schaute herab auf ihre dunkle Hand in Hazels heller, sommersprossiger. Sie waren beinahe gleich groß.

»Meine Freundin – diejenige, die gestorben ist – hat mir einen Trick beigebracht, ein Gedankenspiel, das dir hilft, wenn es dir schlecht geht. Stell dir dich selbst als einen Baumstamm vor, mit all seinen Jahresringen. Und jeder Ring ist einer der Menschen, die dir wichtig sind, oder ein Ort, an dem du einmal gewesen bist. Wohin auch immer wir gehen, wir tragen sie bei uns.«

Mathinna dachte an das, was ihre Mutter ihr gesagt hatte; dass man sich selbst als Strang einer Halskette betrachten sollte und die Menschen und Orte, die man liebte, als Muscheln. Vielleicht meinten Wanganip und Hazel das Gleiche: Wenn du etwas liebst, bleibt es bei dir, auch wenn es vergangen ist. Ihre Mutter und ihr Vater und Palle ... der schmale Bergkamm und der weiße Sandstrand von Flinders ... Waluka ... die Schwester, die sie nie kennen gelernt hatte. Sogar Hazel. Für jeden eine eigene Muschel. Alle eingebunden in den Strang.

Vielleicht würde sie immer allein sein und stets ausgeschlossen bleiben. Immer im Übergang, auf dem Weg irgendwohin, nie richtig dazugehören. Sie kannte zu viel und gleichzeitig zu wenig von der Welt. Aber das, was sie erfahren hatte, das trug sie in sich. Die Liebe ihrer Mutter. Die Geborgenheit in den Armen ihres Stiefvaters. Die

Wärme des Lagerfeuers. Wie sich das hohe Wallaby-Gras an ihren Waden anfühlte. Sie hatte einen Landstrich vom offenen Meer aus gesehen und gelernt, wie man ein Segel setzte. Wusste, wie sich verschiedene Sprachen auf der Zunge anfühlten, und hatte ein Kleid aus scharlachrotem Satin getragen. Hatte für ein Porträt Modell gesessen als die Häuptlingstochter, die sie war.

Sie spürte, wie ihre Angst sich löste – eine geballte Faust, die sich öffnete. Als hätte sie auf einer Klippe gestanden und wäre plötzlich gesprungen. Angst zu haben hatte keinen Zweck. Sie fiel schon, wirbelte durch die Luft, ihrer Zukunft, was auch immer sie bereithielt, entgegen.

HAZEL

So schön das Land auch war, es war auf Blut gegründet,
wie auch die gesamte Gesellschaftsstruktur dieser Insel.

Oliné Keese, *The Broad Arrow:*
Being Passages from the History of Maida Gwynnham,
a Lifer, 1859

Hobart Town, Van-Diemens-Land, 1842

Die Abreise der Franklins rückte näher, und Hazel verbrachte ihre Tage damit, Leinen in Zedernholzkisten zu packen, Porzellan einzuwickeln, Listen über Silberbesteck und Nippesfiguren anzulegen und Holzkisten vollzupacken.

Den Sträflingsmägden erklärte man, dass ihre Anstellung enden würde, sobald die Franklins an Bord gingen. Vielleicht würde der neue Gouverneur die Gefangenenarbeit der Haftanstalt in Anspruch nehmen, vielleicht aber auch nicht. Neuankömmlinge aus dem britischen Adel waren oft überrascht, dass Gefangene – und nicht einmal ehemalige –, verurteilt für Straftaten, die von Landstreicherei bis Mord reichten, in ihren Haushalten arbeiten sollten. Aber Freie zu beschäftigen brachte eigene Probleme mit sich. Zum einen musste man sie bezahlen, zum anderen konnten sie sich jederzeit entscheiden zu gehen.

»Gefangene dürfen nur ihre eigenen Kinder besuchen«, sagte der Wärter an der Queen's Orphan School zu Hazel, als sie ihn nach Mathinna fragte. »Und das ist schon ein Privileg.«

»Aber ich war ihre Magd auf dem Anwesen von Gouverneur Franklin«, sagte sie, auch wenn es nicht ganz der Wahrheit entsprach.

»Das tut nichts zur Sache.«

»Ich habe versprochen, sie zu besuchen. Um sicherzustellen, dass es ihr gut geht.«

»Wenn du weiter diskutierst, darfst du vielleicht auch dein eigenes Kind bald nicht mehr sehen.«

Sie machte noch einen letzten Versuch: »Ich habe den Franklins gesagt, ich würde ein Auge auf sie haben.«

»Unwahrscheinlich. Außerdem war Lady Franklin erst vor ein paar Tagen hier.«

Hazel war verblüfft. »Wirklich? Warum?«

»Das hat sie nicht gesagt. Wer weiß, vielleicht hatte sie ... es sich anders überlegt. Jedenfalls war das Mädchen so sehr in seine angeborene Wildheit zurückgefallen, und das in so kurzer Zeit, dass Lady Franklin es vorgezogen hat, wieder zu gehen, ohne sie gesehen zu haben.«

»Was soll das heißen, ›Wildheit‹?«

Der Aufseher schüttelte den Kopf und schnalzte mit der Zunge. »Es ist ein Fehler, wenn man versucht, die Eingeborenen zu zivilisieren. Die Franklins meinen es sicher gut, aber das Ergebnis ist eine Kreatur, die sowohl über die natürliche Kampfeslust ihrer Rasse verfügt als auch über eine unnatürliche Frühreife. Innerhalb von nur wenigen Tagen ist sie völlig unbezwingbar geworden. Wir mussten sie von den anderen Einwohnern trennen.«

»Aber sie ist erst elf Jahre alt!«

Der Wärter zuckte die Achseln. »Es ist ein Jammer, aber wir hatten keine Wahl.«

Mehrere Sonntage später, als Hazel mit einer Gruppe von Müttern vor dem Gefängnistor darauf wartete, sich auf den Weg zum Waisenhaus zu machen, nahm die Vorsteherin sie beiseite.

»Der Direktor muss dich sofort sprechen.«

»Aber ich besuche gleich meine Tochter.«

Die Vorsteherin antwortete nicht, sondern wandte sich einfach in die Richtung, in der die Räume des Direktors lagen. Hazel zögerte. Aber sie hatte keine Wahl.

Mr Hutchinson stand in seinem Büro hinter dem Schreibtisch. »Wir haben einen anonymen Brief bekommen, Miss Ferguson, der uns darüber informiert, dass Sie nicht diejenige sind, die Sie zu sein vorgeben.«

Ihre Gedanken rasten, ihr wurde schwindelig. »Sir?«

»Sie sind nicht die Mutter des Kindes, das Sie als Ihr eigenes ausgeben.«

Hazel stockte der Atem. »Aber Sie haben ... Sie haben doch die Geburtsurkunde.« Ihre Stimme war nur noch ein Krächzen.

»Die haben wir in der Tat. Deshalb haben wir Nachforschungen angestellt. Die Strafgefangenen und die Matrosen, mit denen wir gesprochen haben, sagten aus, dass Sie zu keinem Zeitpunkt der Überfahrt schwanger zu sein schienen. Eine Gefangene, mit der Sie häufig gesehen wurden« – er schob seine Brille auf die Nasenspitze, während er das Blatt Papier auf dem Tisch vor sich studierte –, »eine gewisse Miss Evangeline Stokes, war tatsächlich hochschwanger. Und ... wo habe ich ...« Er wühlte in den Papieren auf seinem Schreibtisch. »Ah, ja. Die Sterbeurkunde. Anscheinend wurde sie ermordet. Es gab eine Ermittlung, und ... ja, hier ist es. Ein Besatzungsmitglied, Daniel Buck, hatte die Tat begangen. Er wurde auf dem Schiff eingesperrt und später zu einer lebenslänglichen Gefängnisstrafe verurteilt. Sie, Miss Ferguson, haben als Zeugin ausgesagt.« Er warf den Bericht zurück auf den Schreibtisch. »Ist das Ihre Unterschrift?«

Es war ihre Unterschrift. Sie nickte.

»Haben Sie nicht bezeugt, was Sie gesehen haben?«

»Doch.« Sie senkte den Kopf.

»Haben Sie nicht angegeben, dass Sie dabei waren, als Miss Stokes ein« – er schaute wieder auf das Blatt – »›gesundes Mädchen‹ zur Welt brachte?«

Hazel konnte nicht sprechen. Zitternd stand sie vor ihm.

»Also, Sträfling?«

»Das habe ich«, antwortete sie ruhig.

Er legte den Bericht auf einen Papierstapel. »Das sind unleugbare Beweise. Sie haben das Kind für sich beansprucht, um bevorzugt behandelt zu werden. Damit Sie bei dem Kind bleiben konnten, anstatt zur Arbeit eingesetzt zu werden.«

Jetzt fühlte sie sich, als hätte man ihr das Herz herausgerissen. »Ich habe es getan, um dem Baby das Leben zu retten.«

»Haben Sie das Kind gestillt, Sträfling?«

»Nein, Sir, aber ...«

»Dann können Sie nicht behaupten, Sie hätten dem Mädchen das Leben gerettet. Die Frau – Frauen, vermute ich –, die sie gestillt haben, hätten eher einen berechtigten Anspruch auf das Kind als Sie.«

»Aber Sir ...«

»Bestreiten Sie, was Ihnen vorgeworfen wird?«

»Bitte lassen Sie es mich erklären.«

»Bestreiten Sie es, Gefangene?«

»Nein, Sir. Aber ...«

Der Direktor hob die Hand. Er sah die Vorsteherin an, dann Hazel. »Sie sind hiermit zu drei Monaten Straftrakt verurteilt, zwei Wochen davon in Einzelhaft.«

»Aber ... meine Tochter ...«

»Wie wir gerade festgestellt haben, ist das Kind nicht Ihre Tochter. Das Besuchsrecht wird Ihnen entzogen.«

Tränenblind blickte Hazel vom Direktor zur Vorsteherin. Wie konnte das sein?

Zwei Wachmänner packten sie grob bei den Oberarmen und zerrten sie an der Gruppe der Frauen vorbei, bei denen sie noch vor ein paar Minuten gestanden hatte. Alle starrten sie mit offenem Mund an.

»Bitte ...«, stieß sie hervor, »sagt meiner Tochter ...« Ihre Stimme erstarb. Sagt meiner Tochter ... was? Dass ich nicht wirklich ihre Mutter bin? Dass ich sie vielleicht nie wiedersehe?

»Sagt ihr, dass ich sie liebe«, flehte sie.

Im Straftrakt gab die Vorsteherin Hazel eine Rolle gelben Faden und wies sie an, den Buchstaben »S« für »Straftrakt« auf ihren Ärmel, den Saum ihres Unterrocks und die Rückseite ihres Nachthemds zu sticken. Hazel setzte sich auf ein Fass und machte sich an die Arbeit. Der Faden ließ sich nur schwer durch den spröden Stoff ziehen, und als sie fertig war, war der gelbe Faden voller Blut. Die Vorsteherin machte ihr ein Zeichen aufzustehen. Zwei Wachmänner hielten Hazels Arme fest, während ein dritter eine große Schere hervorzog.

»Seien Sie vorsichtig damit«, sagte die Vorsteherin zu ihm. »Schneiden Sie es sauber ab.«

»Wozu?«, fragte der Mann mit der Schere. »Es wird sowieso nur mit Lehm vermischt, um Ziegel herzustellen.«

Die Vorsteherin berührte Hazels dickes, welliges Haar. »Ich denke, man kann es für eine Perücke benutzen. Tizianrot ist heutzutage in Mode, wissen Sie.«

Die Einzelzellen befanden sich im hinteren Bereich des Straftrakts, abgetrennt von einer Mauer. Die Wachmänner gaben Hazel eine muffig riechende Decke voller Flöhe und führten sie in eine enge Zelle mit einem Gitterfenster über der Tür, durch das schwaches Licht fiel. In die Mitte stellten sie einen schweren Eimer mit Kalfaterwerg, eine Dichtungsmasse, die man benutzte, um Löcher in Schiffen zuzustopfen. Kalfaterwerg bestand aus Hanfseil, erklärte einer der Wachmänner, es war vermischt mit Teer und Wachs und von einer Salzschicht überzogen. Hazels Aufgabe bestand darin, die Stränge voneinander zu trennen und die Fasern herauszulösen und in einen Blecheimer zu werfen. »Am besten machst du dich gleich an die Arbeit.

Wenn du davon nicht fünf Pfund pro Tag auseinanderwickelst, gibt's Schläge«, sagte er.

Der andere Wachmann warf einen Kanten schimmeliges Brot auf den Boden. »Wenn du hier parat stehst, wenn wir am Morgen die Tür aufmachen, darfst du ein paar Minuten raus in den Hof«, sagte er, als sie gingen. »Wenn du noch liegst, bleibst du den ganzen Tag drin.« Dann schlossen sie die Tür von außen zu.

In der Zelle war es so kalt und totenstill wie in einem Grab. Hazel, die zitternd in ihrem dünnen Umhang an der Wand stand, zog in der Dunkelheit die schmierige Decke um ihre Schultern. Aus dem benachbarten Hof hörte sie Hammerschläge und den Widerhall der Stimmen der männlichen Strafgefangenen, die an der Gefängniserweiterung arbeiteten. Sie roch die Reste von Unrat in dem Eimer in der Ecke, den Schimmel an den Wänden, ihre eigene Monatsblutung. Sie strich über die ovale Scheibe um ihren Hals und fuhr die Ziffern mit dem Finger nach: 1 – 7 – 1.

Sie dachte an Ruby, die im Schlafsaal des Waisenhauses vergeblich auf sie wartete. An Mathinna, die allein in irgendeinem düsteren Zimmer saß. Evangeline, wie sie in den Tod stürzte – ein Zipfel ihres Hemds, die rudernden Arme.

Hazel schlug den Kopf gegen die Wand. Sie heulte und schluchzte, bis der Wachmann an die Zellentür schlug und rief, wenn sie nicht still sei, würde er sie zum Schweigen bringen.

Am Morgen lag Reif auf ihrer Decke. Als sie das Läuten

einer Glocke hörte und das Klappern der Schlüssel in den Schlössern, rappelte sie sich hoch.

Die Pflastersteine im Hof waren heimtückisch glatt von Eis. Hazels Sicht verschwamm, und ihre Glieder waren steif und schmerzten, als sie mit wackeligen Schritten hin und her trottete.

Den Rest des Tages saß sie in ihrer dunklen Zelle und zupfte Werg. Während sie mit klammen Fingern an dem Seil zerrte, gab sie sich Mühe, die Aufgabe als Puzzle zu betrachten, als Zeitvertreib, anstatt als Strafe. *Das kommt hierhin, das kommt dorthin.* Ein Versuch, ihre quälenden Gedanken zurückzudrängen. Aber sie konnte ihnen nicht entfliehen, konnte nicht aufhören, an Ruby zu denken, die allein in ihrem Bett lag und sich fragte, warum ihre Mutter nicht gekommen war. In ihr brodelte es, während sie an dem Seil herumzupfte und dabei die Frage hin und her wälzte, wer sie verraten hatte. Welche von ihren Mitgefangenen war so neidisch, so rachsüchtig, dass sie das Leben eines Kindes zerstörte?

Ihre Hände wurden rissig und bluteten. Salz drang in ihre Wunden; sie brannten wie Feuer. Sie versuchte, mit dem Schmerz so umzugehen, wie sie es Frauen in den Wehen immer beigebracht hatte: indem sie ihn als etwas akzeptierte, das ebenso zu ihr gehörte wie die eigenen Gliedmaßen. Ohne den Schmerz konnte sie ihre Aufgabe nicht erfüllen. Sie musste auf ihn hören, durch ihn atmen. Auf sein Kommen und Gehen gefasst sein. In ihm wohnen.

Am Ende des Tages kam ein Wachmann, um ihren Eimer zu wiegen. »Fünf Pfund«, sagte er. »Gerade noch.«

Manchmal machte sie Geräusche, nur um etwas zu hören. Klatschte gegen die Wand. Plätscherte mit den Fingern im Wassereimer. Summte vor sich hin. Vielleicht konnte sie so die Geräusche in ihrem Kopf ersticken, die Angst und die Einsamkeit und die Selbstvorwürfe.

Menschen konnten verrückt werden. Das kam vor.

Sie erinnerte sich an Dinge, von denen sie geglaubt hatte, sie vergessen zu haben. Sie murmelte Zeilen aus *Der Sturm* vor sich hin, die sie auf dem Schiff auswendig gelernt hatte.

Ich war zu meiner Zeit der Mann im Mond.
Eure Gefährtin zu sein, das könnt Ihr mir verwehren;
doch ich werde Eure Magd, ob Ihr wollt oder nicht.
Die Hölle ist leer, und alle Teufel...
Ich wünschte, meine Augen schlössen sich und mit ihnen
meine Gedanken.

Sogar die Kinderlieder, die sie Ruby vorgesungen hatte und die sie zum Schaudern brachten... *Ringel, ringel, Rosen...*

Manchmal, auf dem Weg zur Arbeit oder nachts in ihren Hängematten, sangen die Frauen ein trauriges Lied, das Hazel immer als rührselig empfunden hatte. Jetzt aber, in ihrer dunklen Zelle, sang sie es laut und suhlte sich dabei in Selbstmitleid.

In Schmerz und Not zu jeder Zeit
Und selbst im Schlafe nicht befreit

Gequält, geschunden ohne Lohn
Bekomm ich arme Magd nur Hohn.
Ach, könnt ich frei wie früher leben
Und müsst nie wieder Fesseln tragen
Nach guter Arbeit würd ich streben
Und Sträflingsmagd wär ich nie mehr.

Sie kratzte sich mit ihren abgebrochenen Fingernägeln die Arme auf. In der Dunkelheit war es ihr noch nicht einmal vergönnt, das Blut zu sehen. Sie roch es aber, und sie spürte die Feuchtigkeit auf der Haut. Wie so oft dachte sie an ihre Mutter, die sie als Taschendiebin auf die Straße geschickt hatte. Sie dachte an die vielen Male, als ihre Mutter sie angewiesen hatte, Rum zu stehlen oder etwas, das man gegen Rum eintauschen konnte.

Das letzte Mal, als sie für ihre Mutter gestohlen hatte: den Silberlöffel.

Wie konnte eine Mutter so etwas ihrem Kind antun? Hazels Wut war wie ein heißes Stück Kohle, das ihr ein Loch in die Brust brannte. In der Kälte und Dunkelheit schürte sie das Feuer und spürte seine Glut.

Als der Wachmann am nächsten Morgen die Tür öffnete, sah sie, wie er beim Anblick ihrer Arme unter dem fadenscheinigen Schultertuch zusammenzuckte. Sie schaute auf die rot verkrusteten Schrammen, dann sah sie ihn an und lächelte. Gut. Schau dir nur meinen Schmerz an.

»Du verletzt nur dich selbst, Mädchen«, sagte er und schüttelte den Kopf.

Als ihre Mutter zum ersten Mal zu betrunken gewesen war, um einer Frau in den Wehen zu helfen, war Hazel zwölf gewesen und hatte gewusst, was sie tun musste. Sie hatte schon immer schnell gelernt. »Dir entgeht auch gar nichts«, pflegte ihre Mutter zu sagen – was nicht unbedingt als Kompliment gemeint war. Aber es stimmte; wenn sie etwas einmal begriffen hatte, vergaß sie es nie mehr. Jahrelang hatte sie ihre Mutter zu den Häusern und Hütten von gebärenden Frauen begleitet, denn wenn sie es nicht tat, musste sie allein zu Hause bleiben. Sie hatte genau aufgepasst, wenn ihre Mutter Pasten mischte und Tränke braute, sich gemerkt, welche Kräuter mit welchen Flüssigkeiten vermengt werden mussten, wie man eine Salbe, ein Heilwasser oder ein Arzneimittel herstellte. Ihre Mutter erlaubte ihr, im Zimmer zu bleiben, Wasser zu holen und Kräuter zu zerreiben. Nach und nach lernte sie, die verschiedenen Arten von Schreien auseinanderzuhalten und den Schrei vorherzusehen, der am willkommensten war: den des Neugeborenen.

Allein mit der angsterfüllten Schwangeren, bereitete Hazel warme Lappen vor, machte es der Frau bequem, zeigte ihr, wie sie atmen sollte, und beruhigte sie. Sie sagte ihr, wann sie pressen sollte und wann nicht. Sie legte das glitschige Neugeborene auf den Bauch der Mutter und schnitt die Nabelschnur durch, dann zeigte sie der Frau, wie man stillte.

Es war ein Junge. Er wurde Garvin genannt, erinnerte sie sich, nach seinem nichtsnutzigen Vater.

Von diesem Tag an hatte Hazel gewusst, dass sie Hebamme werden wollte. Sie hatte das Talent dazu, wie ihre Mutter.

Jetzt, in der Dunkelheit, während sie Seilstränge auseinanderzwirbelte, dachte sie an all die Insassinnen der anderen Zellen. Dieser Ort war voller Frauen, die eine Kindheit in Elend erlebt hatten, die benutzt und enttäuscht worden waren und die nicht über ihre verletzten Gefühle hinwegkamen, über ihre Empörung, weil jemand sie verraten hatte. Die nicht verzeihen konnten, verbittert und hasserfüllt waren. Die Wahrheit war: Hazel konnte ihre Wut schüren bis zu ihrem letzten Tag auf Erden, aber was würde das nützen? Die Wärme, die dabei entstand, war nur flüchtig.

Es war Zeit loszulassen. Sie war kein wütendes Kind mehr. Sie wollte dieses glühende Stück Kohle nicht mehr mit sich herumtragen; sie war bereit, es loszuwerden. Ja, ihre Mutter war egoistisch und verantwortungslos gewesen; ja, sie hatte Hazel auf die Straße geschickt, um zu stehlen, und sich von ihr abgewandt, als man sie geschnappt hatte. Aber sie hatte ihr auch die Fertigkeiten beigebracht, die sie retten würden.

Der Wachmann, der herzlose Kerl, hatte recht: Hazel verletzte nur sich selbst.

Am Ende der zwei Wochen, als die Zellentür geöffnet wurde, kauerte Hazel in einer Ecke. Sie rieb sich die vom Teer spröden Finger und blinzelte gegen das Licht. »Hier drin ist es wie in einem Fuchsbau«, sagte der Wachmann und packte sie am Arm, um sie nach draußen zu ziehen.

Haftanstalt The Cascades, 1842

Wenn auch besser als die Einzelhaft, war das Leben im Straftrakt eine andere Art von Hölle. Hazel kam zu einer Gruppe von Sträflingsfrauen, die im grauen Winterlicht entlang der Mauern an steinernen Waschtrögen kauerten. Die Arbeit nahm kein Ende. Sie mussten nicht nur die Kleider der Gefangenen schrubben, sondern wuschen auch für Schiffsbesatzungen, das Hospital und das Waisenhaus. Mit Besenstielen fischten sie die tropfnassen Laken aus dem warmen Wasser und tauchten sie zum Ausspülen in einen anderen, dann in einen weiteren Waschtrog mit kaltem Wasser – das bedeutete dreimal schweres Heben. Sie standen knöcheltief im Wasser, das aus den Trögen schwappte, während sie anschließend die Wäsche durch eine Wringmaschine schoben, bestehend aus zwei Rollen und einer Handkurbel. Eine andere Gruppe hängte die Stücke auf Wäscheleinen, die über den matschigen Hof gespannt waren. Die Frauen waren von morgens bis abends durchnässt. Sie zitterten vor Kälte. Ihre vom Werg ruinierten Finger wurden im Wasser steif, Blut tropfte auf die groben Leinenstoffe. Sie durften nicht sprechen, verständigten sich vor allem über Mimik und Gestik. Wenn sie für die Nacht in steinerne Zellen gesperrt wurden, drängten sie sich gegen die Kälte zusammen wie Mäuse im Abwasserkanal. Zweimal am Tag wurden sie in einer kleinen, dunklen Kapelle, getrennt von den anderen Sträflingsfrauen, vom Kaplan beschimpft: *Er wird regnen lassen über die Gottlosen Blitze, Feuer und Schwefel und wird ihnen ein Wetter zum Lohn geben.*

Vor ihm zittert das ganze Land und bebt der Himmel; Sonne und Mond werden finster, und die Sterne verhalten ihren Schein.

Manche Frauen verfielen in Hoffnungslosigkeit. Man konnte es an ihren Augen sehen, der Blick trüb und verhangen. Sie hörten auf, ihre Schalen nach vorne zu strecken oder sich einen guten Platz bei den Waschtrögen zu sichern. Alle paar Tage wurde eine von ihnen bewusstlos aufgefunden. Wenn die Wachmänner mit dem Essen kamen, zogen sie den leblosen Körper an den Füßen in eine Ecke des Hofes, wo er stundenlang liegen blieb, manchmal Tage, bevor er weggebracht wurde.

Die einzige Möglichkeit, das alles durchzustehen, das erkannte Hazel, war... einfach loszulassen. Sie durfte nicht denken, nur reagieren. Zu viele Gedanken führten zu lähmender Furcht, und die würde ihr überhaupt keinen Dienst erweisen.

Hazel versuchte, nicht daran zu denken, dass Ruby allein im Waisenhaus war. Sie konzentrierte sich auf die triefende Wäsche, die Flecken auf dem Stoff, das Stück Seife in ihrer Hand. Warmes Wasser, klares Spülwasser, Eiswasser, Wringmaschine. Sobald sie mit einem Stück fertig war, begann sie mit dem nächsten. Wenn die Wachmänner sie provozierten, antwortete sie nicht. Sie bewegte sich verstohlen und behände wie eine Katze. Zu den Essenszeiten machte sie sich möglichst unauffällig auf den Weg zu ihrem Haferschleim. Das war der Trick, erkannte sie: Man musste nicht auf jede Kleinigkeit reagieren. Man konnte einfach existieren. Das Bewusstsein auf kleiner Flamme vor sich hin köcheln lassen.

Eines Morgens, einen Monat nach ihrer Ankunft im Straftrakt, sah Hazel, als sie von ihrem Waschtrog aufblickte, Olive auf sich zukommen. Überrascht richtete sie sich auf.

Olive grinste. »Ahoi.«

»Was machst du hier?«, flüsterte Hazel.

Der Wachmann warf ihnen einen scharfen Blick zu. Hazel legte den Zeigefinger auf die Lippen.

Olive kniete sich neben den Waschtrog. »Ich musste dich sehen, deshalb habe ich beim Appell gepfiffen. Wie ich's mir gedacht hatte: drei Tage Wäsche.« Sie sah sich um. »Kann nicht glauben, dass ich wieder in diesem Drecksloch bin.«

Sie schaute zu dem Wachmann, und Hazel folgte ihrem Blick. Eine Gefangene war auf dem Matsch ausgerutscht, und er stieß sie vollends zu Boden.

»Ich musste dafür sorgen, dass du es weißt: Buck ist der

Grund, warum wir Ruby verloren haben. Hat seinen Kumpel vom Schiff dazu gebracht, die Dokumente rauszuschmuggeln und zu Hutchinson zu bringen.«

Hazels Mund wurde trocken. »Woher weißt du das?«

»Buck war hier. Mit der Truppe, die die neuen Zellen baut. Er hat damit angegeben. Die Sache ist die: Er ist abgehauen. Über die Mauer geklettert.«

»Das reicht jetzt, ihr beiden«, rief der Wachmann. »Los, hoch mit dir!«, fuhr er die Frau im Matsch an und stieß mit dem Fuß nach ihr, als sie versuchte aufzustehen.

Olive steckte die Hände ins Wasser und sog scharf die Luft ein. »Ganz vergessen, wie verdammt kalt das ist.« Sie platschte laut mit dem Wasser und flüsterte: »Er ist draußen und erzählt jedem, der es hören will, dass er sich rächen will. Sagt, es ist nur eine Frage der Zeit.«

Hazel dachte daran, wie Buck sie mit seinen Blicken durchbohrt hatte, während sie auf dem Schiff vor dem Kapitän stand, um zu berichten, was sie gesehen hatte.

»Er hat es auf Ruby abgesehen. Hat rumgefragt und versucht jemanden zu finden, der sie aus dem Waisenhaus holt.«

Hazels Herzschlag setzte einen Moment aus. »Nein. Das würden sie nicht zulassen. Ich bin die ...«

Olive legte den Kopf schief. »Bist du nicht.«

Hazel blickte auf die hohen Mauern ringsum. Auf die Wäschestücke, auf denen sich Eiskristalle bildeten. Die Frau lag immer noch auf dem Boden. Buck war da draußen und versuchte, Ruby in die Hände zu bekommen, und sie war hier. Gefangen.

Den ganzen Tag, während sie die Wäsche wusch und jedes einzelne Stück durch die Wringmaschine schob und dann auf die Leine hängte, wälzte sie ihre Möglichkeiten in Gedanken hin und her. Als sie in der Nacht in ihrer Zelle auf dem Stroh lag, starrte sie in die Dunkelheit. Gab es irgendjemanden, der helfen könnte? Mrs Crain? Mrs Wilson? Maeve? Eine der Mütter, die ein Kind im Waisenhaus hatten? Als ihr einfiel, dass es ihr unmöglich gewesen war, nach Mathinna zu sehen, packte sie die Verzweiflung.

Die Sträflingsfrauen waren machtlos. Und die Leute, die es nicht waren, hatten keinen Grund zu helfen.

Außer... vielleicht... Sie setzte sich auf. Vielleicht wusste sie eine Lösung.

Am nächsten Morgen nahm Hazel ihre Blechmarke ab und drückte sie Olive in die Hand. Dann sagte sie ihr, was sie tun sollte.

Sechs Wochen später, als Hazel aus dem Straftrakt entlassen wurde, wartete Olive schon auf sie.

»Ist erledigt«, sagte sie.

Die Zuteilbaren standen in dem langen, engen Haupthof in zwei geraden Reihen einander gegenüber. Hazel trat nervös von einem Fuß auf den anderen und betrachtete die Gesichter der freien Siedler, die nach und nach durch das Tor traten. Zum Schluss kam ein Mann, der einen langen schwarzen Mantel, hellgraue Hosen und einen schwarzen Zylinder trug. Seine dunklen Locken reichten ihm bis über den Hemdkragen, und er hatte einen kurz geschnittenen Bart.

Als er im Hof stand, nahm er den Hut ab und strich sich die Haare glatt. Hazel schluckte.

Es war Dunne.

Als er die Frauen der Reihe nach musterte, trafen sich ihre Blicke. Er hob die Augenbrauen, als er sie erkannte.

Ein Mann in glänzenden Lederstiefeln war vor ihr stehen geblieben. »Schon mal als Köchin gearbeitet?«

»Nein, Sir«, murmelte sie.

»Kannst du nähen?«

»Nein.«

»Wäsche machen?«

»Nein, Sir.«

»Was soll das, Sträfling?«, sagte der Mann laut und sah sich um, ob jemand ihre Unverschämtheit bemerkt hatte.

»Ich bin überhaupt nicht gut im Wäschewaschen, Sir.«

»Noch nie als Hausmädchen gearbeitet?«

Sie schüttelte den Kopf.

»Unnützes Weib!«

»Wie bist du im Sticken?«, fragte die nächste Person, eine matronenhafte Haushälterin.

»Fürchterlich, Ma'am«, antwortete Hazel.

Die Frau rümpfte die Nase und ging weiter.

Endlich stand Dr. Dunne vor ihr. Sie wagte es nicht aufzublicken. »Ihre Haare sind zu kurz«, sagte er ruhig und kam einen Schritt näher. »Ich hätte Sie beinahe nicht erkannt.«

Verlegen griff sie sich an den Nacken.

Er räusperte sich und trat wieder einen Schritt zurück. »Ich habe ein Kind in meiner Obhut und brauche jemanden, der sich um das kleine Mädchen kümmert«, sagte er. »Haben Sie irgendwelche Erfahrungen, Sträfling?«

»Die habe ich.« Sie sah auf, um ihm in die Augen zu sehen, doch dann besann sie sich. Mit gesenktem Kopf fügte sie hinzu: »Sir.«

»Von welcher Art?«

»Ich... ich habe im Säuglingsheim gearbeitet. Hier in The Cascades.«

»Wissen Sie, wie man Schrammen und Schnupfen behandelt?«

»Natürlich.«

»Unruhezustände?«

Sie lächelte. »Darin bin ich Expertin.«

»Ich werde jemanden brauchen, der das Kind unterrichtet. Können Sie lesen und schreiben?«

»Eure Gefährtin zu sein, das könnt Ihr mir verwehren; doch ich werde Eure Magd, ob Ihr wollt oder nicht'«, sagte sie leise.

Er hielt inne, und seine Mundwinkel hoben sich. »Das nehme ich als Ja.«

Wieder konnte sie nicht anders, als zu lächeln.

Er zog ein Taschentuch hervor und ließ es vor ihren Füßen fallen. Sie sah zu, wie es hinabsegelte, ein sauberes weißes Viereck. Sie beugte sich hinunter, hob es auf und winkte damit dem Direktor zu.

Mr Hutchinson kam zu ihnen. »Guten Morgen, Mr...«, sagte er zu Dunne.

»Frum«, sagte er. »Doktor Frum. Guten Morgen, Herr Direktor.«

»Wie ich sehe, haben Sie Miss Ferguson ausgewählt. Für welche Art von Beschäftigung, wenn ich fragen darf?«

»Um auf ein Kind aufzupassen.«

Hutchinson verzog theatralisch das Gesicht.

»Ist das ein Problem, Herr Direktor?«

»Nun ... ich muss Sie warnen, Dr. Frum. Vielleicht ist genau diese Strafgefangene nicht die beste Wahl. Sie wurde kürzlich wegen eines Vergehens, das mit dieser Art von Beschäftigung zusammenhängt, in den Straftrakt geschickt.«

»Worum ging es, wenn ich fragen darf?«

»Sie gab sich als Mutter aus, um eine bevorzugte Behandlung zu bekommen. Um im Säuglingsheim zu arbeiten.«

Dunne warf Hazel einen anerkennenden Blick zu. »Und was sagt die leibliche Mutter dazu?«

»Die leibliche Mutter? Ich glaube, sie ist verstorben.«

»Und der Vater?«

»Ich ... Über den ... Vater ist nichts bekannt«, stotterte Hutchinson.

»Also hat dieses Mädchen ... wie ist Ihr Name?«, wandte sich Dunne plötzlich an Hazel.

»Hazel Ferguson, Sir.«

»Dieses Mädchen, Hazel Ferguson, hat also die Pflege eines elternlosen Kindes übernommen.«

»Nun, ja. Aber ...«

»Hat sie das Kind angemessen behandelt?«

»Soviel ich weiß, ja.«

»Gab es irgendwelche Klagen über ihr Betragen?«

»Nicht dass ich wüsste.«

»Und als Direktor müssten Sie es wissen, nicht wahr?«

»Ich denke schon.«

Dunne trat zufrieden einen Schritt zurück. »Gut, Mr Hutchinson. Dass sie sich um ein elternloses Kind gekümmert hat, qualifiziert sie für die Arbeit bei mir. Das Einzige, was mich interessiert, ist, dass sie für diese Arbeit geeignet ist.«

Der Direktor schüttelte den Kopf und seufzte. »An Ihrer Stelle würde mich interessieren, dass sie eine Betrügerin ist, Sir. Dass sie sich als eine andere Person ausgegeben hat. Es gibt andere, passende...«

»Ich glaube«, sagte Dunne, »ich versuche mein Glück mit Miss Ferguson.«

Hazel musste sich anstrengen, den Blick gesenkt zu halten und sich demütig zu geben, während die weiteren Absprachen getroffen wurden. Sie fühlte sich, als planten Dunne und sie eine Flucht oder einen Überfall. Als Dunne sie zu sich winkte, folgte sie ihm mit gesenktem Kopf durch das Tor wie eine pflichtbewusste Sträflingsmagd. Sie folgte ihm die Straße entlang bis zu seinem Falben und dem vierrädrigen offenen Wagen und kletterte auf die Bank hinter ihm, als er auf den Kutschbock sprang. Ohne sich umzusehen, reichte er ihr ein kleines Päckchen, dann ergriff er die Zügel. Er gab dem Pferd die Peitsche, und sie fuhren mit einem Ruck los.

Hazel öffnete das Päckchen. Darin lag Evangelines Blechmarke.

Es war ein kühler Morgen im beginnenden Frühling. Eine silbrige Sonne tauchte das Gras am Straßenrand in fahles Licht. Borstige Zweige ragten in einen von weißen Wolkenfetzen überzogenen Himmel. Während sie die Macquarie Street hinauffuhren, schaute Hazel zu den Sträflingsfrauen zurück, die in klapprigen Wagen fuhren oder zu Fuß dahinstapften.

Dunne ließ noch einmal die Peitsche knallen, das Pferd trabte weiter, und sie ließen sie hinter sich.

Hobart Town, 1842

Nach einer Weile bogen sie von der Macquarie Street in eine schmale Seitenstraße ab, die von kleinen Cottages gesäumt wurde. Als sie ein Sandsteincottage mit rotem Ziegeldach und einer blauen Eingangstür erreicht hatten, fuhr Dunne auf den Zufahrtsweg. Im Garten stand ein Pfosten mit einem Schild daran: *Dr. Caleb Dunne, Arzt und Pharmazeutiker*. Das Cottage wirkte recht abgeschieden; das nächste Haus lag hinter einer hohen Hecke verborgen.

Dunne sprang vom Kutschbock, spannte das Pferd ab und band es an einen Pfahl.

»Wo ist sie?«, fragte Hazel. Es waren ihre ersten Worte, seit sie die Haftanstalt verlassen hatten.

Er ging auf die Eingangsstufen zu und bedeutete ihr, ihm zu folgen.

Hazel hielt den Atem an, als sie über die Schwelle trat. Dunne betrat ein Zimmer, und sie eilte ihm mit klopfendem Herzen hinterher.

Und da war sie: Ruby. Sie saß auf dem Boden und errichtete einen Turm aus Bauklötzen.

»Oh«, stieß Hazel hervor.

Ruby sah auf, einen Baustein in der Hand.

Es war mehr als vier Monate her, seit Hazel sie zum letzten Mal gesehen hatte, und es war herzzerreißend, wie viel älter Ruby geworden war. Ihr Gesicht war schmaler geworden. Braune Locken reichten ihr bis über den Rücken. Sie starrte Hazel eine Weile an, als könnte sie sie nicht einordnen.

»Gib ihr Zeit.« Eine Frauenstimme.

Hazel sah auf. »Maeve!« Die Frau saß im Dunkeln in einem Schaukelstuhl, hatte Stricknadeln in der Hand und eine Haufen Garn vor sich.

»Willkommen. Wir haben auf dich gewartet.«

»Was machst du hier?«

Mit einem breiten Lächeln griff sich Maeve an den weißen Zopf. »Bin froh zu sehen, dass deins auch wieder wächst.«

»Ein geringer Preis, wenn ich ihn hierfür bezahlt habe«, sagte Hazel, deutete auf Ruby und schob sich eine Strähne ihres kurzen Haars hinter das Ohr.

Ruby hatte sich wieder den Bauklötzen zugewandt. Hazel kniete sich auf den Boden und rutschte näher an sie heran. Als sie Ruby einen Klotz reichte, setzte das Mädchen ihn vorsichtig auf die Spitze des Turms.

Hazel hätte sie gerne umarmt, wollte sie aber nicht erschrecken. »Geschicktes Mädchen.«

»Geschickte ... Mama«, sagte Ruby.

»Geschickte Mama«, wiederholte Hazel und lachte unter Tränen.

Dunne trat beiseite, als Hazel seine Praxis besichtigte, mit dem Finger über medizinische Instrumente strich, Fläschchen mit Tinkturen oder Pulvern öffnete, um daran zu riechen oder sie mit der Zunge zu schmecken. Nach Evangelines Tod, erzählte er ihr, habe er genug gehabt von Gefangenenschiffen. Aber es habe noch weitere drei Überfahrten gebraucht, bis er genug Geld gespart hatte, um eine Praxis einzurichten. Vor beinahe einem Jahr hatte er seinen Posten als Schiffsarzt auf der *Medea* gekündigt und dieses Cottage in der Campbell Street in Hobart Town gekauft, mit drei Zimmern und einem Schuppen mit Zisterne sowie einem langen, schmalen Garten auf der Hinterseite.

Ein paar Wochen zuvor hatte jemand einen Brief ohne Unterschrift unter seiner Tür hindurchgeschoben, in dem stand, Buck habe Hazels Lüge entlarvt und drohe damit, Ruby zu entführen. Der Brief erwähnte auch, dass Maeve, eine Hebamme, vor kurzem ihren Entlassungsbescheid bekommen habe; falls Dunne Ruby zu sich nähme, könne er vielleicht Maeve engagieren, sich um sie zu kümmern, bis Hazel aus dem Straftrakt entlassen würde.

Dunne vereinbarte einen Termin mit dem Leiter der Queen's Orphan School und stellte sich dort als Rubys Vater vor, Dr. Frum. Der Leiter schien erleichtert, Ruby in seine Obhut zu entlassen; sie sei kränklich, sagte er, und brauche eine medizinische Versorgung, die das Waisenhaus ihr nicht bieten könne. Ein Todesfall weniger im Register war immer eine gute Sache. Als Dunne das Kind sah, war ihm sofort klar, dass es Typhus hatte. Er brachte Ruby ins Cottage und richtete ihr in dem sonnigen Raum auf der Gartenseite ein Kinderzimmer ein, dann stellte er Maeve ein, die ihm auch in der Praxis aushalf: Sie kümmerte sich um die medizinischen Instrumente, riss Stoff für Bandagen in Streifen, organisierte Patiententermine. Zwar konnte sie nicht lesen und schreiben, aber sie merkte sich jedes Detail, wenn es um die Beschwerden eines Patienten ging.

»Ich kann nicht glauben, wie groß Ruby geworden ist«, sagte Dunne zu Hazel. »Die Zeit ist so schnell vergangen.«

»Für Sie vielleicht«, sagte sie.

Am nächsten Morgen stand Hazel mit den anderen Zuteilbaren, die eine regelmäßige Anstellung hatten, am Eingang von The Cascades. Als Dunne kam, stieg sie wortlos zu ihm in den Wagen.

Ruby wartete schon an der vorderen Veranda, als sie ankamen. »Du bist da!«, rief sie.

Hazel hätte am liebsten geschrien vor Freude und Ruby in ihre Arme gerissen. Aber sie tat es nicht. »Natürlich bin ich da«, sagte sie leichthin, während sie aus dem Wagen stieg. »Das hatte ich versprochen, also bin ich hier.«

Den ganzen Tag spielte sie mit Ruby Verstecken, baute mit ihr aus Stöcken und Blättern Feenhäuschen im Garten, trank in der Küche süßen Tee mit ihr und las ihr Geschichten vor.

Hazel konnte ihr Glück kaum fassen. Sie würde ganze

Tage mit Ruby verbringen können. Sie konnte ihre Mutter sein.

In Rubys Zimmer stand ein großes Puppenhaus. Dunne sagte, er habe es in einem Schaufenster gesehen und nicht widerstehen können. Es war drei Stockwerke hoch und hatte viele Zimmer, mit Dienstbotenkammern unterm Dach.

»Lass uns spielen«, sagte Ruby zu Hazel. »Ich bin die Lady. Und du die Magd.«

»Darf ich runterkommen, Madam?«, fragte Hazel mit hoher Stimme, während sie die Puppe auf dem Dachboden zwischen Daumen und Zeigefinger hielt. »Hier oben ist es so dunkel.«

»Nein«, sagte Ruby als Hausherrin. »Du musst bestraft werden.«

»Was habe ich denn falsch gemacht?«

»Du hast beim Abendessen zu viel geredet. Und bist im Flur gerannt.«

»Wie lang muss ich hier oben bleiben?«

»Zwei Tage. Und wenn du sehr ungezogen bist, kriegst du Schläge mit dem Stock.«

»Oh.« Mit dem Stock. Hazels Herz zog sich zusammen. »Aber ich bin ganz allein. Wie könnte ich denn ungezogen sein?«

»Du könntest deinen Porridge verschütten. Oder ins Bett machen.«

»Jeder verschüttet mal Porridge. Und macht ins Bett.«

»Nicht jeder. Nur die bösen Mädchen.«

Hazel sah sie eine Weile an. »Nicht nur die bösen Mädchen, Ruby. Den guten passiert das auch manchmal.«

Ruby zuckte die Achseln. »Jedenfalls ist es jetzt Zeit, dass du mir meinen Tee servierst.«

Als es wärmer wurde, pflanzten Hazel und Ruby vorne neben dem Haus Blumen und säten in einem kleinen Beet Kräuter. Nach der Ernte hängten sie sie in dem Sandsteinschuppen hinter dem Haus zum Trocknen auf. Der Garten verwandelte sich in ein Farbenmeer. Neben einer Goldakazie rankten sich weiße Rosen an einem Spalier hinauf, und in der Nähe der Eingangstür wuchs ein üppiger Busch mit blassrosa Blüten, die wie kleine Trompeten aussahen.

Dunnes Praxis florierte, da viele freie Siedler in die Hafenstadt strömten. Nicht selten kam es vor, dass Hazel am Morgen mit Dunne aus der Haftanstalt kam und schon einen ganzen Pulk von Menschen vorfand, die geduldig auf ihn warteten. Er hatte mit einer Gruppe von Ärzten in Melbourne korrespondiert, die jetzt eine Gesellschaft approbierter Ärzte gründeten, und erfuhr dadurch alles über die neuesten medizinischen Verfahren. Seine innovativen Methoden sprachen sich herum.

Neugierig auf die Kräuter, die Hazel und Maeve zogen, zwickte er ein paar Stängel ab und hielt sie sich unter die Nase. »Wozu benutzt man die?«, fragte er.

Das Herzspannkraut, erklärten sie ihm, mit seinen Blättern, die aussahen wie die Handfläche einer alten Frau, half bei Unruhezuständen. Ein Sirup aus Akazienrinde war gut gegen Husten. Die gekochte Rinde der Hickory-Akazie half gegen Hautentzündungen. Die zerriebenen Blätter des gefleckten Emu-Buschs konnte man bei einer verstopften

Nase zum Inhalieren verwenden. Mit Katzenminztee bekämpfte man Keuchhusten. Rot-Erle verschaffte Linderung bei Nesselsucht.

Hazel merkte, dass er gegen seine Skepsis ankämpfte. In all den Jahren seines Studiums hatte man ihm beigebracht, der Pflanzenwelt keine Beachtung zu schenken und das ungeschriebene Wissen über Heilmittel, das Frauen untereinander weitergaben, als Aberglauben abzutun. Das war nicht so leicht zu überwinden.

Nach einiger Zeit begann Hazel, ihm zusammen mit Maeve in der Praxis zu assistieren. Dunne bat sie, die Frauen während der Wehen zu beobachten und dann bei der Geburt zu helfen. Hazel musste bei Sonnenuntergang zurück in die Haftanstalt, aber Maeve konnte die ganze Nacht bleiben. Schon bald delegierte Dunne die meisten Geburten an sie und kam nur dann hinzu, wenn sie ihn darum baten.

Als der Entlassungsschein endlich kam, war es fast keine große Sache mehr. Mehrere Monate nachdem Hazel angefangen hatte, für Dunne zu arbeiten, schrieb er einen offiziellen Brief, in dem er für sie bürgte und ihr eine bezahlte Anstellung und eine Unterkunft anbot.

»Ihre Entlassung ist nicht Ihr Recht, sondern ein Privileg«, sagte der Direktor, bevor er sie gehen ließ. »Bei jeder noch so geringen Straftat wird man Sie wieder einsperren. Ist Ihnen das bewusst?«

Ja, das war ihr bewusst.

Von der anderen Seite des Schreibtischs las sie den Brief

über Kopf mit und sah, dass Dunne mit seinem richtigen Namen unterschrieben hatte. Hutchinson schien es nicht zu bemerken, oder es kümmerte ihn nicht.

Die Vorsteherin gab Hazel ein kleines Bündel mit den zerschlissenen Kleidern, in denen sie gekommen war, und Dunnes Exemplar von *Der Sturm*. Hazel lächelte. Sie würde es in sein Regal stellen, wo es hingehörte, zu den anderen Shakespeare-Bänden.

Bevor sie ging, suchte sie Olive. Sie fand sie zusammen mit Liza bei einem Kartenspiel vor. Trotz einiger Arbeitsschichten im Straftrakt würden auch sie bald ihre Entlassungsscheine bekommen, erzählten sie. »Hutchinson ist froh, uns Unruhestifterinnen loszuwerden«, sagte Liza. »Waren eh nie gut beim Wäscheauswringen.«

»Erinnerst du dich an meinen Matrosen? Grunwald?«, fragte Olive.

Hazel nickte.

»Er hat eine Schnapsbude in Breadalbane aufgemacht. Hat mich gefragt, ob ich an der Bar arbeite. Kommt nur in Frage, wenn er Liza für die Buchführung einstellt. Er schreibt für jede von uns einen Brief.«

»Weiß er …« Hazel zeigte zwischen den beiden hin und her.

Olive grinste so breit, dass man ihre Zahnlücke sehen konnte. »Wird ihn nicht stören. Je mehr Frauen, desto besser.«

»Diesmal zweig ich nix ab, wenn es nicht unbedingt sein muss«, sagte Liza und lachte gackernd.

Olive wuchtete sich hoch und drückte Hazel kräftig an

sich. »Pass auf dich auf«, sagte sie. »Du bist ne gute Frau, besser als ich, wenn du's mit diesem steifen Schiffsarzt aushältst. Aber ich schätze, man holt sich seinen Entlassungsschein, wo man ihn kriegen kann.«

Später, im Wagen mit Dr. Dunne, starrte Hazel auf die langgestreckte Gefängnismauer zu ihrer Linken, spürte das Rumpeln unter ihren Füßen, als sie die Brücke über den kleinen Fluss überquerten, nahm den Geruch des Abwassers wahr. Dann war es vorbei. Sie war fertig mit diesem Ort. Es kam ihr vor, als sähe sie die Welt mit anderen Augen: wollige Schafe auf einem Feld mit gelben Blumen, graugrüne Hügel in der Ferne, blaue Schmetterlinge, die im flachsgelben Gras hin und her flatterten. Schwarz-weiße Elstern kreischten in den Bäumen, es klang wie Gelächter. Irgendwie fürchtete sie, wenn sie sich umdrehte, würde sie jemanden sehen, der sie wegen irgendeines Fehltritts – ob tatsächlich oder nur ausgedacht – zurück in die Anstalt schleppen wollte.

Sie schaute nicht zurück.

An diesem Abend standen sie und Dr. Dunne, nachdem Ruby schlafen gegangen war, verlegen an der Tür. Sie hatte eins der beiden Betten im Kinderzimmer für sich selbst bezogen. Dunnes Schlafzimmer lag am anderen Ende des Flurs.

»Brauchen Sie noch irgendwas?«, fragte er, an den Türrahmen gelehnt.

»Nein, danke.« Plötzlich wurde sie sich seiner muskulösen Unterarme unter dem sauberen weißen Hemd bewusst.

Seiner kurzen Barthaare. Seines Geruchs, eine nicht unangenehme Mischung aus Schweiß und Seife. Sie hörte ihren eigenen Herzschlag.

Hazel trat einen Schritt zurück und spürte, dass sie errötete. Merkte er es? Sie wusste es nicht.

In Rubys Zimmer nahm Hazel Evangelines Blechmarke mit der roten Kordel und wickelte sie in das weiße Taschentuch (diese feinen Initialen, das Familienwappen ...). Sie öffnete die oberste Schublade der Kommode und steckte das kleine Päckchen unter einen Stapel Kleider, dann schob sie die Schublade zu.

Eines Tages würde sie es Ruby zeigen. Jetzt noch nicht.

Hobart Town, 1843

Es war merkwürdig, sich frei zu fühlen. Sie konnte den Wind auf der Haut spüren, wenn sie mit Ruby am Hafen auf einer Bank saß und den Schiffen zusah. Im Schatten einer Eibe sitzen und über die Weite des Himmels staunen. Mit den Fingern eine Orange schälen – oder zwei oder drei – und sich die süß-säuerlichen Schnitze in den Mund stecken. Ins Bett gehen, wann sie wollte, sich hinlegen, wenn sie sich nicht gut fühlte, laut und hemmungslos lachen, ihre Habseligkeiten in eine Schublade legen ohne die Angst, sie könnten gestohlen werden.

Hazel nähte sich ein paar Blusen und mehrere Hosen mit so weiten Beinen, dass sie, wenn man nicht sehr genau hinsah, wie Röcke wirkten. Ihre Mutter hatte immer solche Hosen getragen; im Entbindungsraum waren sie bequemer als Röcke, hatte sie immer gesagt.

»Bald kennt man dich als die verrückte Lady, die Hosen trägt«, zog Maeve sie auf.

Hazel grinste. »Vielleicht wird es die neue Mode.«

An einem warmen Nachmittag nahm Hazel Ruby mit auf den überfüllten Wochenmarkt in der Nähe der Uferpromenade. Sie erblickten eine Gruppe von Frauen, die gerade von einem Gefangenenschiff kamen und in Richtung Macquarie Street trotteten. Schnell wandte Hazel sich ab und zog Ruby weiter. Sie konnte den Anblick nicht ertragen.

Ein paar Tage später war Hazel mit Ruby wieder auf dem Markt, um Obst und Gemüse einzukaufen. Sie überlegten gerade, ob sie Kirschen oder Pflaumen nehmen sollten, als sie vor sich einen kleinen Tumult bemerkten. Ein Raunen ging durch die Menge. Ein paar Leute wechselten kopfschüttelnd die Straßenseite.

»Was macht die hier unter anständigen Leuten?«, sagte eine Frau zur anderen, als sie vorbeigingen. »Ich dachte, so eine würde man zu ihren Leuten zurückschicken, wo sie hingehört.«

Mit Ruby an der Hand schob sich Hazel durch die Menge. Es war Mathinna. Sie stand inmitten einer Gruppe von Gaffern, den Kopf erhoben und den Mund leicht geöffnet. Sie war größer geworden. Dünner. Ihre Wangenknochen traten scharf hervor, und ihre Lippen waren aufgesprungen. Ihr Haar war verfilzt, der Saum ihres Kleides verkrustet von Dreck. Sie blickte gleichgültig um sich und strich dabei geistesabwesend über die winzigen grünen Muscheln an ihrer Halskette.

»Eine Schande«, sagte ein Mann verächtlich. »Die ist besoffen.«

In dem Moment, als er es aussprach, wurde Hazel klar, dass es stimmte. »Mathinna«, rief sie.

Das Mädchen drehte sich stirnrunzelnd um. Dann dämmerte ihr, wen sie vor sich hatte, und sie lächelte verhalten. »Hazel«, sagte sie mit schwerer Zunge. »Du bist es.« Sie schwankte ein wenig. »Ich hab sie noch«, sagte sie und klopfte auf ihre Halsketten.

»Da bin ich froh.«

Die Schaulustigen verstummten und verfolgten aufmerksam das Gespräch.

Mathinna richtete den Blick auf Ruby und fragte: »Ist das dein Mädchen?«

»Ja. Ruby.«

»Ru-by«, wiederholte sie in einem Singsang. Sie grinste breit. »Hallo, Ru-by.«

»Das ist Mathinna«, sagte Hazel zu Ruby. »Sagst du ihr hallo?«

»Hallo«, flüsterte Ruby und versteckte sich schüchtern hinter Hazel.

Mathinna beugte sich zu Hazel. »Sie haben dich rausgelassen.«

Ein Murmeln ging durch die Menge. Hazel spürte, wie ihre Wangen rot wurden. Auch wenn hier praktisch überall ehemalige Sträflinge waren, wurde so etwas nicht in der Öffentlichkeit ausgesprochen. Sie nahm Ruby an der Hand und deutete auf einen kleinen Park auf der anderen Straßenseite. »Sollen wir da rübergehen?«

»In Ordnung.« Mathinna streckte die Arme nach vorne und dann zur Seite, die Finger gespreizt. »Macht Platz«, rief sie. Als die Menge sich teilte, ging sie voran, über die Straße, den Blick starr nach vorne gerichtet, mit übervorsichtigen Schritten. Die Leute, die sie anstarrten, auf sie zeigten und hinter vorgehaltener Hand über sie tuschelten, ignorierte sie.

Als sie den Park erreichten, sagte Hazel: »Ich habe versucht, dich im Waisenhaus zu besuchen. Man hat es nicht erlaubt.«

»Ich weiß.«

»Sie haben es dir erzählt?«

»Sie haben mir nie etwas erzählt. Sie haben mich in ein Zimmer gesperrt. Aber du hast gesagt, dass du es versuchen wirst, und das habe ich dir geglaubt.«

Hazels Kehle wurde eng. »Wie lange warst du dort?«

Mathinna wiegte den Kopf, anscheinend versuchte sie sich zu erinnern. »Ich weiß es nicht.« Sie griff sich an die Stirn. »Sie haben mich geschlagen. Mir die Haare abrasiert. Meinen Kopf in Eiswasser getaucht. Ich weiß nicht, warum. Sie sagten, ich sei frech, und vielleicht war ich das auch.«

»Oh, Mathinna. Du warst noch ein Kind.«

»Das stimmt.« Ihre Stimme zitterte, und sie senkte den Blick.

Bist es noch immer, dachte Hazel. Die Menschenmenge auf der anderen Straßenseite hatte sich weitgehend zerstreut, aber ein paar Leute starrten immer noch herüber. Sie zeigte auf eine Bank unter einem Eukalyptusbaum, die zur anderen Seite ausgerichtet war. »Willst du dich einen Augenblick mit uns hinsetzen?«

Mathinna nickte.

Auf der Bank zog Hazel Ruby auf ihren Schoß. Mathinna ließ sich neben ihnen niedersinken. Sonnenlicht fiel durch die herabhängenden Blätter und die Blüten, die aussahen wie Pusteblumen, und sprenkelte ihre Gesichter.

»Wann hast du das Waisenhaus verlassen?«, fragte Hazel.

Mathinna hob die Schultern. »Ich weiß nur, dass sie mich eines Tages rausgeholt und in ein Schiff zurück nach Flinders gesetzt haben. Aber es war nicht mehr das Gleiche. Mein Stiefvater war gestorben. Influenza, haben sie gesagt.« Eine Träne rollte über ihre Wange. »Die meisten Leute, die ich gekannt hatte, waren tot. Die anderen siechten dahin. Und ich hatte sowieso die Sprache vergessen. Es war zu ... anders. Also haben sie mich zurückgeschickt.«

»Ins Waisenhaus?«

»Ja, für eine Weile. Und dann an einen elenden Ort namens Oyster Cove. Ein ehemaliges Straflager. Dort waren auch alle krank und lagen im Sterben.«

Hazel sah in die glitzernden Augen des Mädchens. Auch in ihren Augen sammelten sich Tränen. »Und wie bist du wieder hierhergekommen?«

»Ich bin fortgelaufen. Hab Arbeit bei einer Näherin gefunden, die am Stadtrand eine Schnapsbude führt. Sie vermietet mir ein Zimmer.«

»Und was tust du für sie?«

»Nähen. Rum servieren. Rum trinken.« Sie lachte leise. »Ins Bett gehen und wieder aufstehen und alles von vorne. Die Nächte sind lang, aber ich schlafe meistens am Tag. Auch um zu vermeiden, dass ...« Sie zeigte auf die andere Straßenseite.

»Die Leute sind grob.«

»Ich bin daran gewöhnt.«

Ruby zeigte auf Mathinnas Halsketten. »Schön.«

Mathinna ließ ihre Finger über die Muscheln gleiten. Sie schien froh, das Thema zu wechseln. »Die hat meine Mutter gemacht«, erzählte sie Ruby. »Und deine Mutter« – sie deutete mit dem Kinn auf Hazel – »hat sie von der Lady, die sie mir weggenommen hat, zurückgestohlen.«

Hazel zuckte leicht zusammen. »Ich habe sie nicht wirklich *gestohlen*«, erklärte sie Ruby. »Sie haben dieser ... Person nie gehört.«

Mathinna beugte sich zu Ruby hinunter. »Willst du eine?«

Ruby strahlte und streckte die Hand nach den Halsketten aus.

»Oh, nein. Das solltest du nicht tun.« Hazel hielt Rubys Hand fest und sah Mathinna über den Kopf des Mädchens hinweg an. »Das sind deine, Mathinna.«

»Ich brauche nicht alle. Sie sind dazu gedacht, dass man sie weitergibt. Ich habe nur noch nie jemanden gehabt, dem ich eine schenken konnte.« Sie nahm die Ketten zwischen die Finger und schüttelte sie. »Die Sache ist nur, sie sind verheddert. Hilfst du mir?«

»Ich möchte eine haben, Mama«, sagte Ruby.

Mathinna hob die ineinander verknoteten Halsketten über ihren Kopf und reichte sie Hazel. »Du warst in den Jahren, als ich bei den Franklins gelebt habe, der einzige Mensch, der wirklich freundlich zu mir war.«

Hazel zerriss es beinahe das Herz. Schließlich hatte sie nicht viel getan. Es war schrecklich zu begreifen, dass ihre läppischen Gesten das Einzige waren, was Mathinna je an Zuneigung erfahren hatte. Sie dachte daran, wie ziellos Mathinna auf dem Anwesen umhergeirrt war, als die Franklins ohne sie in den Urlaub gefahren waren.

Sie blickte herab auf die Halsketten in ihren Händen und holte tief Luft. »Also ... Ich bin inzwischen geübt mit Knoten.« Sie fuhr mit den Fingern an den Muscheln entlang und nestelte an den Knäueln, bis sie alle entwirrt waren und die Halsketten in drei getrennten Strängen vor ihr lagen. Sie legte sie sich über Daumen und Zeigefinger und streckte sie Mathinna entgegen.

Mathinna nahm zwei davon und hängte sie sich wieder um den Hals. Dann legte sie die dritte Ruby um und hielt sie hoch, damit das Mädchen die schillernden grünen Muscheln sehen konnte. »Ich habe zugesehen, wie meine Mutter sie gemacht hat. Sie hat einen Wallaby-Zahn benutzt, um die winzigen Löcher zu bohren, dann hat sie die Muscheln mit Sturmtaucher-Öl eingerieben, damit sie so glänzten. Siehst du?«

Ruby berührte die Halskette vorsichtig mit der Fingerspitze.

»Stell dir vor, du wärst der Faden«, erklärte ihr Mathinna. »Und die Menschen, die du liebst, sind diese Muscheln. Dann werden sie immer bei dir sein.« Als sie sich vorbeugte, roch Hazel den Alkohol in ihrem Atem. »Es ist gut zu wissen, dass man geliebt wird. Du weißt, dass deine Mama dich liebt, oder, Ruby?«

Ruby nickte, und ein Lächeln breitete sich in ihrem Gesicht aus.

Hazel dachte an ihre eigene Kindheit – wie wenig Zärtlichkeit ihr zuteilgeworden war. Sie und Mathinna hatten beide mit dem Wenigen vorliebnehmen müssen, das sie bekommen hatten. »Komm mit uns«, sagte sie spontan. »Wir wohnen nur ein paar Straßen von hier entfernt, im Haus eines Arztes. Da gibt es ein Zimmer, ein kleines, aber das könntest du haben. Dann kannst du wieder auf die Beine kommen.«

Mathinna lachte – ein Lachen, das tief aus ihrem Bauch kam. »Ich bin schon auf den Beinen, Hazel.«

»Aber du trinkst und ... bleibst die ganze Nacht auf ... Du bist zu jung dafür, Mathinna. Diese Art von Leben ist nichts für dich.«

»Ach ich weiß nicht. Welche Art von Leben ist denn etwas für mich?«

Einen Augenblick schwiegen sie beide. Auf diese Frage ließ sich schwer antworten. Hazel lauschte auf die heiseren Schreie der Möwen, die lauten Stimmen der Händler, die auf dem Markt auf der anderen Straßenseite ihre Ware feilboten.

»Wäre ich auf Flinders geblieben, dann wäre ich jetzt wahrscheinlich tot«, sagte Mathinna schließlich. »Wenn mich die Franklins mit nach London genommen hätten, würde ich immer noch versuchen, jemand zu sein, der ich nie sein kann. Jetzt bin ich hier. Und lebe das einzige Leben, das mir gegeben wurde.« Sie stand abrupt auf und schwankte leicht. »Mach dir keine Sorgen um mich, Hazel. Ich bin eine Wanderin. Es wird schon gehen.« Sie legte sich eine Hand auf die Brust und sagte: »*Tu es en moi. Un anneau dans un arbre.* Du bist in mir. Ein Ring in einem Baumstamm. Das werde ich nicht vergessen.«

Auf der Bank mit Ruby, während sie Mathinna nachblickten, als sie die Straße hinunterging, wurde Hazel von einer bodenlosen Traurigkeit erfasst. Sie beide waren Verbannte, ihrer Heimat und ihren Familien entrissen. Aber Hazel hatte einen Löffel gestohlen; Mathinna hatte nichts getan, womit sie sich dieses Schicksal verdient hätte. Der Makel der ehemaligen Strafgefangenen würde Hazel noch viele Jahre anhaften, aber mit der Zeit würde er verschwinden. Sie spürte jetzt schon, wie er nachließ. Sie konnte mit einem Korb über dem Arm über den Markt schlendern, Rubys Hand in ihrer, ohne dass jemand ihnen etwas anmerkte. Diesen Luxus hatte Mathinna nicht. Sie würde sich nie unter die Leute mischen und ihrer Arbeit nachgehen können, ohne misstrauisch beäugt und beurteilt zu werden.

»Wo geht sie hin, Mama?«, fragte Ruby.

»Ich weiß es nicht.«

»Sie ist nett.«

»Ja.«

Ruby betastete die Muscheln um ihren Hals.

»Gefällt dir deine Halskette?« Als Ruby nickte, sagte Hazel in schärferem Ton als beabsichtigt: »Sie ist etwas Besonderes. Du musst gut auf sie aufpassen.«

»Ich weiß. Das mache ich. Können wir jetzt Kirschen kaufen, Mama?«

»Ja.« Hazel seufzte und stand auf. »Wir können Kirschen kaufen.«

Hobart Town, 1843

Das erste Treffen der Gesellschaft für approbierte Ärzte in Melbourne sollte Mitte Februar stattfinden, und Dunne hatte sich entschlossen, daran teilzunehmen. Es war eine mehrtägige Schiffsreise, und er plante, eine Woche auf dem Festland zu bleiben, um sich über Neuerungen auf dem Gebiet der Medizin zu informieren. Maeve würde während seiner Abwesenheit in dem kleinen ungenutzten Raum auf der rückwärtigen Seite des Hauses wohnen und sich zusammen mit Hazel um die Praxis kümmern. Bei Notfällen, mit denen sie nicht zurechtkämen, würden sie die Patienten zur Behandlung ins Hobart Hospital schicken.

Es war ein milder Nachmittag. Wolken zogen über einen taubenblauen Himmel. Möwen flogen umher und kreischten klagend. Das Schiff nach Melbourne sollte um drei Uhr in Hobart ablegen, und Hazel entschied sich, Dunne zum Hafen zu begleiten. Es war nur ein zehnminütiger Fußmarsch. Unterwegs sprachen sie über die Behandlung eines Patienten, einen Roman von Dickens, den

Hazel gerade las und in dem eine Figur vorkam, die zur Deportation in ein Arbeitslager verurteilt wurde, und über einen Unterrichtsplan für Ruby.

»Elf Tage«, sagte Dunne, schon auf der Laufplanke. »Werden Sie ohne mich zurechtkommen?«

»Natürlich werden wir das.«

»Ich weiß.« Er drückte ihre Hand. »Sagen Sie Ruby Lebewohl von mir.«

»Das tue ich.« Ruby hatte im Garten mit Maeve Feenhäuschen gebaut, als sie aufgebrochen waren.

Nachdem Dunne an Bord gegangen war, saß Hazel noch eine Weile auf einer Bank am Elizabeth Street Pier und sah den Besatzungsmitgliedern des großen Schiffs dabei zu, wie sie die Laufplanke hochzogen. Es roch nach verbranntem Holz von den Buschfeuern hinter den Stadtgrenzen. Sie blickte auf die mit grünem Seetang bedeckten Kiesel an der Küste und auf die Boote, die in den Hafen einfuhren. Sonnenlicht glitzerte auf den Wellen wie Sterne.

Wie so oft, wenn sie aufs Wasser schaute, dachte sie an Evangeline, da draußen in der Tiefe. Sie erinnerte sich an einen Vers aus *Der Sturm*: *Fünf Faden tief dein Vater ruht; Korallen wird nun sein Gebein.* Ariel erzählt Ferdinand, dass sein Vater, der ertrunken ist, sich im Meer verwandle: Seine Knochen würden zu Korallen, seine Augen zu Perlen.

Gewandelt durch das Meer. Vielleicht traf das auf sie alle zu.

Nachdem Dunnes Schiff abgelegt hatte, schlenderte Hazel die Campbell Street entlang und machte sich dabei im Geiste eine Liste all der Dinge, die sie erledigen musste.

Es war Sonntag; die Praxis war geschlossen. Wenn sie ins Haus zurückkäme, würde sie ein Kapitel in dem medizinischen Fachbuch lesen, das Dunne ihr empfohlen hatte, und dann aus den frisch getrockneten Kräutern einige Mittel herstellen. Vielleicht könnten sie und Maeve mit Ruby auf den Mount Wellington steigen, um dort ein Picknick zu machen: Schinken, gekochte Eier, Käse, Äpfel. Sie könnten den Kuchen mitnehmen, den Maeve heute Morgen gebacken und zum Auskühlen auf den Tisch gestellt hatte.

Als Hazel zu Hause ankam, sah sie Maeve im Kräutergarten knien. Es war ein vollkommen alltäglicher Anblick; Maeve, die Minze pflückte. Aber irgendetwas schien verkehrt.

Hazel spürte, wie ihr ein Schauder der Angst über den Rücken lief. Warum war Ruby nicht bei ihr?

»Maeve«, rief sie, bemüht um eine feste Stimme.

Maeve drehte sich mit einem Lächeln zu ihr um. »Da bist du ja wieder!«

»Wo ist Ruby?«

Maeve erhob sich und klopfte sich den Schmutz von den Händen. »Hinten, mit einem Freund von Dr. Dunne. Ich habe ihm gesagt, dass der Doktor nicht da ist, aber er wollte sie sehen – sagte, er sei auf dem Schiff gewesen, als sie geboren wurde. Ich habe ihm einen Tee angeboten. Er wollte Minze.« Maeve hielt einen Zweig hoch.

Hazel spürte, wie ihre Handflächen feucht wurden. Sie bekam kaum Luft. »Wie war sein Name?«

»Tuck, glaube ich.«

»Buck«, keuchte Hazel. »Nein. Nein.«

»Ach herrje!«, rief Maeve, als sie Hazels entsetztes Gesicht sah, »ich ...«

Hazel rannte die Stufen hoch und stieß die Eingangstür auf. »Ruby?«, rief sie. »Ruby!«

Niemand war im Wohnzimmer und auch nicht in der Praxis oder in der Küche. Sie öffnete die Tür von Rubys Zimmer. Leer. Sie schaute in Dunnes Schlafzimmer, dann in die kleine Kammer, in der Maeve schlief. Sie konnte ihren eigenen keuchenden Atem hören. Das Dröhnen ihrer Schritte.

Maeve, die hinter ihr hergelaufen war, sagte: »Es tut mir leid, Hazel, ich wusste nicht ...«

»Schsch.« Hazel hob den Zeigefinger und stand ganz still, mit schiefgelegtem Kopf wie ein Hund. Durch die Scheibe in der Hintertür schaute sie hinaus.

Da stand er, ungefähr fünfzehn Meter entfernt, in dem langgestreckten Garten, neben Ruby, die sich über ihre Feenhäuschen beugte. Zu nah. Das sandfarbene Haar trug er aus der Stirn gekämmt, sein Bart war grob getrimmt. Hemd und Hose sahen sauber aus. Anständig sogar. Aber sein Blick war eigenartig, irgendwie irr. Er war schrecklich dünn. Mager. Als hätte er seit Wochen nichts gegessen.

In seiner Hand sah Hazel ein Messer funkeln. »Bleib hier«, wies sie Maeve an und trat nach draußen. »Hallo!«, rief sie und versuchte, ihrer Stimme einen festen Klang zu geben.

Ruby klatschte in die Hände »Komm und schau dir mein Feenhaus an!«

Buck starrte Hazel über den Rasen hinweg an.

Das Herz trommelte in ihrer Brust, als sie auf ihn zuging. Sie fühlte sich wie ein Reh auf einer Lichtung, das sich des Jägers bewusst ist, angespannt mit jeder Faser. Plötzlich sah sie jedes Detail in ihrer Umgebung mit größter Deutlichkeit; einen Schwarm von Insekten über dem Lavendel, zwei orangebrüstige Eisvögel, die zwischen den Bäumen hin und her flatterten, die winzigen grünen Muscheln um Rubys Hals. Bucks dreckige Fingernägel. Seinen schmutzigen Kragen.

»Deine Haare sind immer noch kurz«, spottete er. »Und diese Hosen. Siehst wie n Junge aus.«

Hazel zwang sich zur Ruhe. »Lange nicht gesehen.«

»Stimmt. Hab auf den richtigen Moment gewartet.«

»Ich habe gehört, Sie sind abgehauen. Ist jemand hinter Ihnen her?«

Er stieß einen merkwürdig stotternden Laut aus, eine Art Kichern. »Vielleicht. Aber ich weiß, wie man sich unsichtbar macht.«

»Da draußen im Busch geht es rau zu.«

»Du hast keine Ahnung.« In ihm schien Besessenheit zu vibrieren. »Schon mal Känguru gegessen?«

Sie schüttelte den Kopf. Sie hatte Geschichten über die ehemaligen Strafgefangenen und Ausbrecher gehört, die wie Wilde zwischen Schlangen, Wildhunden und Wallabys im Busch lebten. *Bushrangers* nannte man sie. Piraten, die über Land streiften, anstatt auf dem Meer zu segeln. Sie überfielen Farmen und kleine Geschäfte, stahlen Rum und Waffen.

»Man räuchert sie über dem Feuer. Bindet sie an Stöcke.«

Er breitete die Arme aus, um die Größe zu demonstrieren. »Wenn sie tot sind, normalerweise.« Als er lachte, konnte sie seine kleinen grauen Zähne sehen. »Manchmal, wenn wir Glück haben, kriegen wir ein Lamm in die Finger.«

Buck fuhr mit der Messerspitze an Rubys kleinem Kopf entlang. Sie merkte es nicht, sah nicht einmal die Klinge, weil sie in ihr Spiel vertieft war. Er schnitt ihr eine Locke ab und hielt sie Hazel hin. »Siehst du, wie einfach das ist? Ein scharfes Messer kann man immer brauchen. Weißt du ja selbst.«

Er ließ die Locke ins Gras fallen.

Hazel atmete durch die Nase ein, spürte, wie die Luft ihre Lunge füllte. Sie roch den Lavendel im Garten und – selbst von hier aus, mehrere Straßen vom Hafen entfernt – die salzige Meeresbrise. Sie schaute zum Haus und nahm den Duft des frischen Kuchens wahr.

»Sie müssen hungrig sein«, sagte sie. »Maeve hat gebacken. Wir haben frische Butter. Sie sagte, Sie wollten Tee.«

Buck starrte sie an. »Stimmt, hab schon ne Weile nichts mehr gegessen. Und ich muss zugeben, dass ich Durst habe. Habt ihr Zucker?«

»Ja, haben wir«, antwortete sie.

Sie dachte an die Schimpftiraden, die zweimal täglich in der Kapelle der Haftanstalt auf sie niedergegangen waren, genug Predigten für ein ganzes Leben. *Der Gottlose lasse von seinem Wege und der Übeltäter seine Gedanken und bekehre sich zum HERRN, so wird er sich seiner erbarmen.* Buck war einmal klein gewesen. Ein Kind. Vielleicht war er verstoßen worden oder verraten oder geschlagen. Vielleicht hatte er nie eine Chance gehabt. Sie wusste es nicht. Sie kannte nur ihre eigene Leidensgeschichte. Wie einfach es gewesen wäre, Bitterkeit zu säen, so wie er es tat! Sie zu nähren, bis sie blühte wie eine giftige Pflanze. »Wir glauben hier an Vergebung, Mr Buck«, sagte sie.

»Rache schmeckt mir besser«, erwiderte er.

Ruby sah auf, sie hatte gemerkt, dass der Ton sich geändert hatte. »Mama?«

»Das hat sie dir erzählt?« Buck packte Ruby am Arm und zog sie hoch. »Sie ist nicht deine Mama, kleines Mädchen.«

Hazel konnte ein Aufkeuchen nicht unterdrücken.

Ruby gab einen Laut von sich, ein Wimmern.

Hazel musste gegen den Drang ankämpfen, sich auf Buck zu stürzen. Sie wusste, dass es töricht gewesen wäre; zu viel stand auf dem Spiel. »Es ist alles in Ordnung, Ruby«, sagte sie, und ihre Stimme zitterte nur ganz leicht.

Mit dem Messer in der Hand zeigte Buck auf das Haus. »Geh voran.«

Hazel warf Maeve einen warnenden Blick zu, als sie in die schummrige Küche traten. Sie sah, wie Maeve alles registrierte: Buck mit dem Messer in der einen Hand, die andere an Rubys Arm.

Der Kessel stand auf einem Dreibein über dem Feuer. Die Messer lagen in der Schublade. Töpfe und die gusseiserne Bratpfanne hingen an ihren Haken auf der anderen Seite der Küche.

Buck blickte zwischen ihnen hin und her. Über Rubys Kopf hinweg starrte er Hazel in die Augen und flüsterte: »Denk nicht mal daran, irgendwas zu unternehmen. Dann schlitze ich ihr den Hals auf, so schnell, wie ich ein Lamm töte.«

Hazel war sich jedes einzelnen ihrer Atemzüge bewusst. Ihr Blick glitt über das Messer in Bucks Hand und zu Maeve, die am Tisch stand, die grünen Minzzweige hinter sich. »Maeve«, seufzte sie, »deine Augen sind so schlecht geworden. Du hast die falschen Kräuter gepflückt. Die Minze ist in einem anderen Teil des Gartens, erinnerst du dich?« Sie wandte sich an Buck. »Sie wollten Minze, oder? Nicht Salbei?«

Maeve nickte bedächtig und ließ die Minze in ihre Tasche gleiten. »Herrje. Was habe ich mir nur dabei gedacht? Wärst du so lieb, Hazel, ein paar Zweige zu holen? Ich serviere solange den Kuchen.«

»Nein«, sagte Buck. »Sie bleibt hier.«

Maeve stellte den Kuchen und ein Stück Butter vor ihn. Mit dem Messer, das er immer noch in der Hand hielt, schnitt er sich ein Stück ab, dann schmierte er einen Batzen Butter darauf. Ein paar Augenblicke lang hörte man nichts mehr von ihm außer Kaugeräusche und das Knacken seiner Kieferknochen.

»Ich will mich nicht selbst loben, Mr Buck, sozusagen mit Pauken und Trompeten, aber ich mache einen wunderbaren Pfefferminztee«, sagte Maeve.

»Ich nehme Wasser.«

»Kaltes Wasser gibt es in der Zisterne im Schuppen. Ich habe hier nur heißes. Für Tee.«

Er verzog das Gesicht. »Dann hol eben Minze. Du, nicht sie.« Er zeigte mit dem Messer auf Maeve, dann auf

Hazel. »Und du komm mir ja nicht auf die Idee, um Hilfe zu rufen.«

»Sie hat allerdings recht. Meine Augen sind nicht mehr so, wie sie mal waren.« Maeve wedelte mit der Hand vor ihrem Gesicht herum. »Alles ist verschwommen. Ich fürchte, für mich sieht Minze aus wie jedes andere grüne Kraut.«

»Lassen Sie mich das machen, Mr Buck. Ich weiß genau, wo sie ist«, sagte Hazel. »Sie haben Ruby. Warum sollte ich irgendwas unternehmen?«

Ruby sah sie aus ihren großen braunen Augen an. Hazel schenkte ihr ein unsicheres Lächeln.

Den Blick fest auf Hazel gerichtet, hielt Buck das Messer an Rubys Wange, die Spitze auf Höhe ihrer Schläfe. »Mach schnell«, sagte er.

Hazel nahm eine kleine Steingutschale von der Anrichte und ging hinaus und die Stufen hinunter. Im Kräuterbeet bückte sie sich und pflückte mit zitternden Fingern ein paar Minzzweige. Dann erhob sie sich und ging zurück zur Haustür zu dem Busch mit den weichen Blättern und den trompetenförmigen blassrosa Blüten.

Maeve füllte eine Tasse mit Tee aus der Kanne und reichte sie Buck. »Zucker? Oder lieber Honig?«

»Zucker.«

Sie schob die Zuckerdose vor ihn. Er gab zwei gehäufte Löffel in seine Tasse und rührte um. Ruby, neben ihm, fragte: »Kann ich auch was haben?«

»Du hattest schon deinen Tee«, sagte Hazel. »Wie wäre es mit einem Stück Kuchen?«

Ruby nickte.

»Unsere Minze ist sehr kräftig, Mr Buck«, erklärte Maeve. »Am besten schmeckt sie mit viel Zucker. Es gibt nichts Besseres als süßen Tee, nicht wahr?«

Buck gab noch weitere zwei Löffel hinzu. Er nahm einen Schluck und schlürfte geräuschvoll. Schnitt sich noch ein Stück Kuchen ab und verschlang es.

»Darf ich mit meinem Puppenhaus spielen?«, fragte Ruby.

»Sie bleibt hier«, erklärte Buck.

»Es ist direkt nebenan«, sagte Hazel.

»Ich will sie da haben, wo ich sie sehen kann.«

Ruby rutschte unruhig hin und her. »Ich hab keine Lust mehr, hier zu sitzen.«

»Ich weiß«, sagte Hazel. »Unser Freund geht bald.«

Buck lehnte sich in seinem Stuhl zurück. »Ich gehe nirgendwohin.« Er hob das Messer und ließ den Finger über die Klinge gleiten, wie um ihre Schärfe zu prüfen.

Hazel sah ihn an, betrachtete sein dünnes, sandfarbenes Haar und seine sonnenverbrannten Lippen, den Fischschwanz der rot-schwarzen Meerjungfrau auf seinem Unterarm, deren Oberkörper unter dem Ärmel verborgen war.

Buck rieb sich mit dem Finger die Augen und blinzelte. »Habt ihr Fleisch? Solange es kein Känguru ist.« Er lachte grunzend. »Den Wildgeschmack mag ich nicht.«

Maeve holte den Schinken aus der Speisekammer, und er säbelte sich zwei dicke Scheiben davon ab und aß sie mit den Fingern. Das ist gut, dachte Hazel. Salz macht durstig.

Er stürzte eine zweite Tasse Tee hinunter und fragte nach einer dritten. Als er sie bekam, leerte er sie in einem Zug und wischte sich die Lippen mit dem Handrücken ab. »Ich dachte mir«, sagte er dann zu Hazel, »wir könnten das zu Ende bringen, womit wir auf dem Schiff begonnen hatten.«

Sie sah, wie eine Schweißperle an seinem Hals hinunterlief und in seinem Hemdkragen landete. »Das haben Sie sich gedacht, wirklich?«

Er zeigte mit dem Kinn auf den vorderen Teil des Hauses. »Eins von den Zimmern da wäre in Ordnung.«

Sie beobachtete ihn genau. Er holte tief Luft, dann noch einmal. Strich sich das Haar zurück und betrachtete dann irritiert seine Hand, die nass glänzte. Die Augen weit aufgerissen, starrte er vor sich hin.

»Die Sache ist die, Mr Buck: Dafür ist es zu spät.«

»Was?« Er schnaufte. »Was in aller ...« Er erhob sich so schnell, dass er dabei den Stuhl umwarf. Dann gaben seine Beine nach, und er sank gegen den Tisch. »Keine Bewegung«, bellte er und hielt das Messer hoch.

»Mama?« Ruby sah auf. »Was hat der Mann?«

»Er fühlt sich nicht wohl.«

Ruby nickte. In diesem Haus waren Menschen, die sich nicht wohlfühlten, nichts Ungewöhnliches.

»Bring sie raus«, sagte Hazel zu Maeve.

»Sie geht nirgendwohin«, schrie Buck mit merkwürdig heiserer Stimme.

»Ich möchte dich nicht mit ihm allein lassen«, sagte Maeve zu Hazel. »Er hat immer noch sein Messer.«

»Sieh ihn dir an. Er kann kaum noch stehen.« Hazel trat

näher an Buck heran. Als sie sein Handgelenk berührte, stieß er wild mit dem Messer nach ihr. Dann verzog er das Gesicht und sackte auf einem Stuhl in sich zusammen. Das Messer glitt ihm aus der Hand und fiel polternd zu Boden.

Buck schüttelte verwirrt den Kopf. »Was ... was ist hier los?«

Hazel hob das Messer auf und berührte die Klinge, ohne ihn aus den Augen zu lassen. Wirklich scharf. Sie legte es auf ein Regalbrett.

Maeve nickte. »In Ordnung.« Sie wandte sich an Ruby und sagte: »Lass uns zum Hafen gehen, vielleicht sehen wir ein paar Seerobben auf den Felsen.« Sie nahm das kleine Mädchen bei der Hand und führte es aus der Küche.

Als sie alleine waren, setzte sich Hazel Buck gegenüber auf einen Stuhl. Seine Pupillen waren schwarz und riesig, sein Hemd schweißnass. Sie griff nach der Steingutschale auf der Anrichte hinter ihr. Darin lagen ein paar Minzzweige und drei lange, spitz zulaufende blassrosa Blüten. Sie stellte die Schale auf den Tisch.

»Unter Heilkundigen und Hebammen gibt es eine Redensart, Mr Buck. ›Heiß wie ein Hase, blind wie eine Fledermaus, trocken wie ein Knochen, rot wie eine Rübe, ganz und gar verrückt.‹ Schon mal davon gehört?«

Er schüttelte unsicher den Kopf.

»Nun, sie beschreibt ein paar Symptome. Es fängt an mit ›heiß wie ein Hase‹. Ihnen ist recht warm, oder?«

»Hier drin ist es brütend heiß.«

»Nein, ist es nicht. Ihre Körpertemperatur steigt. Als Nächstes kommt ›blind wie eine Fledermaus‹.« Sie zeigte auf seine Augen. »Ihre Pupillen sind geweitet. Sie sehen alles verschwommen, oder?«

Er rieb sich die Augen.

»›Trocken wie ein Knochen.‹« Sie berührte ihren Hals. »Sie fühlen sich wie ausgedörrt.«

Er schluckte.

»Sie sehen zwar nicht ganz wie eine Rübe aus, aber Ihre Haut ist schon ziemlich gerötet. Und ›völlig verrückt‹, also ...«

Es schien ihn große Mühe zu kosten, sich aus seiner Benommenheit zu reißen. »Was ... Wovon redest du?«

Sie hielt die Schale so, dass er hineinsehen konnte. »Diese hübschen Blüten nennt man Engelstrompeten – aber manche Heilerin sagt auch Teufelskraut dazu, und das aus gutem Grund. Wir haben eine solche Pflanze direkt vor der Tür. Bestimmt haben Sie sie schon mal gesehen; sie ist ziemlich verbreitet. Im Garten gegenüber steht auch so ein Busch. Sogar am Haus des Gouverneurs gibt es ein paar.« Sie stellte die Schale zurück auf die Anrichte. »Wenn Sie Glück haben – und ich glaube, es ist genug Gift in Ihrem Blut –, dann delirieren Sie, bevor die Krämpfe kommen. Dann sind Sie wahrscheinlich bewusstlos, bevor Sie sterben. Das wäre eine Gnade.«

»Du ... du widerliche Schlampe!«, keuchte er.

»Keine Sorge. Es ist nicht so schlimm wie Ertrinken. Nach dem, was ich gehört habe. Aber wer weiß.« Sie zuckte die Achseln. »Fühlen Sie sich benommen? Kurzatmig?«

Er nickte.

»Es sollte nicht lange dauern. Gegen Morgen ...« Sie

brach ab und hob entschuldigend die Hände. »Es gibt wirklich nichts, was man noch für Sie tun könnte.«

Er machte einen Ruck nach vorne und versuchte, auf die Beine zu kommen. Als er gegen die Tischplatte taumelte, stieß er seine leere Teetasse hinunter, und sie zerschellte auf dem Boden. Er selbst sackte daneben in sich zusammen. »Dafür wirst du bezahlen«, stöhnte er.

Sie blickte auf ihn hinunter und sagte: »Das glaube ich nicht, Mr Buck. Sie sind mit Bauchschmerzen in die Praxis gekommen. Es stellte sich heraus, dass Sie eine giftige Pflanze gegessen hatten, vielleicht, um eine bestimmte Wirkung zu spüren. Ich habe Sie dafür nicht verurteilt, das kann nur Gott. Traurigerweise gibt es kein Gegenmittel. Alles, was wir tun konnten, war, Ihnen Ihr Leiden zu erleichtern.«

Er wollte sie packen und krallte seine Hände um ihr Fußgelenk. Sie beugte sich hinunter und löste seine Finger von ihrem Bein, einen nach dem anderen. »Sie sind nicht mehr stark genug, um mich zu überwältigen, Mr Buck. Diese Zeiten sind vorbei.«

Als Maeve und Ruby zurückkehrten, war Buck draußen im Schuppen. Er hatte geschnauft und gesabbert, als Hazel ihn zur Zisterne geführt hatte, damit er frisches, kaltes Wasser bekam, und dann hatte sie ihn eingeschlossen. Während der nächsten Stunden hörte man ab und zu ein merkwürdiges Geräusch, ein Wimmern oder einen Schrei, aber es klang wie von fern. Die Schuppenwände waren aus Sandstein, und außerdem war Holz davor aufgestapelt, das

Dunne gehackt und aufgeschichtet hatte, um sie gut durch den Winter zu bringen.

Später am Abend öffnete Hazel die Hintertür. Sie schaute zum Mond hinauf, ein gelber Fleck an einem ungesund violetten Himmel. Dann ging sie zur Schuppentür, stand still da und lauschte. Sie hörte das Summen von Insekten im Unterholz, das träge Tschilpen der Vögel, die sich in den Schlaf sangen. Von drinnen kam kein Laut.

Als sie und Maeve am nächsten Morgen die Schuppentür aufschlossen, war Buck tot.

Die Behörden waren froh, den Fall abzuschließen. Schließlich war Buck ein entflohener Krimineller. Ein verurteilter Mörder und hartgesottener Ausbrecher. Seine Alkohol- und Drogensucht war bekannt; kein Wunder, dass er ein leicht zugängliches Rauschmittel überdosiert hatte.

Zwei Tage später brachten ein paar Sträflingsarbeiter Bucks Leiche in einem Karren zum St David's Park, einer typisch englischen Grünanlage zwischen Sandsteinmauern. Am hinteren Ende des Parks befand sich der Gefangenenfriedhof, umgeben von Gebüsch, darunter auch ein gewöhnlicher, aber hübscher Strauch mit auffälligen rosa Blüten. Man setzte Buck ohne Zeremonie in einem anonymen Grab bei.

Hobart Town, 1843

So lange Zeit hatte Hazel in Angst gelebt. Jetzt empfand sie nur Erleichterung, so als hätte sie eine giftige Schlange getötet, die unter ihrem Haus gelauert hatte. Dennoch fürchtete sie sich davor, Dunne über das, was passiert war, in Kenntnis zu setzen. Sie selbst konnte damit leben, aber sie wusste nicht, ob er es konnte.

»Ich weiß nicht, wie er reagieren wird. Er ist so... moralisch«, sagte Hazel zu Maeve.

»Und das sind wir nicht?«

Darüber dachte sie einen Augenblick nach. »Ich würde sagen, wir haben andere Moralvorstellungen.«

Maeve schüttelte den Kopf. »Ich glaube, wir können nicht wissen, nach welcher Moral wir leben, solange wir nicht auf die Probe gestellt werden. Hast du Angst, dass er uns verrät?«

»Nein, nein.« Daran hatte sie gar nicht gedacht. Andererseits... konnte es sein, dass er so etwas tun würde?

»Er ist auch kein Heiliger. Diese Geburtsurkunde...«

»Stimmt. Aber das ist wohl kaum ein Mord.«

Eine Woche später, als Dunnes Schiff aus Melbourne eintreffen sollte, stand Hazel mit Ruby am Ende der Laufplanke und wartete auf ihn.

Ein Lächeln trat auf sein Gesicht, als er sie erblickte. »Was für eine schöne Überraschung!« Er beugte sich hinunter, um Ruby zu umarmen. »Wie ist es euch ergangen?«

»Ich habe einem Mann meinen Feengarten gezeigt, und dann ist er sehr krank geworden«, erzählte Ruby.

Hazel zuckte zusammen. Sie hatte nicht bedacht, dass Ruby alles ausplaudern könnte.

»Wirklich? Und geht es ihm jetzt besser?«, fragte Dunne.

»Nein, geht es ihm nicht.«

»O je.« Er blickte zu Hazel hoch, erwartete eine Erklärung.

»Ja. Das ist ... eine lange Geschichte.« Ihr Herz klopfte. »Ich bin mit dem Pferdewagen da. Dachte, wir könnten ein Picknick am Mount Wellington machen. Wäre das nicht schön?«

»Sehr schön«, sagte er.

»In Melbourne spricht man davon, die Gefangenentransporte ganz abzuschaffen«, erzählte Dunne. »Alle Zeitungen schreiben darüber. Die Deportationen machen anderswo auf der Welt keinen guten Eindruck.« Sie saßen auf einem Felsplateau, das Picknick um sich herum ausgebreitet. Ein warmer Wind kam vom Meer her, und die Bäume standen in üppigem Grün. Adler erhoben sich in die Lüfte oder stießen herab. Tiefhängende Wolken zogen über den Himmel. Unter ihnen brachen sich schäumend Wellen über dem schneeweißen Sandstein.

»Glauben Sie, es wird so kommen?«

»Ja, das glaube ich.«

Die Kinder und Enkelkinder ehemaliger Strafgefangener seien inzwischen alteingesessene Bürger, erklärte er. Man lebe jetzt beinahe in einem angesehenen Land. »Die Briten sollten so klug sein, an die Rebellion der amerikanischen Kolonien zu denken, bevor sie sich das letzte Wohlwollen verspielen, das noch übrig ist«, sagte er.

Hazel lächelte zerstreut. Nimm dir Zeit, dachte sie. Geh behutsam vor. Aber das war nicht ihre Art. Als Ruby sich von dem Plateau gleiten ließ, um Stöckchen für ein Feenhaus zu sammeln, wandte sie sich ihm zu. »Ich muss Ihnen erzählen, was passiert ist.«

»Oh, ja«, sagte er und setzte sich auf. »Der Mann, der krank wurde.«

Sie holte tief Luft. »Danny Buck war mit Ruby im Garten, als ich vor elf Tagen vom Hafen zurückkam. Er hatte ein Messer. Er sagte, er würde sie töten, und drohte damit, mich zu vergewaltigen.«

Seine Augen weiteten sich. »Mein Gott, Hazel.«

»Kennen Sie diesen Strauch bei den Stufen an der Haustür?«, preschte sie vor. »Man nennt ihn Engelstrompete.«

»Der mit den rosa Blüten.«

»Ja. Der Pflanzensaft ist giftig. In größeren Mengen kann er tödlich sein.«

»Das wusste ich nicht.«

»Wie auch immer. Er war es.«

Er schaute ihr in die Augen. »Er war tödlich.«

»Ja.« Als er nicht sofort antwortete, fügte sie hinzu: »Wir haben die Polizei gerufen, und man hat Buck weggebracht. Die Pflanze ist ein Rauschmittel; eine Überdosis ist nichts Ungewöhnliches.«

»Ich verstehe.« Er stieß hörbar die Luft aus.

Eine Weile saßen sie schweigend da und beobachteten Ruby, die in einiger Entfernung Stöckchen sammelte und zu kleinen Haufen zusammentrug. War er entsetzt? Abgestoßen? Sie hätte es nicht sagen können. »Ich ...« Hazel verstummte, dann wählte sie ihre Worte mit Bedacht. »Ich bereue es nicht.«

Dunne nickte bedächtig.

»Ich bin erleichtert, dass er fort ist.«

Er seufzte und fuhr sich mit der Hand durch die Haare. »Also. Eigentlich finde ich, dass Sie ... dass das, was du getan hast ... unglaublich mutig war. Du wusstest, was nötig war, und du hast es getan. Du hast dein Leben gerettet und das von Ruby. Mir tut nur leid, dass ich nicht da war.«

Er nahm ihre Hand in seine, und sie ließ es zu. Sie schaute zu Ruby, die auf der Wiese stand und sich nach Blumen bückte, und dann wieder zu Dunne, auf sein dunkles Haar, das sich um seine Ohren lockte, auf seinen kurzen Bart und seine dunklen Wimpern. Von fern hörte sie das Rauschen des Wassers, das aus Felsenhöhlen sprudelte.

Zögernd strich sie über Dunnes Unterarm. Er drehte sich unbeholfen zu ihr, wobei er die Schale mit Käse und Apfelschnitzen zwischen ihnen umstieß. Sie umschloss sein Gesicht mit beiden Händen und zog ihn zu sich. Sie spürte die Wärme seiner Haut und nahm den süßen Apfelgeruch seines Atems wahr, und dann spürte sie seine Lippen auf ihren und seine Hände in ihrem immer noch kurzen Haar. Sie schloss die Augen und sog seinen Geruch ein.

»Mama, lass uns ein Armband machen!«, rief Ruby und kam auf sie zugerannt, in der Hand einen Strauß Gänseblümchen.

Als Hazel sich von Dunne losriss, fühlte sie sich so wie in dem Moment, als ihre Füße nach Monaten auf See zum ersten Mal festen Boden berührt hatten. Schwankend, desorientiert; die Welt um sie herum vibrierte.

Nachdem sie eine Gänseblümchenkette geflochten hatten, setzte sich Hazel auf den Felsen, während Dunne Ruby weiter unten auf der Lichtung half, ihr Feendorf zu bauen. Der Himmel über dem Berg wurde langsam dunkler, und Hazel blickte auf die zerklüfteten grünlichen Felsen, die aus dem Meer ragten. Wie weit sie gereist war, um hierher zu gelangen! Aus den Gassen Glasgows in den Bauch eines Sklavenschiffs und dann in ein Gefängnis am anderen Ende der Welt. Und schließlich zu einem Sandsteincottage in einer Pionierstadt, in der sie die Freiheit hatte, ihrem Beruf nachzugehen. Dem Kind, das sie brauchte, konnte sie eine Mutter sein. Konnte in Frieden mit dem Mann leben, den sie vielleicht gerade zu lieben begann.

Sie dachte an all das, was sie die Jahre über immer wieder gerettet hatte. Die Aufführung von *Der Sturm* im Kelvingrove Park. *Ich war zu meiner Zeit der Mann im*

Mond. Dass Evangeline ihr das Lesen beigebracht hatte. Olives unerwartete Großzügigkeit und Maeves Freundschaft. Dunnes Mitgefühl. Ruby, das Versprechen, dessen Erfüllung Evangeline nicht mehr erlebt hatte. Vielleicht hatte Hazel Ruby das Leben gerettet, vielleicht hätte sie aber auch so überlebt. Mit Sicherheit wusste Hazel nur, dass die Kleine ihr Leben von Grund auf verändert hatte.

Sie fing an zu glauben, dass sie an diesen schrecklichen, schönen Ort gehörte, mit seinen von Strafgefangenen erbauten Villen, seinen Buschlandschaften und merkwürdigen Tieren, seinen Eukalyptusbäumen mit ihrer abblätternden Borke und dem weichen Blattwerk, den orangefarbenen Flechten, die sich wie flüssige Lava über die Felsen erstreckten. Hier war sie nun, fest in der Erde verwurzelt. Ihre Äste reichten in den Himmel, die Ringe in ihrem Stamm waren hart und fest. Sie fühlte sich uralt, dabei war sie erst neunzehn. Der Rest ihres Lebens lag verheißungsvoll vor ihr.

RUBY

Wenn die Gesellschaft die freie Entwicklung der Frau nicht zulässt, dann muss die Gesellschaft umgestaltet werden.

Dr. Elizabeth Blackwell, *1869; britische Ärztin, Mentorin von* Dr. Elizabeth Garrett Anderson

St. John's Wood, London, 1868

Es war überraschend einfach, die Adresse herauszufinden. Ausgerüstet mit seinem vollen Namen – Cecil Frederic Whitstone – umgarnte Ruby einen Verwaltungsangestellten beim Großstädtischen Ausschuss für öffentliche Bauten in der Nähe des Trafalgar Square. Innerhalb von Minuten hatte er eine Liste von Londoner Steuerzahlern zum Vorschein gebracht und machte einen gewissen Mr C. F. Whitstone in der Blenheim Road Nummer zweiundzwanzig ausfindig.

»Anwalt«, erklärte er ihr. »Lebt anscheinend allein. Unter diesem Namen finden sich keine Ehe- oder Geburtsurkunden. Bleiben Sie lange in London, Miss Dunne?«

Ruby war nach England gekommen, um bei Dr. Elizabeth Garrett zu studieren, der Ärztin, die in Marylebone die *St. Mary's Dispensary* gegründet hatte, wo arme Frauen eine medizinische Behandlung erhielten. Es war die erste Einrichtung dieser Art, und es gab dort nur weibliches Personal. Dr. Garrett, nur vier Jahre älter als Ruby, war die erste Frau in Großbritannien mit einem Hochschulabschluss in Medizin. Kurz nach der Eröffnung der Klinik hatte sie in Londoner Zeitungen eine Anzeige veröffentlicht, um Frauen mit Collegeabschluss anzuwerben, die Ärztin oder Krankenschwester werden wollten. Fünf Monate später hatte Ruby in Hobart Town die *Saturday Review* aufgeschlagen und die Anzeige gesehen.

In ihrem langen Brief an Dr. Garrett berichtete Ruby, dass sie als Tochter eines Arztes und einer Hebamme in einer Pionierstadt auf einer Insel vor der Küste Australiens aufgewachsen war. Schon in jungen Jahren hatte sie medizinische Instrumente gereinigt, Medikamente katalogisiert und im Operationssaal assistiert. Die Stadt war größer geworden und damit auch die Familienpraxis. Irgendwann hatte ihr Vater das Warwick Hospital gegründet, benannt nach der Stadt in den Midlands, in der er aufgewachsen war. Eines Tages in der Praxis ihres Vaters mitzuarbeiten, war Rubys Traum.

Aber ihre Eltern hatten schon ihr ganzes Wissen an sie weitergegeben. Die medizinischen Kenntnisse ihrer Mutter basierten auf Volksheilkunde und systematischem Ausprobieren, nicht auf Wissenschaft. Ihr Vater hatte sie in Anatomie unterrichtet und ihr die Grundlagen der Chirurgie beigebracht, aber jetzt, mit achtundzwanzig, sehnte sie sich nach einer akademischen Ausbildung, wie er sie einst am Royal College of Surgeons in London erhalten hatte. In Australien durften Frauen sich nicht für ein Medizinstudium einschreiben, deshalb war dies eine einmalige Gelegenheit. Sie hatte vor, drei Monate bei Dr. Garrett zu lernen, um dann mit den neuesten Erkenntnissen und Methoden ans Warwick Hospital zurückzukehren.

Dr. Garrett schrieb zurück: »Ich finde Ihnen eine preiswerte Unterkunft, und Sie bleiben ein Jahr lang hier und machen einen Abschluss.«

Schon einen Monat nachdem sie den Brief bekommen hatte, war Ruby auf dem Schiff nach London.

Sie hatte noch nie eine Frau getroffen, die so offen, direkt und rebellisch war wie Dr. Garrett. Entschlossen, die Medizinische Hochschule zu besuchen, hatte sie 1862 – mit sechsundzwanzig Jahren – über eine Formalie einen Weg gefunden, an ihr Ziel zu gelangen: Niemand hatte daran gedacht, den Frauen die Prüfungen der Society of Apothecaries zu verbieten, und bald hatte Dr. Garrett sie alle bestanden. Später, als Mitglied eines Frauenwahlrecht-Komitees, legte sie dem Parlament Petitionen vor, in denen das Wahlrecht für weibliche Haushaltsvorstände gefordert wurde.

»Die Deportationen in die Strafkolonien Tasmaniens wurden erst vor fünfzehn Jahren abgeschafft«, sagte sie mit ihrer typischen Unverblümtheit, als Ruby bei ihr in Marylebone ankam. »Ich muss Sie fragen: Sind Sie verwandt mit einem Verurteilten?«

Ruby wurde ein wenig blass. Dort, wo sie herkam, war das immer noch ein Thema, über das man nicht offen sprach. Aber sie war entschlossen, genauso direkt zu sein wie Dr. Garrett. »Ja, das bin ich«, antwortete sie. »Meine Mutter stammt aus Glasgow und wurde mit sechzehn nach Australien geschickt. Viele Menschen in Tasmanien haben ähnliche Wurzeln, aber nur wenige reden darüber.«

»Ah – der Makel der Deportation. Ich habe gelesen, dass man den ursprünglichen Namen ›Van-Diemens-Land‹ geändert hat, um die unangenehme Assoziation mit Kriminalität zu vermeiden.«

»Nun, das war nicht der offizielle Grund, aber ... ja.«

»Was für eine Straftat hatte Ihre Mutter begangen, wenn ich fragen darf?«

»Sie hatte einen Silberlöffel gestohlen.«

Dr. Garrett seufzte ungehalten. »Das ist der Grund, warum wir die Gesetzgebung nicht den Männern überlassen dürfen. Denn dann wird sie zum Hohn auf die Gerechtigkeit und geht zu Lasten der Armen und der Frauen. Diese hohen und vornehmen Aristokraten mit ihren schwarzen Roben und gepuderten Perücken – die haben keine Ahnung.«

Ruby war während der Ferien einmal in Melbourne gewesen, aber sie hätte sich niemals eine Stadt vorstellen können, die so riesig war und sich so sehr ausdehnte wie London. Die North und die South Banks, getrennt von einem gewundenen Fluss und verbunden über zahlreiche Brücken. Es überraschte sie, als sie feststellte, dass die London Bridge, die sie aus einem Kinderlied kannte, noch ziemlich intakt war.

Sie teilte sich ein Zimmer in einem Gästehaus in der Wimpole Street mit einem anderen Schützling von Dr. Garrett, einer jungen Frau aus dem Lake District, deren Familie glaubte, sie arbeite als Zimmermädchen. Tatsächlich war Ruby – wie Dr. Garrett allen kundtat – die einzige ihrer Studentinnen, die von ihren Eltern in dem Wunsch,

Ärztin zu werden, unterstützt wurde. »Ich habe den Eindruck, dass das Leben in der Neuen Welt trotz aller Härten und Einschränkungen auch gewisse Freiheiten erlaubt. Die gesellschaftlichen Hierarchien sind weniger starr. Würden Sie mir hier zustimmen?«

»Ich weiß nicht«, sagte Ruby. »Ich habe noch nie in einer anderen Welt gelebt.«

»Tja, jetzt können Sie es selbst herausfinden«, sagte Dr. Garrett.

In ihrer Freizeit erkundete Ruby die Sehenswürdigkeiten, vom British Museum zur St. Paul's Cathedral, von sattgrünen Parks zu betriebsamen Teahouses. Sie probierte Erdbeer-Limonade und *Fish and Chips* auf einem Markt in Covent Garden. Sie besuchte eine Aufführung von *Der Sturm* im Lyceum Theatre und eine Akrobatik-Darbietung in einem Vergnügungspark in North Woolwich. Bei einem ihrer Ausflüge stand sie plötzlich vor den imposanten Mauern von Newgate Prison und erinnerte sich an die Geschichten, die Olive, eine Freundin ihrer Mutter, ihr über das Leben in diesem Gefängnis erzählt hatte – wie sie dort Evangeline kennen gelernt hatte und die beiden dann auf demselben Schiff gelandet waren. Wie eine Reformerin der Quäker ihnen Bibeln ausgehändigt und Blechmarken um den Hals gehängt hatte – eine davon hatte Ruby, in ein altes weißes Taschentuch gewickelt, nach London mitgebracht.

Während ihrer letzten Woche bei Dr. Garrett besuchten die Studentinnen ein Waisenhaus. Als sie durch das Eingangstor traten, wurde ihr schwindelig. Sie hatte kaum

Erinnerungen an ihre frühen Jahre im Waisenhaus in New Town, aber jetzt überkam sie ein so überwältigendes Gefühl von Panik, dass sie glaubte, das Bewusstsein zu verlieren.

Dr. Garrett sah sie aufmerksam an. »Alles in Ordnung mit Ihnen?«

»Ich ... ich weiß nicht.«

»Setzen wir uns einen Augenblick.«

Als sie auf dem Sofa im Empfangsraum saßen, versuchte Ruby, auf Dr. Garretts Drängen hin, die Gefühle, die da – anscheinend aus dem Nichts – in ihr hochkamen, zu benennen: Beklemmung, Angst und Grauen.

»Ihre Reaktion ist nur natürlich«, sagte Dr. Garrett. »Sie sind als Kind von Ihrer Mutter getrennt worden.« Sie tätschelte Rubys Hand. »Sie wissen, wie es ist, sich verlassen zu fühlen. Deshalb sind Sie an einem entlegenen Ort wie Australien, wo Sie mit benachteiligten Bevölkerungsgruppen arbeiten, als ausgebildete Ärztin umso wertvoller, Miss Dunne.«

Jetzt waren es nur noch zwei Tage bis zu ihrer Rückkehr nach Tasmanien. Vor ihrer Abreise gab es noch eine letzte Sache zu erledigen. Und so stand sie nun vor dem Haus des Mannes, dessen Taschentuch es vor achtundzwanzig Jahren bis nach Australien geschafft hatte. In den letzten Monaten war sie viele Male durch diesen Stadtteil gelaufen und hatte versucht den Mut zu fassen, ihn aufzusuchen.

Der cremefarbene Anstrich der Residenz war fleckig, und an der Dachtraufe blätterte der Putz ab. Auch die zinnoberrote Eingangstür war angeschlagen. Unkraut wucherte zwischen den Pflastersteinen vor dem Haus.

Ruby drückte auf die Klingel und hörte es im Inneren des Hauses läuten.

Nach einer unangenehmen Wartezeit ging die Tür auf, und ein Mann blinzelte gegen das Tageslicht. »Ja? Kann ich Ihnen helfen?«

Es war zu spät, um kehrtzumachen. »Wohnt hier zufällig ein Mr Whitstone?«

»Ich bin Mr Whitstone.«

Der Mann schien Anfang fünfzig zu sein. Sein Haar war an den Schläfen ergraut. Er war mager und hatte ausgeprägte Wangenknochen und tiefliegende braune Augen. Früher musste er attraktiv gewesen sein, erkannte Ruby, auch wenn er jetzt fast ein wenig gebrechlich wirkte.

Und dann, als hätte sie ein Objekt unter dem Mikroskop scharf gestellt, fiel ihr auf, wie sehr er ihr ähnelte. Das gleiche wellige braune Haar, die gleichen braunen Augen und die schmale Statur. Die Form seiner Lippen. Sogar eine unbewusste Geste erkannte sie wieder; eine bestimmte Art, den Kopf zu neigen.

»Ich bin« – sie legte eine Hand auf ihre Brust – »Ruby Dunne. Sie kennen mich nicht, aber ...« Sie griff in ihre Handtasche und zog das Taschentuch hervor. Sie streckte es ihm entgegen, und er nahm es, um es genauer zu betrachten. »Ich glaube, Sie kannten meine ...« Sie schluckte. Diesen Moment hatte sie sich während der letzten Jahre immer wieder vorgestellt. Alle möglichen Szenarien hatte sie heraufbeschworen; dass er ihr die Tür vor der Nase zuknallte oder leugnete, Evangeline gekannt zu haben. Oder dass er vielleicht gestorben oder weggezogen war. »... die Frau, die mich zur Welt gebracht hat. Evangeline Stokes.«

Ruby merkte, dass er scharf einatmete, als sie den Namen nannte. »Evangeline.« Er sah auf. »Natürlich erinnere ich mich an sie. Sie war für kurze Zeit die Hauslehrerin meiner Halbgeschwister. Ich habe mich lange Zeit gefragt, was aus ihr geworden ist.« Er hielt inne, die Hand am Türknauf. Dann zog er die Tür weit auf. »Möchten Sie hereinkommen?«

Im Haus war es düster. Mr Whitstone hängte Rubys Mantel auf und führte sie in einen Empfangsraum mit Spitzengardinen vor den Fenstern. Es roch muffig, als wäre schon lange nicht mehr gelüftet worden.

»Setzen wir uns?« Er zeigte auf eine Gruppe von abgenutzten Polsterstühlen. »Wie geht es ... Ihrer Mutter?«

Sie wartete, bis sie sich beide gesetzt hatten, dann sagte sie: »Sie ist gestorben. Vor achtundzwanzig Jahren.«

»Ach, herrje. Das tut mir leid zu hören«, sagte er. »Allerdings ist das schon ziemlich lange her.« Er runzelte die Stirn, anscheinend rechnete er nach. »Ich dachte, um diese Zeit sei sie von hier fortgegangen, aber ich kann mich auch täuschen. Mein Gedächtnis ist nicht mehr das, was es mal war.«

Ruby wurde unruhig. War es möglich, dass er es nicht wusste?

»Ihr Akzent ist ungewöhnlich«, sagte er. »So einen habe ich noch nie gehört.«

Sie lächelte. Also gut, dann wechselten sie eben das Thema. »Ich komme von einer Insel vor der Küste Australiens. Tasmanien heißt sie inzwischen. Von den Briten besiedelt. Mein Akzent ist ein Mischmasch aus Dialekten, denke ich – Englisch, Irisch, Schottisch und Walisisch. Bis ich nach London kam, habe ich nicht gewusst, wie ungewöhnlich das ist.«

Er lachte leise. »Ja, in dieser Hemisphäre bleiben wir normalerweise unter uns. Leben Sie jetzt hier?«

»Nur vorübergehend.«

Plötzlich stand eine stämmige grauhaarige Hausangestellte in blauem Kleid und weißer Schürze in der Tür. »Der Nachmittagstee, Mr Whitstone?«

»Das wäre wunderbar, Agnes«, sagte er.

Als die Hausangestellte gegangen war, sprachen sie eine Weile über das Wetter – wie schlecht es bis vor einer Woche gewesen sei und jetzt die Sonne und die Narzissen überall, und sogar die Glyzinien blühten. Wahrscheinlich würde der Sommer heiß werden, nachdem sie einen so langen und kalten Winter hatten ertragen müssen. Inzwischen hatte sich Ruby an diese englische Manier gewöhnt, sich warmzureden, aber sie wunderte sich immer noch darüber. In Tasmanien kam man schneller zur Sache.

»Wann kehren Sie nach Tasmanien zurück?«, fragte er.

»Das Schiff legt am Freitag ab.«

»Schade. Dann verpassen Sie die Rosen. Für die sind wir hier ziemlich bekannt.«

»Bei uns gibt es auch hübsche Rosen.«

Agnes kam mit einem Silbertablett zurück, darauf eine

Teekanne und zwei feine Porzellantassen sowie eine Platte mit Kuchen und eine kleine Schale mit Marmelade.

»Dieser Haushalt ist ziemlich geschrumpft«, sagte Mr Whitstone, während die Hausangestellte ihnen Tee einschenkte und mechanisch anfing, den Kuchen aufzuschneiden. »Jetzt sind wir nur noch zu zweit, nicht wahr, Agnes?«

»Wir kommen gut zurecht«, sagte Agnes. »Aber vergessen Sie nicht Mrs Grimsby. Sie wollen ja nicht, dass ich mich in der Küche zu schaffen mache.«

»Nein, Mrs Grimsby dürfen wir nicht vergessen. Auch wenn ich mir nicht sicher bin, wie lange sie noch bei uns bleibt. Neulich habe ich gesehen, wie sie die Eier in den Briefkasten gelegt hat.«

»Sie ist inzwischen ein bisschen verwirrt.«

»Nun ja, mir ist eigentlich egal, was ich zu essen bekomme. Und wir haben auch nicht mehr so häufig Gäste wie früher. Es ist jetzt ziemlich still hier. Nicht wahr, Agnes?«

Sie nickte. »So still wie eine Fliege auf einem Staubwedel.«

Als Agnes gegangen war, saßen sie eine Weile schweigend da. Ruby sah sich um und betrachtete die Standuhr mit dem vergoldeten Ziffernblatt in der Ecke, das verblichene Brokatsofa, die Bücherregale mit den filigranen Ornamenten. Rechts von ihnen stand eine Vitrine voller Nippesfiguren: Porzellandamen vor ländlicher Kulisse, die sich gegen einen Baum lehnten oder verzückt an pastellfarbenen Blumen schnupperten.

Er war ihrem Blick gefolgt. »Die Sammlung meiner Stiefmutter«, sagte er.

Kitschige Tribute an eine verklärte Vergangenheit, dachte Ruby, aber sie sprach es nicht aus.

Sein Vater und seine Stiefmutter hatten sich vor ein paar Jahren aufs Land zurückgezogen, erzählte er. Beatrice, seine Halbschwester, war fortgegangen, um Schauspielerin in New York City zu werden, war aber in Schenectady gelandet. Sein Halbbruder Ned hatte geheiratet und war nach Piccadilly gezogen, wo er sein Glück versuchte mit ... was war es noch? Immobilien? »Ich muss leider zugeben, dass wir bedauernswert wenig Kontakt haben«, sagte er, während er durch ein Sieb Tee in Rubys Tasse goss. »So. Und jetzt möchten Sie mir vielleicht erzählen, was Evangeline zugestoßen ist.«

Sie nahm einen Schluck, lauwarm, und stellte die Tasse ab. »Ich weiß nicht, wo ich anfangen soll. Wie viel wissen Sie?«

»Sehr wenig. Sie hat nur ein paar Monate hier gearbeitet, wenn ich mich recht erinnere. Ich bin in die Ferien nach Venedig gefahren, und als ich zurückkam, war sie fort.«

Ruby sah ihn von der Seite an. »Sie wurde beschuldigt, einen Ring gestohlen zu haben, den Sie ihr geschenkt hatten.«

»Ja, das weiß ich.«

Sie spürte, wie Wut in ihr hochstieg. »Und Sie haben nie...« Sie biss sich auf die Unterlippe. »Sie haben vor der Polizei nie ausgesagt, dass Sie ihr den Ring geschenkt hatten?«

Er rieb sich seufzend den Nacken. »Meine Stiefmutter

hat es gewusst. Natürlich. Bevor ich nach Italien fuhr, hatte sie mich davor gewarnt, weiter mit der Hauslehrerin zu poussieren. Aber dann... Anscheinend ist Evangeline in Wut geraten und hat Agnes die Treppe hinuntergestoßen. Also ging es weniger um den vermeintlichen Diebstahl; sie wurde des versuchten Mordes beschuldigt.«

»Agnes. Ihre Hausangestellte?«

»Ja. Sie ist immer noch hier, nach all den Jahren.«

Immer noch hier. Gesund und munter. Ruby schüttelte den Kopf. »Haben Sie je versucht, Evangeline zu finden, um sich ihre Version der Geschichte anzuhören?«

»Ich... Nein, das habe ich nicht.«

Ruby erinnerte sich an das, was Olive ihr über Evangelines Zeit im Gefängnis erzählt hatte – wie sie sich an die Hoffnung geklammert hatte, dass dieser Mann kommen würde –, und war den Tränen nahe. »Sie war monatelang in Newgate und wurde dann zur Deportation und vierzehn Jahren Strafkolonie verurteilt und auf ein Sklavenschiff gebracht. Während der Überfahrt wurde sie von einem Matrosen und ehemaligen Strafgefangenen ermordet.«

Er atmete tief ein, die Lippen zusammengepresst. »Das wusste ich nicht. Das ist wirklich... unfassbar.«

»Sie war eine alleinstehende Frau ohne finanzielle Mittel oder einen Menschen, der für sie eingetreten wäre. Sie hätten zumindest für ihren guten Charakter bürgen können.«

Er schien ein wenig erschrocken über ihre heftige Reaktion. Sie war selbst überrascht. Vielleicht hatte Dr. Garretts Direktheit auf sie abgefärbt.

Er seufzte. »Sehen Sie«, sagte er, »man hatte mir unmissverständlich nahegelegt, es bleiben zu lassen. Dass es unpassend sei, sich da einzumischen. Dass ich beinahe einen Familienskandal ausgelöst hätte, was man gerade noch habe verhindern können, und dass ich nicht das Recht hätte, noch einmal alles aufzuwühlen. Und falls das ein Trost ist: Ich habe mich deswegen schrecklich gefühlt.«

»Nicht schrecklich genug, um sich Ihrer Stiefmutter zu widersetzen. Sie waren erwachsen, oder nicht?«

Er lächelte schwach. »Sie sind ... ziemlich direkt, Miss Dunne.«

Plötzlich verspürte Ruby eine beinahe körperliche Abneigung gegen den Mann, der ihr gegenübersaß. Sie öffnete ihre Handtasche und zog eine kleine Blechmarke an einer verblichenen roten Kordel hervor. Während sie sie in die Höhe hielt, sagte sie: »Die Gefangenen auf dem Schiff mussten so etwas um den Hals tragen. Dies hat Evangeline gehört. Es ist alles, was ich noch von ihr habe.« Sie legte die Marke in seine Hand. »Abgesehen von Ihrem Taschentuch.«

Er strich mit dem Finger über die Marke und drehte sie um, kniff die Augen zusammen, um die Nummer, hunderteinundsiebzig, zu entziffern, die schwach auf der Rückseite eingraviert war. »Was wollen Sie von mir?« Seine Stimme war kaum mehr als ein Flüstern.

Ruby lauschte auf das Ticken der Standuhr in der Ecke und spürte gleichzeitig ihren eigenen Herzschlag. »Sie sind mein leiblicher Vater. Das muss Ihnen inzwischen klar sein.«

Im gelblichen Lampenlicht starrte er sie an, die Hände

auf den Knien, und rieb nervös über den Stoff seiner Hosenbeine.

»Sie wussten, dass sie schwanger war«, sagte sie. »Und Sie haben nichts unternommen.«

»Ich wusste es nicht wirklich. Niemand hat es je ausgesprochen. Aber wenn ich ehrlich bin, muss ich wohl zugeben, dass ich ... es vermutet habe.« Er holte tief Luft. »Ich fürchte, moralische Feigheit ist bei den Whitstones eine tief verwurzelte Familieneigenschaft. Ich hoffe, Sie haben sie nicht geerbt.«

»Nein, das habe ich nicht.«

Unangenehmes Schweigen machte sich zwischen ihnen breit.

»Ich hatte das Glück, dass mich jemand zu sich genommen hat«, sagte sie schließlich. »Ich habe Eltern, die mich lieben und die für mich gekämpft haben. Ich verlange nichts von Ihnen.«

Er nickte langsam.

»Mit einer Ausnahme vielleicht. Ich würde gerne das Zimmer sehen, in dem Evangeline gewohnt hat, als sie hier war.«

»Es ist seit Jahren verschlossen.« Er legte nachdenklich den Zeigefinger auf seine Lippen. »Aber ich denke, das ist kein Problem.«

Er gab ihr die Marke zurück, und sie wickelte sie in das fadenscheinige Taschentuch und steckte es wieder in ihre Handtasche. Dann folgte sie ihm durch einen langen Gang mit grün-rosa gestreifter Tapete und um eine Ecke bis zu einer Tür, die zu ein paar schmalen Treppenstufen führte.

Sie stiegen hinunter, vorbei an einer großen Küche und in ein bescheidenes Esszimmer, in dem eine kleine weißhaarige Dame am Tisch saß und Bohnen putzte.

Durch runde Brillengläser blinzelnd, sah sie zu ihnen auf. »Mr Whitstone!«, rief sie aus. »Wo haben Sie denn Miss Stokes gefunden? Sie darf nicht hier sein, nach dem, was sie getan hat!«

»Oh ... nein, nein«, stammelte er und hob die Hand. »Sie täuschen sich, Mrs Grimsby. Das ist Miss Dunne.«

»Ich glaube, ich habe einen Geist gesehen«, murmelte sie kopfschüttelnd.

Mr Whitstone warf Ruby einen verlegenen Blick zu, dann gingen sie weiter und bogen in einen langen Gang ein. Er öffnete eine Tür auf der rechten Seite, und sie folgte ihm in ein kleines Zimmer.

Das einzige Fenster war mit Fensterläden verschlossen. In dem schwachen Licht, das aus dem Flur hereinfiel, konnte Ruby ein schmales, abgezogenes Bett ausmachen, einen Nachttisch und eine Kommode, alles mit einer Staubschicht bedeckt. Sie setzte sich auf die Matratze, die sich klumpig anfühlte.

In diesem Bett hatte Evangeline gelegen. Über diesen Boden war sie gegangen. Bei ihrer Ankunft in diesem Haus war sie jünger gewesen als Ruby jetzt und noch dabei, sich in der Welt zurechtzufinden. Verlassen hatte sie es schwanger und verängstigt und ohne einen Menschen, der ihr helfen konnte. Ruby dachte an all die Frauen, die ins Warwick Hospital oder in die St Mary's Dispensary kamen, um sich behandeln zu lassen. Hochschwanger oder mit einer schlimmen Geschlechtskrankheit oder mit einem Säugling oder Kleinkind auf dem Arm. Das waren, nach Dr. Garretts Auffassung, die Bürden der Armen und der Frauen, derjenigen, die auf niemandes Schutz zählen konnten.

Als sie auf die ausgetretenen Dielen hinunterblickte, traf sie plötzlich die Erkenntnis: In diesem Zimmer war sie schon einmal gewesen – als sie kaum mehr war als ein geflüsterter Gedanke.

»Würden Sie mich kurz entschuldigen?«, sagte Mr Whitstone. »Es dauert nur eine Minute.«

Sie nickte. Es war schon später Nachmittag, und sie wollte zurück in ihrer Unterkunft sein, bevor es dunkel wurde. Wenn sie sich auch nicht auf die lange Heimreise freute, war sie doch begierig darauf, das Wissen, das sie in ihrem Auslandsjahr erworben hatte, in Tasmanien anzuwenden.

Dieser Augenblick in Evangelines Zimmer, das wusste sie, hatte nichts mit ihrem restlichen Leben zu tun und bedeutete doch alles. Er würde sie verändern, aber niemand würde je erfahren, dass sie hier gewesen war.

Als Mr Whitstone zurückkehrte, hatte er eine kleine blaue Samtschachtel in der Hand. Er gab sie ihr, und Ruby öffnete sie. Auf vergilbtem, elfenbeinfarbenem Satin lag ein Rubinring mit verschnörkelter Goldeinfassung. »Ich fürchte, er ist ein wenig angelaufen«, sagte er. »Er lag all die Jahre in einer Schublade. Meine Stiefmutter bestand darauf, dass ihn eines Tages meine Frau bekommen sollte, aber dann habe ich nie geheiratet.«

Ruby nahm den Ring aus der Schachtel und betrachtete ihn aufmerksam. Der Stein war größer, als sie ihn sich vorgestellt hatte. Er glänzte in seiner Goldeinfassung, als ob er nass wäre, in einer Farbe, wie Samtvorhänge sie hatten oder das Kleid einer Lady am Weihnachtsabend.

»Sie sollten diejenige sein, die ihm seine Ehre zurückgibt«, sagte er. »Schließlich sind Sie... meine Tochter. Ich möchte, dass Sie ihn bekommen.«

Sie drehte den Ring hin und her, beobachtete, wie der Stein das Licht reflektierte. Sie stellte sich vor, wie Evangeline ihn vor beinahe drei Jahrzehnten in diesem Zimmer in der Hand gehalten hatte. Sie dachte an die vielen Lügen und gebrochenen Versprechen. Wie verzweifelt musste Evangeline gewesen sein – wie unglücklich. Ruby legte den Ring zurück in seine blaue Samtschachtel und klappte sie zu. »Ich kann ihn nicht annehmen«, sagte sie, während sie Mr Whitstone die Schachtel zurückgab. »Diese Bürde müssen Sie tragen, nicht ich.«

Er nickte traurig und steckte die Schachtel wieder in seine Tasche.

Als sie ein paar Minuten später vor der Tür standen, zog er ein paar Münzen hervor. »Lassen Sie mich Ihr Taxi bezahlen.«

»Das ist nicht nötig.«

»Es ist das Mindeste, was ich tun kann, nachdem Sie diesen weiten Weg hierhergekommen sind.« Er drückte ihr ein paar Shilling in die Hand.

»Also gut.«

Er schien zu zögern, wollte sich noch nicht von ihr verabschieden. »Ich möchte Ihnen sagen, dass ... dass sie ein wunderbares Mädchen war, Ihre Mutter. Und sehr intelligent. Immer ein Buch vor der Nase. Sie hatte so etwas Sanftes an sich, so eine ... man könnte es wohl Unschuld nennen.«

»Die haben Sie ihr genommen. Aber das wissen Sie, nicht wahr?«

Ruby wartete nicht auf eine Antwort. Als sie die Eingangsstufen hinunterging, war die Luft kalt und roch nach Regen. Alles lag in einem weichen Abendlicht: der Gehweg, die alten Pflastersteine, die violette Glyzine am Spalier. Als sie das Gartentor erreicht hatte, legte sie die Münzen auf einen der breiten Pfosten.

Sie würde London jetzt hinter sich lassen und zu dem Ort und den Menschen zurückkehren, die sie liebte. Sie würde den Rest ihres Lebens in Australien verbringen, und ihre Tage würden ausgefüllt sein mit Arbeit. Sie würde ihrem Vater helfen, seine Praxis zu führen, so wie er selbst es, vor langer Zeit, bei seinem eigenen Vater getan hatte. Sie würde einen Mann kennen lernen und heiraten, und sie würden zwei Töchter haben, Elizabeth und Evangeline, und beide würden die erste medizinische Hochschule Australiens besuchen, die Frauen den Zutritt erlaubte, im Jahr 1890. Im letzten Jahr des neunzehnten Jahrhunderts würden sie, zusammen mit neun anderen Ärztinnen, in Melbourne das Queen-Victoria-Frauenkrankenhaus eröffnen.

Ruby machte sich keine Illusionen über den Ort, an den sie zurückkehrte – eine noch junge Kolonie am anderen Ende der Welt, die auf geraubtem Boden errichtet worden war, bereits existierendes Leben erstickt hatte und durch die unbezahlte Arbeit von Strafgefangenen zur Blüte gelangt war. Sie dachte an das Eingeborenenmädchen, Mathinna, das wie ein Geist durch Hobart Town gewandert war und vergeblich versucht hatte, ein Zuhause zu finden. Sie dachte an die ehemaligen Sträflingsfrauen, die stillschweigend darum kämpften, den Makel dessen, was sie erlitten hatten, auszulöschen. Aber sie dachte auch an das, was Dr. Garrett über gesellschaftliche Hierarchien gesagt hatte. Tatsächlich hatte Hazel sich ein Leben aufgebaut, das in Großbritannien nicht möglich gewesen wäre, wo ihre Herkunft beinahe sicher ihre ganze Zukunft bestimmt hätte.

Ruby drehte sich um und blickte zurück. Es war das letzte Mal, dass sie diesen Mann sah, Cecil Whitstone, ohne den sie nicht existieren würde. Und so würde sie ihn in Erinnerung behalten: Unschlüssig an der Türschwelle stehend, einen Fuß drinnen, den anderen draußen. Ihm war so viel geschenkt worden, und er hatte so wenig daraus gemacht. Wenn sie in fünf Jahren zurückkäme, oder in zehn oder zwanzig, dann würde sie wissen, wo sie ihn finden konnte.

Sie dachte an die Frauen, die gar nichts bekommen hatten, die man verachtet und verkannt hatte und die um alles hatten kämpfen müssen. Sie alle waren ihre Mütter: Evangeline, die ihr das Leben geschenkt, und Hazel, die es gerettet hatte. Olive und Maeve, die sie ernährt und aufgezogen hatten. Sogar Dr. Garrett. Jede von ihnen lebte in ihr, und das würde immer so bleiben. Sie waren diese Ringe eines Baumstamms, von denen Hazel immer redete, die Muscheln an ihrer Kette.

Ruby nickte Cecil noch einmal zu, und er ging ins Haus zurück und schloss die Tür.

Sie machte sich auf den Weg.

DANKSAGUNG

Der Versuch, die Entstehung eines Romans zu rekonstruieren, kann vergebliche Mühe sein. Inspiration kann sowohl unbewusst als auch bewusst ablaufen; unsere Einbildungskraft wird durch unzählige Ereignisse in Gang gesetzt – Überzeugungen, Lebensanschauungen, durch Kunstwerke, Musikstücke und Filme, durch Reisen und die eigene Familiengeschichte. Erst als ich diesen Roman fertig geschrieben hatte, fiel mir auf, dass ich in der Geschichte drei verschiedene Stränge aus meinem eigenen Leben miteinander verwoben hatte: die sehr prägenden sechs Wochen, die ich mit Mitte zwanzig in Australien verbrachte, die Monate, in denen ich für ein Buch über Feminismus Mütter und Töchter interviewte, und die Erfahrungen, die ich gemacht hatte, als ich Frauen im Gefängnis unterrichtete.

Als ich Studentin in Virginia war und erfuhr, dass der Rotary Club Stipendien für Australien vergab, habe ich die Gelegenheit sofort ergriffen. Ich war von diesem Land besessen, seit mir mein Vater, ein Historiker, sein abgegriffenes Exemplar des 1986 erschienenen Buchs von Robert Hughes: *The Fatal Shore: The Epic of Australia's Founding* gegeben hatte. (Er hat ein Jahr in Melbourne gelehrt, als ich auf dem College war.) Nur in einem einzigen Kapitel in dem sechshundert Seiten umfassenden Buch – es trägt die Überschrift: *Bunters, Mollies and Sable Brethren* – geht es speziell um die Erfahrungen weiblicher Strafgefangener und um die Ureinwohner. Dieses Kapitel hat mich am meisten interessiert. Ich wollte mehr erfahren.

Als eine von vier nach Victoria »Abgesandten« des Rotary Clubs besuchte ich Farmen und Fabriken, traf Amtsträger und lokale Berühmtheiten, lernte australische Volkslieder und Slangwörter. Ich verliebte mich in die unendliche Weite, in die spontane Freundlichkeit, anscheinend ein Kennzeichen dieser Kultur, und die bunten Vögel und Blumen. Die »Aussies«, die ich kennen lernte, redeten gerne über ihre Nationalparks, ihren Pioniergeist und ihre gegrillten Shrimps, schienen aber keine Lust zu haben, die komplizierteren Aspekte ihrer Geschichte zu diskutieren. Wenn ich sie dazu drängte, über »Rasse« und Gesellschaftsklassen zu sprechen, erhielt ich eine sanfte, aber bestimmte Abfuhr.

Ein paar Jahre später, Mitte der 1990er, arbeitete meine Mutter, Christina L. Baker, Professorin für Frauenforschung, an einem Oral-History-Projekt der Universität von Maine, für das sie Feministinnen der sogenannten »Zweiten Welle« befragte, die in den Frauenbewegungen der 1960er, 70er und 80er Jahre aktiv gewesen waren. Ich war gerade nach New York gezogen und hatte einige junge Frauen kennen gelernt, die sich selbst als Feministinnen der Dritten Welle bezeichneten, im wörtlichen und im übertragenen

Sinne Töchter der Forschungsobjekte meiner Mutter. Meine Mutter und ich entschlossen uns, gemeinsam ein Buch zu schreiben: *The Conversation Begins: Mothers and Daughters Talk About Living Feminism*. Durch diese Erfahrung lernte ich, wie wertvoll es ist, wenn Frauen ehrlich von ihrem Leben erzählen.

Ein paar Jahre später, als ich davon hörte, was für geringe Mittel für Frauen im Gefängnis zur Verfügung standen, erarbeitete ich ein Konzept zum Unterrichten von Autobiographischem Schreiben an der Edna Mahan Correctional Facility for Women, eine Stunde von meinem Wohnort in New Jersey entfernt. Meine Gruppe bestand aus zwölf Insassinnen des Hochsicherheitstrakts, und sie schrieben Gedichte, Essays, Lieder und Geschichten; für viele von ihnen war es das erste Mal, dass sie ihre schmerzlichsten und intimsten Erfahrungen mit anderen teilten. Als ich ein Gedicht von Maya Angelou vorlas, in dem die Verse »*Und wenn ihr mich in den Dreck tretet, / so werde ich mich doch, wie Staub, wieder erheben*« vorkamen, weinten mehrere Frauen, weil sie sich darin wiedererkannten.

Als Romanautorin habe ich gelernt, jedem noch so kleinen Impuls zu vertrauen, eine Art sechsten Sinn zu entwickeln.

Als ich anfing, mich in das Thema dieses Romans zu vertiefen, stieß ich auf die Webseite von Dr. Alison Alexander, einer pensionierten Dozentin der University of Tasmania, die dreiunddreißig Bücher geschrieben oder herausgegeben hat, darunter *The Companion of Tasmanian History*, *Tasmania's Convicts: How Felons Built a Free Society*, *Repression,*

Reform & Resilience: A History of the Cascades Female Factory, Convict Lives at the Cascades Female Factory und *The Ambitions of Jane Franklin* (wofür sie in Australien den *National Biography Award* bekommen hat). Diese Bücher wurden die Hauptquellen für meinen Roman. Dr. Alexander, die selbst von Strafgefangenen abstammt, war nicht nur eine wertvolle Quelle, sondern wurde auch zu einer lieben Freundin. Sie gab mir eine umfangreiche Lektüreliste, und ich habe alles verschlungen, von Texten über das Gefängnissystem in England im 19. Jahrhundert und die täglichen Aufgaben von Sträflingsmägden bis hin zu Romanen und Sachbüchern aus dieser Zeit. Auf meinen Recherchereisen nach Tasmanien stellte sie mich Fachleuten vor, zeigte mir historische Stätten und hat mich sogar bei sich zu Hause bewirtet. Vor allem aber hat sie mein Manuskript mit scharfem und fachkundigem Auge gelesen. Ich danke ihr für ihre Strenge, ihr enzyklopädisches Wissen und ihre Freundlichkeit.

Beachtenswert unter den aktuellen Büchern, die ich zur Thematik der weiblichen Strafgefangenen gelesen habe, sind: *Abandoned Women: Scottish Convicts Exiled Beyond the Seas* von Lucy Frost, *Depraved and Disorderly: Female Convicts, Sexuality and Gender in Colonial Australia* von Joy Damousi, *A Cargo of Women: Susannah Watson and the Convicts of the Princess Royal* von Babette Smith, *Footsteps and Voices: A Historical Look into the Cascades Female Factory* von Lucy Frost und Christopher Downes, *Notorious Strumpets and Dangerous Girls* von Phillip Tardif, *Das Freudenschiff: Die wahre Geschichte von einem Schiff und seiner weiblichen Fracht im 18. Jahrhundert* von Sian Rees, *The Tin Ticket: The Heroic Journey of Australia's Convict Women* von Deborah Swiss, *Convict Places: A Guide to Tasmanian Sites* von Michael Nash, *To Hell or to Hobart: The Story of an Irish Convict Couple Transported to Tasmania in the 1840s* von Patrick Howard und *Bridget Crack* von Rachel Leary.

An Büchern über die australische Geschichte und Kultur las ich unter anderem: *In Tasmanien* von Nicholas Shakespeare, *Gebrauchsanweisung für Sydney* von Peter Carey, *Traumpfade* von Bruce Chatwin und *The Men that God Forgot* von Richard Butler.

Einige Artikel und Essays waren nützlich, besonders »Disrupting the Boundaries: Resistance and Convict Women«, von Joy Damousi, »Women Transported: Myth and Reality« von Gay Hendriksen, »Whores, Damned Whores, and Female Convicts: Why Our History Does Early Australian Colonial Women a Grave Injustice« von Riaz Hassan, »British Humanitarians and Female Convict Transportation: The Voyage Out« von Lucy Frost und »Convicts, Thieves, Domestics, and Wives in Colonial Australia: The Rebellious Lives of Ellen Murphy and Jane New« von Caroline Forell. Eine Fülle von Informationen habe ich über Internetportale wie Project Gutenberg und Academia.edu gefunden, über das Female Convicts Research Centre (femaleconvicts.org.au), die Cascades Female Factory (femalefactory.org.au) und das Tasmanian Aboriginal Center (tacinc.com.au).

Die Romane und Sachbücher aus dem neunzehnten Jahrhundert, die mich inspiriert haben, sind unter anderem: *Life of Elizabeth Fry: Compiled from Her Journal (1855)* von Susanne Corder, *Elizabeth Fry* (1884) von Mrs E. R. Pitman, *The Broad Arrow: Being Passages from the History of Maida Gwynnham, a Lifer* (1859) von Oline Keese (ein Pseudonym für Caroline Leakey), *For the Term of his Natural Life* (1874) von Marcus Andrew Hislop Clarke, *Christine: Or, Woman's Trials and Triumphs* (1856) von Laura Curtis Bullard und *The Journals of George Augustus Robinson, Chief Protector, Port Phillip Aboriginal Protectorate, Band 2* (1840–1841).

Als ich für Mathinnas Geschichte recherchierte, habe ich folgende besonders wertvolle Quellen gefunden: *The Last of the Tasmanians: Or, The Black War of Van Diemen's Land* (1870) von James Bonwick, Dr. Alexanders Biographie von Jane Franklin (oben erwähnt), *Begehren*, ein Roman von Richard Flanagan, *Tunnerminnerwait and Maulboyheenner: The Involvement of Aboriginal People from Tasmania in Key Events of early Melbourne* von Clare Land, »Tasmanian Gothic: The Art of Tasmania's Forgotten War« von Gregory Lehman, »Extermination, Extinction, Genocide: British Colonialism and Tasmanian Aborigines« von Shayne Breen, »In Black and White« von Jared Diamond und »From Terror to Genocide: Britain's Tasmanian Penal Colony and Australia's History Wars« von Benjamin Madley. Inspiriert haben mich Auszüge aus der von Stephen Page choreographierten Performance *Mathinna* des Bangarra Dance Theatre.

Dr. Gregory Lehman, Pro-Vice-Chancellor of Aboriginal Leadership an der University of Tasmania und Nachkomme der Trawlwulwuy im nordöstlichen Tasmanien, danke ich für die kritische Lektüre der Abschnitte über Mathinna und die Geschichte der tasmanischen Ureinwohner.

Ich habe mich sehr bemüht, so genau wie möglich zu sein, was den historischen Hintergrund angeht, aber letztlich ist mein Roman ein fiktionales Werk. Auch wenn zum Beispiel Mathinnas Familiengeschichte auf Tatsachen beruht, war das reale Vorbild dieser Figur fünf und nicht acht Jahre alt, als die Franklins sie nach Hobart Town brachten. Ob die freien Siedler wirklich Taschentücher vor den weiblichen Strafgefangenen zu Boden fallen ließen, ist umstritten; ich habe mich entschieden, dieses Detail zu verwenden. Der Roman wurde unter anderen von Dr. Alexander und Dr. Lehman inhaltlich überprüft; die wenigen Veränderungen gegenüber den historischen Aufzeichnungen sind beabsichtigt und stehen im Dienst der Geschichte.

Heute sind etwa zwanzig Prozent aller Australier – insgesamt beinahe fünf Millionen Menschen – Nachkommen von deportierten britischen Strafgefangenen. Aber erst vor kurzer Zeit haben viele von ihnen angefangen, dieses Erbe anzunehmen und sich mit dem Vermächtnis der Kolonialisierung auseinanderzusetzen. Ein Glück, dass ich die Recherchen zu diesem Buch gerade zu diesem Zeitpunkt gemacht habe: Etliche historische Stätten und Museumsexponate sind neu entstanden. Obwohl die Nachfahren von Strafgefangenen heute beinahe drei Viertel der weißen Bevölkerung Tasmaniens ausmachen, war das Museum in der Cascades Female Factory, als ich die Insel vor ein paar

Jahren besuchte, erst drei Jahre alt. Die Dauerausstellungen zur Geschichte, Kunst und Kultur der Ureinwohner in der Tasmanian Museum & Art Gallery hatten erst zwei Wochen zuvor eröffnet. Außer diesen Orten besuchte ich in New Town, Tasmanien, ein vom National Trust rekonstruiertes Haus eines Walfangkapitäns von 1840, die Strafanstalt (Convict Penitentiary) und das Maritime Museum of Tasmania in Hobart, das historische Gaol-Gefängnis in Richmond sowie historische Stätten und Museen aus der Sträflingszeit in Sydney und Melbourne.

Glücklicherweise habe ich eine Lektorin, Katherine Nintzel, die willens ist, viele Entwürfe zu lesen und zu besprechen, und die dabei auf jedes noch so geringfügige Detail achtet. Bei diesem Roman war sie wie ein Personal Trainer für mein Hirn. Sie hat mich dazu motiviert, noch tiefer zu graben und härter zu arbeiten als je zuvor. Ich kann nicht genug betonen, wie dankbar ich ihr für ihre Klugheit und ihre Geduld bin. Danke auch an alle anderen bei William Morrow / Harper Collins für ihre großzügige Unterstützung: Brian Murray, Liate Stehlik, Frank Albanese, Jennifer Hart, Kelly Rudolph, Brittani Hilles und Molly Waxman. Eric Simonoff bei William Morris Endeavour (WME), Geri Thoma bei Writers House und Julie Barer bei The Book Group waren zuverlässige Berater.

Bonnie Friedman hat jede Manuskriptseite mehr als einmal gelesen und sich so intensiv auf mich eingelassen, dass ich in ihr eine wahre Gefährtin hatte, eine Leserin, die genauso gut wie ich, wenn nicht besser, verstand, was meine

Absicht war, und mir half, sie umzusetzen. Amanda Eyre Ward hat alles stehen und liegen lassen, als ich einen frischen Blick brauchte (und erkannte schnell, dass das Buch mit der Mathinna-Geschichte beginnen sollte). Anne Burt, Alice Elliott Dark und Matthew Thomas machten willkommene Anmerkungen.

Einen Roman zu schreiben, kann ein einsames Unterfangen sein. Ich bin dankbar für die Kameradschaft der Grove Street Gang, einer Autoren-Lesegruppe, zu der Bonnie, Anne und Alice gehören und auch Marina Budhos und Alexandra Enders. Kristin Hannah, Paula McLain, Meg Wolitzer, Lisa Gornick, Jane Green, Jean Hanff Korelitz, Laurie Albanese, John Veague und Nancy Star waren meine schriftstellerischen Freunde und Verbündeten. Danke an meine treue Autorengruppe in Montclair und an die in New York City ansässige Gruppe von Romanautoren Word of Mouth (WOM) sowie an MoMoLo und Kauai-Gals (ihr wisst, wer gemeint ist!).

Meine Schwestern – Cynthia Baker, Clara Baker und Catherine Baker-Pitts – bedeuten mir alles. Ich danke meinem Vater, William Baker, seiner Lebensgefährtin Jane Wright und meiner Schwiegermutter Carole Kline für ihre moralische Unterstützung. Meine drei Söhne Hayden, Will und Eli bereiten mir unendlich viel Freude. Und was bleibt noch über meinen Ehemann David Kline zu sagen, der mich bei jedem meiner Schritte begleitet hat und mein Leben in jeder Hinsicht bereichert?

Quellennachweise:

Samuel Taylor Coleridge, *Der alte Matrose*, übersetzt von Ferdinand Freiligrath, Verlag Josef Müller, 1925.

William Shakespeare, *Der Sturm*, übersetzt von Gerd Stratmann, Reclam 1982.

William Wordsworth, *Ode. Intimations Of Immortality From Recollections Of Early Childhood*, übersetzt von Dietrich H. Fischer, http://william-wordsworth.de/

Alle Bibelzitate entstammen www.bibel-online.net, Lutherbibel 1912.

Autorin

Christina Baker Kline wuchs in England und in den Vereinigten Staaten auf. Sie hat Literatur und Kreatives Schreiben unterrichtet und sich als Buchautorin und Herausgeberin von Anthologien einen Namen gemacht. Ihr Roman »Der Zug der Waisen« war in den USA ein großer Erfolg und hielt sich monatelang an der Spitze der New-York-Times-Bestsellerliste. Mit ihrem Mann und ihren drei Söhnen lebt die Autorin in Montclair, New Jersey.

Christina Baker Kline im Goldmann Verlag:

Der Zug der Waisen. Roman
Die Farben des Himmels. Roman